INTERNATIONAL GUY

Também de Audrey Carlan

Série A GAROTA DO CALENDÁRIO
Volumes de *Janeiro* a *Dezembro*

Série TRINITY
Corpo
Mente
Alma
Vida
Destino

AUDREY CARLAN

INTERNATIONAL GUY

Milão
San Francisco
Montreal

Tradução
Sandra Martha Dolinsky

1ª edição

Rio de Janeiro-RJ / Campinas-SP, 2018

VERUS
EDITORA

Editora
Raïssa Castro

Coordenadora editorial
Ana Paula Gomes

Copidesque
Lígia Alves

Revisão
Cleide Salme

Capa, projeto gráfico e diagramação
André S. Tavares da Silva

Foto da capa
kiuikson/Shutterstock (homem)

Título original
International Guy
Milan, San Francisco, Montreal

ISBN: 978-85-7686-701-2

Verus Editora Ltda.
Rua Benedicto Aristides Ribeiro, 41, Jd. Santa Genebra II, Campinas/SP, 13084-753
Fone/Fax: (19) 3249-0001 | www.veruseditora.com.br

CIP-BRASIL. CATALOGAÇÃO NA FONTE
SINDICATO NACIONAL DOS EDITORES DE LIVROS, RJ

C278i

Carlan, Audrey
International Guy: Milão, San Francisco, Montreal / Audrey Carlan ; tradução Sandra Martha Dolinsky. - 1. ed. - Campinas, SP : Verus, 2018.
; 23 cm. (International Guy ; 2)

Tradução de: International Guy: Milan, San Francisco, Montreal
Sequência de: International Guy: Paris, Nova York, Copenhague
Continua com: International Guy: Londres, Berlim, Washington
ISBN 978-85-7686-701-2

1. Romance americano. 2. Literatura erótica americana. I. Dolinsky, Sandra Martha. II. Título. III. Série.

18-52613 CDD: 813
CDU: 82-31(73)

Leandra Felix da Cruz - Bibliotecária - CRB-7/6135

Revisado conforme o novo acordo ortográfico.

Seja um leitor preferencial Record.
Cadastre-se no site www.record.com.br e receba
informações sobre nossos lançamentos e nossas promoções.

Atendimento e venda direta ao leitor:
mdireto@record.com.br ou (21) 2585-2002

INTERNATIONAL GUY

Milão

À equipe editorial da Libri Mondadori, por acreditar nas minhas histórias, se comprometer comigo como autora e compartilhar meu trabalho em seu belo idioma...
Obrigada.
Tenho orgulho da minha herança italiana e mal posso esperar para andar pelas ruas de Milão um dia.

1

— *Cara, atende o telefone. É a Wendy. Ela me ligou his*térica. Está em pânico com alguma coisa, mas disse que tem que falar com você primeiro. Não sei o que isso significa — Bo anuncia, enquanto tira a mala da esteira de bagagem.

Claro que a dele aparece primeiro. Pousamos em Boston, vindos de Copenhague. Depois de um voo de nove horas, eu ficaria aliviado por estar em casa, mas não estou. Não consigo deixar de pensar na última manhã que tive com Skyler. Ela se trancou no banheiro durante a visita-surpresa de Sophie, depois saiu correndo do quarto do hotel dizendo que precisava pegar o avião. Eu sabia que o voo dela partiria cedo, mas não tanto. E queria levá-la até o aeroporto. Mas ela recusou com uma desculpa esfarrapada.

— Onde é o incêndio? — Rio, tentando agarrar Skyler quando ela passa por mim.

— Tenho que pegar meu voo para Nova York — ela diz, como se fosse novidade.

Eu sei que ela vai pegar o primeiro voo. Mesmo assim, no meu relógio são cinco e meia, e o avião só sai às nove. Ela tem tempo, o suficiente para desacelerar um pouco.

— Relaxa, meu pêssego. — Passo o braço em volta dela por trás e a seguro contra meu corpo. — Você não vai se atrasar. Eu não ia deixar você perder seu voo.

Vou lhe dando beijinhos, começando atrás da orelha, descendo pelo pescoço até o ponto doce da curva de seu pescoço com o ombro.

Seu corpo fica rígido em meus braços antes de ela se soltar e correr para sua mala, jogando as coisas de qualquer jeito lá dentro.

— Não, eu preciso chegar cedo, repassar as minhas falas. Sabe como é — ela argumenta, acenando de um jeito meio exagerado.

Endireito a coluna, cruzo os braços e me apoio na cômoda.

— Algum problema? Estou sentindo uma vibração estranha em você.

Ela põe uma mecha de cabelo loiro atrás da orelha.

— Não, claro que não. Só estou com muita coisa na cabeça. A diversão acabou. De volta à realidade.

Eu a vejo enfiar as últimas coisas na mala. Ela se vira para mim:

— Já pedi para o Nate chamar um carro.

— Sky... baby, eu queria te levar e me despedir.

Ela sacode a cabeça.

— Não é uma boa ideia. Os paparazzi estão espalhados por aí depois do casamento, loucos para ter mais uma foto nossa. É melhor a gente se afastar um pouco.

Franzo a testa, pensando que me afastar de Skyler é a última coisa que eu quero. Ainda assim, é a vida dela também, e não posso cobrar nada. Claro, nós concordamos em ser exclusivos — pelo menos tenho certeza de que confirmamos isso na noite passada, na cama. Bem, fizemos muita coisa na cama.

— Tudo bem, eu entendo. Venha aqui, me deixe pelo menos me despedir direito. Não sei quando vamos nos ver de novo. Precisamos fazer a despedida durar. — Sorrio.

Ela fecha os olhos, franze os lábios e anui com a cabeça.

Não é a resposta que eu esperava.

Sky se entrega a meu abraço e encosta a testa em meu peito. Passa os braços por minhas costas e inspira profundamente. Ela me aperta com tanta força que mal consigo respirar.

— Ei, não é um adeus para sempre. É um adeus por enquanto. Quando eu voltar para Boston e me organizar, vamos nos ver de novo. Vamos arrumar a nossa agenda para planejar o próximo encontro.

— Certo. Pra sexo — ela diz, sem emoção.

Pouso a mão em sua nuca e levanto seu queixo com o polegar.

— Sim, sexo incrível como o que fazemos. Você, eu, sexo, boa comida, momentos incríveis, diversão.

Ela assente.

— Diversão.

Franzo a testa de novo e a apoio na dela.

— O que foi que aconteceu, baby?

Skyler balança a cabeça.

— Nada. Estou cansada. Nós dormimos pouco.

Sorrio ao lembrar todas as coisas que fizemos na noite anterior. Coisas que eu gostaria de repetir em breve. Muito em breve. Tomara.

— Tudo bem. Durma no avião, descanse um pouco. Eu vou estar pensando em você.

Sinto alguma coisa estranha na garganta, mas a empurro para baixo, tentando encarar tudo numa boa. Vou vê-la em breve. Não é adeus para sempre. Parece que preciso me lembrar disso tanto quanto ela.

— Ãhã. — É sua resposta.

Estranho. Sky ergueu de novo o muro que derrubei em nossa primeira semana juntos. Talvez esteja triste por precisarmos nos separar. Deve ser isso. Eu não saberia, de qualquer maneira, pois desde Kayla não namorei ninguém por tempo suficiente para saber como seria sentir falta da pessoa e vice-versa.

— Tenho que ir, Park — ela sussurra, e seu hálito aquece meu rosto.

Inclinando-me para a frente, pressiono os lábios nos dela. Ela solta o corpo contra o meu, esmaga os seios em meu peito antes de inclinar a cabeça e abrir a boca. É o convite de que eu precisava. Mergulho a língua e... Caramba! É como a primeira mastigada num chiclete. Nunca me canso. Nunca vou me cansar.

Por longos momentos nossas línguas dançam e os braços apertam, nos aproximando o máximo possível. Ondas de excitação disparam para o meu pau, me lembrando de que ele também gostaria de dizer adeus. Ela deve sentir minha empolgação, porque geme em minha boca e se esfrega em meu eixo duro, como uma gata no cio.

Enrosco a mão em seu cabelo, puxo-o até ela gritar, ofegante, e agarrar minha bunda com uma força que eu adoro quando Sky fica louca. Desde o primeiro dia ela é desinibida e solta em relação ao seu apetite sexual, que combina com o meu. Eu nunca tinha conhecido uma mulher que tivesse o mesmo pique que eu, mas com Skyler a coisa pega fogo.

— Ah! — ela geme, inclinando a cabeça para trás enquanto eu me esfrego nela e passo os lábios pelo seu pescoço de cisne.

— Tem certeza de que não tem um tempinho sobrando? — pergunto, com um movimento de quadris.

Ela levanta a mão entre nós e pega minha ereção por cima da calça que vesti aleatoriamente quando Sophie chegou.

— Humm... — Esfrega para cima e para baixo. — Eu adoraria, mas...

Solto um gemido, sinceramente irritado.

— Você tem que ir, eu sei, eu sei. Mais um beijo.

Eu a beijo tão forte e longamente que minha língua dói e nossos lábios ficam inchados. Apoio a testa na dela.

— Eu não quero que você vá.

Pela primeira vez em muito tempo, admito minha fraqueza a uma mulher. Minha nuca formiga e eu aperto os dentes.

— Não deixe, então — ela sussurra.

Por algum motivo, um pensamento mesquinho martela no fundo do meu crânio. Algo importante está acontecendo, mas não consigo saber o que é.

— Você tem que voltar para a sua vida em Nova York, e eu tenho que voltar para a minha em Boston. — Eu a abraço com mais força.

Ela inala profundamente e deixa os ombros caírem antes de assentir e se afastar.

— Isto é de verdade, Parker.

Eu sorrio.

— Uma explosão de verdade — digo.

Um flash de dor atravessa seu olhar, mas ela rapidamente o encobre com um dos seus sorrisos falsos, desses que dá aos paparazzi e às pessoas com quem não quer realmente falar, mas precisa por causa do seu status de celebridade.

— Sim.

É tudo o que ela diz antes de se virar e erguer as malas. Eu a sigo pela suíte até a sala, onde Rachel e Nate Van Dyken, seus guarda-costas, estão esperando. Totalmente vestidos de preto, óculos aviador pendurados na gola da camiseta. Nate parece vestido para uma guerra, com calça cargo preta e coturnos combinando. O cara é uma muralha, mas adora sua esposa e trata Skyler como uma dama, mesmo quando não estão em público. Eu gosto que eles trabalhem para Sky. São um ótimo complemento para sua equipe.

— Pronta? — Nate pergunta.

Ela faz que sim com a cabeça, solene. Se eu não soubesse, pensaria que recebeu más notícias. Nate pega as duas malas com uma mão só. Parece um touro. Então estende a mão livre para mim.

— Prazer em conhecê-lo, Ellis.

Mesmo eu já tendo dito meu nome várias vezes, ele continua me chamando pelo sobrenome.

— Nate, o prazer foi meu. Cuide da minha garota.

Skyler, que está mexendo na bolsa, imediatamente ergue a cabeça, e posso jurar que a mágoa toma conta de suas feições antes de ela disfarçar.

A última expressão em seu rosto continuou a martelar minha cabeça durante todo o voo de volta para casa, como um comercial no modo repetição. Mesmo quando a abracei de novo, seu corpo não me envolveu com o calor que eu esperava. Não sei se foi algo que eu disse durante a noite ou de manhã, mas, se eu fosse adivinhar, diria que ela estava assustada. Algo a assustou, e preciso descobrir o quê.

Pego meu celular e o ligo depois de um tempão. Desliguei-o durante o voo para economizar bateria. No instante em que a tela se acende, um milhão de alertas dispara.

— Jesus! Você não estava brincando — resmungo para Bo, olhando as notificações. Ignoro as mensagens, metade do escritório da International Guy, e ligo para Wendy.

— Parker... eu sinto muito, muito mesmo. Você não imagina quanto eu lamento. Eu não queria que isso acontecesse... não me dei conta. Eu encaminhei a pasta, e agora está em todos os lugares. *Em todos os lugares!* — A voz de Wendy está cheia de tristeza.

— Wendy, calma. Não sei do que você está falando.

Pressiono o telefone no ouvido para abafar os sons do aeroporto ao meu redor.

— Como assim, não sabe? — ela se surpreende. — Porra, é mesmo, você passou nove horas no avião. Parker, me desculpa. A pasta que o Bo me mandou com a sessão de fotos da Skyler Paige...

— Sim... Você enviou para a *People*, certo?

— Enviei, mas não abri a pasta inteira, e dentro tinha um arquivo chamado "Parker Confidencial". Meu Deus, eu sou muito burra! As fotos de você e da Skyler estão espalhadas por aí, na imprensa toda. De vocês dois na piscina juntos, curtindo na casa dela...

— O quê?! — Aperto os dentes e espero que ela explique.

— Fotos de você carregando a Skyler para fora da piscina, ela seminua, vocês se beijando loucamente, tão sexy... Todo mundo só fala disso. Tem fotos de vocês se beijando na banhei...

— Caralho! Porra! Isso não pode estar acontecendo! — Esfrego as têmporas com o polegar e o indicador.

Bo entra na conversa.

— Qual é o problema, irmão?

— As fotos que você enviou para a Wendy entregar à *People*...

— O que tem? — ele pergunta, deixando sua mala mais perto de nós.

— Parece que você incluiu uma pasta confidencial das fotos particulares que fez da Skyler comigo.

— Não... — Ele arregala os olhos. — Fodeu!

— Isso resume tudo.

Inspiro lenta e profundamente, tentando aplacar a raiva imediata, já pensando nas complicações que isso pode trazer para a Skyler e a International Guy.

— Me desculpe, Parker — diz Wendy. — Sinto muito, eu não sabia. Eu devia ter... Não importa. Vou recolher as minhas coisas.

Mesmo ela tentando abafar, ouço um soluço sufocado ao telefone.

— Você não vai fazer nada disso. Nós estamos a caminho. Precisamos avaliar o estrago, ver até onde isso chegou...

— Tudo bem. Eu vou estar pronta.

Ela desliga e eu pressiono as têmporas mais uma vez, sabendo que vai dar merda.

— Precisamos comprar os jornais — digo, indicando com o queixo uma revistaria do outro lado do saguão.

— Estou indo lá, irmão. — Bo sai correndo enquanto eu espero minha mala.

Abro o Google e digito o nome de Skyler. Um dilúvio de imagens nossas em uma variedade de situações pipoca imediatamente. Vou olhando as fotos e minha temperatura sobe. A maioria é inofensiva. Tirando a foto na banheira, em que dá para ver o contorno dos seios nus de Skyler colados ao meu peito, também nu, quando ela tomava banho de espuma e eu a ataquei no meio da sessão, o resto mostra um casal normal e feliz. Aconchegados no sofá, conversando. Em pé, tomando um café. Ela tentando me ensinar uma posição de ioga e eu me dando mal. Rio de várias fotos, lembrando como nos divertimos juntos. Então paro na imagem de nós dois na piscina.

— Puta merda...

Esfrego a boca e amplio a imagem. É impressionante e muito sexy. Eu me lembro desse momento como se fosse hoje. Eu a abraçava, a água lambia nossa cintura, ela com as pernas ao meu redor. Sky usava um biquíni minúsculo, que deixava pouco para a imaginação. Ela segurava meus bíceps e eu estava com a mão em sua bunda. Bo me disse para sussurrar algo no ouvido dela. Sussurrei, e a coisa esquentou. Falei todas as coisas picantes que ia fazer com ela quando acabasse a sessão de fotos. Fica óbvio que ela respondeu positivamente, porque Bo a capturou exatamente como a deusa do sexo tomada de luxúria com quem eu estava prestes a me deleitar. Depois disso, eu a levei da piscina direto para a cama, e nós trepamos até nenhum dos dois conseguir andar direito.

Caramba. Salvo a imagem no celular, porque não posso deixar de fazê-lo. Preciso dela ampliada e pregada na parede do meu quarto para as noites em que não possa ver Skyler.

Skyler.

Merda. Ela deve estar louca. Checo o telefone e vejo várias mensagens de voz de sua agente, Tracey, mas nada dela. Respiro fundo e finalmente minha mala aparece.

Pegando minha bagagem e a de Bo o mais depressa possível, encontro-o saindo da loja. Seus braços estão lotados de revistas e jornais.

— Então... sobre aquele arquivo particular... — ele começa.

Balanço a cabeça, pego os jornais e enfio o que posso na minha pasta e o resto na parte da frente da mala.

— Agora não. Temos que ir para a agência apagar o incêndio.

Ele aperta os lábios e sua mandíbula se contrai.

— Tudo bem. Eu só quero que você saiba... que as fotos eram para vocês. Era um presente — acrescenta, com a voz rouca.

Paro e pouso a mão em seu ombro.

— Cara, eu sei. E em outras circunstâncias eu te agradeceria. Um dia tenho certeza que vou agradecer. Mas por enquanto vamos lidar com as consequências, tá?

Ele anui com um discreto movimento de queixo, mas sei que está se sentindo péssimo. Bo pode ser todo machão, mas sente as coisas profundamente. Seu relacionamento comigo e com Royce se equipara ao que ele tem com a mãe e as irmãs. Somos uma família, e em uma família um não fode o outro. Não foi intencional. E as fotos são incríveis. É triste que tenham caído nas mãos erradas.

Bo e eu nos dirigimos à saída para pegar o carro que Wendy contratou para nós. Mal conseguimos descer dois degraus quando somos bombardeados por uma enxurrada de lentes, uma erupção de flashes e uma horda de fotógrafos gritando meu nome.

— Parker, cadê a Skyler?

— Como é pegar a mulher mais gostosa de Hollywood?

— A Skyler está esperando um filho seu?

— Quando é o casamento?

— A Skyler está te traindo com o ex-namorado e colega Rick Pettington?

Essa última pergunta me faz ranger os dentes enquanto passo pelo caos para chegar até os motoristas contratados. Um deles tem uma placa que diz “International Guy”.

— Quem é esse sujeito com você? É o seu segurança? — grita um dos paparazzi.

— Sim, filho da puta. E, se alguém encostar um dedo nele, vai saber o que é dor. Dá licença! — grita Bo, enquanto segura meu braço e empurra as pessoas com a outra mão.

Deixamos nossa bagagem na porta de saída para poder atravessar a massa de gente.

Mal consigo enxergar com a explosão de flashes, mas Bo vai me guiando.

Ele me enfia no carro, bate a porta e volta para os fotógrafos. Depois de alguns minutos, retorna com a bagagem, que entrega ao motorista para que ele coloque no porta-malas.

Quando Bo abre a porta, os flashes começam de novo; os paparazzi tentam obter qualquer imagem possível.

Bo finalmente entra e desaba no banco.

— Puta merda, cara. A Skyler passa por esse tipo de coisa o tempo todo?

Assinto.

— É pior quando eles sabem que ela vai aparecer. Isso é fichinha em comparação com o que eu vi. Aquela multidão no castelo para o casamento é o normal na vida dela.

— Caraca! Coitada. — Ele passa a mão pelo cabelo escuro desgrenhado. — Você vai ligar para ela?

Respiro fundo.

— Sim, mas do escritório, com privacidade.

— Ela tentou te ligar?

Aperto os lábios e balanço a cabeça.

— Que foi?

— Não sei o que está acontecendo. Ela estava estranha quando saiu de Copenhague. Depois que a Sophie me acordou...

— Espera! A Sophie foi ao seu quarto antes de a Sky sair?

— Sim. Ela queria se despedir, já que não vamos nos ver por um tempo.

— E você está dizendo que a Skyler ficou estranha depois disso? — Bo pergunta, inclinando a cabeça.

Dou de ombros.

— Acho que sim.

— Cara, você não pode ser tão tapado!

— Como é? — digo, virando a cabeça para olhar para meu amigo.

— A Sophie é gostosa e cheia de confiança, cara. Nós somos os culpados por isso.

— E daí?

— E daí que você já transou com ela — Bo continua e solta um longo suspiro.

— Você não está dizendo nada que eu não saiba — rosno, ansioso para que ele chegue ao ponto.

— E agora está transando com a Skyler.

— De novo...

— Ela acha estranho o seu relacionamento com a Sophie, cara. Caramba, como você é burro. — Bo balança a cabeça.

Suspiro.

— Não... Nós conversamos sobre a Sophie.

— Quando?

— Depois do casamento. Está tudo bem. Ela sabe que a Sophie é só uma amiga.

Bo se agita, contrariado.

— Sim, uma amiga com quem você trepava há não muito tempo.

Franzo a testa e esfrego a nuca.

— Você acha que ela ficou encanada com a Sophie mesmo depois que conversamos?

— Sim... Acho que ela *está* encanada com isso. E aí a Sophie tira você da cama para se despedir? A garota deve ter ouvido atrás da porta, cara. Eu ouviria se estivesse apaixonado por uma mulher e ela ficasse jogando conversa fora com um amigo. Eu ia querer saber qual é a dela.

— É... faz sentido. E agora isso. Caralho, ela nunca mais vai falar comigo.

Bo franze a testa.

— Você é tão ruim de cama assim?

O instinto se sobrepõe ao bom senso, e automaticamente lhe dou um soco no peito, mas não muito forte.

— Vai se foder!

Ele esfrega o local, estremecendo.

— Ai...

— Eu sei cuidar da minha mulher — rosno.

— Ela *sabe* que é sua mulher, ou acha que é só diversão para você? — ele provoca.

— A gente se diverte juntos, cara. Nós dois concordamos que é casual.

Bo afasta as pernas e se recosta no banco de couro da limusine, ficando mais à vontade.

— Eu nunca conheci uma mulher que liga todo dia, passa três semanas inteiras com um cara, atravessa o mundo para ir a um casamento com ele, só sai com ele e mais ninguém desde que o conhece e ainda considera ter um — faz aspas no ar — "relacionamento casual" com ele.

Faz sentido. Muito.

— Cara, por que você insiste que esse lance com a Skyler é casual? Se fosse, você estaria pegando outras. E pelo que eu sei não é o caso, você está obcecado pela loira gostosa de peito grande e uma bunda deli...

— Devagar aí, meu irmão...

Ele sorri com insolência e dá uma piscadinha.

— A questão é que você tem um relacionamento romântico com ela. Agora isso chegou aos olhos do público, e vocês precisam descobrir como vão lidar com isso. Está me entendendo?

Merda. Eu tenho um relacionamento romântico com Skyler Paige.

Preciso falar com ela. Imediatamente.

O único problema é... O que eu posso dizer para melhorar essa situação?

2

Wendy irrompe pela porta da International Guy no instante em que Bo e eu chegamos, arrastando nossas malas.

— Parker, me desculpe. Sinceramente, não acredito que não chequei o arquivo antes de enviar. Eu... eu... não sei mais o que dizer. — Seus olhos azuis cristalinos estão vítreos e seu nariz vermelho, mas ela engole em seco e endireita a coluna, mostrando que está se esforçando para não desmoronar.

Estendo os braços. Sem esperar nem um segundo, Wendy se joga neles. Eu a abraço apertado, e seu corpo magro treme ligeiramente.

— Park... eu pisei na bola. — Suas palavras são apenas um sussurro quando ela ergue os olhos para mim. — Não vai acontecer de novo.

Pouso a mão em seu rosto e lhe dou um tapinha.

— Acho bom, abusada — digo, dando uma piscadinha e a abraçando apertado mais uma vez.

Ela pousa o rosto em meu peito e suspira, a seguir limpa a garganta e se afasta.

— Tudo bem. Imagino que o controle de danos seja o primeiro passo.

— Sim. Primeiro eu tenho uma ligação muito importante a fazer. E não posso ser interrompido enquanto não terminar — digo, levantando uma sobrancelha para enfatizar minhas palavras.

— Pode deixar. — Ela aponta o dedo para meu peito. — A propósito, eu já falei várias vezes com a agente e melhor amiga da Skyler, Tracey. Ela tem um bom plano, na minha opinião, mas depende totalmente de você. Não tenho muita informação sobre você e a Skyler, já que você ficou fora do escritório nos últimos dias, mas dá para conseguir muita coisa stalkeando na rede...

Estreito o olhar.

— Você está me stalkeando?

Ela franze o nariz.

— Sim. Eu seria uma hacker de merda se não ficasse de olho em vocês três. Se bem que esse canalha — aponta com o polegar por cima do ombro, em direção a Bo — me faz andar em círculos com esse monte de mulheres que ele tem no celular, sem falar daquelas com quem transa, e eu tenho que interagir com elas quando ligam ou passam por aqui. Elas stalkeiam o cara fisicamente. — Ela balança a cabeça. — Bem feito, seu galinha.

Bo gargalha.

— Está com ciúme, Sininho?

— Até parece. — Ela bufa. — Eu sou muita areia para o seu caminhãozinho. Enquanto você vai com a farinha, o Sir Mick está voltando com o bolo pronto.

— Um dia... pode esperar, você vai estar debaixo de mim — Bo sentencia.

— Só se eu estiver morta e você curtir esse tipo de coisa.

Balanço a cabeça e os deixo batendo boca. É tudo muito divertido, mas, sinceramente, seria bom se dessem um tempo de vez em quando. Sem brincadeira, eles precisam de um árbitro.

Quando entro em minha sala, encontro Royce deixando algo em minha mesa.

— Ei! Quanto tempo, irmão! — diz, me puxando para seu peito e me dando tapinhas nas costas. — Senti falta da sua cara feia. Se bem que eu imagino que você não vá ficar aqui por muito tempo, a não ser que queira deixar o próximo trabalho por minha conta.

Contorno a mesa e sento em minha cadeira confortável. O couro se molda a minha bunda instantaneamente, e eu suspiro pelo prazer de estar em casa.

— O que nós temos agora?

— Um estilista em Milão. Precisa que você e o Bo façam a mágica de vocês com as modelos da grife. Parece que eles contrataram mulheres que nunca foram modelos, porque elas têm a ver com a campanha dele.

Junto as mãos e apoio os cotovelos na mesa.

— Eles querem que a gente ensine as mulheres a modelar? Não parece muito a nossa praia.

Ele abre um sorriso largo, e seus dentes uniformes brilham.

— Foi o que eu disse. Eles explicaram que é uma campanha de lingerie erótica. O negócio muda de cor quando as luzes se apagam. Brilha no escuro, tem luzes que piscam, todo tipo de excentricidades. O que eles querem é alguém que ensine as meninas a ser sensuais, a mostrar os atributos... Vai ser divertido. Tem mulheres de todo tipo, e aparentemente essa é a última moda no ramo.

— Quando eles precisam da gente?

— Daqui a umas duas semanas. Em dez dias seria o ideal.

Dez dias.

Acabo de voltar, depois de ficar quase três semanas em Copenhague. Em Nova York o mesmo tanto, e agora parece que vou para Milão. Jesus, vou precisar de férias.

— Nós não conseguimos clientes nos Estados Unidos, né?

Roy dá uma risada profunda, jogando a cabeça para trás.

— Tem um na fila, em San Francisco.

Passo a mão pelo cabelo e dou uma puxadinha.

— Roy, San Francisco fica a cinco mil quilômetros daqui. É como se fosse Paris!

— Negócios são negócios, certo? — Ele dá de ombros. — Nós estamos famosos. Temos muitas clientes na lista de espera. Só estou pegando os serviços mais bem pagos para viagens completas, e os que podemos cuidar daqui enquanto isso.

— Tudo bem — anuo. — Vamos conversar sobre isso mais tarde. Agora eu tenho que ligar para a Sky. Ela deve estar louca por causa da tempestade que a mídia está fazendo depois que as fotos foram publicadas.

— Que merda. — Roy suspira. — Eu vi as fotos, cara. Muito sexy. Fico feliz por você estar com a Skyler. — Ele balança a cabeça. — Uma atriz de alto nível... Quem diria que você pegaria uma VIP?

— Eu não, sem dúvida — digo e ergo o telefone fixo, indicando que vou fazer uma ligação e que Roy precisa sair.

— Não pise na bola — adverte.

— O que você quer dizer com isso? — pergunto, ainda segurando o fone.

Ele dá de ombros.

— Eu te conheço há muito tempo. Você é bom em autossabotagem. Se ela é uma menina legal, se merece toda a sua atenção, faça direito. Já não somos mais tão jovens, estou notando isso cada vez mais.

— Está querendo tomar jeito? — pergunto, inclinando a cabeça, incapaz de evitar o tom chocado em minha voz.

— Se a mulher certa aparecesse... Atrevida, esperta, que saiba lidar com o meu tipo de controle, que se vista bem, ame a família, seja fiel, saiba comer, saiba como tratar um homem, seja inteligente, tenha a bunda grande... Eu cairia de joelhos e a pediria em casamento em um segundo.

— Sério? — Tenho certeza de que meus olhos estão do tamanho de dois frisbees.

— Total.

— Que ótimo.

— Vou deixar você fazer as suas coisas — ele diz, com um movimento de queixo.

— Roy — chamo quando ele chega à porta.

Meu amigo se volta com seu terno azul-marinho imaculado e sua camisa de listras finas azuis e brancas perfeitamente engomada.

— Senti a sua falta também — digo e sorrio.

Ele abre um sorriso largo.

— Tenho certeza disso. Tem muita coisa boa aqui. — Ele acena por cima do ombro e, suave como seda, sai de minha sala.

Caramba, o sujeito tem ginga. Um homem menos seguro sentiria inveja, mas eu o conheço desde sempre e o amo como se fosse da minha família. A inveja não tem vez no relacionamento com meus irmãos. Graças a Deus.

Pronto para aguentar a bronca e, mais que isso, pronto para ouvir sua voz, pego o telefone e ligo para Skyler.

Ela atende ao primeiro toque.

— Seja honesto comigo... Eu significuei alguma coisa para você? Qualquer coisa? — ela diz com a voz trêmula, magoada.

É como se a Terra rachasse sob meus pés; ser cortado ao meio teria doído menos.

— Sky... porra. Foi um acidente. A Wendy não sabia...

— Eu fiz uma pergunta simples, Parker. Só uma. Responda. — Suas palavras são tensas, controladas.

Engulo em seco.

— Skyler, você significa mais para mim do que qualquer outra mulher na última década. Essas fotos vazaram por acidente. Baby, você tem que acreditar em mim.

— Por que, se todos os homens em quem eu confiei no passado me destruíram? Eu abri o meu coração para você...

— E eu não encarei isso com leviandade — digo imediatamente, porque é verdade.

Eu sei o que isso custou a ela.

Seus soluços atravessam a linha e me rasgam, uma fatia por vez, cavando mais e mais fundo em minha alma. Meu peito incha, mas não sei se estou respirando.

— Meu pêssego, você me conhece. — Tento alcançar aquele lugar dentro dela que se conecta tão completamente comigo quando estamos juntos.

Mas por telefone é difícil vencer a distância.

— Conheço? Eu conheço o que você me mostrou por três semanas. E depois foi embora. E, claro, tem também a Sophie. A outra mulher a quem você se mostrou. Sua cliente. O que eu devo pensar? Que faz parte dos seus serviços levar suas clientes para a cama? — ela sussurra, e há raiva e culpa em seu tom de voz.

— Isso não é justo.

— Não? Você admitiu que transou com a Sophie. Quantas outras clientes você levou para a cama? Para quantas sussurrou palavras doces?

— Só duas. — Aperto os dentes. Não quero falar sobre isso, mas, se não falar, posso perdê-la para sempre. — E a Sophie é só uma amiga — tento lembrar a ela.

Skyler ri, de um jeito amargo e trêmulo.

— E eu sou o quê?

— Muito mais.

— Sei. Se é verdade, então me explique. O que eu sou para você, Parker, o poderoso Mago dos Sonhos? — Ela joga minha estratégia de marketing na minha cara.

Aperto os dentes, fecho os olhos e explico:

— Você é a mulher cujo sorriso ocupa os meus pensamentos dia e noite. Eu sonho em estar com você, dormir do seu lado. Imagino os seus lábios e lambo os meus tentando sentir um pouquinho do seu sabor. Fico imaginando a próxima vez que vamos estar juntos e as novas aventuras que vamos viver. Não tem mais ninguém com quem eu queira estar. Nós dois podemos estar em qualquer lugar do mundo, e eu sei que vamos nos divertir. Só lembrar do seu perfume já enche a minha boca de água. Sem falar do seu corpo. É um corpo perigoso. Eu quero você o tempo todo. A sua cabeça, o seu corpo sexy, a sua alma pura. Isso é suficiente para você, ou quer mais? — rosno, furioso por ela estar forçando a barra, me fazendo me abrir desse jeito só para mantê-la comigo.

Ficamos calados por um minuto, mas posso ouvi-la respirar.

— Desculpe por ter gritado com você — ela diz suavemente.

Fecho os olhos, e o alívio preenche cada cantinho de minha mente. Consegui, minha garota está de volta.

— Skyler... Caralho, como eu queria estar aí com você agora.

— Eu também. Por que tudo tem que ser tão difícil?

— Bom, meu pêssego — sorrio —, você é excepcionalmente talentosa, e o mundo todo quer um pedacinho seu. E eu entendo, porque sempre quero um pedacinho também. Caramba, eu quero você inteira.

Ela dá uma risadinha.

— Cristo, como eu sinto falta do som da sua risadinha.

Eu me recosto na cadeira e giro, apreciando os edifícios familiares, a água e o horizonte. É bom estar em casa.

— Eu não dou risadinha.

— Claro que dá, e é fofo.

— Tudo bem — ela diz, como se estivesse ofendida, mas eu sei que não está.

Ela nunca dá o braço a torcer, faz parte do seu charme.

— Baby, eu odeio ter que falar de algo tão desagradável, mas o que você quer fazer com a imprensa e as fotos?

Ela geme.

— A Tracey quase comeu o meu fígado por causa disso.

— O que ela acha que devemos fazer?

— Ela quer que a gente solte uma nota para a imprensa.

— Dizendo o quê?

— Que estamos juntos. Que estamos namorando e felizes.

— E...

Preciso ouvir o que ela pensa sobre esse plano antes de responder. Como estou descobrindo, as mulheres são inconstantes, e qualquer movimento ou palavra pode ser equivocado. Não quero retroceder agora que consegui que ela converse comigo.

Ouço movimentos e uma porta se abrir.

— Preciso de mais um minuto — ela diz a alguém.

— Tudo bem, querida, eu espero no sofá. — Voz de homem.

No sofá.

Querida.

— Quem é?

— Hã? — ela murmura, distraída. — Ah, é o Rick. Nós temos que ir para o set, e mandaram ele vir me buscar.

Rick Babaca.

Timing perfeito, amigão.

Com minha perda de controle me estimulando, e Rick Babaca podendo estar perto da minha garota quando eu não posso, o ciúme acaba falando mais alto e eu digo simplesmente:

— Vamos fazer isso.

— Hã? Fazer o quê? — ela pergunta, hesitante.

— Comunicar à imprensa que estamos namorando.

Cerro os dentes e meu coração começa a bater violentamente no peito. Aperto o telefone no punho, e um calor se forma em volta da minha mão e sobe pelo braço.

— Parker... você mesmo disse que o que nós temos é casual. Diversão.

Lambo os lábios, desejando poder segurar seu rosto em minhas mãos enquanto conversamos. Parece um grande passo para dar por telefone.

Infelizmente, vai ter que ser feito assim — por enquanto.

— Meu pêssego, eu sei o que eu disse. E era o que eu pensava antes. Depois que você foi embora daquele jeito, depois desse voo superlongo, vendo as nossas fotos particulares espalhadas pelos jornais e revistas... Não sei, talvez isso tenha me feito despertar. Não sei direito. Só sei que eu quero ficar com você. Ficar com você de verdade.

— Eu também quero ficar com você — ela sussurra, com uma linda nota de alegria na voz.

— Meu Deus, como eu gostaria de poder te beijar agora. As primeiras vezes devem sempre ser seladas com um beijo.

Ela ri profundamente. Amo seu riso, mais que sua risadinha.

— Meu bem...

— Ah, aí está o meu "meu bem". — Sorrio.

Meus batimentos cardíacos vão diminuindo. Eu me sinto relaxar ao ouvir seu tratamento carinhoso. Vai ficar tudo bem. Sky e eu vamos dar um jeito de fazer isso dar certo.

— Então vamos fazer isso. Eu e você, namorando.

— Vamos.

— E você quer que eu anuncie isso para o mundo...

— Eu não tenho vergonha de ter a mulher mais sexy do mundo no meu pé — faço uma gracinha para aliviar o peso da decisão.

— No seu pé, é?

— Ei... eu sou um partidão.

— É mesmo?

— Sim.

— Quem disse? — ela debocha.

— Minha mãe. E ela deve estar maluca depois de ver as fotos que vazaram. A minha próxima ligação vai ser para ela. — Rio.

— Ah, Deus. Vai ser interessante.

Seu tom de voz ainda carrega humor, mas tem uma nota de tristeza. Não falamos muito sobre seus pais, e agora também não é a hora, mas vou querer saber tudo o que há para saber sobre Skyler Paige Lumpkin.

— Sim, vai. Ela vai querer te conhecer.

— Eu adoraria!

Ouço sua respiração através da linha, como se a simples ideia de conhecer meus pais fosse emocionante.

— Não é grande coisa. Meus pais são legais, trabalhadores, dedicados à família, têm os pés no chão. Você vai adorar os dois, e eles vão amar você.

— Por favor, diga para a sua mãe que eu não vejo a hora.

— E eu não vejo a hora de te ver. Eu sinto que nós precisamos fazer as pazes.

— Você só está querendo o sexo de reconciliação! — ela acusa, rindo.

— Como se você não quisesse!

Ela reprime a risada.

— É verdade. Bom, por mais que eu odeie dizer isso, tenho que ir para o set. Vou pedir para a Tracey enviar a nota para você analisar e aprovar.

— Tenho certeza que tudo que ela disser vai estar bom, mas faça isso. Peça para ela mandar para a Wendy.

— Tá. Te ligo mais tarde?

— Eu ficaria chateado se você não ligasse.

— É bobagem dizer que eu estou animada? — Sua voz é exuberante e tem uma leveza que não tinha no começo da ligação.

— Não, não é bobagem. — Rio. — É um grande passo. E estou ansioso para ver aonde vai nos levar.

E falo sério. Essa coisa com Skyler é nova, mas também é uma mudança revigorante. Acredito firmemente que estou pronto para ela.

— Eu também. Te ligo depois, gato!

— Combinado. Tchau, baby.

Antes que ela desligue, ouço o som de um beijo. Minha namorada me mandou um beijo pelo telefone.

Fofo demais. E bobinho.

Minha namorada é bobinha... e toda minha.

Balanço a cabeça, largo o telefone e me levanto. Dou uma boa espreguiçada, notando que estou cansado pra caramba. Não dormi muito no avião, preocupado com a estranheza entre mim e Sky antes de ela ir embora. E cheguei com a imprensa enlouquecida, minha garota chateada, tive que resolver isso e dar um salto emocional que jurei que nunca mais daria.

Uma vez recuperados meu equilíbrio e minhas emoções, vou para a sala da frente.

Wendy, Bo e Royce estão olhando para a tela do computador dela. Os três me encaram com ar de culpa quando me veem.

Cruzo os braços.

— O que vocês estão olhando, seus chacais? — pergunto, arqueando uma sobrancelha. — Hein? Confessem.

Wendy vira a tela do computador, tomada por uma imagem enorme de mim e Skyler.

— Porra, irmão... — Royce resmunga.

— Filho da puta sortudo. Skyler Paige! — Bo balança a cabeça, como se ainda não acreditasse que estou com ela.

— Vocês ficam lindos juntos. Este site está fazendo um ranking entre você e o ex dela, Johan Karr. — Wendy aponta para a tela. — Olha, você está ganhando por dezesseis por cento.

— Ganhando o quê? — pergunto.

— Quem é mais gostoso, claro!

— Isso é só o começo, pessoal. — Suspiro.

— Por quê? — Wendy sorri, como se soubesse de algo.

— Porque a Skyler e eu concordamos que somos mais que ficantes. A coisa é mais que casual. Estamos oficialmente namorando.

— Cara, você está me dizendo que está fora do mercado? — Roy arqueia as sobrancelhas escuras com curiosidade, querendo mais informações.

Assinto.

— Graças ao meu bom Cristo! Aleluia! Mais mocinhas para mim! — Bo abre os braços como se fosse abraçar o teto.

Roy sai de trás da mesa e bate em meu ombro.

— Que legal, ela é um arraso. Mas não deixe que ela te trate mal. Não vejo a hora de conhecer a Skyler. Quando ela vem para Boston? — A pergunta é mais uma ordem que uma sugestão.

Meus irmãos querem avaliar minha mulher. Já faz muito tempo que nenhum de nós tem que aprovar a namorada do outro. Tempo demais. E, pela conversa que tive com Roy, ele pode acabar igual a mim mais cedo ou mais tarde. Se está procurando uma garota legal, todos os homens de

Boston vão ter que se esforçar. Quando o safo do Royce entrar no jogo, ele vai acabar para os solteiros.

— Ainda não sei — respondo, honestamente. — Ela está filmando agora. Eu vou para casa dormir um pouco e converso com ela hoje à noite. Vou manter todos vocês informados.

— Legal, legal. — Royce aperta meu ombro. — Nós cuidamos de tudo aqui.

Pego a mala que deixei na sala de espera.

— Só me ligue daqui a algumas horas, tá? — digo, erguendo o queixo na direção de Wendy.

— Sem problemas, chefe.

Eu sorrio e ela retribui, com o rosto vermelho.

— Ah, mas não esqueça de ligar para a sua mãe. Eu almoço com ela toda quarta-feira e ela está muito preocupada com os seus horários de sono. Ela disse que você viaja muito e não consegue dormir direito. E claro que está louca para saber mais sobre a Skyler.

Pego a alça da minha mala e assinto, entorpecido, mas me volto quando suas palavras penetram meu cérebro enevoado e cansado.

— Você almoça com a minha mãe toda quarta-feira?

Ela franze o cenho.

— Sim. E com a mãe do Royce toda terça. Às vezes as irmãs dele aparecem. Depende de quem está disponível.

Sorrio e balanço a cabeça.

— Você entrou na família mesmo, né?

Wendy dá uma piscadinha e desliza na cadeira.

— Sim. Eu não tenho família além do Sir Mick. Como vocês se chamam de irmãos, eu percebi que podia conquistar o lugar de irmã honorária.

— Eca! Eu não posso transar com a minha irmã — Bo resmunga e finge que vai vomitar.

— Ainda bem que você nunca vai transar comigo. Agora vão descansar um pouco. Nós precisamos de vocês de volta aos negócios logo. Tem uma tonelada de coisas para fazer.

— Tchau, Wendy. — Aceno.

— Tchau, chefe.

— Tchau, Sininho — Bo se despede, com insinuações maliciosas na voz.

— Tchau, micropau.

Bo e eu entramos no elevador.

— A Wendy é ótima, né? — Ele sorri e ajeita sua jaqueta de couro.

— É.

Quando saímos, meu coração dispara ao ver meu Tesla vermelho-cereja.

— Oi, menina bonita — cantarolo.

Abro o porta-malas e acomodo minha mala lá dentro. Bo joga a sua ao lado da minha com um "Humpf".

Franzo a testa.

— Ei...

— Estou de moto, cara. Vou passar no bar do lado de casa para ver se encontro uma figurinha repetida para poder dormir bem à noite. Ainda estou muito cansado da viagem.

— Você é demais, cara.

— Isso é o que todas dizem — ele brinca.

Não consigo conter o riso.

— Até mais tarde.

Bo passa a perna por cima de sua moto, liga o motor e acena com o queixo antes de manobrar e acelerar.

Que Deus nos ajude no dia em que ele conhecer uma mulher sem a qual não possa viver.

3

Dormi o sono dos justos esta noite. Acordei só para murmurar um olá sonolento para Skyler quando ela ligou e depois desmaiei até de manhã. De volta ao trabalho, finalmente tenho um minuto para ler a matéria da *People*. Não me impressiona. O título deveria ser "Toda sua", como o livro que Skyler adora, mas não... Seria pedir demais. O título é "Skyler Paige é toda sua", e a matéria fala de sua infância feliz, da carreira de atriz e traz mais informações do que seria justificável sobre a morte prematura de seus pais.

Todas as fotos especialmente planejadas foram distorcidas. Há muitas fotos de nós dois nos beijando e sendo excessivamente íntimos, mais do que precisariam ser divulgadas. São de bom gosto, esse não é o problema. Foi Bo quem tirou, e o trabalho dele é ótimo. Se elas não tivessem vazado, eu lhe daria um tapinha nas costas e lhe agradeceria por fazer um trabalho excelente. Só que ver meu relacionamento com Skyler sangrar nas páginas de uma grande revista não faz parte dos meus objetivos de vida.

Francamente, estou surpreso com quanto eles exploraram nosso relacionamento tão novo, e notifico meu advogado sobre minhas preocupações quanto a Skyler, e também quanto a mim. Ele me informa que, uma vez que nós enviamos os arquivos e deixamos a entrevista aberta, eles podem escrever a matéria do jeito que quiserem. Infelizmente, tudo isso é verdade. No entanto, pela forma como foi distorcida, a história não mostra a verdadeira natureza de Skyler ou o que ela queria expressar aos fãs e ao público em geral, e isso me incomoda.

Jogo a revista na mesa e pego o telefone. Quero ouvir a voz dela.

— Olá... — ela diz, com a voz sonolenta e abafada.

Skyler sonolenta. Humm. Adoro Skyler sonolenta. Ela me deixa fazer qualquer coisa de manhã. Lambê-la inteira, beliscar, chupar seus seios até ela implorar para eu meter dentro dela. Uma vez eu a acordei o suficiente para poder enfiar meu pau duro em sua boca. Ela o chupou deliciosamente enquanto acordava.

Rosno e aperto o punho, desejando poder tocá-la.

— Bom dia. Dormiu bem?

Ela geme.

— Sim. Eu estava exausta. Terminei tarde depois que falei com você. Era quase meia-noite, e o Rick e eu nem tínhamos jantado. Acabamos pedindo comida chinesa. Quase dormi em cima do meu frango kung pao — ela diz e boceja alto.

Rick Babaca jantando à meia-noite com a minha garota. Faço uma careta, mas ignoro o comentário. Não quero irritá-la novamente depois da pisada na bola de ontem.

Olho o relógio e percebo que são oito horas. Não é muito cedo, mas ela parece exausta.

— A que horas você tem que voltar?

— Meio-dia. Eles tiveram problemas com o equipamento.

— Ah, que bom. Assim você tem tempo para relaxar antes de retomar.

— Sim.

Ela geme de novo antes de expirar longamente. Lembro claramente da sensação de tê-la acordando enrolada em mim, respirando sobre meu peito nu. Sinto falta disso, mais do que deveria.

— Acabei de ler a matéria da *People*. — Só o silêncio recebe a minha declaração. — Já entrei em contato com o meu advogado...

Skyler boceja de novo.

— Ele não pode fazer nada, meu bem. Liberdade de expressão e liberdade de imprensa. Além disso, tudo o que eles disseram é verdade.

Aperto os dentes.

— Sim, mas não foi o que combinamos com eles.

— Em breve você vai aprender que nada que os jornalistas dizem é o que vai ser publicado. No fim, eles sempre fazem o que querem. Poderia ter sido muito pior. Pelo menos retrataram a gente de forma favorável.

— O que eu sei é que eles ferraram com tudo — rosno e passo a mão pelo cabelo.

Queria que houvesse mais coisas que eu pudesse fazer ou dizer.

— Tudo bem. Ah, tenho uma notícia boa para você. — Sua voz doce age como um bálsamo sobre minhas emoções descompensadas.

— É mesmo? Por favor, pelo amor de Deus, diga. Uma boa notícia cairia bem agora.

— Eu tenho o fim de semana inteiro de folga. Incluindo a sexta. Pensei em talvez ir a Boston, conhecer seus pais, passar o fim de semana com você...

Ela nem chegou e já estou sorrindo de orelha a orelha.

Quando foi que eu já fiquei tão animado para ver uma mulher?

Nunca é a resposta.

É Skyler. Minha viradora de jogo oficial.

— Sky, baby, você me fez ganhar a semana.

Já estou imaginando todas as coisas que quero fazer com ela, mais as coisas que quero lhe mostrar quando a deixar sair do meu quarto. Claro que os rapazes e a Wendy vão querer vê-la.

— Eu quero que você conheça a Wendy e o Royce também. Ele está louco para te avaliar e saber se as suas intenções comigo são boas.

Ela ri com vontade.

— Maravilha. Pensei em dar uma escapada sozinha...

Imediatamente meus pelos se arrepiam.

— Meu pêssego, eu sei que você quer ter liberdade, mas essa não é a vida que você tem. Você tem que fazer a Rachel e o Nate te acompanharem. Desculpe, mas a sua segurança é mais importante que a sua privacidade. Especialmente depois que as fotos vazaram. Os paparazzi vão querer arrancar um pedaço de você.

Ela geme e suspira alto.

— Pelo menos uma vez na vida eu queria ser desconhecida. Não me entenda mal, eu adoro o meu trabalho, e graças a você superei aquela fase, mas a falta de privacidade é...

— Foda. Assustadora. Estressante.

Posso pensar em uma centena de coisas para rotular o que ela deve estar passando. Tive até um gostinho disso. Os fotógrafos estavam em frente ao meu prédio quando saí para o trabalho, e do meu escritório. Eu os ignorei e segui em frente. Deve ser um milhão de vezes pior para a minha garota.

— Isso e muito mais.

— Eu sei, Sky, mas você tem que estar segura. Há muitos malucos no mundo. Me promete que vai trazer a sua equipe.

Ela rosna baixinho, parecendo um dragão cuspindo fogo.

— Tudo bem.

Ela não está feliz com isso.

— Um dia nós vamos descobrir um sistema melhor, mas, por enquanto, aonde você for eles têm que ir. Promete?

— Prometo — ela responde, frustrada.

— Ótimo. Agora... o que você está usando? — pergunto, todo interessado, prendendo a respiração até ela me dar cada detalhe.

As batidas na porta parecem dadas contra meu peito. Esperei a tarde toda que ela chegasse, cuidando para que o lugar estivesse arrumado, as roupas sujas no cesto, os pratos na lava-louças. O pessoal da limpeza veio ontem para arrumar tudo depois de eu passar tanto tempo fora.

Não consigo parar de sorrir enquanto caminho até a porta e a abro.

Aqui está ela. A mulher dos meus sonhos. Usando um macacão frente única preto, que cruza delicadamente sobre seus seios, se alargando na cintura e descendo em pernas largas e fluidas. Nos pés, sandálias altas, douradas, de tirinhas, supersensuais. Seu cabelo loiro está dividido no meio, e as longas camadas caem como ondas sobre os ombros.

— Nossa! — Suspiro, perdendo todo o controle em uma palavra.

Seus olhos castanhos brilham de aprovação quando veem minha calça e o suéter leve de cashmere.

— Vocês podem ir para o hotel. Acho que não vamos sair hoje — ela diz, sorrindo.

Por fim vejo Nate entrando no hall e colocando a mala dela ali. Ele sorri e dá uma piscadinha antes de passar um braço pela cintura da esposa.

— Ligue se mudar de planos — diz.

Skyler não tira os olhos dos meus quando responde:

— Pode deixar.

Abro mais a porta. Ela não entra andando, mas gingando, e sua bundinha apetitosa balança na fina seda.

Sinto água na boca de vontade de morder essa superfície carnuda. Empurro a porta e a fecho, trancando-a. Ela joga o casaco no sofá e observa tudo antes de virar para mim.

— Lugar legal — diz, graciosa, antes de levar a mão à nuca.

Como em câmera lenta, as tiras de tecido em seu pescoço se soltam, deixando à mostra o sutiã tomara que caia e deslizando por seu abdome nu, seus quadris arredondados e suas coxas tonificadas, caindo direto no chão. Um triângulo de renda preta cobre seu sexo.

Skyler coloca as mãos na cintura.

— Vai ficar a noite toda me olhando de boca aberta, ou vai beijar a sua namorada?

Pisco estupidamente algumas vezes, observando seus seios volumosos sendo empurrados para cima pelo sutiã, a forma delicada de ampulheta de sua cinturinha, a erupção de seus quadris.

— Namorada? — provoco.

É a primeira vez que um de nós usa esse título.

Ela sorri.

— Ahã. Li isso em um jornal hoje de manhã.

Dou mais um passo em direção a ela e vejo suas pupilas se dilatarem.

— No jornal, é? Deve ser verdade. Você sabe que eles só publicam fatos.

Pego meu suéter e a camiseta juntos, puxo-os pela cabeça e os jogo no chão.

Ela lambe os lábios quando vê meu peito nu.

Enquanto seu olhar corre pelo meu corpo, ela leva as mãos às costas e solta o sutiã. A peça cai e me presenteia com mamilos rosa-pálido já durinhos com sua óbvia excitação.

Engulo em seco, e um arrepio súbito explode em mim. Meu pau endurece dolorosamente dentro da calça, e ondas de tesão correm pelas minhas terminações nervosas em todas as direções, me preparando para o momento em que nossa pele se tocar de novo.

— Meu pêssego, você é a coisa mais linda que eu já vi. Eu sou um homem de sorte — digo, balançando a cabeça e apertando os punhos.

Ela enrosca as mãos na minúscula tira de renda que repousa em seus quadris, puxa o tecido para baixo e desliza para fora dele, mostrando cada centímetro de seu corpo nu. Seu centro molhado aparece, e não posso mais segurar a resposta carnal. Tudo em mim urge, se estica para ela... meu pau, minhas mãos, meu corpo inteiro. Em dois grandes passos, pouso as mãos em seu rosto e colo meus lábios nos dela.

Minha garota abre a boca imediatamente, enroscando a língua na minha. Ela tem gosto de hortelã e cheiro de pêssego. Chupo seu lábio inferior, beijando-a com força, mais forte do que normalmente faria, mas não posso evitar. Preciso senti-la e ser sentido por essa mulher.

Ela enrosca uma das mãos no meu cabelo por trás, mantendo minha cabeça na dela, e com a outra abraça meus ombros, cravando as unhas em mim. A sandália alta a ajuda a ficar mais perto da minha altura, facilitando que eu devore sua boca.

Inclino sua cabeça e a sorvo profundamente, solidificando tudo entre nós.

Luxúria.

Desejo.

Necessidade.

Estamos nos reconectando, como quando começamos. Só que agora temos familiaridade. Sabemos do que o outro gosta e o que quer, o que torna cada beijo mais intenso. Cada toque é uma marca de pele com pele.

Com seu peito pressionado no meu, posso por fim respirar de novo. A tensão que pesou tanto sobre mim desde nosso último dia em Copenhague por fim se dilui.

Arranco meus lábios dos dela e nós ofegamos, descansando a testa uma na outra.

— Meu Deus, como eu senti falta da sua boca — ela sussurra, no silencioso espaço entre nós.

Sorrio maliciosamente e beijo seus lábios molhados com força antes de cair de joelhos diante dela. Seguro suas coxas quando ela se desequilibra. Ela agita as mãos, mas logo se segura em meus ombros.

— Não podemos deixar você sem a minha boca agora, né? — digo, balançando as sobrancelhas.

Inalo seu aroma delicioso a apenas alguns centímetros de seu centro, absorvendo a rica essência familiar de seu tesão. Lambo os lábios e olho para a mulher dos meus sonhos.

Suas unhas se cravam em meus ombros enquanto ela se acomoda ousadamente, se abrindo para mim, se deixando vulnerável, de tal modo que eu sei, no fundo do coração, que ela não esteve com outro homem. É um presente que eu aprecio e pretendo honrar com uma dúzia de orgasmos incríveis neste fim de semana.

Passo as mãos pela lateral de suas coxas, do joelho ao quadril, acariciando para cima e para baixo. Ela treme sob meus dedos, querendo o que estou prestes a fazer quase tanto quanto eu quero deixá-la louca e ouvi-la gritar meu nome ao sentir minha língua.

— Meu bem... — Ela tem desespero na voz.

Deixo que sua necessidade me preencha enquanto me inclino para a frente e abro seus lábios inferiores com os polegares, para poder alcançar meu objetivo no primeiro golpe. No instante em que minha língua a toca, ela pega fogo, gritando para o teto.

Suavidade. Luxúria. O paraíso.

Seu gosto recobre minha língua, e meus quadris se projetam para a frente por instinto. Meu corpo quer o que minha boca está recebendo. Lambo sua fenda, para cima e para baixo, provando cada centímetro dela antes de abri-la e agarrá-la com firmeza para poder fodê-la com a língua.

— Parker — ela arfa, apertando meus ombros enquanto gira os quadris em pequenos círculos, ávida por mais.

Afasto a boca e enfio dois dedos em seu calor úmido. Seu corpo fica rígido com a invasão, e um gemido pesado, que parece uma mão apertando meu pau, atravessa o ar. Fico tão duro ao ouvi-la que tenho que abrir o botão e o zíper da calça para dar mais espaço para a fera.

Sem pressa, lambo seu centro, alternando entre chupar e dar batidinhas com a ponta da língua. Aplicando um ritmo constante e sem pressa aos dedos, entro e saio compassadamente, adorando a sensação de ter seus músculos internos apertando meus dedos a cada mergulho.

— Por favor... eu preciso gozar.

Ela mexe os quadris e segura meu cabelo com uma das mãos, puxando até eu parar de lamber e olhar para ela. Seu tesão reveste meus lábios deliciosamente, e eu só quero mais. Honestamente, nunca me canso do gosto dela em minha língua.

— Meu bem, me faça gozar — ela implora, afundando os dentes em seu lábio inferior carnudo.

Observo seu corpo nu de onde estou, de joelhos. Ela é a beleza absoluta personificada.

Como se levasse um soco no peito, percebo que estou de joelhos adorando o corpo dessa mulher, e não há lugar na Terra onde eu preferisse estar. É um pensamento profundo, que faz minhas narinas dilatarem enquanto sugo seu cheiro doce. Flexiono os dedos para segurá-la no lugar e cubro mais uma vez seu centro nervoso com o calor da minha boca. Aperto o núcleo firme e esfrego para a frente e para trás com a máxima pressão que posso, sob seu movimento constante.

O corpo de Skyler pulsa em minha boca. Ela segura minha cabeça em seu sexo com as duas mãos enquanto se esfrega em mim selvagemente.

Meu pau está escorrendo na ponta. Abaixo a cueca e o aperto firmemente para controlar o desejo de gozar. Ouvi-la enlouquecer em êxtase, sentir seu gosto em minha língua e seu cheiro em meu nariz pode me fazer explodir a qualquer momento.

Travo os lábios sobre seu feixe de nervos de novo e chupo até que ela goza em uma torrente de "sim" e palavrões.

Assim que seu corpo para de tremer com os espasmos de um orgasmo poderoso, eu me levanto e a levo para o lado, para poder apoiar sua bunda na parte de trás do sofá. Baixando a calça até os tornozelos e chutando-a, eu me posiciono entre suas coxas, apoio minha ereção furiosa em sua fenda escorregadia e arremeto.

— Porra! — Tiro até a ponta e entro de novo.

Perfeito.

Estrelas correm diante dos meus olhos, e o alívio evapora por todos os meus poros enquanto sua boceta apertada trava meu pau. Ela passa os braços pelas minhas costas e chupa meu pescoço.

— Me fode com força, meu bem. Nós dois precisamos disso. — Skyler arqueja em meu ouvido e mordisca minha orelha.

Ondas de prazer correm pelas minhas veias, me fazendo tomá-la mais forte, mais rápido, mais fundo, bombeando dentro dela. Cada investida é melhor que a anterior.

— Perfeito — rosno, apertando os dentes.

Com força.

— Caralho.

Fundo.

— Sky! — rosno.

Antes que ela possa responder, puxo meu pau para fora, pego-a pelos quadris e a faço girar, para que sua bunda apetitosa fique de frente para mim. Ela se segura no sofá e, mais uma vez, abre as pernas. Posso ver seu sexo brilhante, inchado, esperando ansiosamente a minha entrada. Fico tonto de luxúria e avidez.

Pego sua bunda com as duas mãos e a abro para poder ver tudo. Sua roseta escura pisca, e, mesmo que ainda não tenhamos falado sobre sexo anal, tenho que prová-la *inteira*. Não haverá centímetro de Skyler Paige que eu não tenha beijado ou lambido. Curvo meu corpo sobre o dela e vou descendo, beijando sua coluna, seu cóccix, suas pregas, seu centro. Skyler estremece e suspira alto quando deslizo a língua por seu buraquinho escuro, me levando a acreditar que ela não é avessa a brincadeiras por trás.

Quero testar seus limites um pouquinho, então passo a língua sobre seu centro e sigo por sua fenda e até o lugar proibido que ainda não toquei. Giro a língua em torno de sua roseta apertada e capto seu aroma de pêssego com chantili. Suspiro e agito a língua no músculo sensível, até que Skyler começa a remexer a bunda e a implorar por mais.

Quem sou eu para não dar à minha garota o que ela quer? Pelo menos um pouco do que ela quer, até que eu possa prepará-la adequadamente para penetrar seu cuzinho apertado. Usando o polegar, eu o mergulho em sua umidade e mexo um pouco por alguns segundos, e meu dedo fica encharcado de sua excitação. Quando ela começa a gemer ritmicamente, tiro o dedo, me posiciono atrás de sua bunda linda e mergulho meu membro diretamente em sua fenda. Entro e saio de seu calor na frente, até que a sinto deixar as inibições de lado e circundo seu ânus provocativamente com o polegar.

— Como é ser comida enquanto eu brinco com a sua bundinha linda?

— Humm... uma delícia.

Ela força o corpo contra meu pau, fazendo uma onda de euforia me atravessar, atingir cada terminação nervosa e sair dos meus pulmões em uma explosão de ar.

— Caralho! — Bombeio com mais força, em retaliação por seu movimento-surpresa.

Ela está adorando. Tira uma das mãos do sofá e a desliza em seu sexo.

— Está brincando com você mesma, baby? Ponha a mão mais pra baixo, me sinta comendo você enquanto enfio o dedo no seu cuzinho apertado.

— Ah, caramba... — ela ofega quando afundo a ponta do polegar lá dentro.

Ela faz o que eu disse. No instante em que seus dedos tocam meu membro, enlouqueço.

Cada carícia sua em meu pau e em minhas bolas é como um nirvana. Eu me seguro o máximo que posso, desejando-a cada vez mais.

— Goza comigo... — Mexo o polegar para dentro e para fora de seu cuzinho e empurro os quadris, investindo contra seu sexo inchado, até que sinto todo o seu corpo se retesar. — Isso!

Ela grita, e eu redobro meus esforços. Bombeio, enfiando o polegar bem fundo, e com os outros quatro dedos a seguro pelo cóccix para poder comer sua bunda com o dedo e foder seu centro ao mesmo tempo.

Seu corpo fica mole como uma boneca de pano enquanto continuo bombeando, até que ela me surpreende e goza de novo. Menos intensamente que da primeira vez, mas o suficiente para me enlouquecer.

Minhas bolas se retraem, minha mente fica vazia e só o que posso ver, ouvir e sentir é Skyler. Ela está toda ao meu redor enquanto colo meu corpo no dela, me curvo sobre suas costas e gozo fundo dentro dela. Jato após jato, libero toda a inibição, o estresse e a tensão que se acumularam na semana passada, até que só resta paz. Momentos depois de gozar, descanso sobre o corpo nu da minha mulher, saciado e esvaziado.

Endireitando-me, saio de dentro dela, pego-a no colo e a levo para minha cama. Deito-a no colchão antes de ir ao banheiro pegar uma toalha. Quando volto, abro suas pernas e ela não protesta nem se mexe. Dei três orgasmos para a minha garota, deixando-a morta. Eu a limpo, jogo a toalha no cesto de roupa suja e vou para o outro lado da cama.

Uma vez debaixo das cobertas, puxo Skyler para meus braços e me enrolo ao redor dela. O contentamento me preenche até os ossos enquanto ela esfrega a bunda em minha virilha, coloca um dos meus braços entre seus seios e beija meus dedos antes de descansar a cabeça em meu outro bíceps, suspirar e adormecer.

Eu rio e enterro o queixo em seu pescoço; seu cheiro de pêssego com chantili enche meus pulmões e me deixa em perfeita paz com o mundo. Em vez de dormir, fico admirando a linda mulher em meus braços.

Skyler Paige não é só uma beleza estonteante, sua alma é pura. Ela poderia ter me odiado pela tempestade causada na mídia, o que aconteceu devido a minha presença em sua vida e pelo fato de a minha equipe ter vazado as fotos, mas não me odiou. Passados a dor e o mal-entendido, não ficou remoendo e me jogando coisas na cara. Quando um problema surge, nós o resolvemos e pronto. Sem drama. Nada a ver com meu relacionamento com Kayla. Aquela mulher era estressante. Agora que tenho uma parceira como Skyler — o completo oposto de Kayla e de tudo o que ela representava —, estou começando a lembrar a parte boa de ter uma namorada. Não só para transar. Skyler e eu temos uma química incrível na cama, mas é mais que isso.

Ter alguém com quem conversar no fim do dia, mesmo que seja por telefone; saber que ela está pensando em mim tanto quanto eu nela; planejar minha vida em torno de coisas que possam fazê-la feliz e vice-versa. Vejo como é bom pensar no futuro, apesar de Sky e eu estarmos longe disso por enquanto.

Mesmo assim, no passado, eu nem imaginava ter filhos. Especialmente com Kayla. E, quanto mais eu penso, mais percebo como estava enfeitiçado por sua beleza. Ela era uma vadia comigo e com meus amigos. Até minha mãe expressava preocupação acerca de um futuro com Kayla, o que não é comum para Catherine Ellis. Na juventude, minha mãe não se envolvia nos meus romances nem nos do meu irmão, mas estava sempre disponível se quiséssemos conversar. Eu devia ter notado os sinais antes, o que é parte da razão pela qual eu evitava correr atrás do sexo oposto para algo além de sexo. Eu não tinha certeza de poder confiar em uma mulher de novo, mas, com Skyler, estou disposto a tentar, a assumir o risco para ganhar a recompensa.

E Skyler é, sem dúvida, a minha recompensa.

4

Skyler abaixa o quebra-sol do meu Tesla pela décima vez. Ajeita o cabelo comprido. Pela segunda vez em dez minutos, retoca o gloss. Dá um suspiro frustrado, que deve ser o milionésimo.

— Meu pêssego... o que está acontecendo? — pergunto ao pegar a mão dela, apertá-la e descansá-la em minha coxa.

Sua palma é quente e reconfortante — outra coisa estranha que eu não esperava curtir.

Ficar de mãos dadas. Parece uma coisa nova, talvez porque eu não faça isso há uns cinco anos. Geralmente as mulheres com quem eu saía tentavam pegar minha mão; eu as segurava brevemente, para não ficar chato, mas, assim que encontrava uma brecha, soltava. Com Skyler, tenho um desejo constante de tocá-la e de ser tocado por ela.

Ela aperta minha mão.

— E se eles não gostarem de mim?

Praticamente engasgo de tanto rir. Ela volta a cabeça para mim e aperta os olhos.

— Estou falando sério! — ela diz, e suas bochechas estão vermelhas.

— Por isso é tão engraçado! — E continuo rindo.

— Você não está ajudando.

Ela tenta afastar a mão, mas eu a seguro rápido.

— Meu pêssego, eles vão adorar você. Todo mundo adora.

— Eles não me conhecem! Eu quero que os seus pais conheçam o meu verdadeiro eu, não a atriz que eles veem nos filmes. Só a Skyler.

Levo sua mão à boca, de olho na estrada, enquanto beijo as costas de seus dedos.

— Baby, estou dizendo: eles não só vão gostar de você como vão te amar. Caralho, a minha mãe já deve estar planejando o nosso casamento e o nome do nosso primeiro filho com as amigas do clube do livro.

Olho para ela e sorrio. Em vez de rir, ela está com uma expressão assustada. Aperto sua mão.

— Relaxa, meu pêssego. Estou brincando. Em quase tudo. — Dou uma piscadinha, e ela por fim respira fundo e solta o ar lentamente.

Relaxa a mão e se recosta no banco de couro.

— Eu nunca conheci os pais de ninguém antes. Acredite ou não, quando eu era mais nova, trabalhava tanto que não tinha tempo para namorar. Por volta dos vinte anos, namorei um pouco, mas não a esse ponto. O meu primeiro namorado de verdade foi o Johan. E ele nunca me apresentou à família.

Franzo a testa.

— Por que não? Você não ficou com ele por mais de um ano?

Ela suspira e olha pela janela, observando o tráfego. Atrás de nós, em uma Range Rover de vidros escuros alugada, estão Nate e Rachel, os seguranças de Sky. Até agora não fomos seguidos — pelo menos não notei —, mas suspeito de que os paparazzi saibam que carro eu tenho, e um Tesla vermelho-cereja não é difícil de detectar.

— Sim, um ano e meio — ela responde a minha pergunta, mas não continua. Não quero forçar a barra e estragar seu humor, mas quero saber mais sobre ela.

— Primeiro amor? — pergunto baixinho.

Ela assente.

— Sim, mas só da minha parte. No começo eu achei que ele me amava do jeito dele. Ele estava envolvido com a carreira, assim como eu. Mas, olhando para trás, vejo que estava tudo errado. Acabou que só eu fiz concessões. Fui morar com ele, ia encontrá-lo nas sessões de fotos dele entre as minhas filmagens ou no meu tempo livre. Ele raramente ia aonde eu estava trabalhando.

— É mesmo? Bem unilateral.

Ela dá de ombros.

— Por um lado, acho que eu me apeguei tanto porque ele estava comigo quando perdi os meus pais, há três anos. Tínhamos acabado de começar a namorar, e eu fiquei arrasada.

O filho da mãe provavelmente se aproveitou dela. Três anos atrás ela só tinha vinte e dois.

— E eles eram a sua única família?

Skyler respira fundo, estremecendo. Vejo-a tentando controlar as emoções. Ainda assim, seus olhos se umedecem e a ponta do seu nariz fica vermelha.

— Ei, não precisa falar sobre isso se não quiser, se doer demais. Só estou tentando te conhecer melhor — digo, acariciando sua perna, e a aperto para mostrar que estou falando sério.

Ela sorri suavemente.

— Eu sei... É bom falar sobre eles. Eles eram incríveis, os melhores pais que alguém poderia ter. Eu não tenho irmãos, mas eles me deram muito amor e atenção, e eu nunca me senti sozinha. Até eles falecerem.

Balanço a cabeça e faço carinho na mão dela com o polegar, na tentativa de reconfortá-la.

— Como eles morreram?

Ela inclina a cabeça e franze a testa.

— Você leu a matéria da *People*, e tenho certeza de que a Wendy te deu todas as informações necessárias sobre mim.

— Pode ser, mas eu quero ouvir de você. A verdade, não o que os jornais publicam.

Ela aperta o maxilar antes de falar:

— Eles sempre tiveram vontade de viajar o mundo. E, graças ao meu trabalho, fizeram muita coisa que queriam. Eu fiz questão disso. Já que eles abandonaram tudo por mim e pela minha carreira de atriz quando eu era novinha, depois de adulta eu garanti que eles tivessem bastante dinheiro para fazer o que quisessem.

Sorrio, pego sua mão e a beijo de novo, por mais tempo desta vez.

— Você é uma boa filha.

— E eles eram ótimos pais. Bom, eles queriam alugar um iate e navegar, ir a vários lugares da Europa. Era um sonho que tinham desde que eu era pequena.

— E...

— Eu arranjei o iate e a tripulação. Eles nem tinham chegado ao primeiro destino quando enfrentaram uma tempestade pesada. O barco virou. A tripulação toda morreu, e os meus pais também.

Sinto um nó na garganta e engulo em seco.

— Meu Deus. Sinto muito, baby.

Ela respira fundo.

— É, eu também. Se eu não tivesse arranjado essa viagem, eles ainda estariam aqui.

Ah, não.

— Sky...

Ela sacode a cabeça.

— Já chega. Podemos mudar de assunto?

Suas palavras são tensas e ela aperta os lábios. Não é sua expressão mais bonita...

— Sim, baby, podemos. Especialmente porque já chegamos.

Skyler vê o bar do meu pai pela janela. Os toldos verde-bandeira, impecavelmente limpos, sobre a fachada antiga de tijolos parecem mais brilhantes durante o dia.

— É aqui? Eles moram aqui?

Eu rio e pouso a mão em sua nuca para fazê-la olhar para mim.

— É... em certo sentido, é aqui que eles moram. É aqui que nós curtimos e nos reunimos com os amigos e parentes. Este é o bar do meu pai. O Lucky's sempre foi meu lugar favorito no mundo. Foi aqui que eu cresci. A minha mãe queria que eu te levasse para a casa deles, mas é pequena, e eu queria que você, a sua equipe e os rapazes se sentissem à vontade.

Skyler se inclina para a frente, pousa a mão no meu queixo e me beija suavemente. Se afasta antes do que eu gostaria, mas passa o polegar pelo meu lábio inferior.

— Adorei. É perfeito.

— Então vamos lá, meu pêssego — sorrio. — Vamos tomar uma cerveja e comer um dos famosos sanduíches de porco desfiado.

— Parece divino — ela geme. Um som delicioso, que eu sinto em meu pau.

Contorno o carro e encontro Nate e Rachel já do lado de fora, examinando a área, enquanto abro a porta de Sky e lhe dou a mão.

Ela estende uma perna envolvida em jeans e bota de camurça caramelo até o joelho. Está usando também uma blusa de cashmere de ombro caído. Nos pulsos, uma série de pulseiras fica tilintando. Um par de brincos dourados adorna suas orelhas, e seu cabelo está solto. Meu visual favorito. Gosto de passar os dedos por essas mechas suaves. Acho que ela sabe disso, e gosta tanto quanto eu.

Eu a guio até a entrada e abro a porta para ela. Já ouço as risadas profundas de Royce e o riso mais agudo da minha mãe.

Meu pai fechou o bar pelo resto do dia. Eu sei que é um baque no orçamento, mas ele aceita de bom grado para poder reunir todo mundo. Pena que meu irmão, Paul, ainda está fora, em alguma missão secreta do governo.

No instante em que entramos, minha mãe se levanta. Eles montaram uma longa fila de mesas para que pudéssemos nos sentar todos juntos no meio do bar. Ela abre os braços enquanto se aproxima.

— Parker...

Solto Sky para abraçar minha mãe e absorver seu familiar perfume Calvin Klein, Obsession.

— Que bom que você está em casa e em segurança. — Ela me abraça e logo recua. — Agora me apresente a sua *amiga.*

Passo o braço pelos ombros de Skyler e ela agarra minha cintura. Sinto seus dedos se cravarem ali.

— Mãe, esta é a Skyler. Skyler, minha mãe, Cathy.

— Prazer, Cathy. — Minha namorada estende a mão.

Minha mãe afasta a mão dela para o lado e se aproxima de Sky, de modo que tenho que soltá-la.

— Ah, deixe de bobagem. Aqui a gente se abraça. Venha cá, minha linda. — E a puxa para seus braços.

O sorriso radiante de Skyler derrete meu coração.

Minha mãe recua, mas pousa a mão no rosto dela.

— Dourada como o sol. Sabe, você é ainda mais bonita pessoalmente. — E dá um tapinha em sua bochecha.

Sky eleva a mão e a pousa sobre a de minha mãe em seu rosto.

— Obrigada — diz, com emoção na voz.

Minha mãe faz um gesto gracioso, sob o olhar encantado de Skyler.

Catherine Ellis tem esse efeito sobre as pessoas. Todos a amam, e ela ama todo mundo. A menos que a pessoa se mostre indigna. Aí ela guarda um rancor cruel, mas é difícil chegar a esse ponto.

— Quem veio com vocês? — ela pergunta, indicando Nate e Rachel.

— Mãe, esta é a equipe de segurança da Skyler. E amigos dela também. Rachel e Nate Van Dyken.

— Que chique, ela tem seguranças. — Leva as mãos ao peito, sorrindo abertamente antes de apertar a mão dos dois. — Bom, entrem, fiquem à vontade. Vou pedir para o Randy servir as bebidas.

— Obrigado por nos receber, senhora — Nate diz.

Minha mãe se volta e se dirige à mesa.

— Que moço educado!

— Olá! — A equipe da agência, menos Wendy, acena.

Royce se levanta, caminha até nós, pega a mão de Skyler e a leva aos lábios.

— Prazer em conhecê-la, senhorita. — Sua voz é um estrondo profundo.

Sky abre um sorriso largo e se abana, olhando para mim.

— Todas as pessoas que você conhece são bonitas? — pergunta.

— Não, só eu — Roy brinca.

— Ei! Magoei — Bo reclama, pulando da cadeira onde estava sentado ao contrário.

Ele puxa Sky para um abraço de urso.

— Oi, linda.

Sky retribui o abraço, para meu desgosto, e dá um tapinha em suas costas.

— Já passou o jet lag? — pergunta, uma vez que eles se viram na semana passada em Copenhague.

— Nada que umas noites de sono e umas rodadas com uma mocinha não resolvam — ele diz, mexendo as sobrancelhas.

— Mocinha? — Sky estranha.

Passo o braço em volta de seus ombros e a puxo para longe de nosso galinha oficial.

— Meu pêssego, você não vai querer saber.

— Meu pêssego? — Minha mãe suspira ao ouvir o apelido da minha garota. — Que fofo! — Sua felicidade transborda.

Reviro os olhos enquanto levo Sky até meu pai, que está ocupado preparando as bebidas.

Ele enxuga as mãos na toalha jogada por cima do ombro e estende o braço sobre o balcão.

— Skyler, é um prazer ter você no Lucky's. Obrigado por vir de Nova York até aqui.

Ela aperta a mão dele.

— Imagine. Eu que agradeço por me receber. Eu estava ansiosa para conhecer a família e os amigos do Parker.

— O que você quer beber? — ele pergunta.

— Tem sidra?

— Claro que sim. Pode ser Angry Orchard?

— Perfeito, obrigada.

— Saindo. — Meu pai dá um tapinha no balcão. — Fique à vontade.

Sentamos diante de Royce e Bo; Rachel e Nate ao lado de Skyler, minha mãe e meu pai em cada extremidade, quando finalmente se acomodarem.

No momento em que meu pai pousa nossas bebidas na mesa, a porta do bar se abre.

Nate e Rachel se levantam. Ele contorna a mesa e ela se posta na frente de Skyler instantaneamente. A expressão séria de ambos diz "Não mexam comigo".

— Ei, ei! — Eu me levanto e aperto o ombro de Nate. — É a Wendy e o namorado dela.

Seus ombros relaxam, mas ele se mantém parado firmemente.

— Olá, chefe!

Wendy entra gingando, segurando a mão de um homem alto. Ele veste calça social e uma camisa impecavelmente passada, sem gravata, com um suéter justo por cima. Tem o cabelo loiro-acinzentado e olhos claros, com um ar de "executivo bem-sucedido no fim de semana", mas a mulher cuja mão segura é o oposto dele. Wendy está de meia-calça vermelha, minissaia xadrez preto e branca e uma camisa branca masculina com um nozinho na cintura e meio aberta na frente, revelando intencionalmente o sutiã de renda vermelha. Nos pés, coturnos pretos de salto alto. Seu cabelo vermelho-vivo está jogado para o lado, preso com uma tiara preta que parece de criança. Nunca se sabe como Wendy vai aparecer, mas é sempre interessante, e ela desfila como se estivesse vestindo o último lançamento de alta-costura.

— Wendy, que bom que você veio — digo, me levantando e parando diante dela e de seu acompanhante com a mão estendida. — Parker Ellis, o chefe.

— Michael Pritchard, o noivo.

— Wendy... — Sorrio enquanto ela levanta a mão e me mostra um anel grande e extravagante.

— Ele me pediu em casamento, acredita? Estou noiva! — Ela parece prestes a explodir de alegria.

Eu rio, e ela se joga em meus braços, saltitando, do jeito dela. Por cima de seu ombro posso ver que o noivo não gosta de vê-la abraçando outros homens. Ele aperta a mandíbula e estreita os olhos. Mas não me assusta. Eu daria conta desse cara se fosse necessário.

— Claro que acredito. Você é um partidão, abusada.

Ela sorri e recua.

— Agora eu quero conhecer a sua namorada celebridade. E pode me dar um soco se eu me comportar como uma fã maluca.

— Se você puser as mãos na minha mulher, vai ter que se ver comigo — Michael adverte, passando o braço pela cintura de Wendy e a puxando para si.

— Ele está brincando — ela diz, rindo, e dá um tapinha na mão do noivo.

— Nem um pouco — Michael responde, ameaçador.

— Shhh. — Ela lhe dá um beijo no rosto, o que parece aliviá-lo.

Sua atitude se suaviza ao primeiro toque dos lábios dela contra sua pele. Wendy tenta olhar além de mim.

— Quero conhecer a Skyler!

— Venha conhecer o restante da família, Michael.

Passamos alguns minutos apresentando Wendy e Michael, compartilhando suas boas notícias, enquanto meu pai serve as bebidas. Todos concordam em comer sanduíche de porco desfiado com batata frita, além de algumas entradinhas que o cozinheiro planejou para nós. Rachel e Nate recusam bebida alcoólica, e meu respeito por eles aumenta ainda mais. Eles estão ali a trabalho, mesmo que Skyler tenha dito que é um momento de diversão.

Depois que a comida é servida e meus pais se acomodam à mesa, a conversa começa de verdade.

— Skyler, eu estou louca para saber como é ser uma celebridade. Deve ser incrível, né? — Wendy pergunta, descaradamente, enquanto mastiga uma batata frita.

Skyler bebe sua sidra e lambe os lábios. Eu adoraria lambê-los também e provar a bebida de sua boca linda. Em vez disso, acaricio sua coxa do quadril ao joelho repetidamente, o que provavelmente acalma mais a mim do que a ela.

— Tem suas vantagens e desvantagens. Como qualquer trabalho, imagino.

— Sim, tipo conhecer pessoas incríveis e ir a lugares legais — Wendy retruca, e seus olhos se iluminam com o interesse.

Sky sorri.

— Sim, definitivamente isso é uma maravilha. Mas a falta de privacidade é uma batalha constante.

Minha mãe franze a testa.

— Muita gente fica te pedindo autógrafo e coisas assim? — pergunta.

— Sim, claro. Mas eu não me importo de falar com os fãs. Normalmente eles são bem respeitosos, querem me contar qual é o filme favorito ou tirar uma selfie. Os paparazzi é que são o problema.

— Abutres — Nate resmunga baixinho.

— O que você está fazendo agora? — meu pai pergunta.

— Outro filme da série Angel.

— Eu adoro esses filmes! O seu trabalho está incrível! — Wendy elogia.

Sky ri.

— Obrigada. É muito divertido fazer as cenas de ação, e eu tento aprender os movimentos para não precisar de dublê com muita frequência.

— Que legal! — Wendy se mostra surpresa e descansa o rosto na mão, o cotovelo apoiado na mesa, se concentrando inteiramente em Skyler.

Minha assistente está maravilhada com a minha garota, mas está se controlando. Com o tempo, tenho certeza de que ela vai superar o lado celebridade de Sky e passar a vê-la como amiga. Tomara. Seria bom para Sky ter amigos leais. Tracey é a única que eu conheço.

— É legal, sim. — Sky não para de sorrir.

— E não deve ser ruim trabalhar com Rick Pettington, aquele *gostoso* — Wendy comenta, abanando o rosto. — Aquele cara é demais!

Michael aperta o braço ao redor dos ombros dela. Instintivamente, aperto a perna de Sky.

Royce leva o punho à boca e ri.

— Hum... a casa caiu.

— Ele é bonito, sim. E é meu amigo — Sky responde, diplomática.

Viro a cabeça para olhar mais de perto para minha mulher.

— Amigo? Ele foi promovido a *amigo*?

Skyler suspira e dá um tapinha em meu peito.

— Sim. Ele sempre foi meu amigo, ainda mais agora. Não dá para trabalhar dezesseis horas por dia com alguém e não ficar próximo.

Franzo a testa.

— Próximo quanto? — rosno, e a mesa toda ri.

— Pare com isso, filho — meu pai alerta. — A moça sempre trabalha com homens bonitos, imagino.

— Obrigada, sr. Ellis — Sky diz, sorrindo para meu pai.

— Pode me chamar de Randy, querida, ou de sogrão.

— Acho que eu vou fazer uma visitinha a esse set, marcar presença — digo e dou um beijo na testa de Sky.

— Boa ideia. Você precisa cuidar do que é seu — Michael afirma, com um movimento de queixo.

Wendy revira os olhos, mas se aconchega mais perto dele. Ele beija o topo da cabeça dela, e ela passa a mão pelo pescoço e segura o pingente de cadeado. Seus olhos se dilatam e ela suspira, sonhadora.

— De verdade? Você vai ao set? — Sky pergunta, se endireitando na cadeira, com uma expressão esperançosa e feliz no rosto.

Pouso a mão em sua bochecha:

— Se a minha visita vai pôr esse tipo de sorriso no seu rosto, pode apostar que eu vou.

Ela abre um sorriso enorme.

— Legal — sussurra, e meu pau endurece dolorosamente dentro da calça.

Eu lhe dou alguns beijinhos nos lábios, o que faz minha mãe, Wendy e Rachel suspirarem, e Bo e Roy fazerem gracinhas.

— Calem a boca! Só porque vocês dois não encontraram uma mulher legal, não significa que podem me encher o saco — digo, sem raiva nenhuma.

— Essa é a graça, irmão — Royce replica.

Bo joga a cabeça para trás e ri.

— Viu o que eu tenho que aguentar? — resmungo, jogando uma batata frita na boca.

— Sim, coitado. Pais legais, uma assistente incrível, sócios que são como irmãos... Que dó de você. — Sky faz beicinho.

— Você está do lado deles! — Rio e a puxo para mais perto.

Ela ri.

— Não, gato, eu estou sempre do seu lado. A menos que você se comporte feito um idiota. Daí eu fico do lado deles.

Abro a boca para dizer algo quando Royce me interrompe:

— Você tem que casar com ela, cara. — Ele balança a cabeça. — É a mulher perfeita.

— Totalmente, irmão — Bo complementa.

Acaricio o pescoço de Sky e pouso alguns beijos ali.

— Você é perfeita... para mim.

Sky põe a mão em meu queixo e me olha diretamente nos olhos. Seu olhar é cheio de intenção e coisas que virão mais tarde, quando estivermos sozinhos.

— Não se esqueça disso — diz.

Acaricio seu ombro e braço e pego minha cerveja enquanto respondo:

— De jeito nenhum.

5

— *Agora eu quero que as modelos girem os quadris e façam um movimento bem sexy...* — o estilista diz, movendo os próprios quadris enormes de um jeito que me faz estremecer.

Esfrego a nuca.

— Cara... — Bo opina, balançando a cabeça — isso não é sexy para *ninguém*.

Chegamos a Milão há dois dias, e desde então tem sido um exercício de paciência. O estilista, T-Bone — igual ao bife; foi exatamente assim que ele se apresentou —, tem tentado nos tirar do sério, para dizer o mínimo.

— T-Bone, você quer vender essa linha de lingeries para mulheres do mundo todo. Mulheres que trabalham fora, mães que trabalham em casa, jovens na faixa dos vinte anos...

— De todas as formas e tamanhos, sim. As mulheres devem ser celebradas! — A voz do sujeito é aguda demais para um homem tão corpulento. Quase feminina. Se eu não o visse olhar para as modelos como um lobo faminto, pensaria que ele joga no outro time. Ele é atarracado, de pele pálida, queixo duplo e entradas.

Por alguma razão, no entanto, suas criações agradam, fazendo de T-Bone um dos melhores novos estilistas do ano. Admito que suas lingeries são incrivelmente inventivas e favorecem as formas femininas. Têm pregas, babados, laços e fitas nos lugares certos para fazer qualquer tipo de corpo parecer espetacular. Mas as coisas que ele quer que as mulheres façam na passarela estão enlouquecendo a mim e a Bo.

— Concordo. As mulheres têm que se sentir bem consigo mesmas, especialmente no quarto, com o homem delas. Mas a mulher comum... ou melhor, mulher nenhuma vai querer parar no fim da passarela, girar o quadril, dar meia-volta, se curvar e mostrar as partes para o público.

T-Bone se encolhe, agita as mãos no ar e as bate nas coxas.

— E por que não?

Faço o melhor que posso para não revirar os olhos e dizer que suas exigências são ridículas.

Bo intercede quando percebe que estou tendo dificuldade para expressar o que preciso dizer sem perder a calma. Ele passa o braço em volta dos ombros do homem e o leva até uma das modelos, Marta, que está com os braços cruzados sobre os seios quase nus.

— Marta, como você se sente vestindo essa lingerie?

Ela dá de ombros e olha para o lado.

— Não sei bem. Bastante exposta, com todas essas luzes.

T-Bone franze a testa.

— Não se sente bonita? — pergunta. — Você está absolutamente comível.

Seu comentário faz Marta se abraçar, ainda mais constrangida.

Bo solta um longo suspiro.

— Marta, querida, você se sentiria mais confortável se houvesse menos luz, ou se o ambiente estivesse à luz de velas?

Seus olhos se iluminam e ela anui rapidamente.

— E que tal um robe sexy? Talvez com um leve brilho, para você deixar escorregar no fim da passarela, brincar de esconder com as luzes piscando, em vez de ter toda essa luz fixa em cima do seu corpo...

— Ah, seria lindo. Acho que assim eu ia conseguir desfilar.

Bo abre um sorriso largo e se dirige à próxima da fila. Ela está usando uma camisola transparente nos mamilos, que cai em um tecido multicolorido e levemente brilhante sobre seu ventre, escondendo qualquer problema com a barriga. Uma calcinha estilo boneca, larga nas laterais, transparente na bunda e com o mesmo tecido multicolorido na frente, completa o modelo. A lingerie lavanda mostra as partes do corpo de que geralmente as mulheres gostam e esconde algumas áreas problemáticas. Especialmente para as mães que ficaram com a barriga flácida depois de ter filhos.

— Bianca, certo?

Ela assente, com o braço sobre os seios, escondendo os mamilos. Mordeu tanto o lábio que está até inchado. Dá para ver claramente que está apavorada.

— Como você se sente usando essa roupa, Bianca?

Ela engole em seco e olha para o chão com os olhos úmidos.

— Exposta.

— Você gosta do jeito que o seu peito e o seu bumbum ficam nessa roupa, querida?

Bianca dá de ombros.

— Não sei.

— Você está absolutamente deslumbrante. Mas imagino que esteja acostumada a usar esse tipo de coisa só na frente do seu marido, né?

Ela assente e deixa cair uma lágrima.

— Por que você está fazendo isso, querida? — Bo pergunta, com um tom de voz confortador.

Ele tem uma habilidade incrível para acalmar as mulheres. Essa é uma das razões de ter tantas "mocinhas" no seu pé.

— Porque estamos precisando de dinheiro, e eles pagam muito bem. — A voz de Bianca estremece e se esvai depois de sua confissão.

T-Bone arfa.

— Você não está aqui porque se sente sexualmente poderosa? — pergunta, horrorizado.

Parece que T-Bone está começando a perceber que está fazendo exatamente o oposto do que se propôs, que era dar poder às mulheres, e não depreciá-las.

Bianca sacode a cabeça, mas não diz nada.

— E se você estivesse na passarela com o seu marido usando um pijama masculino combinando, e ele te desse um beijo sensual no fim? — sugiro.

Seu rosto inteiro se ilumina.

— Seria bem divertido! Nós poderíamos fazer isso juntos! — Ela sorri, repentinamente animada.

— Um pijama masculino combinando. Genial! — T-Bone comemora.

Ele olha para as modelos seminuas com uma expressão pensativa.

— Quem de vocês gostaria de desfilar na passarela com o parceiro? — pergunto.

Algumas delas levantam a mão — provavelmente todas que têm um parceiro.

— Quem de vocês gostaria que as luzes do palco fossem mais fracas?

Desta vez, todas as mãos sobem.

T-Bone anda pela passarela, olhando para sua lingerie e para as modelos que escolheu. Nenhuma delas já desfilou antes, o que é outro desafio que Bo e eu estamos enfrentando esta semana. São mulheres reais. Magras, com peso mediano, acima da média, plus size, de todos os tamanhos. Elas vêm de esferas diversas: mães, professoras, universitárias, garçonetes. Todas escolhidas por amigos e parentes do estilista, indicações boca a boca. Agora estão reunidas ali, e é evidente que a ideia precisa ser aprimorada. Essas mulheres têm medo de desfilar na passarela vestindo lingerie sexy, mas, depois de falar com várias delas, o consenso é que não querem abrir mão do dinheiro.

Dou um tapinha nas costas de T-Bone.

— Eu tenho algumas ideias sobre a sua lingerie e o seu conceito de fazer as mulheres se sentirem bonitas e poderosas. Você está disposto a ouvir?

Ele esfrega o queixo duplo.

— Se bater com a minha visão... claro que sim — responde.

— Já que muitas lingeries suas brilham no escuro, que tal um show com luzes acendendo e apagando a intervalos diferentes? Enquanto as modelos caminham pela passarela, são iluminadas aleatoriamente. Cada holofote vai revelar um pouco mais de pele. Por exemplo, o primeiro holofote pode se concentrar nas pernas nuas e na parte inferior da peça que elas estiverem usando. Enquanto avançam, as peças que brilham no escuro vão ser iluminadas até o próximo holofote, que pode destacar a parte de cima do corpo, e assim por diante.

T-Bone assente.

— Humm... Entendo.

— As modelos com peças mais reveladoras podem desfilar com o parceiro. Você pode providenciar um pijama masculino simples, roupas íntimas ou roupões para combinar com a lingerie delas. Dois designs atraentes para a mulher comum. Acredite: as mulheres gostam de combinar com o parceiro em qualquer oportunidade. Isso também atrairia o interesse daquelas que vão se casar, comemorar o aniversário de casamento etc.

— Sim, sim, já consigo enxergar com clareza. Vou fazer isso. Eu posso criar algumas peças masculinas simples e exclusivas em pouco tempo.

Ele vai até a mesa que tem em sua sala de trabalho e começa a desenhar, passando a ignorar todos nós.

— Acho que é o suficiente por enquanto — digo. — Eu tenho mais ideias, mas vamos começar por aí e deixá-lo trabalhar. Vocês estão prontas para voltar a usar suas roupas normais e ensaiar para a passarela?

Ouvimos risadinhas na sala.

— Vão se trocar e nos encontrem nos fundos do galpão. Vamos ensaiar lá fora.

As modelos saem, parecendo mais felizes do que quando chegamos. Dou uma olhada rápida em T-Bone, mas ele está absorto no trabalho. Depois de esboçar algo, pegou uma amostra de tecido e a pôs ao lado de um croqui.

— Vamos, Bo. Acho que a passarela é o seu departamento.

Ele ergue a sobrancelha.

— Só porque a minha mãe era estilista, não quer dizer que eu seja especialista em desfiles.

— Não minta. Eu conheço a sua história. Você já desfilava antes de aprender a correr. Além disso, eu acho que já transou com modelos suficientes para ser um especialista certificado.

— Bom, isso não é mentira. — Ele sorri com malícia.

Eu rio e pouso o braço sobre seus ombros.

— Vamos lá. Temos muito trabalho pela frente.

— Está brincando! — Skyler comenta. — Ele queria que elas desfilassem vestindo quase nada e fazendo movimentos indecentes? Você explicou que as modelos não são estrelas de filme pornô?

— Pois é, baby. — Rio. — Foi péssimo, mas ele honestamente achava que estava dando poder a elas, que estava libertando essas mulheres para expressar a própria sexualidade.

— De jeito nenhum. Esse é o pior tipo de humilhação. É fazer delas mulheres objeto. Afff. — Ela suspira.

— Eu sei, mas o Bo e eu colocamos o cara nos trilhos. A equipe dele já está criando visuais combinados para alguns parceiros das modelos, além de acrescentar robes e coisas para fazer com que elas se sintam mais sedutoras e à vontade entre quatro paredes.

— Que bom.

— Estou pensando em colocar espelhos na passarela.

— É mesmo? Por quê?

— Bom, pela minha experiência, quando uma mulher gosta da própria aparência, ela se olha no espelho. Ela quer ter certeza de que cada ângulo está perfeito. Acho que, quando a pessoa gosta do que vê, se sente mais confiante e sensual.

— É verdade. Eu me olho várias vezes no espelho antes de decidir o que usar.

— E imagino que faça o mesmo quando veste uma lingerie.

Essa é uma questão importante, e não vejo a hora de ouvir a resposta dela.

Sua voz assume um tom que eu adoro.

— Você ia adorar saber disso, né? — provoca.

Eu gemo.

— Sério... As mulheres fazem isso, não fazem?

Ela ri baixinho.

— Sim, meu bem, nós fazemos. Sempre queremos ver e sentir o nosso melhor, então é claro que olhamos no espelho, especialmente quando vestimos uma lingerie.

— Excelente. Então acho que vou acrescentar espelhos na lateral da passarela. Além de o público e as câmeras conseguirem captar ângulos diferentes das peças, isso iria compor um clima bem sensual e mágico, com luz baixa e piscante.

— É uma ótima ideia, Parker. Eu gostaria de ver.

— Venha — digo instantaneamente, sem pensar.

Ela resmunga.

— Eu queria poder, meu bem, mas tenho que trabalhar. O fim de semana prolongado foi o último por um tempo. Nós temos que acertar essas cenas, e tem outras difíceis chegando.

— Ah, é? Que tipo de cena?

— Parker... — ela me alerta.

Aperto os dentes até sentir o maxilar travar.

— Cenas de sexo — digo.

— Você sabe que esse é o meu trabalho, meu bem. De todas as pessoas que conheço, você é a que eu espero que entenda que existem certas partes dele que às vezes me colocam em uma posição desconfortável...

— Bem desconfortável beijar e esfregar o seu corpão nele — rosno, bastante imaturo.

— Nós vamos seguir por esse caminho? — ela pergunta, em tom acusador.

— Eu não gosto de saber que outro homem está te beijando, provando os seus lábios, a sua pele. Tocando o seu corpo.

Imagens de nós dois juntos passam pela minha mente, e eu pressiono ainda mais a cabeça no travesseiro. Estou tentando me acalmar quando vejo que a linha caiu.

Ela desligou na minha cara.

O quê?!

Arrepios de medo correm pela minha espinha e meus membros. Até o celular tocar, mostrando uma ligação pelo FaceTime. Meu pêssego.

Clico no botão e seu lindo rosto aparece.

— Achei melhor falar sobre isso cara a cara.

— Desculpe — digo, olhando para seus doces olhos cor de chocolate e seus lindos lábios rosados.

Seu rosto, mesmo sem maquiagem, é absurdamente lindo.

— Eu não devia ter dito aquilo. Fui um imbecil imaturo.

Ela assente.

— Sim, mas foi real e honesto. Parker, eu quero que você sempre se sinta à vontade para me dizer a verdade. Para dar certo, nós temos que prometer ser honestos um com o outro sobre tudo. Muitas pessoas já me decepcionaram, e eu não posso me preocupar com essas coisas com você.

— Sky, baby, eu nunca vou te decepcionar. Não intencionalmente. E lamento muito por ser um idiota ciumento.

Ela sorri.

— Talvez eu comece a te chamar de neurótico quando você ficar fora de controle.

— De repente isso funciona como um lembrete. — Rio.

Ótimo, crise contornada. No entanto, as garras do monstro do ciúme são bem reais.

— Você vai ficar bem sabendo o que eu tenho que fazer no trabalho? Isso nunca vai mudar. O que eu posso te garantir é que levo os meus papéis e personagens muito a sério, e é tudo fingimento. Eu não fico beijando o Rick nem qualquer outro pensando no que sinto. Fico só pensando se o ângulo do beijo está bom para a câmera, se a posição do meu corpo vai ficar legal na telona, e cobrindo as partes que não quero que o público veja. Além disso, é tudo muito técnico.

— É mesmo? — Na minha cabeça, eu achava que os atores só fingiam estar se beijando e transando na frente das câmeras.

— Claro, seu bobo. — Ela ri, desta vez sem censura na voz. — Sempre tem pelo menos dez ou doze pessoas no set: a equipe de iluminação, câmeras, diretor e maquiagem, e ao mesmo tempo estamos tentando fazer a cena parecer real. Nós precisamos mostrar que os personagens são de verdade, apaixonados, ou loucos, ou o que quer que seja, dependendo do estágio do filme. Muitas vezes filmamos todas as cenas sensuais por último, quando já temos mais química, e geralmente começamos a ficar mais irritados.

— Uau. Nunca pensei que uma cena dessas exigisse tanto.

— Muito. Então, ao longo do dia, o seu colega começa a feder por causa do vapor e da maquiagem e do esforço de manter os braços na posição certa. Aí no fim eu tenho que sentir cheiro de homem suado e pior...

Minha garota me faz rir, e eu quero saber mais.

— O quê? — Rio, curtindo a careta de desagrado dela quando finge engasgar.

— O Rick adora cebola. Em tudo. — Ela estremece, e eu caio na gargalhada.

— Você ri, mas tente beijar alguém que vive com hálito e gosto de cebola mastigada. É nojento!

— Está brincando! — Ainda estou rindo enquanto olho para minha linda mulher.

— Eu queria estar.

— Baby, dê um Tic Tac para o sujeito! — Rio mais um pouco.

Ela abre um sorriso largo.

— Não posso! Seria uma grosseria, e eu tenho que trabalhar com ele.

— Melhor deixá-lo constrangido do que ter que beijar uma cebola crua.

Ela faz uma careta.

— *Blergh!* Você me lembrou que eu tenho mais uma cena para fazer. Preciso me maquiar, nós vamos filmar uma tomada de ação super-rápida, e no fim ele me pega e me beija. — Ela franze a testa. — Eu não quero lamber cebola. Eu nem gosto de cebola!

— Estou com pena de você, meu pêssego. Mas ouça o meu conselho... ofereça uma bala de menta para o cara!

Ela se inclina para a frente e mexe os braços. Seu celular está encostado em alguma coisa, e eu não consigo ver o que ela está fazendo exatamente.

— *Tchã-nan!* — Sky mostra uma caixinha de plástico azul. — Tiras de Listerine, baby!

Eu rio.

— Perfeito. Pegue uma bem na hora da cena e ofereça para o cara. Se ele recusar, diga que, se quiser beijar você como a cena exige, ele precisa virar homem.

Ela faz beicinho.

— Não quero fazer isso, mas não aguento mais beijos de cebola.

— Pelo menos eu sei que o meu posto de melhor beijo do seu mundo está garantido.

— Quem disse que você é o meu melhor beijo?

Tenho certeza de que meu rosto empalidece antes de ela cair na gargalhada.

— Estou brincando, gato. Você beija muito bem.

— E não se esqueça disso — reclamo.

— Que tal você vir me visitar para eu não esquecer? — Ela morde o lábio, talvez com medo de mencionar o que eu prometi.

— Na verdade, eu mandei a Wendy cuidar da minha viagem de volta depois do desfile, no sábado. Devo chegar no domingo à noite.

— É mesmo?

Seu rosto se ilumina com um sorriso, o que me faz lembrar que minha namorada é Skyler Paige, a mulher dos meus sonhos. A atriz mais requisitada de Hollywood. E ela é toda minha.

Sinto o peito inchar de orgulho por fazê-la feliz, especialmente porque o motivo de ela estar feliz é simplesmente poder me ver.

— Sim, baby. Eu quero saber como você trabalha, te ver em ação. Depois quero ter levar de volta para a sua cobertura e te agarrar... hum... uma, duas, vinte vezes.

— Eu vou adorar. — Ela fica lindamente corada, e eu desejo que esteja nos imaginando juntos.

— Então está combinado. Mas eu preciso desligar, meu pêssego. Já é tarde aqui, e amanhã tenho que ensinar mulheres que nunca desfilaram a dominar a passarela.

Skyler franze a testa.

— Meu bem, você sabe fazer isso?

Sacudo a cabeça.

— Não, mas o Bogart sabe e vai assumir a tarefa. Eu estou aqui para pensar nos melhores ângulos para a câmera e dizer como elas podem ficar bem sensuais usando roupas que normalmente não usariam, exceto entre quatro paredes.

— Você tem jeito para fazer uma mulher se sentir sexy. Disso eu tenho certeza.

— É mesmo? Fale mais.

Ela revira os olhos.

— Achei que você tivesse que dormir.

— Achei que você tivesse que se maquiar.

Ela franze os lábios.

— Talvez eu queira ter certeza de que o meu homem vai para a cama feliz e pensando em mim.

— É mesmo? — Vejo um olhar cheio de luxúria na mulher dos meus sonhos.

Ela lambe os lábios e morde o de baixo.

Caralho, o que eu não daria para estar com ela agora, chupando sua boca.

— Sim. O que te faria mais feliz agora?

— Você está oferecendo diversão via FaceTime, meu pêssego?

Ela olha para alguma coisa longe da câmera.

— Eu tenho mais vinte minutos. Se quiser aproveitar esse tempo...

— Que mulher perfeita — murmuro.

— Meu bem... eu não sou...

Ela vai começar a negar sua perfeição, mas eu a interrompo rapidamente.

— Skyler, tire a blusa e me mostre seus peitos.

Um enorme sorriso atravessa seu rosto e ela ergue uma sobrancelha, mas tira a blusa, abre o sutiã, e vejo seus seios doces e rosados. Minha boca fica cheia d'água, e eu gemo.

— Muito bem. Perfeito. — Deslizo a mão para baixo, por dentro da cueca, e seguro firme minha ereção furiosa.

— O que mais você quer ver? — ela sussurra, suave e carente.

— Você inteira, meu pêssego. Eu quero você *inteira.*

6

— Não, querida, não precisa fazer bico de pato com a boca — Bo orienta, expirando exasperado conforme entro na sala que alugamos em um estúdio de balé.

Quando descobrimos que elas realmente não sabiam absolutamente nada sobre desfiles e passarelas, lingerie ou qualquer coisa remotamente relacionada à moda, entendemos que teríamos de adotar uma abordagem mais prática e individual com as mulheres.

— Meninas, vamos fazer um intervalo. Eu gostaria que vocês arrumassem aquelas cadeiras no canto em três fileiras de quatro. Vamos tentar uma coisa um pouco diferente hoje — digo, dando a elas meu melhor sorriso para que saibam que não estamos bravos com a falta de progresso.

O desfile de lingerie vai ter uma troca de roupa para cada modelo, em um total de vinte e quatro looks, então precisamos fazer essas garotas mostrarem o seu lado sexy, ou a International Guy pode ter seu primeiro cliente insatisfeito.

Bo se aproxima de mim e suspira.

— Estou nessa a manhã toda. Quando elas não estão nervosas, se comportam feito idiotas. Quando não se comportam feito idiotas, olham para mim com medo. Espero que você tenha alguma carta na manga, porque, francamente, estou perdendo a paciência.

Em vez de falar, dou um sorriso largo, deslizo até a porta e a abro.

Três mulheres entram requebrando. As três têm corpo de ampulheta, peitos grandes, quadris abundantes e cintura fina. São a materialização de Jessica Rabbit.

Os olhos de Bo praticamente saltam das órbitas.

— Jesus Cristo... que presente. Não precisava, meu irmão. — Ele ofega e respira entredentes, assobiando. — Mas tenho que admitir que estou feliz.

Bo começa a seguir as três, que se dirigem para a frente da sala, ainda rebolando.

Eu seguro seu braço e o puxo para trás.

— Não. Elas não estão aqui para você. Pode dar em cima delas quanto quiser *depois* que elas ensinarem as modelos a usar as curvas e o corpo de um jeito atraente e a fazer um espetáculo incrível.

Bo olha para cada uma delas por um longo tempo antes de concordar. A líder da matilha é alta, cerca de um metro e oitenta, com o cabelo preto comprido até a bunda. Está usando um espartilho de cetim preto e calcinha de cetim vermelha com laços nas laterais. Nas pernas, meia arrastão preta. Nos pés, saltos vermelhos. Os sapatos, assim como os lábios pintados de vermelho, são minha kriptonita. Eles me fazem lembrar de pedir para minha namorada cobrir seus lábios deliciosos com um batom ousado, da mesma cor dos sapatos de salto. Skyler faria isso por mim, só para me deixar louco de tesão. Essa mulher, embora não seja minha garota, é linda. É um sonho erótico, com a mão no quadril e lábios que parecem suaves formando um lindo beicinho.

As duas garotas que a acompanham estão vestidas no mesmo estilo: sutiã push-up preto, calcinha de renda vermelha e meias finas pretas com cinta-liga. Saltos altos de couro preto, sexy pra caralho. Uma é loira e a outra ruiva. O trio mais sensual que eu já vi.

— Eu escolho primeiro — Bo avisa, respirando ruidosamente, e suas narinas se dilatam como um animal selvagem.

Eu apostaria cada dólar da minha conta bancária que ele não vai conseguir se controlar, com toda essa sensualidade flutuando pela sala. É como se, no instante em que as três mulheres entraram, exigissem que todos os olhares se voltassem para elas. E as modelos novatas estão encarando boquiabertas os mulherões.

— Pode ficar com todas, meu amigo. Eu tenho a Sky me esperando nos Estados Unidos. — Cutuco seu ombro.

Ele está hipnotizado. Seus olhos se iluminam com luxúria explícita.

— Azar o seu. Bom, mais ou menos. Neste momento, sim. Mas não se preocupe que eu compenso a sua ausência. Totalmente.

Eu rio.

— Faça isso.

— A noite toda — ele sussurra, como se estivesse fazendo uma promessa.

Eu me dirijo à frente da sala.

— Meninas, sejam bem-vindas à aula de como mexer o corpo — anuncio às modelos, sentadas em suas cadeiras. — Como podem ver, eu tenho três mulheres lindas aqui diante de vocês. Elas vão ser as professoras hoje. Elas são as protagonistas do show de cabaré mais sensual da Itália. Martina, Viola e Francesca.

As três acenam e sorriem.

— Martina, eu vou me sentar aqui com o meu sócio e deixar você fazer o seu trabalho.

— Obrigada, sr. Ellis. Muito bem, vamos começar usando a cadeira para mexer o corpo. O que eu quero que cada uma de vocês faça é virar a cadeira de frente para o espelho da sala.

As mulheres giram as cadeiras, seguindo as instruções.

— Agora, vamos começar cruzando as pernas, fazendo o movimento parecer sedutor.

Todas elas acompanham Martina e, como eu suspeitava, começam a entrar no espírito da coisa.

A dançarina vai até o aparelho de som e o liga. A primeira música que toca nos alto-falantes é "Don't Cha", das Pussycat Dolls.

— Tudo bem, meus amores. Agora é hora de enlouquecer um pouco mais! — Ela dá uma piscadinha para o grupo e se posiciona atrás da cadeira.

Enquanto a música toca, Martina faz uma coreografia sutil mas ultrassexy usando a cadeira. Combina movimentos de sentar, esticar as pernas, se inclinar sobre o encosto, o lado... A certa altura, coloca o pé no assento e arqueia as costas, então gira a cadeira e se senta ao contrário. Ela instrui cada mulher a acompanhá-la e repete os movimentos várias vezes, até todas conseguirem.

— Puta merda — Bo exclama enquanto andamos ao redor e observamos nossas modelos fazendo os movimentos, parecendo cada vez mais confiantes e, o mais importante, curtindo cada minuto.

Elas gostam do que veem no espelho enquanto se movem, o que é uma motivação poderosa para uma mulher.

— Não esqueçam de usar o rosto e o cabelo. Os homens adoram um pouco de balanço nos quadris, um beicinho nos lábios e um cabelo selvagem.

Enquanto observo, maravilhado, muitas das garotas soltam seus rabos de cavalo e giram o pescoço, passando as mãos pelo cabelo, sacudindo-o, entrando no papel.

— É isso aí, meninas. Vocês estão representando um papel. Exatamente como vão fazer na passarela. Vocês vão mostrar ao público uma *fantasia*, uma mulher linda usando uma lingerie inovadora, feita sob medida para fazer vocês se sentirem poderosas e para excitar a pessoa que vai ver. Aceitem o seu lado sensual! — digo enquanto elas continuam os movimentos.

Bo sorri e observa as modelos nas cadeiras. É inspirador vê-las se transformar de mulheres comuns em gatas sensuais.

— Continuem assim, meninas. Vocês estão incríveis. Agora, deem tudo de si. Minhas amigas e eu vamos circular e trabalhar com vocês individualmente, se precisarem de mais ajuda. — A voz de Martina é forte e direta, o que parece conquistar o respeito e a atenção de cada mulher ali.

— Que ótima ideia, irmão. — Bo bate em meu ombro. — Salvou a nossa pele com essas garotas. As modelos estavam tendo muita dificuldade.

— Sim. Eu imaginei que, se elas tivessem uma mulher para servir de inspiração, conseguiriam mostrar o lado sexy. Como você bem sabe, a questão é só desbloquear essa parte dentro delas. Essas mulheres estavam se sentindo acuadas e constrangidas. Olhe para elas agora, sensuais pra caramba e adorando o que estão vendo no espelho.

— Verdade. — Ele sorri.

— Percepção é fundamental. Agora, vamos pedir para elas nos ajudarem a ensinar as meninas a caminhar na passarela e fazer poses atraentes. Em vez de aprender com um homem, elas podem ter o feedback direto de uma mulher cujo trabalho é ser sexy. Assim é mais legítimo, eu acho.

Bo assente.

— Faz sentido. Vamos deixar as meninas à vontade e conversar com o T-Bone sobre o que pensamos para a noite do desfile?

— Sim, boa ideia.

Quando saímos, meu celular toca. O nome Sosso aparece na tela, e eu sorrio.

— É a Sophie. Vamos tirar dez minutos e depois ir procurar o T-Bone, pode ser? — sugiro a Bo.

— Beleza. Mande um beijo meu para a Sophie.

— Pode deixar.

Ele sai pela porta e desce a rua até onde eu sei que há um pequeno café. Eu o sigo, mas muito mais devagar enquanto atendo.

— *Bonjour, Sosso!*

— *Bonjour, mon cher.*

— Como você está? Não nos falamos desde Copenhague, há mais de uma semana.

— *Oui*. Eu ando bem ocupada. E você? Onde você está?

— Em Milão.

— É mesmo? Estou indo para aí este fim de semana, para assistir a um desfile de moda. Que *confidência*! — Ela dá uma risada doce.

Sempre me divirto com sua falta de habilidade com os coloquialismos.

— Acho que você quis dizer "que coincidência".

— Ah, sim. Troquei as bolas — ela diz.

Mesmo assim, fico impressionado com o fato de minha Sophie estar vindo para Milão. É uma coincidência incrível mesmo.

— Sosso, você vem para o desfile do T-Bone, por acaso?

— *Oui*, entre outros. O Grupo Rolland tem uma parceria com vários estilistas para lançar campanhas combinadas de perfumes e roupas que alcançam mulheres da Europa inteira. Como você sabe do T-Bone e das criações dele?

— Estou trabalhando com ele e as modelos. — Sorrio.

— *Mon Dieu! C'est merveilleux*. Se bem que ele às vezes é um osso duro de *comer*. Você ainda vai estar em Milão na sexta-feira antes do desfile?

— É osso duro de *roer*. Sim, ele é difícil às vezes, e nós vamos estar aqui. O Bo veio comigo. Ele está mandando beijos, como de costume.

— Ah, mande beijos para o meu querido.

— Pode deixar. — Sorrio.

— Você tem tempo para jantarmos na quarta à noite? Vou definir meus compromissos contando com isso. Eu conheço um lugar ótimo, que serve uma comida italiana maravilhosa. O meu pai me levava lá quando eu era pequena. Nas outras noites eu vou trabalhar, até o desfile de sábado.

— Claro. Devo convidar o Bo?

— Sem dúvida. Estou ansiosa para conversar com vocês. Não tivemos tempo suficiente em Copenhague, e você estava com a srta. Paige. Já resolveu as coisas com ela?

Seu tom de voz é amigável, mas curioso. Já estou acostumado com a minha Sophie. Ela é direta em tudo.

— Sim. Talvez você se surpreenda, mas nós estamos namorando. Um relacionamento comprometido, romântico, tradicional. — Sorrio, curtindo o jeito como a confissão sai da minha boca.

A surpresa soa alto do outro lado da linha.

— É mesmo? *Mon cher, c'est magnifique*. Odeio dizer, mas... eu sabia!

Começo a rir.

— Você está feliz, *mon cher*? Ela é muito bonita e parece legal. Gostei muito dela.

Penso na pergunta um minuto. Sophie não diz nada, me dando o tempo de que necessito para organizar os pensamentos.

— Sophie, eu nunca estive mais feliz. O tempo em que você e eu estivemos juntos foi o mais próximo que eu me senti de uma mulher na vida... até a Skyler. Estou começando a me perguntar se o tempo que passei com você me ajudou a ver como seria ter uma mulher incrível na minha vida.

— Eu estou na sua vida, *oui*?

— Sim, Sosso, mas é diferente. Você sabe o que eu quero dizer.

Ela estala a língua.

— Sim. Eu tenho de admitir que estou saindo com alguém também — ela solta a bomba.

Fico em choque. Arregalo os olhos e paro onde estou, me apoiando na parede mais próxima.

— Quem é, de onde é, o que ele faz? — Estou meio perplexo, porque ela não mencionou nada sobre isso em Copenhague.

Sophie ri, e é exatamente como me recordo: adorável.

— É um dos nossos químicos, na verdade. Eu não o conhecia porque era difícil ir ao laboratório, a não ser quando estava trabalhando diretamente na mistura das fragrâncias. Ele foi contratado há dois anos e passou *desconhecido*.

— Passou *despercebido*, querida.

— Isso, eu o notei quando estive lá. E desde então aceitei dois convites dele. No segundo a gente transou, Parker, e foi incrível. Ele fez coisas comigo que eu nunca tinha feito. Nem com você!

— Informação desnecessária, Sosso — digo, franzindo a testa e vendo Bo caminhar em minha direção com dois copinhos de papel nas mãos. — Você não devia falar da sua vida sexual com uma pessoa que já ficou com você.

— Por que não? — ela pergunta, em tom alegre. — Sexo é vida. Nós dois tivemos noites maravilhosas. Por que não podemos falar sobre isso?

Suspiro e passo a mão pelo cabelo quando lembro que os europeus, especialmente os franceses em geral — e os parisienses em particular —, são muito mais livres e abertos sexualmente. Muitos veem o sexo como uma necessidade humana básica e normal. E é verdade, mas os americanos só falam livremente sobre isso a portas fechadas e com seus confidentes mais íntimos. Eu nunca falaria da minha vida sexual com Skyler para Sophie. Seria estranho e me deixaria exposto a vários tipos de problemas.

— Digamos que seja uma diferença cultural. Os americanos não são necessariamente tímidos sobre esse assunto, mas não conversamos sobre sexo com tanta abertura, e *nunca* com uma ex-parceira de cama.

— Humm. Para mim é um desperdício. As melhores pessoas para falar sobre essas coisas são aquelas com quem já transamos.

— Talvez para você, querida, mas é estranho para um homem.

— Ah, tudo bem. Então vou me despedir. Tenho um milhão de coisas para fazer hoje, mas eu queria saber de você.

— A gente conversa mais no jantar de quarta-feira, Sosso. Tenho que ir, mas estou ansioso para saber mais sobre o seu namorado. Mande uma mensagem com o nome do lugar onde o Bo e eu vamos encontrar você.

— *Oui. Au revoir, mon cher.*

— *Au revoir, Sosso.*

Sophie entra no restaurante, classuda e sensual como sempre. Seu cabelo está solto, caindo sobre os ombros em longas ondas castanhas. Ela usa um vestido azul-royal com sandálias douradas. É um dos meus favoritos, que Bo escolheu durante a nossa estadia em Paris.

Bo e eu nos levantamos quando ela se aproxima. Ela me dá dois beijinhos no rosto e se dirige a ele.

Puxo a cadeira para ela se sentar à mesa para três no restaurante italiano lotado. Ainda bem que Sophie fez reserva, ou jamais conseguiríamos estar aqui.

— Como vai, linda? — Bo pergunta quando o garçom se aproxima e enche a taça de Sophie com o vinho que escolhemos antes de sua chegada.

— Estou muito bem, Bogart. Como a população feminina de Milão está cuidando de você? — ela pergunta, sorrindo e dando uma piscadinha atrevida.

Essa é a minha Sophie, muito direta.

Bo joga a cabeça para trás e ri com vontade.

— Você me conhece bem. Mas eu estou pegando leve nesta viagem. Só fiquei com uma das modelos da campanha e uma das professoras do cabaré — ele relata, arqueando as sobrancelhas.

— Isso é pegar leve? — Ela faz uma pausa dramática.

— Eu adoro você, Sophie — Bo declara, curtindo cada minuto do senso de humor rápido e preciso de Sophie.

— Eu sei, Bogart. Eu sei.

— Sophie, fale mais sobre o químico. Qual deles é?

Pensei que tivesse conhecido todos, mas talvez não, já que Sophie está saindo com um deles. Deve ser mais novo que os dois que eu conheci, que estão na casa dos cinquenta.

— Ele é filho de um dos nossos principais químicos. Foi contratado há poucos anos. O nome dele é Gabriel Jeroux. E é brilhante entre os *cobertores* e fora também.

Bo explode em gargalhadas estridentes. Tanto que os clientes das outras mesas nos olham com seus melhores olhares de desprezo. Bo definitivamente se encaixa no estereótipo de americano folgado e barulhento que descobri que os europeus criaram a respeito da nossa cultura.

— Sophie, é entre os *lençóis* — ele corrige antes que eu tenha oportunidade.

— *Oui.* — Ela faz um movimento com a mão, sem dar importância ao erro.

Pouso a mão sobre a sua em cima da mesa e espero até que ela olhe para mim.

— Ele está te tratando bem?

— Isso mesmo, se ele não te tratar direito, eu conheço três americanos que vão atrás dele em um piscar de olhos, linda — Bo acrescenta.

Ela dá um tapinha em minha mão e olha de mim para Bo.

— Sim, está. Talvez mais do que eu mereço, já que tenho trabalhado demais desde que o meu pai morreu. Vocês souberam do problema com a equipe que usava produtos vencidos... Então, como se diz... eu tive que *arrebentar* o chicote.

— Estalar o chicote — corrijo instantaneamente.

Seus olhos se iluminam.

— Ah, assim é melhor.

Assinto.

— Isso precisava ser feito. O chefe do departamento poderia ter criado problemas para a sua empresa. Eu sei que eles estavam seguindo ordens, mas não há justificativa para isso durar tanto tempo.

— *Oui*, esse é exatamente o problema. É por isso que eu tenho sido dura com eles, mas até agora todos aceitaram o desafio. Acho que estou conquistando mais o respeito deles a cada dia.

— Maravilha, querida. É o que eu quero para você, que o legado do seu pai seja sólido e impactante com a sua liderança.

O garçom chega e anota nossos pedidos enquanto bebemos nosso vinho.

— *Mon cher*, agora é hora de você me falar dos seus planos com a srta. Paige. — Sophie curva os lábios em um sorriso maroto.

— Primeiro, pode chamá-la de Skyler. Segundo, eu não sei. Nós não temos planos.

— Por enquanto eles estão transando com exclusividade — Bo se intromete, sorrindo.

— Vou dar um tiro na sua cara se você não calar a boca — ameaço.

— Com que arma? — ele retruca.

Ele me pegou. Não tenho arma. Nunca senti necessidade de uma.

— Não pensei nessa parte ainda, mas arranjar uma arma não deve ser tão difícil, né?

Aperto os dentes enquanto Bo se aproxima despreocupadamente de Sophie. Ele nunca ficaria com ela, mesmo fingindo seduzi-la. Esta é uma das nossas regras rígidas de amizade: nunca namorar ou transar com uma mulher com quem o outro já tenha ficado. Jamais. Merdas assim causam problemas que nós não necessitamos nem queremos.

Sophie sorri enquanto trocamos farpas e insultos.

— Vocês são bem irmãos em todos os sentidos da palavra, com exceção do sangue, *oui*?

Nós dois assentimos.

— Em resposta à sua pergunta, a Skyler e eu basicamente decidimos ser exclusivos. Monogâmicos.

Sophie bebe seu vinho enquanto arregala os olhos.

— É um grande passo para você, não?

— Sim, mas tem alguma coisa nela, Sosso... Uma coisa que persiste, e agora eu tenho o desejo de explorar isso, então é o que vou fazer.

Ela assente.

— Acho que vocês dois vão ser muito felizes... contanto que você consiga superar sua natureza possessiva em relação às pessoas que gosta.

— Sim, conversamos um pouco sobre isso — digo, soltando um suspiro. — Saber que ela está no set agora beijando o Rick Babaca Pettington não me agrada nem um pouco. Se bem que ela me disse que ele tem um bafo de cebola permanente, o que me faz sentir um pouco melhor.

— Bafo de cebola? — Bo balança a cabeça. — O sujeito está queimando o filme da irmandade. Ele precisa cuidar disso, mastigar chiclete, chupar uma bala de hortelã. Porra, o cara não tem amigos?

Rio.

— Prefiro pensar que ele não tem. Nem namorada. Nem a Skyler.

— Ah, Deus — Sophie intervém. — Você está com ciúme do sujeito que contracena com a Skyler?

— Não! — contesto, e ao mesmo tempo Bo diz que sim.

— Cala a boca, meu irmão! — rosno baixinho.

— Ele é louco pela garota. Nem consegue pensar direito. Fica todo possessivo e enciumado com as menores coisas. Se você quer a minha opinião, isso não traz nada de bom para os seus objetivos de longo prazo, meu amigo.

— Quem perguntou? Eu com certeza não! — rebato.

Ele dá de ombros.

— Como eu estou olhando de fora...

— Que tal olhar em outro lugar? Por exemplo, no espelho, para sua própria cara e sua total ausência de relacionamentos na última década! — retruco.

— *Touché.* — Ele ergue a taça de vinho e a vira inteira.

— Meninos, vamos ter uma noite agradável e falar de outra coisa? Como estão o Royce e a nova assistente?

— O Roy está ótimo. Falando de encontrar uma mulher e sossegar — solto, deixando a informação pairar sobre os dois.

Sophie assente, dizendo:

— Isso eu consigo imaginar. Ele é do tipo que se compromete. O Royce vai adorar ter uma mulher para sempre, se for a pessoa certa.

— Não sei por que todos vocês estão largando a vida de solteiro — Bo resmunga. — Não me imagino comprometido com uma só quando existem tantas mulheres com quem eu ainda não fiquei — ele diz, alisando o cavanhaque, pensativo.

Reviro os olhos e Sophie ri.

— Bogart, quando você encontrar a mulher certa, vai mudar de ideia.

— Acho que não. Ela teria que ser uma em um bilhão.

— Assim será, se você se comprometer com ela — Sophie alfineta.

Enquanto eles falam, só consigo pensar que Skyler Paige pode muito bem ser a minha uma em um bilhão. Ou em sete bilhões.

7

T-Bone está debruçado sobre a mesa quando entro em sua sala de trabalho, no dia seguinte.

— Olá, T-Bone — digo, acenando com a mão.

— Justamente o homem que eu precisava ver. — Suas palavras são apressadas e ansiosas. — Precisamos conversar sobre a Anna-Maria. Ela não quer usar a tanga que acompanha a peça que eu separei para ela. O corpo dela é o ideal para esse estilo. Tem que ser ela. Eu até sonhei com isso ontem à noite. Você precisa falar com ela! — Ele tagarela enquanto vai de uma peça a outra, ajustando coisas, pondo alfinetes e fazendo o que os estilistas fazem para que tudo se encaixe em sua visão.

Anna-Maria, mãe de dois filhos, é uma das modelos mais puritanas de todas. É a personificação da mãe que vive em função dos filhos.

— Eu vou conversar com ela. Não é nada estranho que uma mulher na idade e na posição dela não queira mostrar a bunda em público. Eu sei que é meio difícil entender porque você tem outra visão, mas preciso lembrar que elas não são as modelos com quem você está acostumado a lidar.

T-Bone franze os lábios rechonchudos, fazendo o papo mexer desagradavelmente. Ele está usando um paletó de smoking estilo Hugh Hefner com calça larga, visual que grita "diretor de filme pornô". Tenho medo de pensar no que ele pode ou não estar usando por baixo da calça. Tremo só de imaginar.

— Olha, eu vim aqui porque tenho outra ideia para o desfile que pode funcionar com as mulheres e mostrar a sua lingerie ainda mais.

Ele ergue as sobrancelhas peludas.

— Sou todo ouvidos — diz.

Se ao menos isso fosse verdade... Sorrio e engulo o comentário rude.

É um cliente. Cliente. Cliente.

Você está sendo pago para estar aqui, Parker. Trabalhe direito por essas mulheres.

— Bom, nós estamos trabalhando com elas e as moças do cabaré.

— Você quer que elas dancem como em um cabaré na passarela?

Inspiro profundamente e solto o ar devagar.

— Não. Mas elas estão indo muito bem, aprendendo a usar o corpo enquanto se observam no espelho. E se posicionarmos estrategicamente espelhos ao longo da passarela? O público vai conseguir ver as modelos através dos espelhos, e elas podem fazer poses na frente deles. As professoras do cabaré podem escolher poses para cada modelo, assim a lingerie vai se destacar muito mais. Isso também permitiria à equipe de filmagem e aos fotógrafos mais ângulos para pegar as roupas. Frente e verso ao mesmo tempo. Podemos até fotografar algumas no escuro, essas que brilham.

Os olhos de T-Bone se iluminam, e ele abre e fecha a boca. Então, para meu horror, abre os braços e me abraça. Esmaga sua barriga contra a minha e me aperta tanto que mal posso respirar. Ele praticamente grita em meu ouvido, tão alto que tenho medo de estourar meu tímpano.

— Fantástico! Perfeito para o desfile! Vamos fazer isso!

— Ótimo. Vou falar com a Martina, a professora, para que ela trabalhe nas poses. Você tem a lingerie de cada uma pronta? Eu gostaria de ensaiar com as roupas, para que elas fiquem mais à vontade. Além disso, precisamos das calças dos parceiros de seis mulheres.

— *Sì, sì, sì!* — ele responde em italiano. — Imediatamente. Vou mandar o meu assistente entregar o que for necessário, mas ainda estou trabalhando em algumas calças.

— Parece que você tem muito trabalho pela frente, e só faltam dois dias para o desfile no sábado.

— É verdade. O que significa que você tem que ir embora. — Ele agita a mão sobre a cabeça como se estivesse espantando uma mosca antes de passar a me ignorar.

— Vou conversar com a Anna-Maria sobre a lingerie.

Abandono seu local de trabalho e vou para o estúdio de balé, tentando me concentrar no desfile que se aproxima, mas só consigo pensar em ir para Nova York no domingo ver Skyler. O sexo pelo FaceTime foi demais, mas preciso tocá-la, ouvi-la rir, fazer uma refeição com ela. Eu sei que faz poucos dias que ela esteve na minha casa comigo e minha família, mas quero mais. E é a primeira vez em muito tempo que eu realmente quero mais de uma mulher. Eu quero saber tudo sobre Skyler, mas direto da fonte, não de uma revista cheia de meias-verdades.

Aperto o botão do celular para ligar para minha garota e ver se consigo pegá-la antes que ela saia para o trabalho. Com a diferença de horário, são nove da manhã lá.

Ela atende ao primeiro toque.

— Gato. — Sua voz é ofegante e sedutora.

Sorrio. Adoro a voz dela em meu ouvido. Prefiro um sussurro quando ela está sobre meu corpo, nua e saciada depois de uma rodada de transas épicas, mas tudo bem. Por enquanto.

— Bom dia, meu pêssego.

— Boa tarde para você, né?

— Sim. Você está em casa ou no set?

Ela geme.

— No set. Estou aqui desde as seis. Estou usando aquela roupa que registra os meus movimentos. E aí vou enfrentar o bandido enquanto o computador grava tudo. Depois eles acrescentam os efeitos especiais digitalmente.

— Parece muito legal.

— É, mas é estranho, porque eu faço tudo na frente de uma tela verde. Para mim é mais fácil interpretar quando as coisas são mais orgânicas. Lá fora tem um cenário completo, entende? Eu não gosto da tela verde, mas é um bom desafio para as minhas habilidades de atuação.

— Que são ótimas! — elogio. Quero que ela saiba o que penso de suas habilidades.

Ela ri, e é como música em meus ouvidos.

— Você é meu namorado, tem que dizer isso.

Seu tom é conspiratório, mas, pela inflexão de sua voz, sei que ela está gostando de usar a palavra "namorado". Pior que eu também gosto de ouvir isso da sua boca.

— Claro, mas é mais fácil dizer quando é verdade. E eu acho mesmo, baby. Você arrasa. Não vejo a hora de te ver atuar ao vivo. Eu estava falando com a Sophie sobre isso ontem à noite no jantar...

— O quê? — Skyler me interrompe, firme. — A Sophie está na Itália? Achei que ela estivesse na França.

— Bom, está. Ela vai assistir ao desfile do T-Bone e de outros estilistas. Eu jantei com ela ontem...

Eu ia acrescentar "eu e o Bo", mas ela me corta:

— Não acredito! É só eu virar as costas que você sai para jantar com a Sophie, a mulher para quem disse que eu era só diversão, essencialmente uma amiga colorida.

— Sky, eu nunca, jamais sugeri ou me referi a você como amiga colorida. E não faço ideia do que você está falando, então, por favor, me diga o que te deixou puta de repente.

Ela geme alto do outro lado da linha:

— Em Copenhague, no último dia, você falou para a Sophie que nós não tínhamos um relacionamento e que você não estava pronto para isso, que só estávamos transando. Só nos divertindo.

Penso na conversa com Sophie no quarto do hotel. A lembrança é nebulosa, na melhor das hipóteses, porque eu tinha sido acordado de um sono profundo. Mal havia amanhecido, e eu estava louco para voltar para Skyler, quentinha, e me aconchegar na cama de novo. Eu teria dito qualquer coisa para que Sophie fosse embora e eu pudesse retornar para minha garota.

— Sky... você entendeu mal. Naquele dia, se você lembra, nós ainda considerávamos a nossa relação casual. Eu não ia entrar em detalhes com a Sophie sobre o nosso relacionamento, que estava no início. Sim, em Copenhague eu estava lutando contra o termo "namoro" porque era um conceito estranho para mim, e a minha última vez foi um fracasso total e absoluto. Um puta desastre! — rosno, apertando os dentes com força.

— É mesmo? Eu não sei de nada, porque você nunca me falou sobre o seu passado.

— E também não sei se agora é hora.

Sinto a nuca formigar, e de súbito minha roupa parece quente como o inferno.

— Desculpe, mas eu discordo. Eu avisei à equipe que precisava de trinta minutos. Desembucha, gato.

— Sky... — alerto, mas ela não liga para a irritação em meu tom de voz.

— Você contou para a sua namorada que foi jantar com outra mulher, uma mulher com quem estava trepando antes de mim. Uma mulher que você diz que é uma *ótima* amiga. Como eu posso confiar que vocês são só amigos, se você não pode me contar o que rola entre os dois? Eu preciso saber o que você tem em mente, Parker, senão nunca vou poder confiar na nossa relação. Eu te contei sobre o Johan. O que aconteceu no passado que te deixou incapaz de se comprometer com uma mulher?

— Eu me comprometi com você. Que importância tem o que veio antes? — Aperto os dentes e seguro o telefone com mais força no ouvido.

O trânsito da rua me impede de ouvir direito enquanto caminho de volta para o estúdio de balé.

— Parker, quem te magoou?

Fecho os olhos e me apoio em um dos edifícios. O sol brilha sobre mim, aquecendo meu corpo do jeito que a pergunta sussurrada de Skyler aquece o meu interior. Prefiro ter essa conversa com ela em particular e pessoalmente, mas estou achando que muita coisa do nosso relacionamento vai acontecer via telefone. Tem a ver com a natureza do nosso trabalho. Devo erguer as mãos para o céu por ter uma namorada que quer ficar comigo mesmo eu estando longe mais da metade do tempo.

— O nome dela era Kayla McCormick. A gente se conheceu na faculdade, namorou e eu a pedi em casamento.

Skyler se surpreende do outro lado da linha. Dá para sentir.

Engulo o gosto repugnante que pensar em Kayla sempre provoca em minha boca.

— O Bo e o Royce odiavam a Kayla, mas a toleravam por mim. Eu estava cego pelo que achava que era amor. No fim, acho que estava apaixonado pela idealização dela. Ela era bonita, inteligente e parecia louca por mim. Acontece que ela também era louca pelo meu ex-melhor amigo.

Um dia eu peguei os dois transando. Eu não tinha ideia de que ela estava me traindo. Então perdi o meu melhor amigo e a minha noiva, assim como a confiança nas mulheres. Agora estou começando a querer tudo de que eu desisti naquele dia. E eu quero com você.

— Meu bem... — Sua voz suave atravessa meu peito e aperta meu coração.

— Você não faz ideia de como eu precisava ouvir essas palavras dos seus lábios. Skyler, por favor, não tenha ciúme da Sophie. Ela é a única amiga que eu tenho além da Wendy, e eu gosto dela nesse papel. Ela não fez nenhum movimento na minha direção, e o jantar da noite passada foi com o Bo também. Eu juro que a Sophie e eu terminamos o envolvimento que tivemos em Paris. Nunca mais vai rolar.

— É difícil. Ela é linda, engraçada e... e francesa, ou seja, exótica! Não consigo evitar, eu me sinto ameaçada por ela.

Ouço a insegurança entremeada em suas palavras, e gostaria de estar lá para abraçá-la.

— Skyler... você é a atriz mais disputada... caramba, uma celebridade no mundo todo. Todo mundo quer um pedaço de você. Especialmente o Rick Babaca.

Ela suspira, e isso machuca meu coração.

— E se nós dois concordarmos em parar de ter ciúme da Sophie e do Rick?

Sorrio, desencosto da parede e continuo a andar.

— Acho que eu consigo. Não quero que você sinta ciúme da Sophie, mas não posso, em absoluto, escolher entre vocês duas. Porque eu não escolheria nenhuma das duas. Isso não é certo. As pessoas entram na nossa vida por alguma razão, e ela tem sido uma grande ajuda para mim, uma boa amiga.

— Eu sei. E ela não me deu razão para acreditar no contrário quando passamos um tempo juntas em Copenhague. Eu... Nós estamos começando, e é difícil ficar longe no começo.

— É, sim. Mas eu vou estar aí no domingo à noite.

— Não vejo a hora — ela diz, mostrando a mesma necessidade que eu.

— Nem eu. E prometo domar o meu ciúme do Rick Babaca também.

— Dá para começar não se referindo a ele como Rick Babaca?

Não sei bem se ela está fazendo piada ou falando sério. Talvez um pouco de ambos.

— Bom... não posso prometer. — Rio.

— Tudo bem. — Skyler ri comigo. — Mas nunca deixe que ele te ouça.

— Uma última coisa, que pode fazer você se sentir ainda melhor em relação à Sophie.

— Sim...

— Ela está saindo com um cara em Paris. Até agora, está muito feliz com ele. É um químico da empresa dela.

— É mesmo? Que legal. — Seu tom demonstra um pouco de alívio e certa admiração.

— Achei que você iria gostar de saber. — Sorrio, mas ela não pode me ver.

— Sim, gostei — ela responde com suavidade.

— Baby, eu já estou com saudade, e só faz alguns dias. Como nós vamos resolver isso? — pergunto honestamente, compartilhando meu desconforto com ela.

Normalmente eu guardaria meus sentimentos para mim, mas essa mulher está despertando um lado meu completamente diferente. Um lado honesto e mais aberto.

— Como estamos fazendo até agora. Eu vou até você, você vem até mim. Sempre que estivermos juntos, aproveitamos o nosso tempo ao máximo. E vamos conversando sempre sobre isso. Quem sabe eu monte uma casa em Boston.

O simples pensamento de ela estar mais perto entre um trabalho e outro faz a ansiedade tamborilar em minhas têmporas. Mas tenho medo de alimentar a ideia o mínimo que seja, por causa do que isso significaria para nós. É muito cedo. Muito rápido.

— Mas o seu trabalho é em Nova York...

— E em Los Angeles, e no exterior. Meu bem, eu trabalho em todos os lugares. Posso me estabelecer onde quiser. Eu não tenho família além da Tracey, e ela estaria a um pulo, a um voo de Boston para Nova York.

Você tem uma empresa e uma família em Boston, sem contar os seus irmãos de coração. Eu nunca pediria que você abrisse mão disso.

— E você desistiria tão rápido da sua casa em Nova York?

— O lar nem sempre é um lugar. É um sentimento. E neste momento, do jeito que as coisas andam, eu me sinto mais em casa quando estou com você. Que tal digerir essa bomba por um tempo? Eu tenho que ir para o estúdio. Meus trinta minutos acabaram.

— Sky, baby, você jogou uma bomba nuclear em cima de mim.

— Bom, não vai acontecer neste mês nem no próximo. E se jogarmos isso para o universo e esperarmos para ver o que acontece este ano? Temos todo o tempo do mundo — diz ela.

— Eu já te disse como gosto de você?

— Não.

— Eu gosto de você de verdade — confesso com minha voz sensual, esperando que ela pense em mim quando voltar a filmar com Rick Babaca.

— Eu também gosto muito de você, Parker. Ah, e hoje à noite...

— Sim, meu pêssego?

— Sonha comigo.

Minha garota manda um beijo pelo telefone e desliga sem esperar meu tchau. Balanço a cabeça e abro a porta do estúdio de dança. É hora de ajudar algumas mulheres a encontrar sua sensualidade enquanto penso na mulher mais sexy de Nova York, que praticamente se ofereceu para se mudar para Boston por mim.

O que eu faço com essa informação?

— Anna-Maria, por favor, vista a tanga e o robe e venha até esta sala comigo. — Indico o espaço privado do balé, uma salinha espelhada de doze metros quadrados.

Imagino que os dançarinos usem esse lugar para ensaiar individualmente. Neste momento, ele vai abrigar uma conversa íntima entre mim e uma arisca mãe de dois filhos.

Ela anui, vai até o vestiário e volta poucos minutos depois. Seu cabelo loiro chega à altura dos ombros. Os olhos são azuis, e as feições, arredondadas. Embaixo do robe, vejo que ela tem seios grandes, um pouco de barriga e quadris largos. Suas pernas são longas e fortes, as coxas bem torneadas. No geral, é a fantasia de qualquer homem: curvas suaves, peitos e bunda generosos.

Há uma única cadeira no centro da sala.

— Vá até a cadeira e se sente, querida — digo, da maneira menos ameaçadora que posso.

Ela faz o que peço, mas fica olhando para os pés, o robe apertado nos punhos e ao redor do corpo.

Vou até a porta, encontro o interruptor e diminuo a luz.

— No desfile vai estar ainda mais escuro. A luz vai piscar e vai haver focos mais fortes, só que aleatórios. Ninguém vai conseguir ver nada em particular.

Ela franze os lábios e assente.

— O que eu quero é que você me mostre os movimentos que a Martina te ensinou, usando esse robe.

— Humm, tudo bem. E a música?

Pego o celular, aperto play em "Don't Cha", das Pussycat Dolls, e aumento o volume o máximo possível.

A sala se enche de música, e Anna-Maria começa a se movimentar enquanto fico parado perto da porta.

No começo, noto que seus movimentos são forçados, mas, conforme a música vai tocando, ela começa a repetir os passos e fica mais à vontade.

— Muito bem. Agora tire o robe.

— Mas...

— Querida, eu sei que você está com vergonha, mas o que você não sabe é que está absolutamente incrível. Mulheres de todos os lugares vão olhar para você e ficar impressionadas... uma mãe de dois filhos tão bonita! Elas vão se sentir poderosas graças ao que você está fazendo... por elas. Isto não é por você, é para mostrar a mulheres como você que elas também podem ser e se sentir sensuais com o corpo que têm usando essa lingerie. Essa linha é feita para todas as mulheres, de todos os tamanhos. Acho que, quando você vencer o nervosismo, vai se ver de uma maneira diferente, e é por isso que eu queria te trazer aqui com essa lingerie. Assim, você pode ter tempo para avaliar como fica vestida nela.

— É uma tanguinha, e a minha bunda não é mais como antes — ela murmura. Seu forte sotaque italiano hesita com as emoções que se manifestam em forma de medo.

— Tente. Comece tirando o robe. Eu já vi você usando isso e te achei deslumbrante. O T-Bone também achou. Agora, é a sua vez de se ver.

Coloco a música no começo enquanto ela se levanta e endireita as costas, resoluta. Tira o robe, deixando-o cair. Está usando um sutiã roxo-escuro com taças de cetim e renda que mal contém seus seios grandes, mas os levanta levemente, deixando-os ainda mais atraentes. O restante da lingerie desliza sobre seu torso e achata um pouco a barriga — o que supostamente faz a mulher sentir mais sustentação. A parte de baixo é uma tanguinha que cobre só o necessário na frente e nada na bunda, pois tem apenas um laço de cetim roxo bem no cóccix, como se o traseiro estivesse embrulhado para presente. De onde estou, é exatamente o que parece.

Ver uma mulher de curvas deliciosas faz meu pau se animar. Não posso evitar, ela está seminua e deslumbrante. Eu teria que estar morto para não apreciar essa imagem. Mas pensar em minha Skyler mantém a fera em repouso.

Anna-Maria ensaia os movimentos com os olhos fixos em si mesma no espelho. Percebo o momento em que ela vê o que todos nós já vimos. Seus olhos se iluminam quando ela junta os braços, o que tem o incrível efeito de ressaltar seus seios no espelho. Um pequeno sorriso se forma em seus lábios enquanto ela gira o pescoço, fazendo o cabelo voar, selvagem. Ela gira e mexe os quadris de um lado para o outro, mostrando sua bunda boa para dar uns tapas.

— Garota, você vai fazer os homens perderem a cabeça — digo e aplaudo.

Ela abre um sorriso largo no espelho e continua a mexer o corpo do jeito que lhe ensinaram.

Quando a música termina, Anna-Maria está com a bunda voltada para o espelho, olhando por cima do ombro, na postura que lhe disseram para manter na passarela, sob os holofotes. Nesse momento, acendo todas as luzes para que ela possa ver seu traseiro e seu corpo em toda a sua glória por meros dez segundos, antes de desligar a maioria das lâmpadas.

— Então, o que você acha? — pergunto.

Minha respiração está presa na garganta enquanto aguardo que ela diga se vai ou não usar a lingerie como o estilista espera.

— Eu... eu... fico muito bem nisso. Até a minha bunda. Eu... nem acredito. — Ela passa a mão pelo corpo.

— Querida, você não teria sido escolhida se o estilista não achasse que é a mulher perfeita para esse look. E você é. Espero que possa enxergar isso agora.

Ela dá de ombros e fica vermelha quando me aproximo e lhe entrego o robe, que ela veste, cobrindo o belo traseiro. Pena.

— Talvez. Quer dizer, acho que eu fico bem.

— Então você vai usar a tanguinha e fazer o desfile?

Anna-Maria sorri e assente.

— *Sì*. Eu vou fazer.

— Maravilha. Você vai fazer um favor às mulheres do mundo inteiro, mas acho que a você também.

Ela sorri e cobre a boca com a mão.

— Não vejo a hora de o meu marido me ver. Ele não vai desfilar, mas está animado por mim. Disse que está ansioso para o mundo ver como a mulher dele é linda, e que eu sou dele.

Dessa vez eu abro um sorriso largo e passo o braço respeitosamente pelos ombros dela, tomando cuidado para não apertar nada.

— Querida, você deve ter um ótimo homem em casa.

— Tenho. E você? Existe uma sra. Ellis?

Sua pergunta me pega desprevenido.

Sra. Ellis.

Sempre atribuí esse título a minha mãe.

— Se eu sou casado? Não. Se eu tenho alguém especial? Sim.

— Aposto que ela se considera uma mulher de sorte. Você é muito gentil, sr. Ellis, e muito bonito também. — Ela ri enquanto voltamos para o estúdio, onde estão todas as outras mulheres.

Bo ergue uma sobrancelha, interrogativo, quando entramos.

— Podemos contar com você no desfile, Anna-Maria? — ele pergunta.

— Sim. Estou dentro.

As mulheres dão pulinhos, batendo palmas, antes de correrem para ela e lhe darem abraços e palavras de incentivo.

Eu vou até Bo.

— Pelo jeito você operou a sua mágica de novo. Pode me dizer como conseguiu? Você ficou muito tempo ali com ela.

Franzo a testa.

— Você acha que eu a seduzi ou fiz algo inapropriado?

Bo puxa o ar pelos dentes.

— Bom... você tem um histórico com clientes...

Bato no braço dele.

— Ei, ela é casada! E eu estou com a Sky. Eu nunca faria com a Sky o que a Kayla fez comigo. Jamais. — Faço uma careta e desejo ter socado meu melhor amigo um pouco mais forte.

Talvez isso apagasse esse olhar presunçoso do rosto dele.

— Peguei você! — Ele ri. — Achei que você estava lá cantando "Kumbaya", ou alguma merda dessas.

— Nada disso. — Balanço a cabeça. — Eu pedi para ela fazer a coreografia de lingerie. Primeiro com o robe, depois sem. Assim ela teve tempo de se avaliar, de ver o que todos nós vemos. E ficou a mais à vontade para revelar o corpo para o público.

— Porra, com aqueles peitões e aquela bunda, estou triste por ter perdido o show. — Bo alisa o cavanhaque e corre os olhos por Anna-Maria, talvez tentando ver através do robe.

Gemo e passo a mão no rosto.

— Estou com vontade de te socar de novo.

Ele dá de ombros.

— Eu provoco esse efeito em algumas pessoas.

— Enfim, os resultados foram bons. Vou ligar para o T-Bone e avisar que nós conseguimos.

— Bom trabalho, cara.

— Valeu. Bar hoje à noite? Eu preciso de uma cerveja. Tive uma conversa séria com a Sky hoje cedo.

— Que merda, cara. Sim, claro, conta comigo. O que precisar. Está tudo bem entre vocês?

Assinto e suspiro.

— Sim. Eu tive que contar a ela sobre a Kayla.

Bo estremece visivelmente.

— Putz. Deve ter sido foda falar daquela vaca.

— Sim, basicamente. Mas acho que resolvemos um pouco o nosso problema de ciúme.

Ele ergue uma sobrancelha e se aproxima.

— É mesmo? Ela parou de reclamar da Sophie?

Bo sabe que o ciúme por causa de Sophie está me tirando do sério. Eu entendo que é difícil para Skyler ver Sophie só como minha amiga, especialmente por ela ser uma cliente e ex-parceira de cama. Ela ainda não percebe que tudo mudou no momento em que a conheci. Skyler é a mulher com quem estou, e quero que ela entenda isso a ponto de não se preocupar com mais ninguém. Eu nunca traí, especialmente depois de sentir a merda que senti quando Kayla me traiu. De jeito nenhum eu faria isso com outra pessoa, e essa é parte da razão pela qual não tive outro relacionamento sério até agora. Como eu disse antes, Skyler é um divisor de águas. Preciso que ela enxergue isso por si mesma.

Solto um longo suspiro.

— Espero que sim. Conversamos mais depois. Tomando uma cerveja, certo? Só nós dois — acrescento, pois não quero que ele convide uma das professoras ou a modelo que está comendo.

— Ei, se precisar de mim, conta comigo, irmão. Qualquer dia, qualquer hora, qualquer minuto.

Levo a mão a sua nuca e dou um aperto. Ele dá um tapinha em minhas costas.

— Valeu, irmão.

— Não precisa agradecer. É o que a família faz.

8

*Bebo um gole da segunda cerveja antes de dar uma mor*dida no meu sanduíche gigante. Eu me assustei quando o barman serviu o hambúrguer duplo com batata frita. A coisa poderia ter seu próprio CEP, de tão grande. Tem pelo menos quinze centímetros de altura, com um pedação de pepino em conserva e longas tiras de bacon saindo pelos lados. É uma beleza, mas conseguir comer isso tudo vai ser uma aventura. E eu estou pronto para o desafio.

O pub Cheers fica em uma rua comum de Milão. Metade da rua parece ser composta de edifícios com aluguel mais baixo, e a outra metade é supervalorizada. Se eu fosse adivinhar, diria que vai ficar cada vez mais moderna com o passar do tempo. Os prédios mais legais têm pintura nova e jardineiras de ferro fundido nas janelas, ao passo que os apartamentos do outro lado da rua definitivamente precisam de retoques.

O bar, no entanto, poderia facilmente estar em um bairro de classe média em qualquer lugar dos Estados Unidos. Definitivamente, os italianos têm seus americanismos. Claro que há algumas coisas em italiano, mas a maioria parece americana — até o nome do lugar, Cheers, como o antigo programa de TV a que meus pais assistiam quando eu era criança. Parece familiar e confortável. Exatamente o que eu preciso depois da semana que tivemos e da conversa com Sky.

O piso é de ripas de madeira, assim como o balcão, as mesas e os bancos. Bo e eu estamos sentados no balcão, em frente aos tonéis de latão que apropriadamente ostentam o título "Tank Beer", de uma cervejaria chamada Pilsner Urquell. A cerveja é lager, da República Tcheca. Acho estranhamente interessante que a cerveja mais servida em um pub venha de outro país. Mas o que eu sei sobre isso? Eu gosto de cerveja. Principalmente das artesanais. Tenho certeza de que, se eu comentar com meu pai sobre esta que estou bebendo, ele vai saber todos os detalhes: quem faz, como é o sabor e o que é melhor comer com ela. Ele é meio que um esnobe da cerveja, embora prefira o termo "guru".

— Muito bem, aqui está a sua cerveja, o seu hambúrguer e o ouvido do seu irmão. O seu *chi*.

Franzo a testa.

— Como assim?

Bo sorri.

— Toda vez que você quer falar de alguma coisa que está pesando na sua cabeça, chama um de nós para comer hambúrguer e tomar cerveja. Cerveja, hambúrguer, irmão: *chi*.

Dou risada e bebo um belo gole da minha lager.

— É mesmo?

Bo dá de ombros e vira para o lado, apoiando a mão na coxa enquanto afasta as pernas para ficar mais confortável. Descansa o cotovelo esquerdo no balcão e inclina seu peso sobre ele.

— Vai, me conta o que aconteceu com a Skyler. Você pisou na bola?

— Você está achando que eu já pisei na bola? — Rio.

— Ah, sei lá. Você está mal-humorado e com a maior cara de assustado. O que mais eu posso pensar?

Esfrego as têmporas e olho para meu hambúrguer enorme. Nós devíamos ter pedido um para dividir, mas não seria muito másculo. Além disso, Bo come demais. Acho que todo o sexo que ele faz queima essas calorias, embora ele vá à academia com a mesma frequência que eu.

— Parker, vai logo. Me conta tudo, cara, e vamos ver se eu posso ajudar.

Passo o polegar pelo copo, observando a condensação desaparecer.

— Como eu disse, eu contei para a Skyler as partes importantes da história com a Kayla... Contei que ela me traiu.

Ele assente.

— E?

— E nada. Ela disse que eu estava me apegando ao passado ao não lhe contar por que eu era tão contra o conceito de namoro no começo. Então eu contei.

— E agora?

— Eu entrei de cabeça, cara. Assustado pra caralho. Estou dando o meu melhor, mas não posso dizer que sou bom nisso. Na maior parte do tempo eu não sei qual é a coisa certa a dizer. E depois, claro, tem o ciúme dela em relação à Sophie, à minha amizade com ela... E tem o Rick.

Suspiro e giro meu copo para um lado e para o outro a fim de manter as mãos ocupadas.

— O bafo de cebola? Imagino que só isso já tire o cara da lista de potenciais ameaças, independente da aparência.

— O bafo é fácil de consertar, cara.

— É verdade, mas uma mulher nunca esquece essa merda.

— Acho que não. — Coloco uma batata na boca e penso no que realmente está me incomodando. — Então, ela comentou sobre montar uma casa em Boston.

Bo arregala os olhos.

— O quê?

— Isso mesmo.

Dou outro grande gole de cerveja, preciso de calor nas entranhas.

— Ela mudar para Boston é muito mais forte que namorar a distância — Bo arrisca.

— Justamente — concordo.

— Merda.

— É.

— Porra.

— Também — murmuro.

— O que você acha de ela mudar para Boston? De verdade. — Seu olhar intenso é crítico, analisando cada resposta minha.

Sorrio e olho para ele de canto de olho.

— Daria para transar com mais frequência.

Ele ri com vontade.

— Acho que sim. Qual é o seu segundo pensamento?

Aperto os lábios, refletindo sobre o assunto.

— Seria bom ter a Skyler por perto, poder sair com ela e tal. Jantar com a família, com vocês. É a vida que eu sempre pensei que teria.

— É a vida que você quer? — ele pergunta, escavando.

— Com a Sky? Sim, mas ela também é uma celebridade, cara. Não existe normal para nós dois. Nunca vai existir. Os paparazzi sempre vão estar ali.

— Mas vocês têm proteção para isso. — Ele franze a testa, esperando minha justificativa contra, como bom amigo que é, e me ajudando a processar tudo.

— Sim, os Van Dyken são ótimos. Mesmo assim, o que vai acontecer quando nós tivermos filhos...

Bo levanta as mãos, com as palmas voltadas para fora.

— Ei, ei, ei. Volte a fita. Você disse *filhos*?

Esfrego o rosto e olho para ele.

— Sim, cara. Eu disse. Eu quero ter filhos um dia, você não?

Bo alisa o cavanhaque e suspira.

— Nunca pensei muito nisso, sinceramente — diz. — Não sei se tenho o gene da paternidade. Nunca tive um pai para comparar, só o seu. O meu foi embora muito antes de eu aprender a andar, e o meu avô também não estava presente.

— Que pena, irmão.

— Não se preocupa. Não dá para perder o que nunca se teve. E a minha mãe e as minhas irmãs cuidaram bem de mim. Elas me ensinaram tudo o que eu preciso saber sobre as mulheres. — Ele sorri, lascivo.

Franzo a testa, ignorando sua malícia.

— Eu sempre imaginei que um dia teria uma casa com cerca branca, uma esposa linda, dois filhos e um cachorro, churrasqueira no quintal, o pacote completo. Faço trinta este ano e o tempo está passando.

— Você não está velho, cara, relaxa. Dê um pouco de tempo para o seu lance com a Sky. Deixe as coisas acontecerem naturalmente, entende?

Inspiro fundo e solto o ar antes de erguer meu copo vazio para o barman.

— Quando ela falou em mudar, deixar suas raízes por mim... — Balanço a cabeça. — Nenhuma mulher me colocou em primeiro lugar assim. E ela é Skyler Paige, a mulher dos meus sonhos. Aquela com quem eu sempre comparei as outras. Bom, com a idealização dela. E agora eu conheço a Skyler de verdade... e ela é muito mais. Porra, cara, sei lá. A Skyler é demais.

Bo levanta o queixo.

— Eu entendo, mas lembre de uma coisa: você pensava isso sobre a Kayla, e aquela vadia fodeu a sua vida. A Sky é a primeira mulher para quem você se abre depois dela. Que tal não se preocupar tanto com o futuro e aproveitar o que você tem agora? Se você alimentar a relação com a Skyler, a coisa já vai ser permanente. Talvez ela seja a sua cara-metade, talvez não. Só o tempo vai dizer. Ela disse que ia arrumar as coisas e vir semana na que vem?

Eu rio ao notar o desespero na voz de Bo.

— Não, cara. Ela soltou a bomba e pediu para eu digerir a ideia — digo.

Ele ri.

— Eu gosto dela. Garota engraçada.

— É mesmo. E linda, ótima de cama, meiga, charmosa, atenciosa, boa com a boca... — Sorrio.

— Caraca! — Bo dá uma piscadinha. — Essa é pra casar, com certeza.

— É mesmo.

— Então fique firme. Dê o tempo necessário, aproveite cada minuto. Se as coisas ficarem pesadas de novo, fale comigo ou com o Royce, e nós colocamos você no rumo.

Ergo o punho e Bo bate nele com o seu.

— Outra cerveja? — pergunto.

— Pode crer. Estou morrendo de sede.

Levanto meu copo e o aponto para o de Bo desta vez. O barman anui e vai pegar nossas cervejas.

— Valeu, Bo.

— Eu vou checar de vez em quando como vão as coisas. Agora vamos voltar aos detalhes da parte sobre a Skyler ser boa de boca. Eu queria ouvir mais sobre isso. — Ele arqueia as sobrancelhas sugestivamente.

Ele não vê o soco no ombro chegando, mas o sente. Aposto que deixei seu bíceps vermelho.

— Você mereceu — rosno enquanto ele esfrega o braço.

— É verdade — ele admite, sem vergonha nenhuma.

— E aí, meu irmão? — Royce atende com sua voz profunda, mas é seu rosto sorridente que estou ansioso para ver. — Desde quando você usa o FaceTime?

Sorrio na tela.

— A Skyler me incentivou.

Ele passa a mão pela careca e inclina a cabeça, como se estivesse se olhando no espelho.

— Aposto que sim.

— Enfim... estou ligando porque a sua mensagem dizia que era urgente. O que está acontecendo?

Royce franze os lábios carnudos.

— A imprensa anda ligando dia e noite, cara. Eles aparecem na agência e estão deixando a nossa menina louca. Precisamos fazer alguma coisa em relação à nota que saiu na semana passada sobre você e a Skyler.

Franzo a testa.

— Lamento que isso esteja incomodando vocês aí. Não sei qual é o melhor plano. Eu andei concentrado neste projeto e em outras coisas, e nem me toquei de que vocês estavam arcando com as consequências.

— Não é nada que não dê para enfrentar, mas seria bom acabar com isso o quanto antes.

— Sim, eu sei. Vou ligar para a Tracey, a agente da Sky, e ver o que ela acha melhor fazer. O que você disse para eles até agora?

— Nada a declarar. Eu desligo na hora. Mesmo assim, eles parecem abutres atrás de carcaça. Continuam bicando até conseguir o que querem.

— Tudo bem. Eu vou ligar para ela daqui a pouco. E o resto?

— Tudo perfeito. Eu prestei mais algumas consultorias financeiras para a Sophie, e isso rendeu uma grana legal. Fechei uns casos fáceis, até fiz a Wendy investigar um pouco e me dar a perspectiva dela. Mas acho que eu vou viajar com você no próximo projeto e o Bogey fica aqui no forte.

— É mesmo? Qual é o próximo? Você tinha dito alguma coisa sobre San Francisco.

Ele assente e apoia na cabeça no encosto da cadeira de couro preto.

— Uma financeira. A CEO precisa de ajuda para arranjar um namorado.

— Um namorado? Ela tem alguém em mente? Normalmente, quando fazemos isso, é porque a mulher quer ajuda para chamar a atenção de alguém por quem já está interessada. É esse o caso?

— Não. — A inflexão na voz de Royce acentua o som do *n*.

Esfrego as sobrancelhas com o polegar e o indicador. Sinto a tensão crescer.

— O que foi que eu perdi?

— Nada. A mulher é linda, inteligente, tem um corpão e nos contratou para encontrar um homem para ela. Disse que está cansada de namorar narcisistas, interesseiros e mulherengos. Eu a estou ajudando a traçar um perfil agora. Nós vamos arrasar. Tipo aquele programa, *Million Dollar Matchmaker*, já viu?

Pisco algumas vezes, tentando determinar se estou sonhando.

— Você acabou de perguntar se eu vejo um reality show? A única coisa que eu vejo na TV são esportes, e metade das vezes é reprise.

— Patti Stanger. Ela é foda. Manda muito bem nesse lance de encontrar o par perfeito para as pessoas.

Fecho os olhos e abro de novo, me concentrando em seu rosto sorridente.

— Se você está dizendo... O que isso tem a ver com a nossa cliente?

Ele passa a mão pela gravata azul, e a abotoadura de ônix dá um belo toque à camisa branca e ao terno preto.

— Eu quero testar a minha mão nessa coisa de aproximar pessoas. Nós nunca fizemos isso entre desconhecidos, e eu pretendo entrar nessa.

Franzo os lábios e sorrio enquanto seus olhos vão de um lado para o outro, sem me olhar diretamente. Dá uma tossidinha e limpa a garganta.

— Por quê? — pergunto.

Ele franze as sobrancelhas negras contra a pele cor de chocolate.

— Pelo que eu sei, nós somos donos deste negócio juntos, e eu nunca precisei de uma razão para querer trabalhar com uma cliente.

Seu tom é argumentativo e um pouco mais forçado que o normal. Ele está escondendo alguma coisa.

Sorrio abertamente.

— Não precisa explicar, eu só queria entender. Quem é a cliente? — cutuco.

Ele aperta os lábios.

— Rochelle Renner.

— E como é essa srta. Renner?

Royce estreita o olhar para a câmera.

— Isso importa?

Sorrio, sabendo que o estou provocando, mas não me importo. É meu irmão, é minha obrigação irritá-lo.

— Não sei. Só quero saber com quem vamos trabalhar.

Royce apoia despreocupadamente o telefone em algum lugar; posso ver todo o seu peito, da cintura para cima. Ele abre um arquivo e pega uma foto retangular em formato grande, então a vira para a câmera.

Começo a rir instantaneamente.

— Cara.... — Dou um suspiro, olhando para uma das negras mais sensuais que já vi desde que pus os olhos em Halle Berry em *A senha*, que Roy me obrigou a assistir. E me obrigou porque era com ela, e no filme dá para ter uma visão completa dos seios dela. Que são uma maravilha.

— Não me venha com "cara". Só porque a nossa cliente é uma gostosa...

— Tá certo. — Sacudo a cabeça. — Se você não quer falar do *verdadeiro* motivo do seu interesse, tudo bem. Mas eu imagino que a próxima sugestão é que você seja um dos candidatos para ela — digo e sorrio.

O rosto de Royce fica impassível.

— Nem vou me dignar a responder. Termine o que você tem que fazer em Milão e volte para cá. Nós vamos embarcar para a Califórnia.

Sacudo a cabeça.

— Não vai dar. Vou visitar a Sky no caminho de volta, pelo menos dois dias. Estamos precisando disso, cara. Eu volto na quarta-feira, mas me dê dois dias.

Ele franze os lábios.

— Tudo bem, tire os seus dias. Mande o Bo de volta. Eu tenho que enchê-lo de trabalho, senão ele vai ficar correndo atrás da Wendy o tempo todo que nós dois estivermos fora.

Rio.

— É verdade. O que significa que, se ele não estiver ocupado, Sir Mick vai aparecer, e eu não quero encontrar o Bo enforcado com a cueca quando voltar de viagem.

— Isso mesmo. Agora ligue para a agente da sua namorada e veja que abordagem devemos usar. Eu quero que seja tranquilo para você e a Sky, mas precisamos tirar os jornalistas do nosso pé.

— Concordo. Ligo mais tarde, tá bom?

Royce faz um movimento com o queixo e diz "Fique na paz" antes de desligar.

Ligo em seguida para Tracey. Chama algumas vezes antes que eu ouça um exasperado "Agência Triumph Talent, Tracey falando" do outro lado da linha.

— Oi, Tracey. Parker Ellis.

— Ah, oi. Desculpe por atender apressada. Estou sem a minha assistente hoje, o dia está uma loucura.

— Lei de Murphy.

— Sim. O que eu posso fazer por você?

— Na verdade, eu preciso de um conselho. A imprensa está perseguindo a International Guy e começando a prejudicar o trabalho da minha equipe. A nota foi divulgada, mas a mídia ainda está faminta, e eu não estou lá para resolver isso.

— Entendo. Eu falei com a Sky sobre isso, mas ela não me escutou. Ela disse que você precisava de privacidade.

— O que você disse a ela?

— Vocês precisam dar uma entrevista ao vivo, juntos. Lado a lado, para que a imprensa tenha os seus quinze minutos, ângulos, vídeos etc. e deixe vocês em paz por um tempo. Pelo menos até um dos dois fazer alguma coisa nova para chamar a atenção deles.

— E a Sky não quis?

— Não. Ela disse que o relacionamento de vocês é novo e que ela não queria aumentar a pressão que é namorar uma celebridade, mas francamente, Parker... Essa é uma das únicas maneiras de tirar esse pessoal do seu pé. Você só vai conseguir se livrar deles se der alguma coisa.

Penso na ideia dela.

— Qual seria a melhor maneira de fazermos isso? Eu vou para aí no domingo à noite e vou estar no set de filmagens na segunda e na terça.

— É mesmo? Está fácil, então. Em vez de entrar pelos fundos do estúdio, entre pela frente e encontre a Skyler lá. Ou entrem juntos. A imprensa vai enlouquecer, os paparazzi vão tirar fotos de vocês dois juntos... Posso marcar uma entrevista rápida para o almoço com alguns jornalistas em quem confio mais. Digo *mais* porque nunca se pode confiar completamente em nenhum deles.

— Eu descobri isso depois da matéria da *People* — digo, e minhas palavras saem tão exaustas quanto me sinto.

— Eu vou encontrar vocês no set, intermediar e te dar um curso rápido sobre o que dizer e o que não dizer à imprensa, como evitar responder perguntas que você não queira responder. Tipo: "Você está apaixonado pela Skyler?" — Sua voz é monocórdia, sem emoção, e isso me deixa confuso.

Minha garganta fica instantaneamente seca e eu pego a garrafa de água na mesinha.

— Você está me perguntando isso? — Puxo o colarinho da camisa, subitamente apertado.

Ela gargalha ao telefone, e quase tenho que afastá-lo da orelha.

— Ah, meu Deus, eu queria ver a sua cara agora. Pela sua hesitação, eu posso dizer que essa pergunta você iria querer evitar.

— Pode crer. — Limpo a garganta enquanto ela continua rindo.

— Não se preocupe, Parker, eu cuido da Sky. Ela é minha prioridade. Tem sido há anos, e vai continuar sendo. Agora que você está na fita, vou cuidar de você também. Não vou deixar que nada aconteça. Peça para a sua assistente informar quando você está planejando visitar o set que eu coordeno o resto.

— Tudo bem. Obrigado, Tracey. Você vai conversar com a Skyler sobre o que falamos?

— Você não quer enfrentar a fera, é? A Sky odeia falar com a imprensa sobre vida pessoal. Ela tem aversão a isso, mas é um mal necessário nessa profissão.

— É, não quero — digo, sem vergonha alguma.

Sky e eu já tivemos uma conversa bastante profunda. Não quero agora ter que dizer que precisamos falar da nossa vida pessoal com a imprensa para que deixem minha empresa em paz.

— Tudo bem, eu cuido disso.

— Te devo uma, Tracey.

— Que nada. Cuide da minha garota e não seja um babaca, e vai ficar tudo bem.

Aparentemente, Tracey Wilson, uma agente extraordinária, não dá socos, mata de uma vez.

— Eu não pretendo magoar a Skyler. Ela é muito importante para mim, Tracey. Mais e mais a cada dia.

— Sim, eu vejo isso no modo como ela fala de você, como o rosto dela se ilumina, e ela fica com aquele olhar distante e sonhador... Ela fazia a mesma coisa quando falava do Johan, e ele partiu o coração dela. Vamos cuidar para manter esse olhar feliz no rosto da minha melhor amiga e todo mundo fica bem. Agora, eu tenho muita coisa para fazer e estou sem assistente, então vou liberar você.

Eu rio sem jeito, sem saber como lidar com todas as informações que ela compartilhou.

— Nos vemos em breve. E boa sorte.

Ela suspira pesadamente.

— Sem a minha assistente, vou precisar mesmo. Até segunda, Parker.

— Obrigado de novo.

— De nada. Tchau.

Ela desliga, eu me levanto e vou ao banheiro me preparar para dormir. Amanhã é o desfile, e espero que tudo dê certo para nosso cliente. T-Bone pode estar meio perdido em sua tentativa de ser o pioneiro na valorização das mulheres por meio de lingeries com bom caimento, mas suas intenções são boas. No início ele abordou a coisa do jeito errado, mas Bo e eu resolvemos os problemas. Estou ansioso para ver o esforço de todos no desfile de amanhã.

Escovo os dentes, faço o que preciso, volto, afasto o edredom e deito nu na cama. Os lençóis gelados me fazem tremer por um momento antes de eu pegar o celular e abrir a tela de mensagens.

Tem uma mensagem de vídeo da Skyler. Clico nela e vejo seu lindo rosto. Está toda maquiada, com o cabelo escondido por uma longa peruca preta. Está usando uma espécie de armadura estranha, que me lembra o corselete da Mulher-Maravilha, só que o da Sky é preto e prateado.

— Oi, gato! Eu só queria dizer que não vou poder falar com você hoje à noite, que seria à tarde para mim. A diretora está se descabelando porque estamos um dia atrasados em algumas cenas, então precisamos resolver isso hoje à noite. Sem pausa, só para comer alguma coisa. Como eu não sei quando vai ser esse intervalo, queria te dar boa-noite. Não vejo a hora de chegar o domingo! Eu pedi para a Rachel te pegar no aeroporto. Ela acha que você vai precisar de cobertura se os paparazzi perceberem a sua chegada. Eu disse que ela é louca, mas... — Sky dá de ombros, e a armadura se levanta junto. Rio baixinho, pois não quero perder nem um segundo de suas palavras para mim. — Melhor prevenir que remediar. Te vejo logo. Sonha comigo!

Ela termina o vídeo com um beijo, e eu posso ver seus lábios formando um arco perfeito. Abre um sorriso largo e dá uma piscadinha antes de encerrar.

Porra, sou um homem de sorte.

Viro de bruços e imagino Skyler com aquela roupa lutando contra algum vilão futurista. E durmo sorrindo.

9

*A passarela é uma pista comprida, luminosa, branca, si*tuada no centro de um salão. Não há nada de especial nela, tirando os espelhos que posicionamos estrategicamente de cada lado. Quatro no total. O espaço ao redor é cinza-chumbo, para evitar qualquer potencial distração em volta da passarela. As cadeiras estão posicionadas na diagonal de cada lado do palco, assim a plateia inteira vai ter visão total do desfile. Subo os degraus laterais em direção aos fundos e paro no primeiro espelho.

Pego o batom vermelho e sorrio, pensando em Sophie, Skyler e Christina. Estou ficando mole. Os casos em que trabalho estão começando a me afetar de um jeito pessoal, que eu não tinha previsto. Quando pensei em criar a International Guy, não tinha ideia de como a empresa cresceria e da clientela que encontraríamos. No começo, achei que seríamos analistas e consultores, que trabalharíamos ajudando empresárias a prosperar. E fazemos isso, mas o rumo que tomamos agora se inclina para o lado pessoal. Acho que é por isso que estou mais interessado e investindo mais no meu trabalho. Ele me satisfaz de um jeito que nunca imaginei. Conheci Sophie e ficamos amigos. Skyler e eu estamos namorando. Caralho, ajudei dois membros da realeza a resolver suas diferenças e a se tornarem os próximos rei e rainha da Dinamarca. Quem mais faz esse tipo de coisa?

Ninguém.

Ninguém além da minha equipe.

Tenho orgulho do trabalho que fizemos nestes últimos meses, e, com a equipe crescendo e um volume de trabalho que tem até lista de espera, nunca me senti tão realizado. Estou feliz com a minha vida como ela é.

Uma carreira bacana, uma namorada linda, amigos incríveis. O céu é o limite.

Sky.

Penso nela enquanto escrevo seu mantra no espelho. Vai ser a primeira coisa que cada modelo vai ver quando se posicionar diante dele.

VIVA A SUA VERDADE.

Sorrio pensando que vou ver minha garota amanhã. *Minha namorada.* Quem poderia pensar que eu iria namorar de novo? Definitivamente, eu não. Eu acreditava mesmo que Kayla tinha me ferrado definitivamente em relação às mulheres. Acho que isso prova que, quando se encontra a mulher certa, tudo pode acontecer.

As pessoas mudam. Eu mudei, cresci nos últimos anos. Estou pronto para me comprometer. Com Skyler. Ela é tudo que eu poderia querer em alguém e muito mais. Bonita, engraçada, doce, sensível, provocante, fofa, sensata. Adoro até o lado ciumento dela, talvez porque combine com o meu.

Sigo para o próximo espelho e penso em minha querida amiga Sophie. Minha única amiga mulher. Com Sophie, as coisas são fáceis. Ela é paciente, atenciosa e dá ótimos conselhos. Gosto de ter sua amizade, e quero que ela e Skyler sejam amigas um dia. Não posso dizer que espero que elas sejam como irmãs, do jeito que os rapazes e eu somos, mas tenho esperança. Sophie é forte. Depois que conseguimos que ela superasse sua natureza tímida nos negócios, quando a dor de ter perdido o pai não era mais tão recente, sua determinação e a paixão que coloca em todas as coisas vieram à tona. Tenho que acreditar que, um dia, as mulheres da minha vida, incluindo minha mãe e minha assistente, vão encontrar um equilíbrio feliz.

Imaginando o sorriso de Sophie, escrevo no segundo espelho:

VOCÊ VALE OURO.

Sublinho cada palavra, dando um efeito gráfico que eu sei que T-Bone vai adorar. Quando falei com ele sobre a ideia dos espelhos e dos mantras, ele pulou de alegria. Foi assustador vê-lo saltitar feito um sapo.

Sacudo a cabeça. O pessoal que trabalha com moda é estranho. Todos eles. Nunca se sabe o que vai impressionar essa gente. É tudo um risco.

A seguir, vou para o terceiro espelho, mais perto da frente, e me lembro da princesa Christina. Imagino que ela e Sven estejam vagabundeando em algum país estrangeiro, celebrando sua lua de mel, bobos e apaixonados. Talvez os dois voltem prontos para anunciar que Christina está grávida do próximo herdeiro do trono. Eu me lembro claramente da mãe da Christina, a princesa Mary, pressionando por esse resultado. Acho que as palavras dela foram "Não volte para casa enquanto não estiver esperando o futuro rei", ou algo igualmente ridículo. Ela só pensa em realeza. Pelo menos, agora que Christina é rainha, não precisa ficar ouvindo a mãe. Sua mãe é quem tem que ouvi-la. Aposto que ela está adorando a inversão de papéis. Eu, com certeza, adoraria.

Escrevo o mantra de Christina para que o mundo veja.

ASSUMA O SEU FUTURO.

Giro o batom para escrever mais e vou para a frente do palco, onde o último espelho bidirecional está posicionado. Desta vez escrevo nos dois lados do espelho — quero que não só as modelos vejam as palavras, mas o público também.

ACEITE O SEU LADO SEXY.

Sorrio enquanto puxo a perna do y para sublinhar a palavra inteira. Espero que cada um desses mantras ajude as modelos a se conectar com sua imagem e com o que estão fazendo no palco. Levando em conta as professoras do cabaré, as lições que Bo e eu demos às meninas esta semana e, claro, a incrível coleção de lingeries de T-Bone, espero que cada uma delas se sinta como se valesse um milhão de dólares.

Termino os mantras e volto para a loucura. As doze modelos estão cuidando dos últimos detalhes, fazendo cabelo e maquiagem.

Encontro Anna-Maria e me apoio diante de sua cadeira enquanto o cabeleireiro faz cachos nela.

— Como está se sentindo? — pergunto.

Quero que ela veja que pode contar com meu apoio. Todas as modelos podem.

— Muito bem — ela diz. — Ontem à noite eu dei uma prévia para o meu marido. — Suas faces e seu pescoço ficam rosados.

— É mesmo? — Sorrio. — E como foi para você?

— Muito bom. Ele disse que eu era a mulher mais gostosa do mundo, mesmo depois de ter nossos filhos. Ele adora ver como meu corpo mudou, porque mostra que a nossa vida juntos evoluiu. Eu sou mãe agora, é um novo papel, um novo corpo. Quando eu chegar à velhice e for avó, vou ter o corpo de uma vovó, e ele disse que vai me amar ainda mais, porque eu vou ter construído uma história com ele.

Abro um sorriso largo e me agacho ao lado dela, apoiando as mãos nos braços da cadeira.

— Parece que o seu marido sabe que tem uma coisa preciosa e quer continuar assim por muito, muito tempo.

Ela sorri.

— Sim. Eu o amo demais.

— Ele vai estar na plateia?

Ela assente e morde o lábio.

— Ele disse que não vê a hora de me pegar depois do desfile. Que o público só vê, e ele pode tocar.

Dou uma apertadinha em seu ombro.

— O seu marido é o máximo. Dê uma boa recompensa a ele esta noite — digo e dou uma piscadinha.

Quando estou prestes a sair, ela pega minha mão. Seus belos olhos brilham de um jeito que geralmente significa lágrimas.

— Sr. Ellis. Humm, Parker. Obrigada por me ajudar a ver o que eu não via antes. Eu gosto de quem eu sou. Fico feliz por ter um corpo saudável, independente do peso extra e das partes flácidas que eu não tinha aos vinte anos. Agora eu entendo: preciso amar o corpo que tenho e ser grata por ele.

Aperto sua mão e dou tapinhas nela.

— Eu nunca disse nada disso, e fico feliz por você ver o que precisava. Você é uma mulher linda, qualquer um percebe isso. Estou feliz por saber que a venda nos seus olhos finalmente caiu.

— Tudo por sua causa e por causa do Bo.

Sacudo a cabeça.

— Não, querida. Você fez tudo isso. Assuma o crédito.

Então, deixo que ela acabe de se arrumar para o desfile.

Enquanto atravesso a multidão apressada ao redor dos bastidores, encontro Bo com uma agulha com linha na boca. Está prendendo a alça de uma camisola.

— Precisa ajustar? — pergunto enquanto Bo junta o tecido e o vira para poder costurar.

— Não. A moça afobada aqui enfiou a peça pela cabeça tão rápido que não colocou o braço no lugar certo e esticou a alça até rasgar.

— Já pedi desculpa, Bo — ela diz, franzindo a testa.

Ele sorri e dá uma piscadinha.

— Você pode se desculpar comigo mais tarde, gostosa.

Ela lambe os lábios e olha para ele.

— Com a boca ou o corpo?

Ah, merda...

— Me deixe pensar... com tudo. — Ele se inclina para perto do seio dela a fim de cortar o fio com os dentes em um movimento suave, se não atrevido.

Ela ofega, descaradamente aproximando mais os seios do rosto dele.

— E... essa é a minha deixa. — Dou meia-volta e deixo os dois rindo do meu constrangimento.

Falo com cada modelo, até que noto um rosto familiar a distância. Fico feliz por ver que Martina também está aqui, ainda trabalhando no ensaio das mulheres. Ela está em outra sala, captando toda a atenção. Seu corpo escultural, sua altura e personalidade radiante fazem as pessoas gravitarem em direção a ela. Eu inclusive.

Ela está falando com uma das modelos mais tímidas, e eu vou até lá. Acho que essa moça é professora de pré-escola, solteira, uns vinte e cinco anos, mas seu olhar inocente a faz parecer mais nova.

— Lembre-se do que eu disse: confiança é o segredo. Alguns dizem para fingir até conseguir, mas eu não acho isso certo. Você está perfeita com essa roupa, conhece as poses... Faça exatamente o que aprendeu e vai ter realizado o que se propôs a fazer. Isso não seria legal?

Ela assente.

— Sim, obrigada, Martina.

— Imagine, meu anjo. — Ela dá um tapinha na professora como se fosse mãe dela, embora não deva ser mais que uns dois anos mais velha.

— Oi! Você não precisava estar aqui hoje. O contrato não incluía o desfile — digo.

Ela franze os lábios.

— Não, mas elas são minhas garotas agora, e eu apoio as minhas garotas. Esse desfile é importante para elas e para mim. Eu quero que a ideia do T-Bone de dar força às mulheres seja representada por meninas que se sintam poderosas vestindo a coleção dele. — Ela dá de ombros. — Estou fazendo a minha parte pela causa.

Sorrio e anuo.

— Sim, está mesmo.

Observo seu corpo e vejo que ela está usando outro espartilho sexy, desta vez com calça preta de couro e cinto brilhante, e seu cabelo escuro parece uma juba selvagem caindo sobre as costas e os ombros. Nos lábios, batom vermelho combinando perfeitamente com os olhos esfumados. Ela parece pronta para a balada, não para se sentar e assistir a um desfile de moda.

Martina olha para mim do topo do meu paletó esportivo, passando pela camisa semiaberta e a calça, e desce até meus Ferragamos.

— Gostei do visual — diz com uma voz rouca que eu ainda não tinha ouvido.

— O seu também não está nada mal. — Limpo a garganta e passo a mão na nuca.

Ela se aproxima e pousa as mãos no meu peito. A mulher tem quase um metro e oitenta, e, com o salto, ficamos da mesma altura.

— Acho que eu ia gostar do que você tem aí embaixo... muito. Que tal testarmos a minha teoria depois do desfile?

Merda. Porra. Caralho.

O normal seria eu aceitar esse convite sem pestanejar, mas fico paralisado. Essa mulher é o sonho erótico de qualquer homem, menos o meu. Já tenho a mulher dos meus sonhos, e de jeito nenhum vou arriscar perder isso por uma noite com uma dançarina pecaminosa.

— Martina... — começo a recusar quando somos interrompidos por um fotógrafo.

— Uma foto, Martina? — ele pergunta.

Ela abre um sorriso largo e pousa a mão no meu peito, pressionando os seios contra mim e inclinando o quadril.

Eu nem sei o que está acontecendo quando ele diz:

— Sorria.

Sorrio no piloto automático, mas, assim que ele bate a foto, recuo.

— Martina, a sua oferta é muito tentadora, e alguns meses atrás eu teria aceitado na hora. Só que eu sou comprometido.

Ela faz beicinho, estufando os lábios vermelhos perfeitos, o que a faz parecer uma dominatrix sensual e triste.

Jesus Cristo!

Skyler. Skyler. Skyler.

— Tem certeza? Seria bem divertido. Só nós dois. Ninguém precisa saber...

Ela avança para mim, mas eu ergo as mãos e estico os braços, mantendo-a distante.

— Desculpe. Você é linda e uma mulher maravilhosa. O que você fez por essas meninas foi sensacional. Mas, infelizmente, eu tenho que recusar. Obrigado de novo pela sua contribuição. Que bom que pudemos contar com a sua ajuda. Fez toda a diferença. — Sem permitir que ela diga mais nada, sorrio e recuo rapidamente. — Preciso falar com o T-Bone. Curta o desfile!

Assim que me vejo longe de Martina e de sua oferta, começo a perceber que recusei uma noite de sexo com uma mulher deslumbrante. E nem foi difícil. Vejo Skyler em meus pensamentos.

Seu sorriso.

Sua risada.

Suas provocações.

Seu humor.

Seu corpo sexy.

Sua boca talentosa.

Tudo dela.

Ela é tudo de que eu necessito, tudo que eu quero. Sorrio, pego o celular e olho para a foto que ela me mandou na primeira noite depois que eu parti. Cabelo despenteado de quem acaba de acordar, rosto sem maquiagem, lábios inchados dos meus beijos, olhos doces e sonolentos. Seios tentadores para cima. Neste momento, eu me dou conta: ela foi feita para mim. Eu quero estar com ela, quero ser aquilo de que ela precisa em um homem. Quero ter todos os meus altos e baixos com ela. Quero que esse relacionamento dê certo, cresça e se transforme em algo ainda mais permanente.

Acho que estou me apaixonando por Skyler Paige. Droga, acho que já estou apaixonado.

As luzes do palco se acendem e se apagam, indicando que o desfile vai começar. Estou sentado ao lado de Sophie, entre ela e Bo. Ela pega minha mão e entrelaça nossos dedos.

— *Mon cher*, isso é tão emocionante! Adoro desfiles!

Sorrio, aperto sua mão e fico esperando que as luzes diminuam até criar um clima de luz de velas. T-Bone aparece pelo fundo do palco e anda cerca de um terço do caminho até a passarela, com um microfone na mão carnuda.

Ele fala em inglês, e não em italiano:

— Sejam todos bem-vindos! Obrigado por prestigiarem o meu desfile.

— Por que ele não falou em italiano? — sussurro no ouvido de Sophie.

— A moda é um negócio mundial, e a linguagem universal é o inglês.

T-Bone continua:

— Sempre me incomodou o fato de que, na indústria da moda, as roupas são feitas para mulheres do tamanho 34 ao 40. Só que o manequim médio fica entre 44 e 48. Nada perto do tamanho padrão das passarelas ou das módelos de catálogo. A moda esqueceu que as mulheres podem ter todos os tamanhos e formas, e eu, pelo menos, quero compartilhar essa beleza.

Uau. T-Bone está finalmente passando sua mensagem.

— Além disso, nenhum homem quer comer só pele e osso.

E acabou de foder tudo.

Destemido, ele dá alguns passos e para, avaliando a multidão com seu olhar brilhante.

— As mulheres são sensuais, sejam professoras, mães, bibliotecárias, balconistas, donas de casa ou universitárias. A sensualidade vem em todos os tamanhos. Eu espero que mulheres de todos os lugares vejam as modelos que vão desfilar a minha coleção e reconheçam a sua própria versão sexy, independente do tamanho que usem. Obrigado. — Ele se curva e gira sobre os mocassins brilhantes. O brilho de sua calça de cetim reflete as luzes do cenário. O paletó esporte floral de mangas três quartos faz um contraste direto com a simplicidade da calça.

Solto um longo suspiro e espero enquanto a música começa. Dou um sorriso quando reconheço a introdução de "Don't Cha", das Pussycat Dolls. Acho que essa é, talvez, a melhor música para os designs mais escandalosos.

As luzes diminuem ainda mais e a primeira modelo entra. É a bibliotecária, a mais magra do desfile. Acho genial ele começar com um tipo de corpo que todos já viram antes. Ela chega ao primeiro espelho e faz a pose padrão de arquear para trás com as mãos nos quadris, que todos nós já vimos um milhão de vezes na indústria da moda. Nunca gostei dessa pose, mas adoro a ode à moda convencional que ela representa. Quando a garota se dirige ao próximo espelho, as luzes se apagam e todos se sobressaltam. Seu conjunto de calcinha e sutiã brilha em verde-fluorescente como um bastão de néon.

O público aplaude descontroladamente enquanto ela continua a andar, e a próxima modelo entra. Ambas param, cada uma em um espelho. A segunda é a professora de pré-escola. Seu tipo de corpo é um pouco mais cheio, talvez em torno de 42 ou 44. Ela está incrível com uma calcinha vermelha de cintura alta, um bustiê e um robe, deixando um ombro à mostra.

Ela para no primeiro espelho e faz pose de Mulher-Maravilha, com o robe caído sedutoramente na dobra dos cotovelos, mostrando apenas o suficiente de seu corpo para fazê-la parecer sensacional e, ainda assim, deixar um pouco para a imaginação. As luzes se apagam e as tiras de sua lingerie brilham em vermelho-vivo.

As modelos repetem os movimentos, cada uma parando diante de um espelho e fazendo uma pose. Quando quatro entram ao mesmo tempo, as luzes enlouquecem e um globo de discoteca começa a girar, cobrindo-as de luzes brilhantes. Desta vez elas fazem alguns movimentos e exibem a lingerie de várias formas.

Quando as quatro vão para o fundo e as luzes se acendem, o público tem uma ótima visão da parte de trás da lingerie.

O próximo grupo entra, com Anna-Maria liderando. Ela está deslumbrante. Seu corpo de tamanho 46 parece moldado à perfeição. Quando começa a andar, um homem do outro lado se levanta, grita e aplaude descontroladamente:

— Essa é a minha mulher! Ela é linda! Você é linda, baby!

A plateia curte a excitação do cara, e ela se exibe para ele. As luzes se apagam e seu robe brilha no escuro. Ela o tira, e a renda da calcinha e o laço sexy no cóccix iluminam a passarela com um T brilhante e colorido. Isso faz o marido assobiar como um lunático. Estou adorando cada minuto. Ela está arrasando e, a julgar pelo sorriso que ostenta, está se divertindo muito.

— Vou contratar esse T-Bone para fazer uma campanha para a nossa empresa — Sophie comenta, se inclinando para mim e apontando para Anna-Maria. — Adorei a ideia de ele valorizar mulheres de todas as formas e tamanhos e fazê-las ver a própria beleza. Ele está fazendo um excelente trabalho. Destacou os atributos dela.

Inspiro fundo e solto o ar.

— Mas permaneça no controle — aconselho. — Ele pode ficar meio obsceno sem direcionamento. Se bem que as intenções dele são boas.

— Você usou o seu batom nos espelhos — ela diz, franzindo os lábios cor-de-rosa em um sorriso cúmplice. — Aquela mensagem ainda está no espelho lá de casa. Eu gosto dela ali, porque me lembra você.

Passo o braço ao redor de seus ombros e cutuco sua têmpora com o nariz, absorvendo seu perfume de açúcar e especiarias que tanto adoro. Não é pêssego com chantili, mas é familiar e me faz lembrar de duas semanas ótimas em Paris.

— Você vale ouro, Sophie — sussurro em seu ouvido. — Espero que o seu novo namorado entenda isso e te trate como a joia que você é. Caso contrário, ele vai ter um bostoniano no pé. Eu sou capaz de pegar um avião só para quebrar a cara dele.

Ela vira a cabeça na minha direção.

— Por que você faria uma coisa dessas? — Sophie franze o nariz, confusa. — Não vejo necessidade.

Eu rio, aperto seu ombro, me reclino na cadeira e aproveito o restante do desfile. As modelos estão arrasando. O público parece receber cada look com o maior entusiasmo, e tenho meus dois amigos compartilhando essa experiência comigo.

A vida é boa.

10

No momento em que as rodas do avião pousam em Nova York, não consigo conter a excitação. Felizmente Wendy me colocou na primeira classe e eu desembarquei primeiro. Estou ansioso para ver Skyler.

Pego minhas duas malas de mão. Como eu sabia que o trabalho duraria só uma semana, com dois dias extras em Nova York, levei pouca coisa.

Em poucos minutos estou atravessando o aeroporto para chegar à área de desembarque. Quando me aproximo, vejo a pequena Rachel Van Dyken. Ela parece ter saído de um filme cuja protagonista é uma guerreira. Seu cabelo platinado está puxado para longe do rosto, preso em uma série de tranças, combinando com a vibe de guerreira. Ela usa calça cargo preta e regata combinando, coturnos e óculos aviador. Está encostada na parede e mexe um pé quando me vê. Só que ela não é a única que chama minha atenção.

Do nada, aparece uma multidão de paparazzi. Os flashes disparam rápido, me cegando. Levanto a mão para bloquear a claridade. Alguém pega meu cotovelo, e Rachel grita com os fotógrafos.

— O que a Skyler disse sobre a sua traição? — um homem pergunta.

— Você levou as duas mulheres para o seu hotel? — outro grita.

— A Skyler te perdoou? — ouço um terceiro.

— Do que vocês estão falando? — retruco, confuso, cansado e aturdido.

Acabei de chegar depois de um voo de nove horas e estou sendo bombardeado por uma série de perguntas sobre alguma coisa que desconheço.

Rachel puxa meu cotovelo.

— Não diga uma palavra. Venha comigo. — Ela range os dentes.

— Eu não sei o que está acontecendo.

Jesus. Toda vez que pego um voo transcontinental, entro no caos.

Rosnando de frustração, puxo minhas malas e sigo Rachel até o carro parado no meio-fio. Nate está dentro dele.

— Pelo amor de Deus! — ele ruge quando vê o enxame. Em um piscar de olhos, está em cima de mim. — Bem-vindo, sr. Ellis.

Nate empurra a multidão para trás com os braços para que eu possa passar por ele e entrar no SUV escuro.

— Deem privacidade para o homem, seus abutres! — eu o ouço gritar enquanto jogo a bagagem no porta-malas e fecho a porta.

Rachel assobia, já no banco do motorista. Seu marido pula no lado do passageiro e gira para ter certeza de que não estamos sendo seguidos.

— É um prazer ver vocês, mas o que está acontecendo? Como eles sabiam que eu estaria aqui?

Nate balança a cabeça enquanto Rachel aperta os dentes.

— A sua amiguinha Martina fala demais — ela responde, sarcástica.

— Minha amiga? Ela não é minha amiga. Nós contratamos a equipe dela para ensinar as modelos a desfilar.

Rachel balança a cabeça, com os lábios brancos e apertados. Ela pressiona um botão no som do carro e eu ouço uma chamada telefônica pelos alto-falantes.

— Já pegaram o Parker? — pergunta Skyler, com voz calorosa, mas direta.

— Estamos com ele — Rachel responde, concentrada em manobrar o SUV para fora do aeroporto e pegar a estrada.

— Skyler, o que está acontecendo? — pergunto abertamente, sem dar a mínima para quem esteja ouvindo.

— Nós conversamos quando você chegar aqui. Que bom que chegou bem. — Sua voz é monótona, sem emoção. Não são exatamente as boas-vindas que eu esperava.

Antes que eu possa dizer mais alguma coisa, ela desliga.

— O que está rolando, pessoal? Falem comigo, por favor.

Não me importo de implorar. Há algo errado com Skyler, os paparazzi estão malucos e os Van Dyken estão com a cara fechada.

Nate se vira, o rosto uma máscara de raiva contida. Eu me recosto e levanto as mãos, em um gesto de rendição.

— Cara, eu não tenho ideia do motivo de a imprensa estar ali. Parece que você quer arrancar a minha cabeça com suas próprias mãos.

E acho que ele conseguiria fazer isso. O cara está irado.

— Talvez eu queira mesmo! — Ele franze a testa, e sua voz assume um tom sério. — Você traiu a Skyler?

Eu me endireito em um piscar de olhos.

— Claro que não, caralho! O que te faz pensar que sim?

Ele joga duas revistas no banco onde estou sentado. Na capa de uma há uma foto de Skyler em lágrimas. Não sei de onde foi que saiu isso, ou quando, mas a foto ao lado chama minha atenção. É de Martina comigo nos bastidores, antes do desfile de ontem. A legenda diz: "Skyler em lágrimas. Parker corteja dançarina exótica na Itália".

Eu gemo e olho para a próxima capa. "Parker pula a cerca. Skyler fica furiosa." Essa manchete vem com uma foto minha com o braço nos ombros de Sophie, e nós dois rindo de algo que Bo disse no desfile. Bo, claro, foi convenientemente cortado da foto. Ao lado dessa há uma fotografia de Skyler irritada, que, honestamente, parece ter sido tirada anos atrás. Seu cabelo está de uma cor diferente agora, e muito mais comprido.

— O que esses filhos da puta pretendem fazendo essa merda? A Martina era professora das modelos. A Sophie é minha amiga. — Eu me recosto de novo no banco e esfrego as têmporas. — A Sky está chateada? — Levanto as duas revistas. — Ela acha que essa merda é verdade?

Nate dá de ombros e vira para a frente.

— Eu nunca magoaria a Skyler desse jeito. Eu gosto demais dela. — Sinto uma pontada no coração e o peito apertado.

Nate assente.

— É, nós achamos que tinha coisa aí, mas a nossa preocupação é primeiro com a Sky. Você entende...

Faço que sim com a cabeça.

— Ela acreditou nessa porcaria? — pergunto, jogando as revistas no chão.

Rachel sacode a cabeça.

— Acho que não, mas isso não significa que não magoe ver o namorado dela em todas as revistas nos braços de duas mulheres diferentes, as duas lindas.

Tentar esfriar a cabeça agora é impossível. Estou fervendo de raiva.

— Porra, tudo o que eu queria era vir para Nova York e passar um tempo muito necessário com a minha namorada. Agora tenho que explicar uma situação completamente inocente! Caralho!

Passo os dedos pelo cabelo, puxando-o até sentir a dor reforçar minha raiva.

— Fale com ela, cara. Ela está te esperando na cobertura — Nate diz.

A raiva desapareceu, e sua conduta mudou agora que ele sabe a verdade.

Rachel encosta e Nate me leva até o prédio e direto para o elevador. Fico em silêncio, esperando os números chegarem ao quadragésimo andar, onde vou ter que resolver uma situação de merda que a imprensa e os paparazzi criaram.

O elevador se abre e Nate escancara a porta de Skyler, me deixando entrar.

— Vocês vão sair hoje à noite?

— Nem fodendo.

Aperto os dentes e entro no apartamento, cada passo mais duro que o anterior. O cheiro dela enche o ar, e, mesmo estando chateado, a fragrância familiar e bem-vinda me acalma.

— Sky! — grito, querendo ir direto para ela.

— Aqui! — ela grita de algum lugar perto da cozinha.

Com passos rápidos, chego à cozinha. Minha garota está debruçada sobre o forno, com a bunda para cima, checando alguma coisa.

— Baby... — sussurro.

Ela se endireita, fecha a porta do forno e gira.

Ela é uma visão. Cabelo loiro ondulado, o rosto com uma maquiagem mínima, mas nada que tire sua beleza natural. Está usando uma regata verde-oliva que combina muito bem com sua pele cor de mel e um jeans skinny que se molda a cada curva. Os pés estão descalços, e as unhas pintadas de vinho.

Aperto os dentes por um momento, absorvendo tudo o que ela é antes de vomitar o que tenho para falar.

— Me diga que não acreditou nessa merda que eles publicaram! — Sinto os ombros pesados, e meus pés parecem estar dentro de botas de concreto enquanto espero o veredito.

Skyler sorri, e logo seu sorriso brilha. Ela corre na minha direção e pula. Eu a pego pela bunda, ela enrosca as pernas em volta da minha cintura e gruda os lábios nos meus. Seus lábios são quentes, têm sabor de cereja. Enfio a língua em sua boca sem esperar convite. Preciso sentir seu gosto, e, quando as línguas se encontram, nós dois gememos. Giro e a coloco em cima do balcão; mal consigo ficar em pé, muito menos com ela, tamanho o alívio que recai sobre mim. Skyler passa os dedos pelo meu cabelo, puxando os fios longos que se enrolam na ponta. Ela geme em minha boca e eu a beijo mais forte, mais fundo. Passo uma das mãos pela sua coxa, seguro seu quadril, e com a outra subo pela coluna até o cabelo e aninho sua cabeça. Nossas línguas duelam pela supremacia, ambas querendo liderar. Eu ganho, inclinando sua cabeça para o lado para poder aprofundar mais o beijo, até que somos somente lábios molhados e doloridos.

Precisando de ar, eu recuo. Ela faz o mesmo, e eu sorrio contra seus lábios.

— Graças a Deus — digo.

Skyler abre os olhos quase sonolentos.

— Eu nunca acredito em tudo o que leio na imprensa. E o olhar de preocupação verdadeira no seu rosto quando você me viu disse tudo. Não sei o que aconteceu, mas confio em você, Parker. Se não pudermos confiar um no outro, não vamos ter nada. Especialmente na minha profissão.

Pressiono a testa contra a dela.

— Eu não sabia que toda essa merda tinha sido publicada. Mais uma vez, saí de um avião depois de aterrissar nos Estados Unidos e fui bombardeado pelos paparazzi espalhando mentiras.

— Então sua foto com aquela mulher, Martina, é falsa? — ela pergunta, se inclinando para trás e me deixando olhá-la.

— Não, mas eles fizeram parecer mais do que foi. A Martina era a professora de dança das modelos. O Bo e eu a contratamos para nos ajudar. Ela ensinou as meninas a lidar com o corpo. Ela e mais duas bailarinas. Nós passamos a semana inteira trabalhando com mulheres que nunca tinham desfilado. Foi incrível e exaustivo ao mesmo tempo.

— Então ela não te convidou para sair?

Como eu evito esse tópico? Infelizmente, acho que não posso. Respiro fundo e aperto os quadris de Skyler. Passo as mãos por suas coxas, acalmando minha alma machucada ao tocá-la.

— Na verdade ela me convidou, sim. Ela me ofereceu uma noite de "diversão" sem compromisso, mas eu não aceitei. A foto foi tirada imediatamente depois que ela me propôs isso. Um fotógrafo qualquer pediu uma foto, disse "sorria" e eu liguei o piloto automático. Desculpe.

Ela sacode a cabeça.

— Não, está tudo bem. E eu sabia que a Sophie ia estar lá. Mas você parecia bem à vontade sentado ali... — Dessa vez, sua voz tem uma nota provocante.

Eu sorrio.

— O Bo estava do meu lado. Não dá para ver o meu braço, mas estava apoiado na cadeira dele.

Skyler passa a ponta dos dedos pelo meu rosto, minhas têmporas até meus lábios, e os acaricia com um toque macio como uma pena.

— Eu acredito em você. Fiquei irritada quando vi as fotos, mas isso vai acontecer mesmo. Não é a primeira vez nem vai ser a última que vamos ver alguma coisa publicada sobre o nosso relacionamento, tão longe da verdade que chega a ser incompreensível. Precisamos prometer sempre falar sobre o assunto. Se eu tivesse perdido tempo especulando quais partes eram verdade e quais eram mentiras, teria enlouquecido.

Subo com as mãos por suas coxas e desço de novo.

— Eu nunca te magoaria assim. E prometo sempre ser honesto com você.

Ela sorri, se inclina para a frente e dá um beijo suave nos meus lábios.

— É o que eu espero. Essa é uma das razões de eu gostar tanto de você. Eu sempre sei onde você está.

Mordo seu queixo e seu maxilar antes de puxá-la para um abraço de corpo inteiro. Ela aperta as pernas em volta da minha cintura e os braços ao redor das minhas costas enquanto eu escondo o nariz na curva de seu pescoço e a inalo. Ela fica satisfeita só de me deixar abraçá-la.

— Eu estava com saudade, meu pêssego — murmuro em seu cabelo.

Ela geme, e eu sinto seu gemido direto em meu peito e a caminho do meu pau.

— Também fiquei com saudade. E eu tenho uma surpresa para você, se der meia-volta e me soltar.

— Eu não quero te soltar. Nunca.

Ela me aperta brevemente.

— Boa resposta — sussurra contra meu rosto antes de beijar a ponta da minha orelha e passar os dentes por ela.

Eu rio e recuo. Preciso de distância, senão vou comê-la no balcão da cozinha. Se bem que não parece má ideia.

— Vire para lá, gato — ela diz, e um sorriso tímido se espalha em seus lábios.

Dou um passo para trás enquanto ela desce do balcão. Eu me volto e vejo a mesa da cozinha arrumada para dois. Há velas acesas, um jogo americano disposto para dois, louça fina perfeitamente posicionada ao lado de guardanapos de tecido. Ela até acrescentou um buquê de girassóis, o que deixou a mesa alegre para combinar com seu gesto romântico.

— Estou cozinhando para você. Fiz a famosa caçarola de tater tots da minha mãe, uma salada e pão de alho.

Fico pensando no que ela disse.

— Você fez o jantar para mim, baby?

Ela sorri e anui.

— Sozinha.

— Você sabe cozinhar?

— Um pouco. — Ela dá de ombros. — Eu sei fazer alguns pratos que a minha mãe me ensinou, e este é o meu favorito.

— Caçarola de tater tots?

— Isso.

Não costela de cordeiro, filé-mignon, linguini, peixe ou qualquer coisa gourmet. Minha garota decide fazer um jantar para o namorado e escolhe sua receita de família favorita. Que também é algo que uma mãe faria para o filho pequeno.

— Você disse tater tots, como aqueles quadradinhos de batata frita que a gente comprava na cantina da escola?

Ela olha para mim.

— Existe outro tipo de tater tots? — pergunta.

Passo a mão pelo estômago, jogo a cabeça para trás e rio com vontade.

— Você é cheia de surpresas.

Ela se aconchega em mim, levanta a cabeça e fica na ponta dos pés. Me dá um beijo firme e rápido.

— Que tal você ir tomar um banho, pôr um pijama e relaxar com uma cerveja?

— Eu não trouxe pijama.

Passo o braço em volta de sua cintura e puxo seu corpo contra o meu para que ela possa sentir cada centímetro meu tocando cada centímetro seu.

Skyler sorri.

— Ainda bem que eu comprei alguns pela internet. Estão em um lado do meu armário. Pode guardar o que quiser lá.

— Eu já estou me mudando para cá? — provoco.

Sky joga o cabelo sobre um dos ombros e franze a testa.

— Não. Eu só quero que você fique à vontade quando vier me ver. Quero que se sinta em casa aqui, do jeito que me fez sentir em casa com a sua família no Lucky's e no seu apartamento. Sem segundas intenções, juro — diz, fazendo uma cruz sobre o coração.

Eu sorrio.

— Obrigado, baby.

— Vá se trocar e volte logo. Estarei esperando.

Minha namorada vai estar me esperando. Balanço a cabeça e sorrio enquanto levo minha bagagem para seu quarto.

No dia seguinte, depois da caçarola, que descobri ser a melhor de todos os tempos, e de uma maratona sexual, por fim chegamos ao set de filmagem. A diretora sabia que ela chegaria atrasada e se planejou com antecedência. Tracey nos encontra no portão assim que Nate e Rachel saem do SUV e nos escolta até a entrada do estúdio.

Sky segura minha mão com uma tranquilidade que não sinto dentro de mim. A imprensa está em todo lugar. Câmeras aparecem como um tornado ao nosso redor, e eu sinto o coração pulsar na garganta.

Minha namorada aperta minha mão.

— Relaxa. Eles não mordem. Muito. — E dá uma piscadinha.

Os paparazzi gritam pedidos para Sky. Sempre profissional, ela vira seu corpo para o meu e passa os braços pela minha cintura.

— Tirem as fotos agora, pessoal. Eu tenho um filme para fazer. — E ri.

A multidão bate palmas e assobia, alguns fazem perguntas:

— Pelo que estamos vendo, vocês ainda estão juntos. É isso?

Ela responde imediatamente:

— Sim. Estamos namorando há pouco mais de dois meses e aproveitando o tempo juntos quando os nossos horários permitem.

Ela levanta a cabeça e sorri para mim enquanto olho para seu rosto bonito. Quero muito beijá-la, mas tenho medo de quebrar algum tipo de protocolo de Hollywood do qual não tenha sido informado.

— O que você achou das fotos com as mulheres com quem ele esteve na Itália?

— Eu confio no meu homem — ela responde, pousando a mão no meu abdome. Um gesto de posse que diz muito.

Pelo menos para mim. Aperto seu ombro, mantendo-a bem perto.

— Sophie Rolland é uma amiga pessoal nossa, e eles estiveram no desfile juntos. A Martina é uma professora de dança contratada pelo Parker para ensaiar as modelos. A gente não pode acreditar em tudo que vê nas fotos! — Ela sorri, e a multidão dá uma gargalhada, tirando uma foto atrás da outra.

Fico ali praticamente mudo, mantendo-a perto de mim, esfregando seu ombro e tentando sorrir o máximo possível.

— Parker, animado para ver a Skyler gravando?

Ela me cutuca, e percebo que devo responder à pergunta.

— Sim. Vai ser ótimo ver a minha garota em ação e conhecer os colegas dela.

— O que vocês acham de a mídia chamar vocês de SkyPark? — pergunta outro.

— Sim, SkyPark! — um deles grita.

Skyler e eu nos entreolhamos e começamos a rir histericamente.

— Acho que você já tem a resposta — Tracey se intromete, com um braço estendido para cada um de nós. — Desculpe, pessoal, a Skyler precisa entrar. Obrigada pela visita.

Ela nos conduz pelos portões, e Skyler e eu acenamos.

— Bom, não foi tão ruim — Tracey avalia enquanto a seguimos até o enorme edifício de concreto uns cinquenta metros à frente.

Pouso a mão na nuca de Skyler e ela sorri.

— Você foi incrível, como de costume — elogio. — Nunca perde o rebolado, não sei como você faz isso.

— Anos de prática. — Ela sorri. — Não se preocupe. Você vai tirar de letra em pouco tempo.

A melhor parte é que ela pensa que vou estar por perto o bastante para chegar a dominar a imprensa quando o assunto for o nosso relacionamento.

Eu sorrio e a puxo para mais perto enquanto andamos.

— Eu já disse hoje como gosto de você?

Ela lambe os lábios e me dá um tapinha na bunda com a mão livre.

— Acho que sim, mas eu adoro ouvir!

— Eu gosto mais de você do que do meu hambúrguer com cerveja.

Sky arregala os olhos e finge ofegar de surpresa.

— Não aguento a profundidade das suas palavras, gato.

Cutuco seu ombro, divertido.

— Ei, não desdenhe do meu hambúrguer com cerveja. Antes de você, eles eram o meu único amor verdadeiro.

Ai, caralho!

Linguarudo!

Skyler para no meio da calçada e olha para mim. Ela engole em seco, e seus olhos procuram os meus enquanto eu respiro fundo.

— Baby, saiu errado.

Ela estreita o olhar.

— Vou deixar passar, gato — diz, cutucando meu peito. — É melhor prestar atenção, rapaz, senão vou começar a acreditar que você gosta mais de mim do que... do seu Tesla! — Faz um grande O com a boca e o cobre com a mão.

Balanço a cabeça e sorrio.

— Sorte que o meu bebê vermelho-cereja não te ouviu dizer isso. Você é osso duro de roer, meu pêssego, sabia?

Skyler dá de ombros e sorri.

— Nunca fui acusada de ser fácil.

— Ah, não sei, não. — Chego mais perto dela e a pego pelos quadris, grudando seu corpo no meu. — Se não me falha a memória, eu entrei nesse corpo gostoso bem facinho — provoco enquanto levo as mãos a sua bunda e seguro cada lado com firmeza.

Ela choraminga e eu a aperto de novo, mais forte desta vez, para lembrá-la da diversão que tivemos de manhã. Deixei aquela bundinha linda rosada com uns tapinhas bem dados.

— Pessoal, vocês se dão conta de que os paparazzi ainda estão vendo? O que significa que as fotos de vocês se beijando e se esfregando vão dar o que falar hoje — Tracey avisa. — Parabéns, Parker. Todo mundo vai saber que você gosta de bunda.

Eu gemo e apoio a testa na de Sky.

— Eles não respeitam nada, baby — reclamo, fazendo beicinho.

— É verdade, mas só quando você faz isso fora da privacidade do quarto ou de casa. Agora você já sabe: da próxima vez... — responde Tracey, enquanto Sky gargalha.

— Já vou ter que ligar para a minha mãe por causa das matérias sobre a Martina e a Sophie. E agora ela vai brigar comigo porque eu não estou te tratando como a dama que você é.

— Ahhh, a sua mãe acha que eu sou uma dama? Que fofa. Adoro a Cathy.

— E ela adora você. Aliás, ela acha que Catherine Paige é um excelente nome para a futura neta.

Eu a acerto direto no estômago com minha insinuação. Com esse comentário improvisado, solto Skyler e sigo Tracey, desta vez a um braço de distância da minha linda menina.

— Como é que é? O que você andou falando para sua mãe? — ela quer saber, indignada. — Vamos voltar para a parte da futura neta.

Sacudo a cabeça.

— Não, temos que ir para o estúdio. A propósito, você precisa me apresentar o Rick, o...

Ela arregala os olhos, e seu rosto assume uma expressão de advertência ao indicar a presença de Tracey.

Regurgito algo plausível:

— O outro astro do filme.

Ela se aproxima de mim e entrelaça nossos dedos.

— Por pouco, SkyPark.

— Afff. Eles nos deram mesmo um nome hollywoodiano desses?

Skyler sorri.

— Eu gosto de SkyPark. Soa muito bem. Lembra de Brangelina, Brad Pitt e Angelina Jolie?

Eu tremo.

— Ou Bennifer, Ben Affleck e Jennifer Lopez.

Respiro fundo, apertando os dentes.

— Tudo bem, SkyPark.

— Foi o que pensei. Vamos lá, quero te apresentar à equipe.

— Vá na frente, meu pêssego. Eu sigo você para qualquer lugar.

— Ah, que fofo!

— É? — Esfrego o queixo com a mão livre. — Seguir você significa que eu tenho uma visão excelente da sua bunda dentro desse jeans.

Skyler volta o rosto para o céu e geme.

— O que eu fiz para merecer isso?

SKYLER

*Estou fazendo o máximo que posso para não gritar de emo*ção. Ele está aqui. Parker está conversando com a diretora do filme, rindo das piadas dela, parecem amigos. Tenho que admitir: o meu namorado é envolvente demais. Ele consegue encantar qualquer um. Definitivamente me encantou.

Antes que eu possa apresentá-lo aos câmeras, de quem me tornei amiga ao longo dos últimos filmes da série, Rick entra no set. Ele me vê e corre, dando pulinhos felizes feito um cachorrinho. Sem aviso, me puxa para seus braços e me dá uma série de beijos no pescoço, ostensivamente, como se eu fosse um membro de sua família.

— Skyzinha! — Ele me dá um abraço de urso. — Como está a minha garota?

Eu me encolho e enrijeço em seus braços. Ele me afasta, me segurando pelos ombros.

— Que foi? O seu namorado não chegou ainda? — pergunta, erguendo as sobrancelhas.

Estou prestes a responder quando sou fisicamente retirada dos braços de Rick pelo próprio.

Parker encaixa o queixo no meu pescoço por trás e passa o braço ao redor da minha cintura, puxando meu corpo contra o seu. Sinto arrepios de ansiedade quando ele rosna em meu pescoço:

— Não estou gostando disso, baby.

Ai, ai. Caio em seus braços.

— Rick, este é o meu namorado, Parker. Parker, este é o Rick, meu colega de elenco.

— E aí? Que bom te conhecer! Qualquer amigo da Skyzinha é meu amigo também. — Rick abre um sorriso largo e estende a mão.

Parker me leva para seu lado esquerdo, mais longe de Rick, e pega a mão dele. Deve apertar com força, porque o cara arregala os olhos e puxa a mão rapidamente.

— Nossa, que aperto! — Ele chacoalha a mão, como se estivesse doendo.

— Desculpe. — Parker espreme meu quadril. — Não medi minha força.

Claro que não. Olho para ele com os olhos semicerrados.

— Que legal que você está aqui hoje. Vamos filmar uma das cenas mais picantes. Seria legal ouvir os seus comentários sobre a melhor forma de segurar e tocar a Sky... já que você a conhece *intimamente* e tudo o mais.

Rick se aproxima mais de Parker, e uma onda de ansiedade percorre minha espinha.

Por favor, não entre nessa, peço silenciosamente, esperando que o ciúme do meu namorado não exploda.

Sinto o corpo de Parker enrijecer e uma veia em seu queixo pulsar enlouquecida. Ele está rangendo os dentes. Merda, isso não vai dar certo. Tenho que afastá-lo de Rick de alguma maneira.

— Meninos, acho melhor não falarmos sobre isso... — começo, mas sou interrompida por Parker.

— Ah, não, vamos falar, sim. Diga, Rick — a inflexão na letra k é sarcástica —, que tipo de informação você quer sobre a minha *namorada*?

Seu tom é cheio de malícia, e percebo que o domínio sobre suas emoções está se desmanchando. O problema é que Rick nem percebe. Ele não percebe o ciúme de Parker porque não pensa em mim desse jeito.

— Meu bem — tento de novo.

Parker levanta a mão entre nós.

— Não, eu quero ouvir isso. Vamos lá, Rick. — De novo o k se arrasta em sua língua.

— Bom, amigo, não espalhe — Rick confidencia, se inclinando para mais perto —, mas a Sky e eu não estamos conseguindo ter química nas cenas românticas. A diretora não está feliz, e qualquer dica sua seria útil.

Meu Deus, Rick é um doce. Ele quer de verdade a ajuda de Parker, e eu espero desesperadamente que meu namorado consiga perceber isso na voz dele e se mostrar um ser evoluído.

Parker se afasta um pouco, ergue um dedo na direção de Rick e me leva para longe antes de baixar a cabeça para meu ouvido. Esse movimento reduz minha ansiedade cem vezes. Quanto mais longe Parker estiver de Rick, melhor.

— Meu pêssego, você não comentou que vocês estavam tendo problemas — ele sussurra.

Franzo os lábios.

— Comentei, sim. Lembra que eu disse que precisávamos refazer algumas cenas?

Ele junta as sobrancelhas, como se estivesse ruminando o que eu disse.

— Honestamente, eu não faço um papel como esse, com cenas íntimas, desde que namorava o Johan, e ele não se importava nem um pouco com quem eu beijava, se tinha cenas de nudez e tal — sussurro conspiratoriamente contra seu peito.

Ele leva as mãos ao meu rosto.

— Primeiro, me desculpe se eu te deixei nervosa quanto ao seu trabalho. Eu confio em você. Mas será que eu confio nele? De jeito nenhum. Eu não confiaria em nenhum homem que tocasse em você. Eu sou assim, baby, e acho que você entende. Nós dois temos o monstro do ciúme morando dentro de nós, e acho que isso não vai mudar tão cedo. Mas não significa que eu vou interferir no seu trabalho ou prejudicar a sua carreira. Eu sei que você tem que fazer esses papéis e cenas. Posso não gostar, mas respeito.

Passo a mão pelo seu rosto e esfrego seu lábio inferior com o polegar.

— Obrigada.

— Agora, o que eu posso fazer para tornar isso mais fácil para você?

Dou de ombros.

— Francamente, não sei. O Rick e eu vamos ter que descobrir alguma coisa, porque ele não estava mentindo. A diretora está insatisfeita, e eu não preciso desse tipo de fama se espalhando pelo mercado. Pode afetar futuros papéis.

Ele firma o queixo, se inclina e me beija suavemente.

— Talvez eu tenha uma ideia.

Sorrio, passo os braços pelo seu pescoço e fico na ponta dos pés para tocar seu nariz com o meu.

— Eu gosto das suas ideias.

Ele sorri.

— Talvez você goste desta, talvez não. Eu vou ter uma conversa com a diretora, se você confiar em mim.

Lambo os lábios, inspiro fundo e solto o ar. Passo a mão pelo cabelo de Parker, puxando um dos seus cachos. Adoro quando seu cabelo está comprido e os cachos aparecem. Ele fica parecendo mais jovem, mais vulnerável.

— Parker, eu te dei o meu coração, e isso é muito mais importante do que qualquer coisa que você possa fazer pela minha carreira.

Ele abre um sorriso largo. Eu amo ver sua felicidade. E quero ver mais. Quero ser a pessoa que coloca esses sorrisos no seu rosto bonito.

— Volto logo.

Ele vai até a diretora, dá um tapinha em seu ombro e ela se volta, lhe dando toda a sua atenção. Meu namorado provoca esse efeito nas mulheres. Os olhos de todas sempre se desviam para ele.

Ele é realmente lindo. Alto, bronzeado, olhos azul-claros. Um sorriso branco brilhante. Sua mandíbula esculpida e maçãs do rosto altas dão um efeito capa de revista que me atinge direto no coração — e *mais embaixo*. Eu me contorço, vendo os dois fazerem gestos que indicam o quarto e o banheiro do outro lado. Deixo Parker agir; quero que ele faça o que acha que tem que fazer.

Tracey aparece atrás de mim.

— O que ele está fazendo? — pergunta, levantando o queixo em direção à dupla.

Cruzo os braços e esfrego os bíceps.

— Ele disse que ia dar uma ideia para a diretora, para o Rick e eu trabalharmos a nossa química... romanticamente — digo, apertando os lábios e olhando para minha melhor amiga.

— Desculpe, Passarinha, acho que não ouvi direito. O seu namorado está conversando com a diretora sobre a melhor maneira de fazer você e o ator incrivelmente bonito que contracena com você terem mais química na tela?

— Sim — afirmo, com orgulho absoluto.

Tracey franze a testa profundamente.

— Eu sou a única que acha isso muito esquisito?

Sacudo a cabeça.

— Não — digo.

É estranho. E encantador. Meu namorado ouve dizer que tenho um problema e tenta me ajudar a consertá-lo, mesmo que o assunto seja algo que faria qualquer homem se sentir desconfortável. Porque ele se importa mais comigo do que com o assunto em questão. Ele quer que eu tenha sucesso, mesmo que o preço seja deixá-lo com ciúme.

Ele é incrível. Maravilhoso. Sexy. Forte. Inteligente.

E eu estou me apaixonando.

Observo a conversa animada de longe enquanto Rick se aproxima de mim e Tracey.

— O seu namorado é meio intimidante — ele admite.

— Sim, é. — Rio. — E gostoso pra caralho.

Sorrio e absorvo todo o meu homem enquanto Tracey e Rick morrem de rir.

Parker volta, todo cheio de ginga. Está usando um jeans que se molda à perfeição a suas coxas tonificadas. Combinou a calça com um suéter preto que cai como uma luva. O preto destaca seu pescoço forte e seus olhos azuis brilhantes. Enquanto ele caminha, seu cabelo loiro-escuro brilha acobreado sob as luzes do set, fazendo meus dedos coçarem para percorrê-lo, de preferência enquanto o estiver cavalgando.

— Tudo resolvido!

— O quê? — pergunto, indo direto para os braços dele enquanto a diretora grita para que os atores comecem a fazer cabelo, maquiagem e figurino. — O que foi que você fez?

— Você vai ver. — Ele sorri e me dá um tapa na bunda. — Vá se arrumar. Eu tenho que conversar com o Rick.

Pisco algumas vezes e assinto.

— Tudo bem. Como eu disse, confio em você.

Não havia muito a ser feito em meu cabelo, já que eu tinha arrumado de manhã. Mas me surpreendi ao ter que ficar de sutiã e calcinha de novo para a cena romântica. Começa no banheiro, enquanto minha personagem está se trocando.

Respire, Skyler. Vai dar tudo certo. O Parker entende.

Faço algumas respirações de ioga enquanto o câmera se posiciona.

— Skyler, você está na posição de ajeitar o cabelo — a diretora grita.

Levanto os braços e me posiciono, me observando no espelho.

— Pronto... câmera... ação! — ela grita, e as câmeras flutuam em minha direção enquanto arrumo meu cabelo e me avalio no espelho.

Meus seios ficam empinados com o sutiã cor-de-rosa, e a calcinha é arrematada com os mesmos detalhes.

— Angel... — ouço alguém chamar minha personagem atrás de mim.

Mas não é Rick. É Parker.

Dou meia-volta, e meu corpo e meu olhar se aquecem instantaneamente ao ver seu peito nu, seus músculos à mostra. Ele está com um botão da calça aberto, mostrando uma grande fatia daquela trilha feliz que eu adoro. O caminho de pelos que leva até seu membro me deixa com água na boca, e minha temperatura aumenta.

Fico paralisada por um segundo, até que percebo que devo continuar a cena.

— Phoenix, você não devia estar aqui. Eles podem te encontrar — sussurro a fala usando o nome do herói, o personagem de Rick, enquanto Parker se aproxima.

Ele chega até mim e passa a mão de meu ombro ao meu seio, o que me faz gemer de desejo e excitação.

— Nada vai acontecer com você enquanto estivermos juntos. Nós somos mágicos, Angel. Você ainda não sabia? — Ele imita as falas de Rick.

— Phoenix... — Suspiro quando a cabeça de Parker cai em meu pescoço e ele pousa uma série de beijos da curva do meu ombro até atrás da orelha.

Então ele arrasta os lábios pela minha orelha.

Ondas de prazer correm pelo meu corpo enquanto Parker segura meu queixo e minha garganta, comandando, implacável, me colocando onde me quer. Seus lábios descem para os meus e eu mergulho em seu beijo. Ele me arrebata com a boca, mergulha fundo sua língua, que rodopia com a minha. Passo os braços em volta de seu pescoço enquanto suas mãos voam para minha bunda. Ele esfrega a virilha coberta com o brim contra minha frágil renda, e eu gemo, suspirando com seus beijos e movimentos. Ele me levanta e me senta na penteadeira.

Esqueço onde estou, quem está olhando e o que estamos fazendo. Parker me faz esquecer todo o resto, menos ele.

Seus lábios.

Seu gosto mentolado.

Seu membro grosso pressionado em mim.

Sua pele quente ao meu redor.

Sua respiração entre cada mergulho de sua língua.

Estou enlouquecendo. Ele está roubando meu coração. Eu não tenho mais nada, já lhe dei meu corpo.

— Parker... — sussurro enquanto ele arrasta a boca pelo meu pescoço até o topo dos meus seios.

— Corta! — ouço alguém gritar no megafone.

Aperto meu namorado, cravando as unhas em suas omoplatas.

— Porra — sussurro, e o corpo de Parker começa a tremer contra o meu.

Ele passa as mãos pelas minhas costas e as pousa nas minhas bochechas. Está rindo, e todo o seu corpo balança com a gargalhada.

— Baby, você esqueceu onde estava. Eu encosto a boca em você e você se ilumina. Caralho, eu adoro isso. — E me beija mais uma vez, forte.

— Nooooossa! Foi demais! — Rick bate palmas. — Skyzinha, temos que fazer exatamente isso para as câmeras!

Desço da penteadeira e escondo a maior parte do meu corpo contra o corpo de Parker, até que uma produtora me entrega meu roupão macio. Parker o coloca em minhas costas, me cobrindo primeiro para que eu possa enfiar os braços em cada manga.

— Não é fácil, Rick — resmungo e sinto as bochechas esquentarem de vergonha por me perder diante de todos no set.

— Por que não? Você é uma atriz incrível! — ele diz.

— Por que não, meu pêssego? — Parker pergunta, beijando minha testa.

— Porque você não é meu namorado! — respondo.

Quero bater o pé e cruzar os braços como uma criança que não consegue o que quer.

Antes que alguém possa responder, a diretora se aproxima.

— Sr. Ellis, é exatamente isso que eu quero ver na tela! Se decidir entrar no ramo da atuação, me avise. Eu arrumo trabalho para você em um segundo. Você fica bem na frente das câmeras.

Parker ri.

— É muita gentileza da sua parte, mas essa foi uma aparição única. Agora, Rick, viu como eu me aproximei da Skyler com confiança? Baby, pode ficar aqui, como se ele fosse se aproximar de você?

Faço o que ele pede.

Rick imediatamente se coloca ao lado de Parker, tira a camiseta, mostrando seu corpo musculoso, e entra no personagem. Não é tão bom quanto o peito de Parker, mas eu já provei e toquei Parker intimamente. Ele é meu, e eu adoro isso.

— Use seu jogo de cintura. Quando se aproximar dela, não seja tímido. Você tem que mostrar por meio do toque na pele dela, de cada beijo, que está na dela.

Rick lambe os lábios e morde o de baixo, como se estivesse se concentrando. Coitado, é sua estreia em um grande papel e a primeira cena romântica com uma atriz badalada. Não estou querendo me gabar, só afirmando um fato. Eu me lembro de quando estava na posição dele... Não é uma batalha fácil de vencer.

— Agora, chegue perto dela e segure o corpo da Skyler como se ela fosse a sua mulher e você não pudesse esperar para jogá-la na cama.

Eu espero enquanto Rick se aproxima.

— Phoenix... — sussurro minha fala para que ele possa entrar no personagem. — Você não devia estar aqui. Eles podem te encontrar.

Rick passa o braço em volta da minha cintura e seus olhos perfuram os meus com uma determinação agressiva que ele não tinha antes. Ele diz sua fala enquanto passa as mãos pelos meus braços, antes de segurar meu queixo e garganta da mesma forma que Parker fez. Ele me beija, e fico feliz de sentir gosto de hortelã. O mesmo gosto da bala de menta que meu namorado mastiga entre as refeições. Fecho os olhos e tento imaginar que estou beijando meu namorado, entrando na cena da mesma maneira que fiz com Parker.

A diretora grita:

— Corta!

Nos afastamos um do outro. Rick está sorrindo como louco.

— Era exatamente o que eu queria — a diretora diz. — Sky, tire o roupão. Maquiagem, faça um retoque nela. Todos em posição. Vamos filmar agora, enquanto está quente! Parker, você fica comigo atrás da câmera. Eu quero seus comentários sobre essa cena e as seguintes. E te devo uma garrafa da sua bebida favorita por fazer isso acontecer — diz, apontando para Rick e para mim.

Sim, meu namorado é um sedutor. E um gênio.

— Adorei o seu namorado, Skyler. Ele é foda! — Rick olha para Parker como se o sol nascesse e se pusesse sobre ele.

Acho que estou me apaixonando por ele também.

— Sim, sem dúvida — concordo, em vez de admitir meus pensamentos mais profundos e selvagens.

Parker segue a diretora, mas olha por cima do ombro para mim.

— Eu já te disse como gosto de você? — grito e mordo o lábio inferior, levantando uma sobrancelha.

— Não precisa me dizer. Eu senti isso no seu beijo.

Ele joga o suéter por cima do ombro, como se andasse seminu dentro de um set de filmagem o tempo todo, e continua conversando com a diretora.

Balanço a cabeça e deixo a maquiadora cuidar de mim enquanto penso em Parker.

Ele realmente consegue fazer qualquer coisa.

Como faço para estar a sua altura?

INTERNATIONAL GUY
San Francisco

Para minha leitora beta mandona, Tracey Wilson Vuolo.
San Francisco é para você.
Sinto que esse é o lugar onde as irmãs de alma foram feitas... reunidas aqui vindas de costas diferentes... unidas pelo amor aos livros.
Eu me sinto honrada por ter sido testemunha disso.

1

— Uísque puro. Dois dedos — diz Royce com voz de trovão ao longe, enquanto abro caminho através dos outros passageiros da primeira classe até a poltrona vazia ao lado do meu sócio. — Olha só quem finalmente apareceu — aponta, erguendo a sobrancelha, interrogativo.

Sorrio para a comissária de bordo, que pegou o pedido dele, e peço:

— Cerveja. Sierra Nevada, se tiver.

— Temos, sim. Já volto — responde a mulher magra e bonita, que sorri antes de se retirar.

— Tudo bem, eu sei que cheguei em cima da hora, mas estou aqui — digo.

Coloco minha maleta no compartimento de bagagem, tiro o paletó esportivo e o penduro no gancho em frente a minha poltrona.

Royce entrelaça os dedos sobre a barriga.

— Achei que você não ia aparecer, já que devia ter voltado há dois dias. — Ele curva levemente os lábios, demonstrando que não está puto, só me enchendo o saco.

Eu me viro um pouco na poltrona.

— Não deu para evitar — explico. — Depois que a Sky e eu demos aquela entrevista no set, há alguns dias, o público enlouqueceu. A Tracey sugeriu que saíssemos pela cidade para que eles tivessem alguma coisa mais para fotografar, e essa estratégia, como você sabe, tirou a imprensa de cima da International Guy.

Royce assente com a cabeça.

— É verdade. Deve ser duro namorar uma celebridade. Imagino que todo mundo queira um pedaço da sua garota e, consequentemente, seu.

Consequentemente.

Suas palavras me percorrem como uma tempestade que se aproxima, roncando e rosnando, prometendo uma chuva torrencial. Namorar alguém como Skyler é inimaginável para um sujeito normal como eu. É tipo um roteiro de filme. Caralho, um filme no qual ela faria o papel principal. E eu, quem seria? O herói que ganhou a garota, ou aquele que foi trocado por alguém mais adequado ao estilo de vida dela?

Afasto esses pensamentos irritantes e me concentro no aqui e agora.

— Bom, todos os pedaços dela são meus. Pelo menos as partes que interessam — digo e sorrio, e ele balança a cabeça. — Além do mais, eu estou aqui e nós estamos indo para a Califórnia na hora certa. Agora, me dê as informações sobre a nossa cliente. Você disse que o nome dela é Rochelle Renner, certo?

Quando faço a pergunta, Royce sorri, e seu rosto assume um semblante sonhador e sereno. *Merda.* Como eu suspeitava depois da nossa conversa na semana passada, ele já está fascinado por essa mulher.

Isso não é bom. Especialmente porque fomos contratados para encontrar um homem para ela.

— Excelente empresária, linda, inteligente. Ela é foda com números, tem uma abordagem lógica e analítica inigualável, cara. E eu manjo de números, eles nunca mentem. Essa mulher tem uma capacidade incomum de antecipar as flutuações do mercado, os lucros e perdas, e isso faz dela uma das melhores financistas de todos os tempos.

— Você fala como se fosse capaz de confiar nela para administrar o seu dinheiro. — Jogo a isca para ver se ele morde.

Royce se endireita na poltrona e ajeita o paletó.

— Eu tenho um profundo respeito pelas habilidades dela — ele retruca. — O jeito como ela trabalha é uma espécie de arte.

— Uma espécie de arte? — Sorrio e me reclino no assento confortável.

— Sim. Poucas pessoas são capazes de fazer o que ela faz, especialmente na idade dela.

— É mesmo? Que idade tem a srta. Renner?

Ele nem precisa olhar a ficha para responder.

— Vinte e oito.

— Você decorou a idade dela...

Royce franze a testa.

— Eu fiz o meu trabalho. Ao contrário do que eu poderia dizer de você, devo acrescentar.

— Você poderia dizer, mas eu li a ficha dela no avião voltando de Nova York. E não necessariamente teria lembrado a idade exata dela. Quando ela faz vinte e nove?

— Dia 1º de dezembro — ele responde automaticamente. Então percebe seu erro, aperta os lábios e olha pela janela, como se a pista do aeroporto fosse a coisa mais interessante do mundo.

— Irmão...

Royce levanta a mão.

— Eu tenho boa memória. Não queira interpretar o que não existe.

Balanço a cabeça. Estou prestes a descobrir quanto mais ele sabe sobre a srta. Renner quando a comissária de bordo se aproxima com nossas bebidas.

— Aqui está. — Ela entrega os copos para Royce e para mim. — Por favor, apertem os cintos. O comandante está se preparando para a decolagem.

— Obrigado — digo e sorrio para ela.

Ela é eficiente, bonita, alta, um pouco magra demais, sem muitas curvas. Eu lhe daria entre seis e sete em minha escala de sensualidade, o que significa que ela poderia combinar com um homem por volta de cinco no quesito aparência e ele beijaria o chão que ela pisa.

Bebo a cerveja e deixo que o sabor fresco do lúpulo se acomode em meu paladar enquanto penso na melhor maneira de abordar o que creio que esteja passando pela cabeça de Royce.

— Olha, Roy...

— Park, com todo o respeito, você não pode dizer *nada* sobre isso, especialmente porque está transando com uma cliente, e não é a primeira vez. Francamente, eu não quero ouvir falar sobre isso. — Ele leva o copo aos lábios e se volta para a janela.

Eu sei que é melhor não forçar a barra quando Roy se sente acuado. Seu lado brutamontes vai surgir se for provocado. Mesmo assim, eu não seria um bom amigo se não falasse sobre o que a minha intuição está me dizendo.

Tento uma abordagem diferente:

— Fique frio, meu irmão. Estou feliz por estar aqui com você. Que tal me contar o que vocês discutiram sobre o perfil dela?

Royce anui sucintamente, deixa sua bebida no descanso de braço entre nós e se inclina para pegar sua maleta. Tira uma pasta azul e a abre no colo.

— Nós levantamos os detalhes sobre ela. Instruída, rica, garota da cidade. Não tem muita família. O trabalho é a vida dela. Quer ter um filho, criar um legado para deixar de herança um dia.

— Eu conheço um sujeito assim — digo, rindo.

Roy ergue os olhos e me encara com aquele brilho feliz que estou acostumado a ver. Que bom, prefiro vê-lo assim. É melhor não provocar a ira dele.

Roy continua, sorrindo:

— Mora sozinha em uma cobertura no coração da cidade.

É o oposto de Royce. Ele tem uma casa de três quartos, dois banheiros, jardim na frente e nos fundos que ele apara todo fim de semana, sem falta. Diz que não quer que os vizinhos encham seu saco, mas eu acho que ele gosta das coisas impecáveis. Ele tem orgulho do que conquistou contra todas as probabilidades.

— Cobertura... uau! Nada a ver com a vida familiar que você sempre disse que quer — alfineto.

Preciso ver se a atração de Royce é somente *atração* e nada mais.

— Aonde você quer chegar, Park? — ele questiona, impassível.

Aperto os dentes e prendo a respiração, me perguntando se cutuquei a onça.

— Lugar nenhum, só fiz uma observação.

Ele pega sua bebida e toma um grande gole, apontando o dedo para mim enquanto segura o copo.

— E a sua garota, onde mora mesmo? — Sua voz é mais profunda, com um toque de indignação.

Droga! Eu estava tentando não acuar Roy, e acuei a mim mesmo.

— Não só longe como em uma cobertura luxuosa, se bem me lembro — ele acrescenta, com precisão.

Levanto as mãos em sinal de rendição.

— Já entendi, você venceu. Tem razão: a Skyler e eu estamos vivendo um relacionamento a distância, mas não a cinco mil quilômetros de distância.

Royce vai falar, mas eu o interrompo:

— E ela adora Boston. Com o trabalho dela, a Sky pode morar em qualquer lugar do mundo. Eu não vou deixar a minha família nem a minha empresa. Você deixaria?

Por alguma razão, sua falta de resposta pesa como um fardo sobre meus ombros. Aqui estamos nós, dois homens olhando para o futuro, para mulheres que parecem absolutamente perfeitas, mas que, ainda assim, exigem que vençamos grandes obstáculos. Eu não poderia estar mais feliz com Skyler. Por mais que nos vejamos pouco, os momentos que passamos juntos são cheios de conexão, risos, sexo incrível e conversas sobre o futuro. Ela é uma mulher com quem posso dividir meu dia, minhas esperanças e meus sonhos, além de poder levá-la para minha casa, para conviver com meus pais e meus amigos. Skyler se encaixa no meu mundo de uma maneira que eu nunca julguei possível.

O que aconteceu comigo no passado destruiu minha ideia de um relacionamento amoroso baseado na confiança e no cuidado mútuo. Mas Skyler reconstruiu esse desejo em mim.

Um beijo de cada vez.

Um abraço.

Uma promessa sussurrada.

Ela encheu meu coração com possibilidades infinitas, e não vejo a hora de explorar mais. Eu quero isso para Royce, ele merece ter o mundo, e, como seu irmão, sinto que é meu papel ajudar, ficar de olho, ter certeza de que ele não vai tomar uma decisão ruim com base na luxúria pura e simples, em vez de em uma conexão e compatibilidade genuínas. Depois que conheci Skyler eu sei como é isso. Sei identificar isso com mais clareza do que nunca.

Royce se recosta e olha pela janela. Sem olhar para mim, responde:

— Pela mulher certa, tudo é possível.

Do lado de fora, o escritório de Rochelle Renner tem linhas limpas e cores de bom gosto. A recepção é branca e cromada, muito elegante. Vemos orquídeas roxas em plena floração em cada canto enquanto nos aproximamos.

Somos recebidos por uma moça negra muito magra e miúda, com uma saia lápis azul-marinho de caimento perfeito, blusa de seda branca e sapatos nude. O cabelo preto está preso em um rabo de cavalo baixo.

— Olá, mocinha — Royce ronrona, acionando seu charme.

— Você é...? — pergunta ela, em tom banal.

Dou uma olhada para Royce e estendo a mão.

— Sr. Ellis e o meu sócio, sr. Sterling, da International Guy — digo. — Viemos falar com Rochelle Renner.

— Ela está ao telefone no momento — a moça responde em tom entediado.

Seus olhos de repente se acendem, como velas de um bolo de aniversário.

— Vocês são da empresa que vai encontrar um homem para ela! Louvado seja Jesus. Aleluia! — ela comemora e, com uma animação palpável e instantânea, contorna a mesa e aperta nossa mão. — Ah, não pensei que ela fosse mesmo fazer isso, mas vai. Quanto tempo vocês planejam ficar aqui? Eu saio em férias amanhã, porque, se não tirar, vou perder esse direito, de acordo com *sua alteza*.

— Vixe — Royce sussurra.

Sua tagarelice é constante e incomumente honesta para uma assistente. Se Wendy dissesse qualquer coisa desse tipo sobre um de nós, iria para o olho da rua.

— Perfeito. Simplesmente perfeito! Agora não vai ter mais nada no meu caminho — ela diz, sorrindo.

Royce franze a testa e se senta na pequena sala de espera.

— Posso perguntar quem é você? — diz.

Ela acena com a mão.

— Eu não sou ninguém, mas, com a Rochelle fora do mercado, estou fadada a ser *alguém*. Uma pessoa *disponível*, que definitivamente vai chamar a atenção *dele* — a mulher responde praticamente guinchando, e seu rosto se ilumina de alegria.

Em vez de sentar, vou até sua mesa, onde ela está ajeitando alguns papéis, e me encosto na lateral.

— Você é a recepcionista do escritório?

— Sim, senhor. Helen Humphrey.

— E há quanto tempo você trabalha para a srta. Renner? — Abro um sorriso fácil, mas essa mulher pequenina me causa uma sensação estranha. Sua linguagem corporal é tensa, suas palavras e inflexões, instáveis.

— Há milênios.

Ela arregala os olhos, como se percebesse que esqueceu algo no fogão e estivesse desesperada para ir resolver isso.

— Posso lhes servir um café? Tenho certeza de que vocês têm muito a discutir sobre arranjar um homem para a srta. Renner. — Helen agita o dedo. — Mesmo que o homem perfeito esteja bem diante do nariz dela. Mas ela não nota. Trabalho, trabalho, trabalho, trabalho, trabalho... *tsc, tsc*... — ela cantarola, sacudindo a cabeça.

— Você acha que a sua chefe trabalha demais, srta. Humphrey?

— Sim. E é um capataz, também. — Ela abaixa o queixo. — Vai ser ótimo ter uma semana de folga, sol, diversão... — Sua voz vai diminuindo enquanto ela se move por ali, até parar na frente de um balcão de canto, onde há uma cafeteira prateada reluzente e uma máquina de café espresso. Ela coloca os grãos de café e despeja água de uma jarra na máquina. Enquanto isso, eu a ouço resmungar: — Então, quando eu voltar, vou descobrir que o dragão está fora de cena. *Puf!* — Ela gira sobre os saltos finos.

Dragão? Uau. Essa mulher não gosta mesmo da chefe.

— Se vocês precisarem de qualquer coisa, *qualquer coisa mesmo*, é só me chamar. Eu cuido de vocês. Cem por cento VIPs. — Helen sorri largamente e volta meio dançando para sua mesa. — Ela desligou. Vamos.

Ela nos leva por um corredor, passando por inúmeras salas e pessoas vestidas profissionalmente. Quando chegamos a uma grande porta branca com vidros nas laterais, Helen bate forte e abre sem esperar permissão para entrar.

Somos apresentados enquanto ela mantém a porta aberta para entrarmos:

— Srta. Renner, o seu compromisso das onze horas: sr. Sterling e sr. Ellis, da International Guy.

Eu entro primeiro, como o rosto da empresa, mas, antes que possa chegar a nossa cliente, Royce está ao meu lado com a mão estendida para a srta. Renner. Observo a interação, sabendo exatamente o que significa.

A mulher é maravilhosa. Alta, pelo menos um metro e setenta e cinco, talvez mais perto de um e oitenta com suas botas de salto alto até os joelhos. A saia de couro preta e justa tem pespontos azul-royal que percorrem as laterais, da cintura até a bainha. Combinada com a blusa sem mangas azul-royal, com um laço estiloso na gola, a roupa destaca sua silhueta, mas deixa o suficiente para a imaginação.

— Srta. Renner, é um prazer finalmente conhecê-la — Royce diz, derramando seu charme e sorrindo largamente para mostrar os dentes brancos. Eu sei que o sorriso dele deixa as garotas loucas com um único olhar.

Ela também lhe oferece um sorriso perolado, sem afastar os olhos dos dele.

— Igualmente, sr. Sterling. Eu reconheci a sua voz profunda das nossas conversas por telefone — diz, e suas bochechas ficam vermelhas.

Ai, caramba.

Eu me pergunto se foi assim que Bo se sentiu quando pus os olhos pela primeira vez em Sophie. Talvez precisemos de uma nova regra: nada de sexo com as clientes. Eu me irrito comigo mesmo. A hipocrisia corre pela minha mente, e não sei como impedir que esse trem saia da estação, sendo que eu mesmo já peguei dois trens desses — e um deles me levou à mulher dos meus sonhos. Quem sou eu para pedir que Roy recue?

Ele continua a apertar a mão dela, sem demonstrar a menor intenção de largá-la. Só me resta me apresentar:

— E eu sou Parker Ellis. É um prazer estar aqui para ajudá-la com a sua... situação. — Sinto a palavra na língua sem que me pareça certa.

Por fim Rochelle puxa a mão, aperta a minha brevemente e se senta em sua cadeira, gesticulando para que nos sentemos diante dela. Ela apoia os cotovelos na mesa de vidro, entrelaça os dedos e descansa o queixo neles.

— Acho que chamar isso de *situação* combina. — Ela sorri e fica ainda mais adorável. — Vamos colocar da seguinte forma, sr. Ellis: eu cansei de ficar sozinha. Cansei de namorar fracassados que por fora parecem perfeitos, mas sempre têm alguma coisa errada. E, sem querer parecer a mulher chorona de um romance cafona, o meu relógio biológico está batendo. Como um tambor. Talvez como um bongô.

Royce ri e cobre a boca.

— Entendo.

Ela olha para ele e um sorriso sensual surge em seus lábios.

— Basicamente, eu não tenho tempo nem vontade de continuar pescando em um mar de peixinhos dourados. Foi por isso que contratei vocês: para encontrar um ótimo tubarão-branco para mim.

— Eu gostaria de saber a sua opinião sobre os últimos três homens que namorou e por que eles não serviram para você — peço, direto ao ponto.

Ela inclina a cabeça e volta os olhos para Royce. Eu a vejo examinando o corpo dele, da ponta dos sapatos Hermès até o terno Tom Ford preto, a cabeça lisa e o cavanhaque. Tenho certeza de que ela notou seu relógio chique, suas unhas bem cuidadas e suas mãos grandes. Uma mulher como ela não chega a essa posição sem ser capaz de ler as pessoas. E Royce se veste para impressionar. Olhando daqui, tenho a sensação de que ela está tão interessada nele quanto ele nela. O fato de mal afastarem o olhar um do outro desde que entramos na sala diz tudo.

Por fim, ela suspira e se reclina na cadeira, aparentemente cansada. Levanta a mão e estica o indicador.

— O último foi o Jamal — diz. — Forte, jogador da NBA, um deus na cama. O problema era que ele não estava só comigo. Pegava metade das líderes de torcida do time.

Balanço a cabeça. Minha mente volta instantaneamente à época em que Kayla fez o mesmo comigo. Só que ela me enganou com meu melhor amigo. Pelo menos agora, com Skyler, não tenho que me preocupar com infidelidade.

Ela estica outro dedo.

— Antes dele houve o Trey. Ele parecia perfeito. Na verdade, eu o conheci por meio da amiga de uma amiga. Ela me deu o currículo dele. — Rochelle franze o cenho e os lábios e diz, com certa arrogância: — Mas era puro interesse. Ele estava sem dinheiro, praticamente sem casa, e duas semanas depois já queria se mudar para a minha. Nós só tínhamos saído quatro vezes. Quando eu perguntei por que ele estava tão ansioso para morar comigo, pulando várias etapas do relacionamento, ele disse que tinha gastado todo o seu dinheiro com os nossos encontros e não tinha mais nada. Eu entendo que um homem pode passar por momentos difíceis, mas gastar o dinheiro dele com uma mulher na esperança de que ela o abrigue? — Ela balança a cabeça. — Que tipo de louca idiota ele pensou que eu fosse?

— Eu não saberia dizer — respondo, amaldiçoando o sujeito em pensamento.

Esse é o tipo de homem que queima o filme de todos os outros.

— Isso queima o filme de todos os outros homens — Royce murmura, replicando exatamente o que eu pensei.

Sorrio, querendo bater os punhos com ele, mas me lembro de ser profissional.

— E antes desse?

Ela suspira e seu peito estremece.

— Foi o pior de todos. Eu pensei que houvesse amor entre nós, chegamos a conversar sobre casamento e filhos. Ele era o homem perfeito.

Cruzo a perna, descansando o tornozelo no joelho.

— O que aconteceu? Era mentira que ele queria casar e ter filhos? — arrisco.

— Se fosse isso... Meu Deus...

— O que ele fez? — Royce quer saber, endireitando-se. Ele tem um tom de machão na voz do qual não precisamos neste momento. Como se fosse capaz de ir atrás do sujeito e acabar com ele por enganar uma mulher bonita.

— Ah, ele foi honesto sobre casamento e filhos... Só que ele já tinha as duas coisas. Uma esposa e dois filhos. Estava vivendo duas vidas. Nós estávamos juntos fazia quase um ano quando eu descobri a verdade. Ele tinha me dado uma aliança de compromisso e tudo o mais.

— O quê?! — Royce solta num rosnado.

— Caramba — deixo escapar enquanto aperto os dentes para não dizer o que realmente penso desse ser desprezível.

Rochelle não precisa que eu me lamente com ela: precisa que eu a ajude a vencer o desânimo quanto a encontrar um bom homem.

Eu sei exatamente o que ela está passando. Kayla me fez de otário. Estudava comigo, dormia na minha cama, nós falávamos sobre quantos filhos teríamos e os nomes que daríamos... Tudo para que eu colocasse uma aliança no dedo dela. E eu coloquei. O idiota do século. Ela me envolvia em um monte de mentiras enquanto transava com Greg e planejava terminar comigo. Aparentemente, Greg queria que ela esperasse até nós montarmos a empresa para me contar que queria terminar. Enquanto Kayla planejava abertamente nosso casamento e eu me preparava para um futuro brilhante com aquela que eu pensava ser a mulher ideal, ela vivia uma mentira.

Afasto todos os pensamentos sobre Kayla. Ela não faz mais parte da minha vida. Kayla não pode me magoar, e Skyler nunca faria uma coisa dessas. Sua alma é pura e suas intenções são sérias. Eu acredito que ela pode ser a mulher que vai mudar minha vida para sempre.

— Pois é, só que eu me vinguei. Contei para a esposa dele sobre todas aquelas mentiras. Agora ela está se divorciando dele e tomando tudo o que ele tem no tribunal.

— Fez muito bem — Royce diz, sarcástico. — Um homem desses devia ser capado. Se bem que eu posso entender por que ele faria isso.

Rochelle e eu voltamos nossos olhos para ele.

— Como é? — ela diz.

— O quê? — pergunto ao mesmo tempo, perplexo.

Royce esfrega o queixo e repete, com a voz clara e concisa:

— Eu disse que posso entender por que ele correu o risco de viver duas vidas.

Ela engole em seco, obviamente prestes a interromper, mas Royce prossegue:

— Ele provavelmente pôs os olhos em você, em tudo o que você tinha para oferecer, e desejou ter uma vida diferente, ser um tipo diferente de homem. Em vez de fazer o certo com você e a esposa, se separar dela ou não se aproximar de você, ele escolheu o caminho do preguiçoso e não fez nada. Deve ter ficado o tempo todo preocupado, o que significa que nunca vivenciou por completo a beleza que você é.

Rochelle o fita com seus olhos negros e penetrantes.

— É, acho que não. O que você teria feito se estivesse em uma situação dessas? — ela pergunta.

Ele franze os lábios, mas responde, impassível:

— Não quero ser desrespeitoso, Rochelle. Você é uma mulher incrível, e qualquer homem, inclusive *eu*, teria sorte por ter você ao lado, mas eu tenho a mais alta consideração pelo compromisso do casamento. Eu jamais teria traído. Se tivesse a sorte de ter mulher e filhos, eles seriam tudo para mim. Nada poderia quebrar esse vínculo.

A tensão na sala fica tão densa que juro que eu poderia dar um golpe de caratê nela. Royce e Rochelle se olham fixamente. Já vi disputas de olhares entre lutadores profissionais durarem menos tempo, e isso porque eles são pagos para usar a intensidade. Por fim ela quebra a tensão e fala:

— Boa resposta.

— Eu sou assim — ele responde, no modo automático.

— Acho que eu gosto de como você é, sr. Sterling — ela afirma, em tom inequivocamente sedutor.

— A recíproca é verdadeira, Chellie. — Ele lambe os lábios e sorri.

Chellie? Um apelido, porra? Ele conhece a mulher há cinco minutos! A coisa está indo rápido demais.

Limpo a garganta, até que a cliente olha para mim.

— Agora que nós definimos o que você *não* quer, vamos ao que você procura e à maneira como a International Guy pode ajudá-la.

Ela suspira, como se estivesse cansada de tudo isso — apesar de ela mesma ter nos procurado.

— Para começar, eu preciso de um homem que seja autoconfiante. Que não seja um mentiroso. Já tive o suficiente desses.

Anuo.

— Tem alguma preferência étnica? — indago.

Rochelle faz um barulhinho sugestivo com a língua enquanto olha para Royce mais uma vez. Ele é um negro alto, com mais de um metro e noventa. Sem dúvida poderia estampar a capa de qualquer revista.

— Eu sempre preferi homens negros, mas é melhor não reduzir o número de potenciais candidatos só porque são brancos, latinos ou de qualquer outra etnia.

— Certo. Trabalho, carreira?

Insisto porque todo o seu foco está em Royce. Que inferno. Talvez eu devesse deixá-los em paz e pedir para ela me ligar quando a coisa não der certo. A única coisa que vejo aqui é uma atração intensa. Se essa mulher está procurando o "felizes para sempre", como Royce declarou recentemente estar, está batendo na porta errada. Ele não vai abandonar Boston, nem sua mãe e suas irmãs. Como o único homem da família Sterling, ele cuida delas como se fosse seu segundo emprego. Roy é um homem de família, independentemente de seu sucesso com a International Guy. A diferença entre nós e outras empresas é que fazemos as regras para melhorar a vida do nosso pessoal, não para regulá-la. Se ele quiser construir uma família e trabalhar em casa alguns dias por semana, pode fazer isso. Se quiser viajar menos, pode fazer isso também. Mas isso não significa que ele se mudaria para um lugar a cinco mil quilômetros por causa de uma mulher, e, pelo aspecto do escritório dela e seu sucesso na costa Oeste, também não a vejo se mudando. E esses não são os únicos sinais de alerta.

— Eu dou preferência a executivos, porque muitas vezes preciso participar de eventos de gala e confraternizar com os peixes grandes do meu ramo. Preciso de um homem que seja seguro e fique à vontade com outros empresários para manter conversas casuais quando necessário. Que não queira só falar de cerveja e beisebol.

Engulo uma risada. Eu sou capaz falar de cerveja e beisebol a noite toda, Royce também. Essa é uma das muitas coisas que temos em comum, embora ninguém perceba isso, devido a nossa perspicácia nos negócios. E isso me leva a crer que talvez ela tenha ideias preconcebidas sobre os homens em geral.

— Mais uma vez, srta. Renner, ajudaria muito se você me falasse dos seus principais desejos relativos à busca do parceiro perfeito. Se é que vamos ser capazes de fazer isso... O amor é complicado, não segue regras e regulamentos, e as pessoas não andam com placas sobre a cabeça dizendo "compatível". — Eu falo de coração, porque cada palavra é verdadeira. O amor é a coisa mais complexa que já vivi. Depois de ser arrasado por Kayla e levantado mais alto que a galáxia por Skyler, eu sei que as diferenças podem ser extremas. Especialmente depois de uma decepção, coisa que Rochelle e eu temos em comum.

Ela joga a cabeça para trás e ri gostoso antes de levar a mão ao peito, como se quisesse recuperar o fôlego.

— Sr. Ellis, você entendeu mal o meu pedido. Eu quero que vocês me encontrem o companheiro perfeito. Ninguém nunca disse nada sobre *amor*, se bem que seria um grande bônus. Contratar uma empresa para encontrar o amor seria absurdo, não acha?

— Você ficaria surpresa com o que já fomos contratados para fazer — digo, sorrindo, e bato as mãos.

Fico grato por saber que as expectativas de Rochelle são realistas. Levei vários anos para estar aberto para o amor de novo. Não sei se teria chegado tão perto disso se Skyler não tivesse aparecido.

— Muito bem. — Ela se recosta na cadeira. Ao cruzar as pernas longas, sua saia sobe pela coxa reluzente cor de café.

Olho para Royce, que observa o movimento enquanto suas narinas se dilatam e ele engole em seco.

— Se você não está procurando amor, defina seus parâmetros. O que você quer no companheiro perfeito?

— Tipo uma lista de supermercado? — Ela ri.

— Uma relação do que é absolutamente imprescindível. Não finja que não tem essa lista na cabeça. Você é uma mulher inteligente e não nos chamou aqui à toa. Qual é o seu desejo, srta. Renner?

— Para começar, idealmente, alto, negro e bonito.

— Certo. O que mais? — insisto.

— Que trabalhe, mas não precisa ganhar uma fortuna. Eu ganho o suficiente. Que não tenha muitos maus hábitos, tipo esperar que eu cozinhe para ele ou que eu esteja em casa às seis da tarde todos os dias.

— Trabalhador e independente. O que mais?

— Que possa ficar ao meu lado nos eventos sem reclamar. Que participe das conversas mas saiba ficar calado quando necessário.

Tenho que sorrir ao ouvir isso, porque Royce não é do tipo que fica sentado e observa sua mulher trabalhar sem participar. Espero que ele esteja percebendo as diferenças entre eles e não se sinta muito enfeitiçado pela aparência dela.

— Articulado e que não se intimide pelo sucesso da mulher. Algo mais? — pergunto.

Ela assente e acrescenta:

— Que não tenha uma mãe dominadora. Afff, não suporto filhinhos da mamãe.

Olho para Royce. Ele está puxando o colarinho da camisa e ajeitando a gravata.

Ponto para os meus instintos. Royce é o maior filhinho da mamãe da história da humanidade.

Talvez essa cliente não seja um problema, afinal.

2

O bar está quase vazio quando puxo um banquinho e me sento, cansado. Escolhemos um lugar no balcão bem de frente para a TV, assim podemos ver o jogo dos Giants contra os Brewers sem nada atrapalhando a visão. Ultimamente, parece que nunca vejo um jogo ao vivo. Meu gravador da TV a cabo está praticamente no limite. Preciso passar um fim de semana em casa só assistindo aos jogos que perdi. Minha mente acrescenta na mesma hora uma loira gostosa enroscada em mim enquanto curtimos o jogo deitados no meu sofá de couro.

Acho que Skyler ia gostar da serenidade de ficar à toa no sofá, comer cachorro-quente, batata frita e nachos e depois um pouco de sexo barulhento. Sim, tenho certeza de que minha garota toparia isso.

— Ei, cara, você sabe qual foi a pontuação final do Red Sox? — pergunto ao barman quando ele se aproxima.

Ele anui e enxuga as mãos em uma toalha.

— Foi incrível. Eles ganharam de oito a cinco dos Orioles.

Levanto a mão e bato a palma com o sujeito. Coisa de homem. Pelo entusiasmo em seu tom de voz, posso dizer que ele está feliz com a vitória do Red Sox.

— Legal! Eu vou querer uma Almanac IPA. Quero experimentar a bebida local enquanto estiver aqui.

— O mesmo para mim — Royce diz, levantando o queixo e manobrando seu corpanzil sobre o banquinho.

Ele está dando um tempo de seu uísque habitual, o que não é incomum quando come. Mas eu não ficaria surpreso se ele mudar de bebida depois do jantar.

— Duas Almanacs saindo. Querem o cardápio?

— Com certeza. Obrigado — Royce responde.

Quando o barman se afasta, ele não hesita: vira para mim e se apoia no balcão. Quase a mesma posição de Bo em Milão, quando eu estava falando com ele sobre meus medos em relação a Sky.

— Que foi? — Franzo a testa.

— A Rochelle não é demais?

Aposto que pareço um daqueles bonecos antiestresse que ficam com os olhos esbugalhados quando os apertamos.

— Cara, fala sério. Que história foi aquela do apelido? — questiono.

Royce esfrega o queixo.

— Do que você está falando?

— *Chellie?* Quando foi que ela virou Chellie, e não Rochelle, ou até srta. Renner, já que é uma *cliente*?

Não tenho como esconder a irritação na voz, é como um fio desencapado passando por mim.

— Diz o homem que traçou não uma, mas *duas* clientes nos últimos meses. — Ele ergue dois dedos para enfatizar suas palavras.

Estremeço e respiro fundo, planejando dizer o que tenho a dizer rapidamente e, espero, sem dor para nenhum de nós. Mas ele me pôs contra a parede, me deixou dividido entre precisar fazê-lo enxergar a verdade nesse cenário — que a coisa vai acabar mal — e reconhecer minhas ações.

— Eu entendo essa vibe que você está sentindo do roto falando do rasgado, meu amigo, mas essa mulher *não é* para você.

Ele franze a testa.

— Não que eu queira falar sobre isso, mas eu gostaria muito de saber por que você acha que ela não é mulher para mim. Eu venho falando com ela há três semanas e já a conheço muito bem. Só porque fui criado com um pai bêbado em uma casinha de dois quartos e comecei a trabalhar com quinze anos para ajudar a pagar as contas, isso quer dizer que eu não sou bom o bastante para uma mulher de alto nível? Você não acredita que eu esteja à altura dos figurões?

Uma marretada no rosto doeria menos. Meu corpo inteiro trava, se preparando para a batalha.

— Caralho, não! Roy, a sua história é coisa para se orgulhar. Cuidar das suas irmãs e da sua mãe quando você era um adolescente, dar um jeito de ajudar com as despesas da casa e ainda estudar? Eu tenho mais respeito por você do que por qualquer outro homem que eu conheço.

Royce parece apertar a mandíbula enquanto fixa o olhar à frente. O fato de ele não fazer contato visual comigo queima meu coração como ferro em brasa.

— Eu sei o que você passou quando era novo. Um pai que te mandou para o hospital, uma mãe que trabalhava até os dedos sangrarem para cuidar de quatro filhos... — Balanço a cabeça. — Eu tenho um puta respeito por você. Mas justamente parte da sua história é o que me faz ver que a Rochelle não é como você. Ela não tem interesse em uma relação definitiva. — Falo sobre o que ficou óbvio na nossa conversa com ela.

— E daí? O que isso tem a ver com qualquer coisa? Além disso, ela disse que queria ter um filho.

— Sim, para deixar um legado um dia, a empresa dela — digo. — Eu não vejo aquela mulher tirando um dia de folga ou sendo uma típica mãe que trabalha fora. As babás vão criar os filhos que ela tiver. Não tem nada de errado com isso, mas não serve para você. Você vem de uma família unida, leal, olho no olho, como a minha. Vai me dizer que não é esse o tipo de mulher que você quer para o futuro?

Ele dá de ombros.

— Não sei bem o que eu quero. Só sei que existe alguma coisa entre nós, dá pra sentir no ar.

— É tesão, Roy. Acredite, eu sei reconhecer isso. Você sente tesão por ela, e está certo. Qualquer homem em sã consciência faria de tudo para levar a Rochelle pra cama.

Royce esfrega o lábio inferior com o polegar.

— Com certeza ela é um mulherão.

Suspiro.

— Sim, é. Mas ela quer encontrar o homem perfeito para brincar de casal e não passar as noites sozinha. Quer ficar bem nos eventos com um troféu a tiracolo. Roy, ela não quer um macho alfa como você, mesmo que vocês estejam atraídos. Ela quer um homem submisso, alguém que a venere e cuide de todas as necessidades dela.

— Como você tem tanta certeza disso? Só porque você está bem com a Skyler pela primeira vez desde sempre, acha que é especialista em amor agora? — Ele franze a testa. — Além do mais, não foi isso que eu percebi nela.

Ele pega uma das canecas que o barman põe a nossa frente.

Tento ignorar a provocação e continuo, destemido. Ele precisa ver o que eu vejo, abrir os olhos para o óbvio.

— Você não leu nas entrelinhas. Parte do meu trabalho é descobrir o que a cliente *realmente* quer, mesmo que ela não saiba ou pense que sabe. E eu tenho um bom histórico, concorda?

Ele dá de ombros.

— Roy, estou dizendo, ela quer um cara submisso. Grave as minhas palavras: se você ficar com ela, nós não vamos só perder a cliente. E tudo bem, eu posso lidar com isso, eu mesmo me arrisquei a isso, como você bem apontou. Mas eu não quero que você se magoe.

O barman nos interrompe para entregar os cardápios.

— Você tem sanduíche de carne de porco? — pergunto, sem olhar para o cardápio.

— Claro.

— Quero um, com batata frita — peço e devolvo o menu.

— O mesmo para mim. — Royce também entrega o menu.

Quando o barman se afasta, olho para a TV, querendo dar alguns momentos para Royce organizar seus pensamentos. Os Giants marcam um ponto.

Ele bebe sua cerveja e esfrega a cabeça com a mão livre.

— Não sei como evitar a atração entre nós, Park. Não sei se quero evitar — admite, preocupado.

— Eu entendo, irmão. Mesmo assim, acho que é do seu interesse lutar contra isso.

Ele franze os lábios e anui sucintamente. Continuamos assistindo ao jogo de beisebol, bebendo cerveja e comendo um bom sanduíche de porco desfiado. O silêncio não é tão confortável como costuma ser, mas tudo bem. Eu aceito isso de bom grado pelo que acredito ser o melhor resultado.

De volta ao hotel, meu celular toca e vejo "Meu pêssego" na tela.

— Oi, baby. Terminou cedo hoje — digo, sorrindo, e pulo na cama só de cueca.

— Na verdade não. É meia-noite aqui, mas o dia foi bom. Com as suas dicas sobre química, conseguimos filmar todas as cenas sensuais nos últimos dias. A diretora não quis arriscar esperar. — Ela ri.

Aperto os dentes. Não quero que o monstro do ciúme suba à superfície, especialmente porque fui eu que dei as dicas de que o ator que contracena com ela precisava. Em vez de pedir detalhes, mudo de assunto:

— Que bom. O que você vai filmar depois?

— As cenas de ação! Estou superanimada com elas também. Tenho praticado krav maga, que está me ajudando a dar uma abordagem mais realista às cenas de luta.

— E deve estar malhando muito também — comento, imaginando seu corpo se movimentando, batendo forte, todo molhado de suor.

Um lampejo de tesão brilha nas bordas do meu inconsciente enquanto tento me concentrar na conversa.

— Bom, você não está aqui, então eu tenho que queimar a minha energia de algum jeito — Skyler responde, com a voz sensual que eu reconheço dos momentos de intimidade.

E lá se vai o controle do tesão. Hora de resolver o assunto. Quero *ver* a minha garota. Sorrio e clico no FaceTime no celular. Ela aceita imediatamente, e em poucos segundos sou presenteado com seu lindo rosto e seus olhos castanhos cheios de alma.

— Meu pêssego, você é tão linda!

Ela abre um sorriso enorme, o que a deixa mais perfeita.

— Eu já disse hoje que *gosto* de você? — ela pergunta.

Sacudo a cabeça.

— Não, mas eu gosto de você. Muito — digo, subindo e descendo as sobrancelhas para fazê-la rir.

— Eu também, meu bem.

Eu a vejo entrar na cozinha. Estou vendo os armários no fundo, e seus movimentos me dizem que está abrindo a geladeira.

Pena... Eu esperava algo mais picante. Mas vou me contentar com a conversa.

— O que você está fazendo aí? — pergunto, observando-a se movimentar por seu espaço.

— Ainda não jantei.

Franzo a testa.

— Achei que você comesse alguma coisa com o Rick.

Ela enruga o nariz e faz beicinho.

— Passei o dia todo beijando e tocando o Rick.

Quero morrer.

Não interessa que Rick tenha se apresentado como uma espécie de irmão de Sky quando o conheci. Não quero nenhum homem tocando o que é meu. E a Skyler é *minha*. Vou segurá-la com as duas mãos e nunca mais soltá-la.

Sky enruga o nariz e continua:

— A última coisa que eu quero é comer com ele. Quer dizer, o Rick é legal, e as dicas que você deu a ele definitivamente estão ajudando... especialmente o chiclete antes de gravar. — Ela passa a mão pelo cabelo e sopra a franja que cai sobre sua testa. — Aliás, obrigada. Chega de bafo de cebola. — Ela levanta a mão aberta, como se fosse bater a palma na minha.

Rio e observo minha garota enquanto se prepara para fazer um sanduíche de pasta de amendoim e geleia, um dos seus favoritos. Meu Deus, agora que a tenho em minha vida, eu não saberia o que fazer se não tivesse. Se não a tivesse para me contar sobre seu dia absolutamente descabelada e visceralmente fantástica ao mesmo tempo.

— O que você fez esta noite? — ela pergunta.

Uma sensação incrível aquece meu corpo de dentro para fora. É legal poder compartilhar como foi o meu dia, se eu estou feliz ou triste, com alguém que se interessa pela minha vida. É um luxo que eu nunca tive.

— Eu fui a um pub com o Roy. Vimos o jogo.

— Ah, é? De quem?

— Giants contra Brewers. Os Giants ganharam.

Seus olhos se iluminam.

— Isso me lembra que eu ouvi falar que o Red Sox ganhou hoje. Um dos câmeras estava comentando. Aposto que você ficou feliz.

Mesmo no trabalho ela pensa em mim, como eu penso nela. É incrível como a pessoa querida pode entrar no seu dia em pensamentos. Ultimamente sempre há algo que eu quero contar a Sky, ou que imagino que ela vá achar engraçado ou interessante. Saber que eu tenho alguém com quem desabafar se tiver um dia difícil ou se um dos meus amigos me irritar é uma bênção surpreendente. A única coisa melhor seria voltar para casa toda noite e ir para a cama quentinha com ela.

— Meu pêssego, você gosta de beisebol?

Ela dá de ombros e coloca o telefone no balcão, assim posso ver a parte superior de seu corpo. Ela abre a pasta de amendoim e coloca um monte no pão. Fico feliz por ver que ela está comendo melhor ultimamente. Na minha opinião, ela está muito magra.

— Até gosto, de beisebol e de esportes de modo geral. O meu pai adorava beisebol, por isso eu sei mais sobre esse esporte do que sobre qualquer outro. Mas nunca fui ver um jogo ao vivo. Talvez você possa me levar.

Era exatamente o que eu estava pensando.

— Está marcado, baby. Vou pedir para a Wendy ver a agenda do Sox e reservar lugares para a gente.

— De verdade? — Seus olhos se iluminam.

— Desde que você consiga fugir por algumas noites...

— Acho que eu posso dar um jeito. A diretora está se sentindo em débito com você. Vou usar isso contra ela, se for necessário.

Eu rio.

— Boa ideia.

Ela continua fazendo seu sanduíche enquanto penso na reunião de hoje com Rochelle e Royce. Aquilo ficou na minha cabeça, e não consigo me livrar da sensação ruim.

— Meu bem... Dá pra perceber que alguma coisa está te incomodando. Quer falar sobre isso? — Sua preocupação é reconfortante, quebrando a tensão que pulsa em minhas têmporas.

Conto a ela sobre a reunião e minhas preocupações com a possibilidade de Royce se apaixonar pela cliente.

— Park, você fez exatamente o que está pedindo para ele não fazer. — Ela sorri.

Expirando com força, anuo.

— Sim, eu sei. Só que mesmo assim eu tenho a sensação de que, se um dos dois tomar a iniciativa de se aproximar, não vai ser legal.

Skyler dá uma grande mordida no sanduíche e mastiga bem antes de engolir e acrescentar:

— O Royce já é grandinho, tem que cometer os próprios erros. Se é que isso é mesmo um erro. Você precisa deixar que ele escolha o próprio caminho. Se não der certo, é seu dever apoiá-lo como um irmão na vida e um parceiro nos negócios.

Essa mulher é incrível. Sua lógica, sua alma sensível... Tudo sai dela sem esforço.

— Você é tão sábia... Deve ser por isso que eu estou me apaixonando por você. — E percebo o que acabo de admitir.

Minha garota lambe os lábios e pousa o sanduíche antes de pegar o telefone e o aproximar para que eu possa ver mais detalhes de seu rosto.

— Por que você tem que dizer uma coisa tão bonita quando eu não estou aí para responder à altura? — Ela faz beicinho.

Eu rio, imensamente grato por ela não ter recuado ou desacelerado as coisas. Não querendo dar muita importância ao assunto, mas ansioso para saber o que ela faria se eu estivesse lá, sorrio e pergunto:

— E qual seria a sua resposta?

Seu rosto se ilumina de alegria, e a sensação de alívio se transforma em uma excitação latente. A antecipação de tudo o que essa mulher pode fazer pelo meu futuro se assenta em meu coração.

— Eu diria que sinto o mesmo, que estou me apaixonando por você também. — Ela arqueia uma sobrancelha.

— Ah, é? — Sorrio de orelha a orelha.

É um grande passo para mim, para nós. Nunca pensei que estaria nessa situação depois do show de horrores com Kayla na faculdade. Skyler e eu podemos ter ido para a cama rápido demais, mas nos dedicamos a conhecer um ao outro nos últimos meses. É gostoso admitir que ela é mais para mim do que qualquer outra mulher já foi.

— Sim — murmura docemente.

Eu gostaria, com todo o meu ser, de estar lá para beijar seus lábios e fazer amor com ela lenta e apaixonadamente, selando essa nova fase do nosso relacionamento.

— E o que você faria depois? — provoco.

Ela bate nos lábios com o dedo.

— Depois? Humm... provavelmente eu te agarraria e transaria com você.

Mordo o lábio inferior, tentando segurar o largo sorriso que suas palavras me provocam.

— Vamos acelerar para a parte em que você transa comigo. Como exatamente você faria isso?

Skyler olha para o lado, bate de novo nos belos lábios rosados, como se estivesse pensando em como obter o resultado desejado.

— Eu começaria montando em você.

— Humm... bom começo. E...

— E me aproximaria bem do seu rosto, com as mãos nos seus ombros.

Meu pau se anima com a imagem que ela forma em minha mente. Seu corpo nu e macio no meu colo, se esfregando no meu membro duro... Eu passando as mãos pelas suas costas e pela pele sedosa de seus braços. Esse simples toque faria seus mamilos endurecerem, e ela se arquearia para a frente a fim de me oferecer uma pontinha rosa suculenta.

Respiro fundo e desço a mão pelo meu abdome em direção ao meu pau.

— E eu estaria com ou sem roupa?

Ela dá de ombros.

— Tanto faz. Eu pegaria você de qualquer jeito.

— *De qualquer jeito...* Isso está ficando cada vez melhor. — Rio.

Minha cueca de repente parece um tamanho menor sobre a minha ereção, que cresce rapidamente.

Sky revira os olhos.

— E depois? Baby, não me deixe na expectativa. — Passo a mão pela cabeça rígida do meu pau e aperto firme.

Ela enruga o nariz daquele jeito fofo que eu adoro.

— Não... você vai rir de mim.

Sacudo a cabeça avidamente.

— Não, meu pêssego, eu não vou rir de você. Diga — insisto, com luxúria na voz e o calor do tesão inundando minha pele.

Skyler lambe os lábios e afasta o telefone para que eu possa ver seu corpo. Ela está com uma de suas regatas, mas posso ver seus mamilos duros através do algodão fino.

Em um segundo, ela pega a bainha da regata e a tira pela cabeça, deixando a parte superior do corpo completamente nua para mim.

— Caralho!

Aperto meu pau mais forte, e o prazer corre pela minha pelve.

Skyler sobe com as mãos pela barriga até suas montanhas macias. Seus seios são perfeitos. Eu poderia olhar uma centena de fotos de coelhinhas da *Playboy* e não encontraria um par de seios mais fantástico. São cheios, do tamanho certo para minhas mãos. Os mamilos e a aréola são rosa-claro. Sky pega os seios enquanto eu observo a magia diante de mim.

O sorriso maroto mostra que ela sabe o que está fazendo comigo. Aperto meu membro e deixo um gemido escapar dos meus lábios.

— Já está com a mão no seu pau? — provoca.

— Você sabe que sim — digo com voz áspera, como se tivesse engolido pedras.

Ela ergue uma sobrancelha.

— Me mostre a sua mão que eu mostro a minha.

— Ah, você quer jogar esse jogo, é?

Em vez de falar, ela assente. Mexo os quadris e com uma mão me livro da cueca. Então pego meu membro ansioso mais uma vez. Com a outra mão, aponto o telefone para baixo para que ela possa ver meu pau em pé. Todo para ela.

— Caramba, meu bem. Você está tão duro que dá para bater um prego na parede com ele.

Giro o telefone e olho para ela mais uma vez. Ela segura os seios com as duas mãos, passando os polegares pelos mamilos durinhos que eu gostaria de envolver com os lábios e puxar com os dentes.

— Aperte com força, baby. Só para doer um pouco, como eu faria se estivesse aí. Tente gozar só brincando com seus seios, imaginando que sou eu.

Ela resmunga e fecha os olhos, mas continua fazendo o que eu pedi.

— Você está se acariciando? — pergunta.

— Claro... olhando você se tocar... Eu queria estar aí. Eu chuparia cada mamilo com tanta força, baby... até arder e você gritar pedindo mais!

Ela deixa a cabeça cair para trás, e seu cabelo cai junto. Como eu adoro ver isso... quando ela está sucumbindo ao momento, à paixão. Fico com água na boca ao vê-la acariciar sua linda carne.

— Assim... belisque essas pontinhas para mim. Você gosta de puxar os seus peitinhos lindos enquanto eu olho e mexo no meu pau? Hummm?

Arqueio os quadris em direção a minha mão, imaginando que estou metendo em seu calor molhado... Não, entre seus seios macios.

Um arrepio de tesão percorre minha coluna e eu me arqueio, me entregando à agradável sensação.

— Sabe o que eu faria se estivesse aí agora? — continuo.

Ela sacode a cabeça.

— Diga... — pede, com um gemido.

Seus mamilos estão escuros, vermelhos.

— Eu deitaria você no chão da cozinha...

— Sim — ela geme, abrindo os lábios e arfando.

O som retumba em meu peito, me fazendo sentir vivo, quente, retesando meu corpo por saber o que esses pequenos ofegos e gemidos significam.

Minhas bolas doem, cheias e pesadas, prontas para explodir. Aperto os dentes, e um fio de suor brilha descendo da minha testa pelo tronco e abdome, enquanto seguro o orgasmo um pouco mais.

— Eu me sentaria em cima de você e enfiaria o pau duro no meio dos seus seios perfeitos...

— Ah, Parker... — ela ofega e lambe os lábios, ainda girando os dedos sobre os seios.

— E eu apertaria essas duas gracinhas em volta do meu pau. Então foderia os seus peitos, e a umidade da ponta do meu pau roçaria os seus lábios, e você poderia chupar a cabeça dele.

Só de imaginar, sinto tremores pelo corpo todo.

— Baby, você me deixa tão duro... — gemo e acelero o movimento enquanto aperto firme.

— Parker... — Skyler murmura, e suspiros rápidos saem de sua boca enquanto seu corpo se sacode.

Vê-la gozar só de ouvir minha voz e brincar com seus seios me leva ao limite. Seguro minhas bolas e bombeio na mão uma, duas, três vezes, e então gozo. Felicidade pura.

— Sky... baby! — grito enquanto minha liberação cobre minha mão e meu abdome, em uma meleca pegajosa.

Passamos um ou dois minutos nos recuperando, respirando com dificuldade, como se tivéssemos corrido e tentássemos recobrar o fôlego.

Quando abro os olhos, Skyler está inclinada sobre o balcão, de cabeça baixa, o cabelo caindo em ondas ao redor do rosto.

— Uau. Me lembre de usar o FaceTime com mais frequência — ela diz, sorrindo.

Suas bochechas estão coradas, adoráveis, e o resto dela tem um brilho saudável que adoro ver em sua pele.

— Isso não vai ser problema. — Sorrio e estico o corpo, deixando o prazer tomar cada parte do meu ser por mais alguns momentos abençoados.

— Eu queria que você estivesse aqui — ela admite, bem quando eu ia dizer a mesma coisa.

Ela mergulha atrás do balcão, suponho que para pegar a blusa.

— Quanto tempo você acha que vai ficar em San Francisco?

Suspiro, deixando todo o ar sair dos pulmões antes de puxar o ar de novo.

— Não sei direito. Depende da nossa rapidez para apresentar à cliente um grupo de possíveis candidatos que analisamos.

— Presumindo que o Royce não seja o líder da matilha. — Ela sorri e veste a regata, cobrindo seu belo corpo mais uma vez.

Faço beicinho por perder o visual e pelo comentário.

— Não tem graça, meu pêssego.

Ela inclina a cabeça.

— Não sei. Eu achei engraçado, gato!

— Bom, seria gostoso conversar com você a noite toda, mas eu tenho uma bagunça para arrumar aqui.

Seus olhos se aquecem com o tesão renovado.

— Se você estivesse aqui, eu cuidaria disso. Na verdade, você não teria feito nenhuma meleca. Pense nisso e veja quanto tempo vai demorar para voltar para casa — ela diz e pisca para mim.

Skyler pega seu sanduíche e dá uma mordida, mastigando enquanto ri da desgraça alheia.

— Você é má.

— E você gosta. Na verdade, eu acho que você disse que está se apaixonando. — Ela me dá um sorriso presunçoso.

— Estou mesmo. Descanse um pouco, tá bom?

— Tá, meu bem. Você também. Nos falamos amanhã?

— Sim, baby.

— Sonha comigo. — Então ela me joga um beijo de pasta de amendoim e encerra a ligação.

Balanço a cabeça e me levanto para ir ao banheiro.

Sonhar com ela...

Com um corpo como aquele, um rosto que os anjos louvariam e ela gozando como uma deusa... é certeza que Skyler está sempre nos meus sonhos.

3

— *Srta. Renner, bom dia. — Estendo a mão para a nossa* cliente.

Ela balança levemente a cabeça enquanto aperta minha mão antes de pegar as duas de Royce entre as dela.

— E bom dia para você, bonitão. — Sorri para Roy.

Ele também abre um sorriso largo, olha para ela de cima a baixo e derrama o charme:

— Você está linda, Chellie.

Cutuco seu ombro com o meu... com força.

Ele limpa a garganta e seu sorriso se apaga.

— Quer dizer, srta. Renner.

Ela curva os lábios e murmura "Ãhã" enquanto contorna sua mesa e se senta.

Royce e eu nos sentamos diante dela.

— Eu deixei a manhã livre para vocês para que possamos ir direto aos negócios, ou devo dizer *à diversão*? — Ela se recosta na cadeira.

O vermelho de sua blusa de seda se destaca contra o couro maleável. Hoje ela está com o cabelo liso, dividido ao meio, caindo lindamente, macio e lustroso, sobre os ombros. Não há como negar que Rochelle Renner é uma mulher deslumbrante.

Royce pega a primeira leva de perfis que temos para mostrar a ela. Ele se levanta, contorna a mesa até estar ao lado dela, pega um deles e me entrega uma cópia.

— Em primeiro lugar, nós entramos em contato com o maior site de relacionamentos, o I-Bliss. Pagando uma taxa, conseguimos as dez melhores sugestões de homens que se enquadram nos critérios que você definiu. Depois disso, entramos em contato com cada um, e oito estão interessados.

Em vez de manter distância, Rochelle pousa a mão no antebraço de Roy e ergue uma sobrancelha perfeitamente modelada.

— É mesmo? Oito?

— Sim. Você é uma mulher muito desejável — Royce diz, e sua voz sai em um estrondo profundo, que parece Barry White reencarnado.

Quero atacar, mas me controlo, tentando lembrar que Royce é adulto e, como Sky disse, pode fazer suas próprias escolhas.

Mas acabo interferindo antes que as coisas fiquem mais complicadas.

— Srta. Renner, além dos oito que já garantimos, nós também entramos em contato com uma especialista em aproximação de casais. Ela analisou seus critérios e conseguiu localizar mais cinco possibilidades.

— Treze... — Ela puxa o ar, com a boca aberta. — Esse número dá azar... — Rochelle começa a expor seus pensamentos, mas somos interrompidos pela porta que se abre de repente:

— Chelle, desculpe interromper, mas isto é importante demais para esperar!

Entra um negro alto e forte vestindo um terno sob medida, com óculos de armação grossa preta, tipo o que o Super-Homem usa quando está disfarçado de Clark Kent. A impressão geral que ele causa é marcada pela carranca que ostenta. Seu cabelo é preto, curto, raspado nas laterais, o que lhe dá um ar de Tyson Beckford. Ao contrário de Royce, cuja pele é cor de ébano, o tom desse homem é alguns graus mais claro. Mais chocolate ao leite, perto do chocolate amargo de Royce. E Rochelle está entre os dois.

O olhar da nossa cliente segue o homem, que atravessa a sala até estar diante dela.

— Senhores, este é Keehan Williams, diretor de tecnologia da informação, além de nosso Mister Universo. É o melhor homem que eu conheço.

Keehan para um segundo e sorri para Rochelle. O sorriso parece bastante pessoal, como se os dois compartilhassem um código secreto.

— Keehan, estes são Royce Sterling e Parker Ellis, da International Guy.

Os olhos do cara vão do tablet que está segurando para nós dois.

— Então você vai adiante mesmo com isso? — pergunta, apertando os lábios.

Ela sorri, ignorando a censura na voz dele.

— Eu disse que ia.

Ele ergue os ombros, visivelmente irritado.

— Era para ser uma brincadeira, Chelle. Meu Deus, onde foi que você se meteu? — Ele passa a mão pelo cabelo curto enquanto o desconforto se instala no ar.

Rochelle estreita os olhos para ele, e Royce e eu desaparecemos enquanto os dois discutem.

— O que você quer dizer? Eu disse que precisava de um homem na minha vida.

Keehan estremece quando ela diz "um homem na minha vida", o que, para mim, é mais que revelador. Esse sujeito está apaixonado pela chefe. Pra valer.

— Kee, estou cansada de passar as noites sozinha, os feriados...

Ele se irrita visivelmente.

— Comigo? — completa, em tom ofendido.

Ela suaviza o olhar e pousa a mão no pulso dele, acariciando-o com o polegar.

— Você sabe que eu curto o tempo que passamos juntos, mas uma mulher tem necessidades, Keehan. Eu nunca vou entender como você consegue manter esse seu estilo de vida celibatário. — Ela balança a cabeça e ri antes de se sentar novamente, afastando-se do homem, que está cem por cento focado nela. Um bando de cavalos selvagens poderia atravessar a parede galopando e ele só teria olhos para ela.

Olho para Royce para ter certeza de que ele está vendo o mesmo que eu. Sua mandíbula está tensa, os lábios firmemente apertados, formando uma linha reta.

Ele está vendo. E não está gostando.

Controlo a risada que quer sair e observo os gestos e a linguagem corporal de Keehan enquanto se comunica com sua chefe. Sua chefe muito *atraente*, que ele parece conhecer de forma pessoal, se não *íntima*.

Ele coloca o tablet na frente dela.

— Enquanto você planeja virar uma dona de casa feliz...

Rochelle começa a rir.

— Dona de casa? Até parece. Você é hilário, Keehan. Eu posso querer ter um filho um dia, mas nunca vou ser mãe em período integral. Kee, você sempre me faz rir.

Bingo! Ela basicamente confirmou o que eu penso sobre não servir para Roy. Se estivéssemos em Boston e eu estivesse sentado à minha mesa, levantaria e faria uma mesura, como se estivesse agradecendo.

— E você tem um riso lindo — ele diz, estendendo a mão para tocar uma mecha do cabelo dela. — Assim como o seu cabelo, Chelle. É macio como seda.

Ela sorri abertamente para ele.

Caramba! É como se os dois estivessem nas preliminares bem na nossa frente, mas eles não percebem que há mais gente ali. E um deles *não faz ideia* do que está acontecendo.

Royce finalmente olha para mim, franzindo o cenho. Levanta o polegar em direção à mesa e mexe a boca, dizendo sem som:

— Esse aí?

Assinto e sorrio. Ele por fim entende que Rochelle não pretende se apaixonar por alguém porque já tem um relacionamento íntimo com Keehan. Ela pode já estar apaixonada por ele e nem saber disso.

A lembrança de quando confessei a Skyler que estava me apaixonando por ela passa pela minha mente. Sinto meu coração apertar e engulo em seco. *Eu já estou apaixonado pela Skyler, mas não admito isso a mim mesmo?* Esse pensamento me faz apertar os braços da cadeira, cravar as unhas neles. Respiro fundo e me esforço para me concentrar na loucura que está acontecendo a minha frente, em vez de na potencial revelação que acabo de ter sobre minha própria vida.

— Você é tão bom para mim, Kee — ela diz, dando um tapinha carinhoso na mão dele.

A verdade me golpeia. Rochelle não precisa de um homem em casa, porque já tem um no trabalho. Seus dois amores em um só lugar. Trabalho e Keehan. Mas, pela linguagem corporal, parece que ela não cruzou a barreira de chefe para namorada. Ao contrário de mim, ela parece ter uma versão diferente de etiqueta profissional, coisa que faltou em meu treinamento em Harvard.

Dou uma tossidinha, interrompendo a conversa íntima.

Keehan pisca lentamente e volta a cabeça em nossa direção, como se acabasse de lembrar que há dois estranhos sentados em frente à mesa de sua chefe.

— Desculpe, estou sendo indelicado. Keehan Williams. — Ele estende a mão para mim e depois para Royce. Nós dois o cumprimentamos. — Desculpem interromper, mas isto simplesmente não podia esperar. Chelle, veja estes números aqui do último trimestre. — Ele aponta para uma informação que não posso ver de onde estou e desliza o dedo para a esquerda. — E aqui, do trimestre anterior. — Desliza de novo. — E antes disso.

— Estão caindo. É o que acontece quando os juros flutuam, você sabe disso. — Ela percorre com o olhar as informações que tem diante de si.

Keehan sacode a cabeça.

— Então, essa é a questão. Essas ações subiram nos últimos dois anos e as taxas de juros estão fixas. Os números trimestrais deveriam subir constantemente, não diminuir gradativamente.

Royce se levanta e contorna a mesa.

— Posso? Eu sou da área financeira também.

Keehan olha ele de cima a baixo e aperta os dentes.

— Aposto que sim. E o tipo dela também — diz baixinho, enquanto se afasta para o lado para que Roy possa dar uma olhada no documento.

Caralho, se eu não senti uma ameaça antes, sinto agora. Keehan não está satisfeito com o fato de estarmos aqui, ou com o fato de Rochelle estar procurando um homem. Para mim, é claro como o dia que ele quer ser o homem da vida dela.

Royce observa as informações no tablet.

— E as declarações de lucro e prejuízo?

— Há pelo menos cinco aqui. Basta clicar nas abas — Keehan murmura.

Royce e Rochelle examinam os documentos.

— Oh-oh, isso não é nada bom. — Royce esfrega o queixo.

Esse é o movimento que ele faz quando não gosta de alguma coisa.

— Nem um pouco — Rochelle concorda.

Ela cruza os braços, na defensiva, e inspira ruidosamente. A frustração parece sair pelos seus poros enquanto ela absorve silenciosamente as informações desconcertantes que tem diante de si.

Eu, infelizmente — ou felizmente —, não sou de números. Consigo me virar com balanços e contas a pagar básicos, nada mais profundo. Essa é a razão pela qual Royce gerencia o dinheiro da agência, bem como os investimentos pessoais meus e de Bo. Ele fez de todos nós homens muito ricos usando seu toque de Midas no mercado de ações. É um gênio, sabe onde e o que comprar e quando vender.

— Então, isso é o que eu acho que é? — Keehan pergunta, se dirigindo a Rochelle.

Sua voz é carregada de raiva ao responder:

— Se você acha que alguém está me roubando, então, sim.

Eu me encolho, mas fico em silêncio. Este não é meu território. Em situações delicadas como essa, é melhor guardar minhas opiniões e permitir que os especialistas descubram o caminho adequado. Meu trabalho em San Francisco é encontrar um companheiro adequado para a nossa cliente. Observando Keehan dar apoio e atenção total a Rochelle, vejo que meu trabalho vai ser muito mais fácil, agora que meu principal candidato apareceu inadvertidamente. Enquanto eles se preocupam com um desfalque na empresa, planejo como vou trabalhar nesse cenário para obter o máximo de vantagem.

— Encontrar o culpado não vai ser fácil. — Rochelle morde o lábio inferior e tamborila no queixo, aparentemente perdida em pensamentos. — Pelo menos quarenta funcionários meus têm acesso a essas contas.

Royce começa a se afastar enquanto Keehan contorna a mesa e pousa a mão no ombro de Rochelle — uma evidente demonstração de apoio. Ela dá um tapinha na mão dele e o encara com um sorriso sombrio.

— Obrigada por cuidar de mim, como sempre.

— É o meu trabalho, em todos os sentidos, Chelle. Nós estamos juntos nessa desde o começo — ele diz, alto o suficiente para que a sala inteira ouça. *Fique longe da minha garota, Royce.*

Sorrio, curtindo a marcação de território.

— Você trabalha para a Rochelle há muito tempo? — pergunto.

Keehan assente e aperta o ombro dela.

— Desde o dia em que ela abriu as portas da Renner Serviços Financeiros.

Rochelle anui e segura a mão dele.

— O Kee é o meu porto seguro. Eu não conseguiria fazer o que faço sem ele.

Sorrio. Acho que vai ser bem fácil, no fim das contas.

Enquanto Rochelle e Royce ficam solicitando documentos, relatórios e uma variedade de outras coisas, sigo Keehan porta afora.

— Humm, posso te ajudar de alguma forma? — ele pergunta.

Dou de ombros, mas acompanho seu passo, mesmo sendo alguns centímetros mais baixo.

— Eu pensei que, enquanto eles estão ocupados, eu poderia te acompanhar, saber mais sobre a sua chefe.

Ele franze a testa.

— Vocês dois parecem próximos. — Deixo a declaração pairar no ar, esperando que ele morda a isca.

— Somos, sim. Ela é uma mulher incrível. — Suas palavras transmitem reverência e devoção, em um tom que não se costuma ouvir de um simples funcionário.

— Eu notei isso com uma única reunião. Sem falar que ela tem um perfil profissional excelente.

Ele concorda.

— Ela é a melhor na área.

— E você?

— Eu? — Ele empurra os óculos mais para cima do nariz.

— O que você me diz sobre a sua carreira, a sua posição na RSF?

Ele franze a testa, mas mantém o ritmo. Passamos o tempo todo por funcionários trabalhando em suas salas. Parece que o lugar não tem nada além de salas de trabalho e de reuniões. Não há baias, o que imagino que seria o ideal para pessoas que trabalham com informações confidenciais, como dinheiro de outras pessoas e empresas.

— A minha posição é sólida. Como eu disse antes, a Chelle e eu estamos juntos desde o início. Nós já passamos por muita coisa. As pessoas podem ir e vir, mas uma coisa nunca muda.

— E o que seria? — pergunto, sorrindo.

— Eu. — Ele sorri. — Eu vou estar sempre aqui.

— E quanto à vida pessoal? Você deve estar na idade em que a maioria dos homens se casa, tem filhos e tal.

Keehan junta as mãos a sua frente enquanto andamos.

— Não sei. Às vezes eu me imagino tendo um filho. Mas a mulher teria que entender que o meu trabalho vem em primeiro lugar. A Rochelle já se ferrou por causa de vários homens na vida pessoal e profissional. Eu nunca vou fazer parte dessa lista.

— Uau. Falando assim, parece que a Rochelle é a pessoa mais importante da *sua* vida — digo, rindo. Continuo a guiá-lo até que ele pelo menos perceba, ou, melhor ainda, admita.

Ele dá de ombros.

— E é mesmo. Nós dois quase não temos família, ninguém por perto pelo menos. Passamos os feriados juntos, longas noites no escritório trabalhando com números, estabelecendo metas. Eu não saberia o que fazer sem ela.

— Interessante.

Ele vira em outro longo corredor e eu o sigo. Quando passamos por uma parede de janelas, o zumbido dos servidores gigantes faz o ar pulsar em minha nuca, mãos e rosto.

— Por que interessante? — Keehan pergunta.

— Deixa pra lá. Você não me pareceu feliz com o fato de a Rochelle ter contratado a nossa empresa para encontrar um companheiro. Por quê?

Seu olhar endurece, e noto um músculo se contrair em seu rosto.

— Por nada. Se ela quer arrumar um brinquedo, problema dela. Eles nunca duram. Não me preocupo.

Ele não conhece Royce. Se Royce quiser Rochelle, vai ser implacável. Além disso, tenho confiança nas minhas habilidades para encontrar o homem certo.

— Ah, esse vai durar. Eu estou sendo pago para encontrar o parceiro certo para ela, alguém com quem ela possa compartilhar a vida, ter um filho.

Ele para de repente, como se tivesse sido atingido por um raio.

— Está brincando! — rosna, dá meia-volta e sai pelo corredor como um animal enjaulado. — Isso é loucura. Ela não pode estar pensando seriamente em se casar com quem vocês encontrarem.

Ele range os dentes e se comporta como um pit bull pronto para atacar.

— Por quê?

— Porque ela não pode se casar com qualquer um e ter filhos!

Ele passa as mãos pela parte de trás da cabeça. A raiva gira ao redor de seu corpo como um tornado. Quase posso ver sua fúria provocada pelo que eu disse.

— Por que não? — pergunto de novo, com o mesmo tom de voz tranquilo, sem deixar que sua irritação afete minha atitude.

— Porque ela devia ser minha! Casar *comigo*, ter um filho *comigo*! Caralho! — Ele dá meia-volta e abre bruscamente a porta no fim do corredor, fazendo-a tremer ao passar. — Eu não acredito que ela está fazendo isso. — Seus ombros caem. — Por que ela não consegue enxergar? — Ele se volta para mim com seus olhos negros como a noite. — Me diga, por favor. Você é o especialista. Por que ela não consegue enxergar o que está bem diante dela?

Balanço a cabeça e junto as mãos a minha frente, tentando transmitir calma.

— Com base no que eu presenciei até agora, vocês dois são bem próximos.

Ele anui.

— Totalmente.

— Contam um com o outro — insinuo.

— Sem restrições.

— Trabalham juntos há muito tempo.

— Sim. Tudo isso — diz Keehan, exasperado por eu não ir direto ao ponto.

— Ainda assim, eu tenho a sensação de que você nunca tomou a iniciativa.

O corpo todo de Keehan parece desabar bem diante dos meus olhos. Seus ombros largos se curvam para a frente, seu queixo se inclina em direção ao peito e seu rosto mostra uma expressão sombria.

— Não dá para simplesmente cantar uma mulher como a Rochelle. Especialmente com a história que temos. Ela ia rir na minha cara.

— Por quê?

Ele dá uma risadinha.

— A Rochelle é muita areia pra mim.

Esse homem é louco. Olho para ele de cima a baixo, observando seu corpo grande, em forma, bem-vestido. Não vejo razão para ele pensar que não está à altura dela, e tento me certificar de que ele também saiba disso.

— Não é verdade. Você é bonito, parece ser um bom profissional, inteligente. Serve muito bem para ela, na minha opinião.

Ele bufa e desvia o olhar, pousando a mão na cintura e com a outra esfregando o queixo.

— Você não entenderia.

— Como é que é? Na verdade, você ficaria surpreso. Eu sei exatamente o que você está passando. Querer alguém que você acha que está tão fora da sua estratosfera que parece que vocês vivem em universos diferentes.

— Ah, sei.

Pouso a mão no seu ombro.

— Cara, a minha namorada é a Skyler Paige.

Seu corpo inteiro parece enrijecer como uma tábua e ele arregala os olhos.

— A atriz?

Assinto.

— A mulher mais gostosa de Hollywood...

Aperto seu ombro com um pouco de força demais.

— Calma aí. — Sem sequer tentar, minha voz se transforma em um alerta. Como um cachorro cuidando do seu território. Se ele sequer pronunciar o nome da minha mulher de um jeito sexual, vou arrancar sua cabeça.

Keehan assobia.

— Caramba! Você sabe mesmo o que eu estou passando, no centésimo grau. Mesmo assim, perto da Chelle, eu sou um fracassado.

— Então você admite que não deu razão a ela para te ver como mais que um amigo e confidente. Um colega.

— Nós somos mais que colegas — ele diz, com um sorriso desdenhoso.

Ergo as sobrancelhas.

— Não me convenceu.

— Nunca foi a hora certa.

— Nesse ritmo, cara, nunca vai ser. Eu já vi lesmas andando mais rápido que você. Homens de noventa anos atrás de um rabo de saia em um asilo são mais ágeis. Seja sincero comigo: o que está te impedindo? Ela é linda, você é um homem bonito. Vocês dois parecem gostar um do outro, pelo que eu vi na sala dela.

— Acho que esse é o problema. Eu gosto demais dela — admite, com uma nota de derrota.

Tento adivinhar:

— Você não quer arriscar perder uma coisa boa?

Vejo um olhar torturado nele.

— Se a gente se envolver e der errado, perdemos tudo. A nossa relação profissional ficaria impossível. E, por mais sentimental que pareça, ela é a minha melhor amiga. O trabalho é a nossa meta em comum. É o que nos faz ser quem somos.

— Mesmo assim, você quer mais.

— Sim — responde, esfregando a nuca.

— Ela com certeza quer mais, ou não teria nos chamado — digo.

Keehan caminha até sua mesa e se senta diante de três monitores alinhados.

— O que é isso? Central de comando? Uau! — Examino a sala. Noto mais mesas com um monte de monitores alinhados. Há algumas TVs de tela plana em uma das paredes mostrando o mercado de ações e os números da Nasdaq em tempo real.

Keehan sorri, por fim mostrando um pouco mais de sua exuberância natural.

— Pode-se dizer que sim. Eu gerencio diversos relatórios da empresa, acompanho as flutuações financeiras, ações e mercados, tudo isso enquanto encaminho relatórios em tempo real para a equipe e para a Chelle. Também administro o restante das redes, desenvolvedores, pessoal técnico e coisas do tipo.

— Então me diga: com todo esse controle, como é que alguém poderia roubar a RSF? Não iria aparecer algum alerta?

Ele anui enquanto seus dedos apertam as teclas freneticamente.

— Eu sei que a Rochelle disse que quarenta pessoas podem acessar essas contas, mas não sem deixar rastros eletrônicos. O Royce me recomendou procurar alguém incomum que tenha acessado aquela conta. E o sistema registra tudo o que as pessoas fazem.

— Nesse caso não deve ser muito difícil descobrir quem acessou as contas e fez saques ou transferências seguindo algum padrão, certo?

— Em um cenário perfeito, sim. Pelo que eu pude inferir dos últimos seis trimestres, a pessoa está fazendo isso há pelo menos um ano e meio, talvez mais. Eu teria que retroceder mais para saber com certeza.

— Se eu fosse você, faria isso imediatamente e levaria os resultados para a patroa. — Sorrio e pisco sugestivamente.

As faces de Keehan parecem escurecer um pouco.

— Sim, eu vou fazer isso. E o que você vai fazer enquanto nós lidamos com essa tempestade?

— Em relação a essa situação?

Ele ergue o queixo, confirmando.

— Nada. Eu não estou aqui para descobrir quem está desfalcando a empresa, mas tenho certeza de que o Royce vai fazer disso uma missão pessoal. Independente de como você se sinta, eu estou aqui para encontrar um companheiro para ela.

Keehan franze a testa e afasta o teclado.

— E como você pretende fazer isso, se é que eu posso perguntar?

A coisa está fácil demais. É como pescar dentro de um barril cheio de peixes.

— Por quê? Você vai pôr um papelzinho com o seu nome na urna, por acaso?

— Talvez — ele diz, focando o olhar em mim sem mover um músculo e suspendendo os dedos sobre as teclas a sua frente.

— Eu tenho treze pretendentes para apresentar a ela.

Ele bufa.

— Incluindo eu?

— Com você, seriam catorze — acrescento secamente, como se o número não fosse alto.

Tecnicamente não é, mas, para um homem que está secretamente apaixonado por uma mulher há anos, são treze concorrentes competindo pelo coração dela.

— Meu Deus, isso é um pesadelo — ele diz, apertando o alto do nariz.

— Lamento que você se sinta assim, mas estou feliz por ver que essa situação está te tirando da zona de conforto. Algo me diz que a Rochelle não é mulher de ficar esperando. Ela quer um homem assertivo, que demonstre que está interessado, não que fique se fazendo de desentendido enquanto ela vai para a cama sozinha toda noite.

— Ela só fica sozinha porque quer. Já olhou para ela? — Sorri.

Inclino a cabeça de lado.

— E como você se sente?

O sorriso dele morre no rosto.

— Feito lixo debaixo dos Louboutins dela. Como um fracassado que está definhando por uma mulher, vivendo um estilo de vida quase celibatário porque nenhuma outra serve. Quando eu vejo a Rochelle, todo o meu ser ganha vida, mas, se for outra mulher, tudo lá embaixo murcha. — Ele balança a cabeça. — Nada.

Assobio.

— Que dureza.

— Verdade.

— Acho que você precisa fazer algumas mudanças sérias e rápidas, se não por você, pelo seu amigo — digo, olhando para baixo da mesa e depois para seus olhos, para que ele entenda alto e claro o que quero dizer.

— E como você propõe que eu faça isso?

Sorrio, puxo uma cadeira e me sento. O plano que elaborei enquanto eles conversavam sobre a fraude está funcionando.

4

Na manhã seguinte, os negócios seguem como de costume enquanto passo pelos corredores da Renner Serviços Financeiros, ou RSF, como os funcionários chamam. Eu sei que Royce trabalhou até tarde com Rochelle tentando descobrir quem é o sacana que está desfalcando a empresa, mas ainda não sei como foi. Caí na cama antes que ele chegasse ao hotel, coisa que, se eu for pensar, me preocupa. Mas, como Skyler me fez recordar de novo na noite passada, Royce é bem grandinho e pode se cuidar sozinho.

Ainda assim, acho que talvez eu devesse lhe pedir para abandonar o navio, voltar para casa e pegar outra cliente que não mexa tanto com ele. Seria sensato fazer isso, com certeza. Seu desejo por ela está atrapalhando o fluxo das coisas.

Tipo quando você estava salivando pela Skyler, ou pulando na cama da Sophie.

Eu sou um hipócrita. Sinto um nó no estômago. Eu sei que preciso deixar as coisas acontecerem, mas estou louco para consertar isso, resolver o problema do Royce, ajudar meu irmão a encontrar aquilo que vai acalmar sua alma, como eu encontrei o que acalma a minha. Pode ser errado querer que alguém de quem você gosta consiga o que realmente deseja na vida?

Ao chegar à sala de Rochelle, ainda estou debatendo comigo mesmo a melhor maneira de abordar o assunto de novo com Royce quando ouço risadas do outro lado da porta. Uma risada bem específica, para ser exato. Abro a porta devagar e aperto os dentes diante do quadro que encontro.

Rochelle está sentada sobre a mesa com a saia meio erguida, Royce entre suas coxas abertas. Ela joga a cabeça para trás e ri, enquanto ele vai beijando seu pescoço até chegar aos lábios. Ele pega a coxa macia dela e a enrosca em sua cintura.

Hum... Isso não é nada bom.

— Quer que eu pegue você aqui mesmo na sua sala, como ontem à noite? — ele pergunta, e há promessa em sua voz.

— Ah, por favor, sim. — Ela desliza as mãos até a bunda dele e o puxa mais para perto.

Não sei se ele está vestido, mas parece que sim. Não vejo sua calça caída ao redor dos joelhos. Acho que posso agradecer ao bom Deus por essa pequena bênção.

— Isso é bem pouco profissional... — ele provoca.

— Sim. *Bem pouco* profissional — digo em voz alta.

Uma cabeça lisa e outra cabeluda se voltam para mim, saindo do transe sexual. Royce, ainda na frente de Rochelle, deixa a perna dela cair de volta sobre a mesa. Ela o empurra a fim de escorregar para o chão, segurando a saia e a puxando para baixo.

— Irmão. — A voz de Royce é desprovida de emoção quando ele olha para mim. Como eu suspeitava, sua calça ainda está no lugar. Nada além da gravata solta no pescoço e alguns botões da camisa abertos.

— Vejo que alguém está trabalhando duro. — Junto as mãos a minha frente. Estou segurando o tablet com as informações sobre os homens que eu planejava analisar com eles.

Royce fecha os olhos momentaneamente e suspira.

— Sr. Ellis, isso não é o que parece — Rochelle anuncia.

— É mesmo? Parece que o meu sócio estava a ponto de transar com você na sua mesa, e, pelo que ouvi, não seria a primeira vez — falo, impassível.

Ela sorri com falsa modéstia.

— Tudo bem, *é* o que parece, mas é inofensivo. Não é nada sério, só estamos nos divertindo um pouco.

Nos divertindo um pouco.

A frase gira em minha mente e me leva de volta a uma época em que eu achava que estava só me divertindo um pouco com uma loira gostosa.

E essa diversão se transformou em um relacionamento sério. O que significa que, se eu acreditasse que Rochelle é a mulher certa para Royce, não me meteria. Mas a confirmação, saída da boca de Rochelle, de que Roy não significa nada para ela além de um pouco de diversão prova minha tese.

Balanço a cabeça, dou meia-volta e fecho a porta para evitar possíveis espectadores.

— Olha, se vocês dois querem *se divertir*, longe de mim me intrometer. Só que você nos contratou para encontrar um companheiro para você. Isso mudou em função dos eventos recentes? — pergunto, indicando Roy e a mesa na qual ele está encostado.

Antes que ele possa intervir, Rochelle responde imediatamente:

— Não.

Royce abre e fecha a boca. A máscara profissional desliza sobre seu rosto. Conhecendo esse homem há uma década, posso dizer que a resposta dela não é o que ele esperava ouvir. Royce gosta de diversão e de joguinhos, mas definitivamente não arriscaria algo no trabalho se não estivesse pelo menos um pouco interessado nessa mulher, mais do que em uma foda rápida em cima da mesa.

— Não? Tem certeza? — pergunto de novo, para me certificar de que ela não está interessada nele.

Rochelle alisa o cabelo antes de responder:

— O Roy e eu somos fisicamente compatíveis, mas a vida dele é em Massachusetts, e a minha na Califórnia. Algumas trepadas fantásticas é tudo o que podemos oferecer um ao outro. Certo, meu lindo? — Ela sorri e pisca para ele.

Royce lambe os lábios inchados pelos beijos e ergue o queixo para ela.

— Certo, Chellie. E você é uma *trepada* fantástica. — Sua voz é cautelosa, mas a escolha das palavras tem a intenção de perfurar o verniz de aço da mulher.

A farpa bate e escorrega do peito dela sem deixar ferida.

— Viu? Sem problemas. Parker, você veio para analisarmos a lista de homens, certo? — ela pergunta, e seus olhos se iluminam. — Eu admito que estou animada. Parece Natal, só que, em vez de desembrulhar um presente, vou desembrulhar meu futuro marido. — Ela leva as mãos ao peito, demonstrando uma alegria exagerada.

Meu Deus! Eu era tão insensível assim em relação a sexo antes? Bom, eu tive meus dias de galinha, com certeza, especialmente depois que Kayla me ferrou, mas tenho certeza de que todas as mulheres com quem eu transei tinham consciência da situação. Sophie definitivamente sabia dos meus parâmetros. Poxa, ela ajudou a defini-los. Mas Royce não. Olho para ele e meu coração bate forte. Ele está ereto e parece indiferente, mas eu o conheço. Ele gosta da Rochelle. Gosta dela para mais do que ela está oferecendo. Deve ser um golpe em sua masculinidade. Silenciosamente, me recrimino por ter sido tão descuidado com as mulheres no passado. Mas não mais, graças a Sky. Ela me fez mudar. Seu eu pudesse ajudar meu irmão a encontrar *a mulher certa...*

Recordo a Rochelle nosso compromisso enquanto observo Royce em silêncio:

— Nós não podemos prometer casamento. O nosso objetivo é aproximá-la de alguém com a maior compatibilidade possível. Cabe a vocês levar o relacionamento adiante.

Ela faz um movimento com a mão.

— Entendo.

Enquanto tento descobrir como amenizar a situação — que obviamente não incomoda Rochelle —, Royce ajeita o paletó e a postura, se tornando o profissional perfeitamente situado de novo, e se dirige à porta, dizendo:

— Se vocês me derem licença, eu vou encontrar o Keehan e repassar algumas coisas que descobrimos na noite passada sobre o desfalque. Eu preciso passar para ele a lista das cinco pessoas que temos que investigar mais a fundo.

Rochelle abre um sorriso largo.

— Excelente ideia. Obrigada, Roy. — E pisca, como se nada tivesse acontecido.

Rochelle é realmente eficiente e viciada em trabalho, dura e rápida, e trata a busca de um companheiro como uma transação comercial e nada mais. E eu achava que eu era o fodão. Rochelle envergonha toda a equipe da International Guy em termos de ética de trabalho, mas, quanto à moral, a história é outra. Ela é capaz de transar descaradamente com um parceiro de trabalho em sua mesa, repetir a dose na manhã seguinte e se livrar do cara como se estivesse dispensando uma segunda xícara de café.

Acho que eu não conseguiria ser tão descarado, mas pesquiso em meu banco de memória com a certeza de já ter sido canalha assim no passado. Quando Kayla estragou tudo, eu definitivamente transei com muitas mulheres, muitas cujo nome nem consigo lembrar. Mas eram pessoas que eu conhecia na noite, nos bares. Elas tiraram de mim o que eu tirei delas. Só que Royce quer mais. Keehan quer mais.

Isso me faz pensar se vou conseguir fazê-la enxergar a verdade, ajudá-la a descobrir que aquilo de que realmente precisa ela já tem há muito tempo.

Além da minha crescente preocupação quanto a conseguir ajudar essa cliente naquilo para que fomos contratados, estou preocupado com meu irmão. Ele não se entrega faz tempo. Isso pode ser um grande golpe em sua confiança, e ele não precisa disso. Pelo menos comigo Royce pode ser honesto e mostrar seu descontentamento, mas ter que se segurar por causa do trabalho... Não sei como vai ser no longo prazo. Espero que ele veja a situação como é. Diversão.

Royce sai antes que eu possa dizer qualquer coisa, e acho que é melhor assim. Vamos conversar mais tarde, depois que a queimadura parar de arder.

— Está pronto? — Rochelle pergunta. A animação que ela mencionou antes emana dela em ondas de energia.

— Como nunca estive.

Sorrio enquanto me sento no sofá perto de sua mesa e, com alguns toques em meu tablet para espelhá-lo no monitor dela, faço surgir a foto de um negro de trinta e poucos anos. Rochelle se senta, junta os joelhos e apoia o queixo na mão.

— Michael Conway. Desenvolvedor de softwares no Vale do Silício. Freelancer. Criou aplicativos de sucesso para gerenciamento de emergências na área. Renda anual na casa dos seis dígitos mais baixos, mas tem investimentos sólidos.

— Família?

— Divorciado. Sem filhos.

— É mesmo? Já sofreu uma decepção amorosa, ou foi ele o causador...

— Isso importa? Você tem alguma preferência? — Vou direto na jugular. Quero que ela sinta uma pontada de remorso, especialmente depois do que inadvertidamente aprontou com Roy. *Inadvertidamente* talvez seja uma palavra muito generosa, porque não acho que Rochelle faça alguma coisa sem pensar em todos os resultados possíveis. Esse seria, definitivamente, o jeito como *eu* lidaria com uma relação de negócios. Exceto com Sophie. Eu a respeitava e gostava dela o suficiente para manter um relacionamento platônico depois de tudo.

— Estou só levando a coisa a sério. O meu futuro depende disso. Se ele foi magoado, vai estar mais propenso a não me magoar, certo?

É triste, mas ela está certa. E não estou surpreso por vê-la levar a coisa a sério, fazendo as perguntas verdadeiramente importantes para ela, independentemente de qualquer possível julgamento. Eu respeito sua abordagem ousada. Isso obviamente a levou longe na vida profissional. Mas não na vida pessoal... Espero poder consertar isso.

Estalo a língua e abro o arquivo do rapaz para estudá-lo mais uma vez. Quando encontro a pepita que estou procurando — obrigado, Wendy, a melhor assistente do mundo —, digo:

— Segundo o cartório do condado, a esposa dele solicitou uma licença de casamento uma semana depois que o divórcio foi assinado, três anos atrás.

Ela faz beicinho.

— Pobre homem sexy.

Passo para a próxima foto.

— Sean White. Acabou de se aposentar do beisebol profissional. Já conseguiu um emprego como técnico do time da Universidade Estadual de San Francisco.

— Passo. Não estou a fim de ir ver jogos de faculdade nem participar de eventos esportivos. Jamais.

— Tem certeza? A mãe dele já morreu, o que significa que você não vai ter uma sogra chata, e ele foi traído pelas duas últimas namoradas, o que significa que vai ser leal a você.

Ela sacode a cabeça.

— Mais uma vez, Parker, eu não estou a fim de observar, conversar ou lidar com um atleta. Não quero dificultar as coisas, mas já namorei um jogador profissional. Eles ficam bravos quando você não quer ir aos jogos, ficam com raiva quando você pede que eles desliguem a TV e passem um tempo com você, ficam putos se você não entende muito de esporte ou não torce por um time. Atletas estão fora da lista.

Ficam com raiva quando você não passa um tempo com eles.

Surgem flashes em minha mente e eu me vejo lendo à meia-noite e Kayla aparecendo com uma camisola sexy querendo que eu parasse de estudar para as provas finais e ficasse com ela, fazendo-a se sentir bem. Aquelas noites eram de matar. Parecia que, toda vez que eu tinha algo crucial para fazer, ela vinha com "Você não me dá atenção". Mentira; eu passava metade da noite fazendo-a se sentir adorada, e a outra metade virando café goela abaixo e depois indo para a aula com os olhos embaçados, sem dormir. E tudo por quê? Por uma mulher que estava transando não com um, mas com dois homens. Garantindo um bom futuro com pelo menos um de nós para cuidar dela.

Com uma carranca, abro a foto seguinte.

— Tudo bem. E quanto a um cara da área financeira? — pergunto. Se bem que o próximo candidato não é dessa área.

Ela olha para o monitor.

— Ele é gostoso.

— É bombeiro.

Ele tem tranças nagô bem apertadas por todo o couro cabeludo a exatamente meio centímetro de distância uma da outra. Tem um sorriso amplo e, com base em sua biografia e avaliação, é o mais pé no chão do grupo. Ainda assim, preciso levá-la a pensar em alguém um pouco mais perto de casa. Alguém que já está loucamente apaixonado por ela.

— Que tal um homem com a mesma profissão que você?

Ela dá de ombros.

— Facilitaria as coisas em eventos sociais e de trabalho.

— Esse cara tem uma família grande, mas ela vive na costa Leste, então provavelmente vocês teriam que visitá-la somente nas festas, aniversários etc.

— Legal. Ponha na lista.

Clico para abrir a próxima foto na tela.

— Caramba... Você tem uns homens impressionantes aí. Parabéns. — Seus olhos escuros brilham diante da foto.

Eu sorrio. O homem está usando óculos no estilo dos de Keehan e se parece muito com ele. Tom de pele semelhante e cabelo preto bem curto. Só que Keehan é barbeado, e esse homem tem cavanhaque e um bigode fino. A foto é do tronco para cima, que Wendy tirou do site da Universidade da Califórnia em Davis, de modo que ele está com o jaleco branco padrão e a identificação do hospital. Não há como ela se sentir fisicamente atraída por esse homem e não por Keehan. Seria esteticamente impossível.

— Médico. Chefe da emergência na UC Davis.

— Legal. Homem ocupado. Não teria problemas por eu trabalhar o tempo todo, porque ele trabalharia o tempo todo também. Nós poderíamos nos encontrar em casa por tempo suficiente para comer alguma coisa, rolar nos lençóis e dormir. Ter um médico comigo seria ótimo nas festas.

— Se ele não tiver uma emergência. Aparentemente, esse é o motivo de ele não ter um relacionamento. Ele tem muitos encontros, mas na maioria das vezes é chamado e tem que largar a mulher sozinha.

Ela inclina a cabeça.

— Isso não seria problema para mim. Eu provavelmente nem teria tempo para o encontro. — Ela ri.

Isso me faz lembrar... Quando foi a última vez que levei Skyler a algum lugar? O restaurante italiano e o show. A menos que eu conte o casamento real a que fomos juntos. Skyler merece um pouco de romance. Um jantar à luz de velas, um passeio pela praia... algo que faça minha garota se sentir tão especial quanto ela me faz sentir. Vou pedir a Wendy que lhe mande flores. O que me faz pensar... qual é sua flor favorita?

Sou um namorado de merda. Na maioria das vezes, só a vejo por tempo suficiente para comer, dormir e transar. Precisamos dar um jeito nisso. A ideia de ela se mudar para Boston me provoca um arrepio na espinha, que sobe pelo meu pescoço e rosto, até que estou exibindo um enorme sorriso. Minha mãe e Wendy adorariam conhecer Skyler melhor.

A voz de Rochelle interrompe meus pensamentos.

— Ei, hello! O próximo. — Ela ri.

Em vez de mudar a tela, eu me inclino para a frente e finjo examinar a foto.

— Nossa, esse sujeito me lembra alguém... — Jogo a isca e espero que ela morda.

Ela aperta os olhos, e então, do nada, um enorme sorriso se espalha em seu rosto.

— Meu Deus, tem razão! Ele parece o Keehan! Até os óculos. — Ela gargalha.

É a minha chance de plantar a semente.

— O Keehan disse que vocês estão juntos desde o começo.

Ela anui e olha melancolicamente para a foto na tela, mas eu sei que não está vendo o médico, e sim o rosto de Keehan.

— Sim, ele é como família para mim. Comprometido. O melhor funcionário e amigo que eu já tive.

— É mesmo? Vocês dois saem juntos? — Porra, eu sou bom no que faço.

Ela sorri.

— Quando nossos horários permitem. O bom é que quase sempre fazemos o mesmo horário, por isso é natural comermos juntos muitas vezes, passarmos os feriados juntos e tal. Eu conheço a família dele, ele conhece a minha. Nós dois somos filhos únicos de famílias ambiciosas. Os meus pais moram em Nova York e têm uma empresa. Os pais dele vivem em Seattle, são grandes no ramo de transporte marítimo.

— E vocês dois nunca ficaram juntos? — Atiro a moeda de ouro, torcendo para que ela pegue.

Seu rosto assume uma expressão confusa.

— O quê? Não! Nós somos colegas de trabalho. Amigos.

— Ah, então você não acha o Keehan atraente — declaro com naturalidade, para que ela pense nos atributos físicos dele.

Ela franze a testa.

— Eu nunca disse isso.

— Então você acha?

— O Keehan é um dos homens mais bonitos que eu conheço. A mulherada baba quando entramos em um restaurante ou andamos na rua. E não dá para ver o corpo dele por baixo do terno, mas muitas vezes vamos à academia juntos, ele é puro músculo.

— E ainda assim você não sente atração por ele?

Ela ri.

— Quando ele tira a camisa, admito que sinto um pouquinho.

Eu rio para manter a conversa descontraída.

— É estranho, acho — digo.

— O que é estranho?

— Você e ele, duas pessoas atraentes, trabalhando juntos todos esses anos, passando o tempo livre juntos. Sei lá, é meio estranho vocês não terem um relacionamento.

— Eu não disse que nós não temos um relacionamento. O meu relacionamento com o Keehan é o mais importante da minha vida. Ele é tudo para mim. É o único homem no mundo além do meu pai em quem eu confio, e eu sei que ele sempre vai me dizer a verdade e me tratar com respeito. O Keehan pode contar comigo para tudo, e eu com ele.

— Ah... Então vai ser meio estranho quando você tiver que abrir mão do tempo que vocês passam juntos por causa do seu futuro marido.

— Como é? O que você está querendo dizer? — Ela franze a testa e se endireita, assumindo uma postura mais defensiva.

Eu me reclino no sofá e estico o braço no encosto.

— Rochelle, nenhum homem que te considere mulher dele vai gostar do relacionamento próximo que você tem com o Keehan. O Kee vai ter que dar um passo atrás para deixar que o seu homem seja aquele em quem você mais confia, aquele que vai estar com você à noite, nos feriados, quando você tiver um dia difícil. A pessoa que vai te levar para sair no seu aniversário...

Sua resposta parece tensa:

— Mas o Keehan me leva para sair todo ano. Nós temos uma tradição. No meu aniversário, nós pegamos um avião e vamos para um lugar aonde nunca fomos. Passamos o fim de semana e visitamos tudo. E fazemos a mesma coisa no aniversário dele. É o nosso jeito de tirar miniférias e relaxar. É sagrado. Nós fazemos isso desde a faculdade.

— E você acha que o seu novo companheiro vai gostar que você passe um fim de semana com o seu "amigo" e funcionário enquanto ele fica esperando em casa? — pergunto e levanto a sobrancelha, para que ela perceba a gravidade do que estou dizendo.

Ela sacode a cabeça e cobre a boca com a mão. Por um longo tempo, não diz nada.

— Mostre a próxima foto, por favor. — Sua voz está tensa, já sem nenhum entusiasmo com a tarefa.

— Você é quem manda.

Missão cumprida. Sorrio, presunçoso, enquanto abro a próxima foto.

— Harkin Elba. Engenheiro. Nunca foi casado. Os pais são falecidos. Tem uma irmã e um irmão de quem ele é próximo...

Ela me interrompe:

— Tudo bem. Próximo. — Faz um movimento com a mão diante da tela, mal olhando para o homem.

Rochelle está perdida em pensamentos. Espero que todos eles a levem de volta a um homem: Keehan Williams.

— Oi, meu pêssego — atendo o telefone e me jogo na poltrona de minha suíte. — Eu vou encontrar o Royce para jantar. Nós temos que ser rápidos.

Ouço um soluço do outro lado da linha e meus pelos se arrepiam.

— Skyler, o que foi? — Eu me levanto rapidamente, olhando em volta, sem saber o que fazer quando a ouço chorar.

— E-Ele vai mostrar para o mu-mundo... — Sua voz se quebra em outro soluço.

Aperto os dentes e giro os ombros.

— Skyler... você precisa parar de chorar para que eu possa entender por que você está triste. Respire comigo, tá? Inspire... — respiro fundo — expire — solto o ar alto para ela me ouvir.

Faço isso várias vezes, até que o choro diminui.

— Agora fale comigo. Você está me assustando. Quem vai mostrar o que ao mundo?

— O Johan. Ele... Ah, meu Deus, Parker, vai ser péssimo. — Cada palavra dela parece dolorosa.

— O quê, meu pêssego? O que vai ser péssimo? Me conte.

— Você vai me odiar. Todo mundo vai me odiar! — As lágrimas começam a voltar.

— Skyler, pare de chorar agora mesmo e fale comigo! — eu a repreendo com o tom mais severo que consigo na esperança de que isso a tire do transe.

— O Johan é o meu ex — ela diz, com a voz trêmula.

— Sim, eu sei. Você ficou com ele por quase dois anos. Nós nunca falamos muito sobre ele, mas eu sei que foi importante para você e que te magoou.

— Sim, mas não tanto quanto o que ele está prestes a fazer. — Suas palavras saem como um gemido ofegante. Cada uma parece exigir um esforço extremo.

Meu coração bate furioso no peito enquanto minha preocupação aumenta.

— Baby, o que está acontecendo?

— Ele tem fotos minhas, Parker. Escandalosas. E ele... ele... — Ela engole alto e solta um suspiro. — Ele disse que vai escrever um livro contando tudo, com as fotos. Vai mostrar para o mundo inteiro! E eu... eu não sou aquilo! Eu só... Meu Deus... Eu fiz aquilo por ele! — Ela começa a chorar de novo.

— Tudo bem, linda. Acho que já entendi. Ele vai escrever um livro bosta sobre o seu relacionamento com ele e mostrar fotos que você não quer compartilhar com o público. É isso?

— É. — Sua voz treme, e posso senti-la devastada a cada palavra que pronuncia.

— Que fotos são essas?

— Fotos de mim! — ela diz, sufocando.

— Isso eu sei, baby, mas seja mais específica para eu entender por que você está tão aflita.

— Fotos de mim fazendo coisas... em posições comprometedoras. — Sua respiração sai irregular. Eu gostaria de estar vendo seu rosto agora, para ajudá-la a carregar esse fardo.

Vendo como ela está desesperada, imagino que o sujeito tenha fotos dela nua. Aperto os dentes, vou até o bar, sirvo dois dedos de uísque e viro a bebida de uma só vez.

— Imagino que você esteja nua nessas fotos...

Ela funga.

— Sim, meu bem. Mas é mais que isso. Ele gostava de perversão e me forçava a fazer coisas com ele... a usar as coisas que ele queria.

Visões da minha Skyler em uma série de posições depravadas passam pela minha cabeça.

— Tipo?

— Bom... em uma delas eu estou amarrada a uma cruz na parede. Dá para ver tu-tudo. Eu estava com os olhos vendados. Eu nem sabia que ele tinha fotografado! — ela diz, e sua voz sobe e desce com a fúria.

— Porra!

— Parker... — ela choraminga. — Por favor, não me odeie.

— Baby, eu nunca poderia odiar você. Não sou tão inocente. Nós dois temos um passado. Desde que tenha acontecido entre adultos, com consentimento, sem problemas. O problema é que ele tirou as fotos sem você saber.

— Em outra, eu estou com uma mordaça com uma bola na boca, prendedores de mamilo e nada mais. Vendada de novo, mas dá para ver que sou eu. Qualquer um veria!

A mordaça com bola não me diz nada, mas os prendedores de mamilo fariam meu pau levantar, atento, se minha garota não estivesse tão perturbada e eu prestes a cometer o assassinato sangrento do seu ex.

— Ele disse que vai mostrar ao mundo que eu sou uma pervertida e que eu gostava de chicoteá-lo, que eu deixei cicatrizes nas costas dele que os maquiadores precisam cobrir para as sessões de fotos. Mas eu nunca fiz isso! O máximo que fiz foi usar um daqueles chicotes sem ponta, e nem foi muito divertido. Ele sempre queria mais forte do que eu conseguia e começávamos a brigar feio, ele dizia que eu era uma péssima amante e... e... — Ela começa a ofegar, respirando com dificuldade, à beira de um ataque de pânico.

— Eu sei, baby, e ele está errado. Você é a melhor amante que eu já tive. Você é tão gostosa na cama que eu nunca me canso. Não ligue para o que ele diz. Ele está puto porque não tem mais chance com você. É um bosta que quer ganhar dinheiro à sua custa.

— Mas o que eu vou fazer? Ele vai arruinar a minha reputação, acabar com a minha carreira.

Balanço a cabeça, embora ela não possa ver.

— Duvido muito, Skyler. Você falou com a Tracey?

— Não. Eu liguei para você primeiro — ela diz, com a voz suave e carente.

— Ah, baby...

Minha garota está sendo ameaçada e liga para mim primeiro. Eu sou a primeira pessoa no mundo a quem ela recorre. Nada poderia me fazer sentir mais forte, maior e mais homem. Agora, preciso descobrir como é que eu posso ajudá-la. Ir até onde quer que esse Johan esteja e quebrar a cara dele me parece uma ideia perfeita.

Sirvo mais dois dedos de uísque, e nesse momento ouço batidas na porta.

— Sky, ouça... — Espero que ela pare de chorar enquanto abro a porta e aceno para Royce entrar. — Você precisa se acalmar. Tome um banho quente, depois ligue para a Tracey e conte a ela tudo o que esse idiota ameaçou fazer, e o que você acha que ele está planejando com essas fotos e essas mentiras. Depois prepare uma boa bebida, peça uma pizza e assista alguma coisa naquele aplicativo de streaming de romances de que você gosta. Passionflix, é isso?

— Sim... — Ela funga e solta um suspiro trêmulo.

— Você vai ficar bem. Repita isso para mim, meu pêssego.

— E-Eu vou ficar bem.

— Ótimo. Muito bom. Agora ligue para a Tracey. Eu quero que você me telefone mais tarde, quando tiver mais informações e já tiver falado com a Tracey, certo?

— Certo. — Faz-se um minuto de silêncio antes de ela dizer: — Park?

— Estou aqui, baby.

— A sua opinião sobre mim mudou porque eu fiz essas coisas?

Coitada da minha garota... Fecho os olhos e passo a mão pelo cabelo, puxando-o até sentir uma pontada de dor.

— Não, Skyler. Eu não sinto nada diferente do que já sentia. Você é minha mulher, e eu gosto muito de você, lembra? Além disso... eu estou me apaixonando por você.

— Eu gosto *muito* de você — ela diz, com a voz trêmula e um pequeno soluço. — Talvez até o ame um pouquinho. Especialmente agora.

Abro um sorriso enorme, porque sinto suas palavras como flechas que acertam meu coração e enchem meu peito de orgulho.

— Guarde esse tipo de conversa até estarmos cara a cara para eu poder te abraçar... e fazer outras coisas com você — peço com meu tom mais sugestivo, para que ela se acalme.

— Promete?

— Meu pêssego, pouquíssimas coisas podem me manter longe de você por muito tempo. Eu queria, mais que qualquer coisa, estar aí agora, para você poder chorar no meu ombro e eu poder te abraçar. Garanto que isso vai passar. Nós vamos dar um jeito. Você, eu, a Tracey, o que for preciso.

— Vou fazer o que você disse e ligar para a Tracey depois do banho.

— E pedir uma pizza e assistir alguma coisa no Passionflix. Lembra quando você me disse que fizeram um filme baseado em um livro da sua escritora favorita? Sylvia Day, certo?

— Sim, mas não é da série Crossfire.

— Não?

— Não. É *Ardente/Em chamas.*

Franzo a testa. Nunca ouvi falar desse título, mas não importa. É uma distração, e espero que seja boa.

— Já assistiu?

— Não. — Ela suspira. — Eu estava filmando.

— Então faça isso.

— Tá bom.

— Chuveiro, Tracey, pizza, filme. Entendeu?

— Entendi.

— Me ligue mais tarde — cobro.

— Pode deixar.

— Enquanto isso, eu vou estar pensando em você.

— Eu também.

Ela desliga e eu aceno para Royce, que está em alerta. Tenho certeza de que ele entendeu que minha garota está com problemas e quer os detalhes. Abro meus contatos, encontro Tracey Wilson e digito uma mensagem:

Parker Ellis
Depois que falar com a Sky, por favor vá ficar com ela. Não quero que ela fique sozinha hoje.

Ela responde em dois segundos:

Tracey Wilson
O que aconteceu?

Respondo tão rápido quanto meus dedos permitem:

Parker Ellis
Ela vai te contar. Por favor, vá para a casa dela. Ela precisa da melhor amiga.

Eu me volto para a mesa onde está o uísque e sirvo um para Royce. Meu telefone apita quando lhe entrego o copo.

Tracey Wilson
Pode deixar.

— Agora me conte que merda está acontecendo com a sua garota — Royce pede, segurando sua bebida na altura do joelho.

Sacudo a cabeça.

— É um show de horrores, irmão, que está prestes a explodir em grande estilo.

5

*O uísque desce queimando enquanto saboreio o líquido ar-*dente, deixando-o suavizar a raiva em minha alma. Conto a Royce o que Skyler me contou. Seu corpo vai ficando mais rígido, como uma onça pronta para atacar, a cada coisa que revelo.

— Esse idiota vai ver só o que o espera... — As palavras de Royce são uma promessa letal.

— Pode crer.

— Nós precisamos descobrir quem são os amigos dele, como estão as finanças do cara. Alguma coisa está deixando o imbecil nervoso. Ele não pode ter acordado um dia e decidido fazer isso com uma mulher que não vê há anos. Tem que haver uma razão, Park.

Mordo o lábio inferior e ando pela sala até perceber que existe uma pessoa além de Tracey que pode ajudar. Pego o celular e encontro o nome dela.

Toca duas vezes antes de um homem atender.

— A que devemos o prazer da sua ligação às... onze da noite, sr. Ellis? — Ele se dirige a mim formalmente, pois sabe que eu não ligaria a uma hora dessas se não fosse assunto de negócios ou extremamente importante.

— Michael, eu preciso falar com a Wendy. Preciso da ajuda dela imediatamente — falo em tom imperativo, sem deixar espaço para ele recusar caso não queira que sua mulher perca o emprego.

Eu não a demitiria, mas ele não me conhece bem o bastante para chegar a essa conclusão.

Wendy se tornou parte da nossa família nos poucos meses em que trabalha para nós. Ela é insubstituível.

— Entendo. — Seu tom é direto, profissional. — Por favor, aguarde um momento.

Há um farfalhar e posso ouvi-lo falar como se estivesse longe:

— Coração, pode colocar o robe enquanto falar com o seu chefe. Entendeu?

— Sim, senhor. — Escuto a voz dela, mas sem clareza.

— No momento em que terminar a ligação, você vai tirar o robe e se ajoelhar ao meu lado.

— Sim, senhor. Obrigada, senhor — ouço a resposta de Wendy, muito mais suave que sua natureza cheia de energia.

Aperto os dentes, desejando não ter ouvido tudo isso, mas fico intrigado. Eu já tinha percebido a dinâmica sadomasoquista antes dessa ligação, mas, se não fosse isso, ouvir essa conversa definitivamente confirmaria que eles vivem um estilo de vida sobre o qual eu sei muito pouco. Infelizmente, com as fotos da minha namorada que podem ser divulgadas ao público, talvez eu tenha que adquirir mais experiência.

— Parker? O que houve? — Wendy pergunta, toda alegre.

Eu não sei bem o que esperava, mas ela parece normal como sempre.

— Wendy, desculpe incomodar. — Esfrego as têmporas com o polegar e o indicador e começo a andar de um lado para o outro. — A Skyler está com problemas. O ex dela, Johan Karr, está ameaçando divulgar umas fotos dela e escrever um livro sobre as inclinações sexuais da Sky, que na verdade não são dela, e sim dele. Eu preciso descobrir por que ele está fazendo isso. Ou, no mínimo, encontrar alguma coisa que possa ser usada contra as ameaças dele.

— Meu Deus, que horror! — ela grita ao telefone, tão alto que tenho que afastá-lo da orelha por um segundo.

— Nem me fale.

— Eu vou... falar com o Mick e cuidar disso.

— Eu quero que você vá fundo. Nós precisamos saber das finanças dele, se deve alguma coisa, quem são os amigos dele, os lugares que frequenta, tudo e mais um pouco. Ele está ameaçando arruinar a carreira e a reputação da minha mulher, e eu quero lutar com as mesmas armas.

— Eu vou encontrar tudo — ela promete.

Lambo os lábios e baixo o tom de voz, sem querer comprometer a mim ou à International Guy, mas sabendo que eu faria qualquer coisa por Sky.

— Mesmo que você tenha que usar meios questionáveis para isso... eu...

— Parker, nós estamos falando de alguém da família. Quando um de nós é afetado, todos somos. — Suas palavras fazem meu peito apertar, e meu coração parece que vai atravessar ossos e músculos e explodir. — A gente não se conhece há muito tempo — ela continua —, mas, além do Mick, vocês três são tudo o que eu tenho. Eu vou cavar fundo. *Bem fundo.* Não vou deixar pedra sobre pedra, entendeu?

Sinto a boca seca. É difícil falar com a garganta subitamente travada.

— Sim, Wendy, entendi. Obrigado.

— Ligo para você quando tiver alguma coisa.

— Qualquer coisa — sussurro, mas sai como um apelo.

— Pode deixar, chefe.

Ela desliga antes que eu possa agradecer de novo.

— Boa ideia ligar para a Wendy. Ela é um gênio, cara. Se tiver algo para encontrar, ela vai descobrir. Com certeza.

Anuo entorpecido e olho pela janela. Vejo os arranha-céus de San Francisco, desejando ter uma visão diferente. A da cobertura de Skyler seria ideal agora.

Royce dá um tapinha nas minhas costas.

— Vamos descobrir como ajudar a sua garota. Deixe a Wendy e a Tracey fazerem o trabalho delas. Não há mais nada que possamos fazer aqui, a não ser esperar.

Concordo com um curto movimento de queixo, puxo a gravata, arranco essa coisa desconfortável e a jogo na mala.

Royce me serve outra bebida, pega o telefone do hotel e faz um pedido na cozinha.

— Sim, são dois bifes ao ponto, com batata e verdura, e outra garrafa de uísque. Ponha na conta. Trinta minutos? Ótimo.

Chuto longe meus sapatos, e, depois de desligar o telefone, Royce faz o mesmo. Tira a gravata e abre os dois primeiros botões da camisa, então dobra bem a gravata e a coloca na mesa. Tira o paletó, dobra-o ao meio e o apoia no encosto de uma cadeira. Quando está mais à vontade, ele se senta no grande sofá da sala da suíte, pega o controle remoto e encontra o mais recente jogo de beisebol. Vou até ele e me recosto no sofá, com o celular em uma mão e a bebida na outra. Silenciosamente, mas em solidariedade absoluta, assistimos ao jogo e esperamos notícias de Wendy ou Skyler.

Duas horas se passam sem nenhuma notícia. Mandei uma mensagem para Skyler e liguei. Ela não atendeu, mas recebi uma mensagem de Tracey dizendo que está com ela e que teve algumas ideias.

Resmungo quando o jogo de beisebol termina. São dez da noite aqui, e não há notícia de nenhuma das duas. Suspiro e fico andando pela sala, precisando liberar um pouco dessa energia contida. Uma distração agora seria legal, então recordo o que aconteceu de manhã. Como Royce está aqui me fazendo companhia, não há razão para não nos aprofundarmos no que rolou na Renner Serviços Financeiros.

— Você vai falar comigo sobre o que aconteceu com a Rochelle? — pergunto, apoiando um pé no sofá e me voltando para o grandalhão.

Royce balança a cabeça, resoluto.

— Não.

Aperto os dentes, tentando descobrir uma maneira de fazê-lo se abrir. Eu sei que ele está chateado por ter sido dispensado. Qualquer homem estaria. Talvez ele não queira falar sobre isso porque prova que eu estava certo sobre ela. Mas ele precisa se abrir para seguir em frente.

— Irmão... você transou com ela, e ia transar de novo quando eu entrei, aí ela disse que não era mais que uma aventura. Sabendo que você não é um homem leviano, deve ter ficado chateado. Pelo menos um pouco.

— Na verdade, não — ele tenta mentir, mas consigo notar a decepção em sua voz. — Quem pode saber se ainda não vai acontecer algo mais entre nós? Tivemos um lance ontem à noite. Foi intenso, cheio de paixão, e parecia que ia durar algum tempo se rolasse uma oportunidade.

Ele está louco! O homem ainda acha que tem chance.

— Roy, ela não está disponível para você. Sem contar que ela passou horas comigo analisando possíveis futuros maridos. E está aguardando ansiosamente a festa que vamos dar no fim de semana, quando ela vai poder conhecer os principais candidatos. Ela deve estar analisando os perfis neste momento.

Ele dá de ombros e se reclina no sofá, colocando os pés em cima da mesinha de centro.

— Não me interessa. Tinha alguma coisa lá...

— Sim! Um monte de tesão. Acredite, eu sei exatamente como é. Eu senti isso com a Sophie. Agora ela é uma das minhas melhores amigas. Mas não é nada comparado com o que eu sinto pela Skyler. Ela transforma o meu interior em lava derretida quando aparece. Sabe aquela bobagem sobre frio na barriga e estrelas nos olhos? Pois isso resume tudo. Eu sou louco por essa mulher.

— Você está apaixonado por ela, cara — Royce diz, resoluto.

— Sim! — admito em voz alta pela primeira vez desde Kayla.

Estou apaixonado. Puta merda.

— Caralho! — Jogo meu peso contra o encosto do sofá e respiro fundo várias vezes.

Estou apaixonado por Skyler.

Skyler Paige.

A mulher dos meus sonhos.

Minha. Toda minha.

E ela está aflita, tendo que lidar com essa tempestade sem mim. Não podemos continuar tão distantes o tempo todo. Dizem que a ausência faz o afeto aumentar, mas, agora, quero pular na garganta do sujeito que provocou toda essa merda. Eu preciso dela. *Preciso* estar ao lado dela quando algo de ruim acontece, e vice-versa.

— Nós precisamos concluir esse caso. Enquanto isso, você não pode transar de novo com a cliente. Estou falando sério. — As palavras saem da minha boca e eu mal as reconheço. É a primeira vez que faço uma exigência a um sócio meu. Sugestões, sim. Trocar ideias, sempre. Mas exigências, nunca.

— Como é que é? Acho melhor você descer do pedestal e pensar no que acabou de me dizer... *sócio*. — Ele enfatiza a palavra que significa tudo para nós três. — Eu sou seu *sócio*, não seu funcionário. E sou seu irmão...

por escolha. Não se atreva a dizer como eu devo agir com uma mulher por quem estou interessado. Eu nunca iria intervir se uma mulher fosse importante para você.

— Roy... desculpa. Eu... Ela não é para você.

Que argumento fraco... Mas estou perdido, não sei como chegar até ele.

— O quê? Agora que você está apaixonado, que encontrou uma em sete bilhões, acha que é um especialista, um guru do amor ou uma baboseira dessas? Não esqueçamos que a última mulher que você amou te traiu com o seu melhor amigo. Eu nunca te trairia como eles fizeram. Eu não sou ele. E também sou inteligente e capaz de tomar minhas próprias decisões sobre com quem escolho ficar ou não. Está me ouvindo... *irmão*?

— Roy, ela pode ter curtido ficar com você, mas está apaixonada por outra pessoa...

— Agora você está falando merda.

Balanço a cabeça furiosamente e me levanto.

— Não, não estou.

— Quem?

— O Keehan.

— O Clark Kent negro?

Reviro os olhos, porque, apesar de estarmos tendo uma conversa acalorada, eu fiz a mesma comparação que ele.

— Sim.

— Caralho, ela não está nem aí para ele. O Keehan pode gostar da Rochelle, mas ela nem piscou quando ele pôs as mãos nela outro dia. Só deu um tapinha na mão dele, como se fosse um bom amigo e nada mais.

Eu discordo e demonstro:

— Ela não agiu assim quando mostrei fotos de outros homens. Um em particular se parecia muito com ele, e ela ficou toda entusiasmada. Ela afastou tanto a ideia de os dois ficarem juntos que não o vê como uma opção, mas, se isso for jogado na cara dela, acredito que ela vai morder a isca.

Royce levanta, vai até seus sapatos e se senta na cadeira para colocá-los.

— Eu não vejo assim. A Rochelle é uma mulher forte, precisa de um homem forte ao lado dela. Alguém que possa carregar alguns fardos para ela.

— Não. Ela precisa de um homem que possa ficar ao lado dela e apoiá-la quando as coisas ficarem difíceis, alguém que a ajude a levantar, não que tire os holofotes dela. Grave estas palavras, Royce: ela quer um macho submisso. Alguém que viva para estar com ela, cujas decisões se baseiem em como fazê-la feliz. O Keehan é esse homem. Ele já dedicou a vida a ela. Ela precisa abrir os olhos e ver o que está diante do seu nariz. Está na hora de a Rochelle querer o que ela já tem.

— Isso é ridículo. Você está forçando uma situação, e eu estou avisando... existe alguma coisa entre mim e a Chellie, e eu vou descobrir o que é.

Suspiro e coloco as mãos nos quadris.

— Acho que você está muito enganado, e a última coisa que eu quero é ver você se machucar.

Os olhos de Royce brilham incandescentes, e ele levanta o dedo para mim.

— Você precisa confiar que eu sei o que é certo para mim.

— Eu não posso fazer isso sabendo que ela *não é* certa para você. Eu vou honrar o contrato e encontrar o homem certo para ela. Escute bem, Roy: não é você.

— Bom, acho que nós temos que concordar em discordar agora, certo? E que vença o melhor — ele diz, sarcástico.

Levanto as mãos e logo as deixo cair, em sinal de derrota.

— Isto não é um jogo! — grito e corro para a porta a tempo de ver seus longos passos percorrendo o corredor ao lado de sua ira.

— Não, não é. — Desta vez ele aponta para o peito, cheio de orgulho. — É a *minha* vida. Fique fora dela! — ruge, enfia o cartão na porta da suíte no fim do corredor e desaparece.

— Porra! — resmungo quando meu celular toca na mesa de centro. Vou até lá e vejo "Meu pêssego" na tela.

— Sky?

— Não, é a Tracey — ouço a voz de sua melhor amiga.

— Cadê a Sky?

Meu coração está batendo um milhão de vezes por minuto. Entre a briga com Royce e a ansiedade pelo que está acontecendo com minha mulher, estou péssimo.

— Dormindo. O meu telefone morreu depois de tantas ligações que eu fiz enquanto ela via um filme e bebia umas cervejas.

— Ela está bem?

Esfrego as têmporas e fecho os olhos com força. Rios de raiva correm pelas minhas veias. Eu gostaria de estar na cama dela, abraçando-a, protetor, e nos meus braços nada poderia lhe fazer mal.

— Não. O Johan estava falando sério. O advogado dele já me ligou com uma oferta.

Uma facada no estômago.

— Uma oferta? Como se ele estivesse vendendo alguma coisa pelo maior lance? — Franzo a testa. — Quanto ele pediu?

— Cinquenta milhões e o problema desaparece — ela afirma, com zero emoção.

Ele quer cinquenta milhões de dólares.

— Jesus Cristo! Ela não vai pagar, vai? Ela tem tanto dinheiro assim? — falo distraidamente, sem perceber o que disse.

— Parker, ela é a atriz mais bem paga de Hollywood há alguns anos. Claro que ela tem o dinheiro. Só o último filme dela rendeu isso.

Meu corpo parece pesado. Afundo na poltrona mais próxima e esfrego as têmporas em círculos para aliviar as pontadas.

— Ah — digo, sem jeito.

Acho que nunca pensei em quão rica minha namorada é. Não que eu me importe. Eu amo Sky, não seus milhões.

— O advogado está preparando o acordo. Vamos ver se nos reunimos com eles na próxima semana.

— Ela vai se encontrar com o filho da puta?

— Faz parte do acordo. Escolha da Sky. Ela quer olhar nos olhos dele.

Passo a mão pelo cabelo e aperto os dentes, praticamente cuspindo através deles quando respondo.

— Que merda, Tracey. Você ou um dos seus advogados não consegue livrar a Skyler disso?

— Acho que não. — Ela suspira profundamente. — As fotos são reais, a Sky confirmou. Estão em posse dele, e ele pode fazer o que quiser.

— Mas ela disse que não sabia que estava sendo fotografada — digo, batendo o punho na mesa mais próxima.

A luz cintila com o impacto, e o copo de uísque vazio de Roy quase cai.

— Ela concordou em ser amordaçada. Concordou em ser vendada e amarrada. Agora que as fotos podem prejudicá-la, está dizendo que não concordou com elas. Isso não é considerado informação confiável. Nós não queremos que a coisa seja levada a um tribunal e provoque a tempestade do século na mídia. Se ela pagar, nós pegamos as fotos.

— E o livro?

— Não sei. Neste momento, eles estão negociando o uso das fotos. Ele não quer aceitar um acordo de sigilo absoluto. Talvez tenhamos que oferecer mais para garantir o silêncio do cara.

Fecho os olhos e deixo o soco poderoso que é essa informação me atingir em cheio. A dor corre do coração pelas minhas veias e sai por todos os poros. A repugnância reveste minhas terminações nervosas enquanto aperto as mãos e tento controlar o desejo de destruir o quarto de hotel, tomado de uma fúria cega.

Quero machucá-lo.

Quero partir a cara dele tantas vezes que ele nunca mais vai desfilar.

Eu o quero *morto*.

Nunca desejei a morte de alguém. Nunca tive ódio suficiente no coração para isso. Nem com Kayla. Sem dúvida, eu poderia lhe desejar uma DST, ou uma punição igualmente justa por ter me machucado, mas nunca a morte.

Desejo que Johan Karr suma da face da Terra e que nunca mais se tenha notícias dele. Que desapareça, para nunca mais poder ferir a mulher que eu amo, nem qualquer outra pessoa.

As lágrimas que ela derramou por causa dele em nossa ligação já foram uma tortura. Agora, descobrir que ela vai pagar cinquenta milhões de dólares a esse porco por fotos que ele não deveria ter tirado, e sei lá mais quanto para impedir que ele minta em um livro? Isso não está certo. O mundo não pode ser tão desequilibrado assim na distribuição da justiça.

— Parker... Parker, você está aí? Está me ouvindo?

Afasto a imagem de Johan com as mãos algemadas às costas, sendo levado a uma cela vestindo um macacão laranja. Quem dera...

— Sim, sim, estou aqui. — Limpo a garganta e respiro fundo.

— Eu disse que ligo para você amanhã, mas vou ficar aqui com ela. Não vou sair do lado dela.

— Obrigado, Tracey. Você é uma grande amiga.

— Depois de tudo o que aconteceu, estou tentando ser. A Sky merece ser feliz, e ela mudou desde que conheceu você. Ela está diferente. Tem uma leveza nos passos dela, uma animação nos olhos o tempo todo. Especialmente quando ela fala com você ou de você. Eu não a vejo tão feliz desde antes de os pais dela morrerem. Você fez isso com ela.

— Sim... Bom, ela também abriu os meus olhos para muitas coisas novas. — Uma delas é estar apaixonado. Eu não tinha esperança de encontrar o amor de novo, mas não vou admitir isso para a amiga de Sky. Não, essas verdades são todas para a minha garota. — Cuide dela.

— Pode deixar. Quando você pretende voltar para casa? Ela comentou qualquer coisa sobre um jogo de beisebol. Estava toda animada para ir com você. Isso tiraria a mente dela de toda essa merda, pelo menos por algumas horas.

Sorrio diante da ideia de curtir um jogo de beisebol com a minha mulher. Comer cachorro-quente, gritar com os árbitros, beijá-la para a câmera do beijo, compartilhar algo que eu amo com alguém que eu amo. Não há nada melhor que isso.

— Não sei quando eu volto. Espero que daqui a alguns dias. Mas, se a Sky precisar de mim, eu vou embora e deixo o Roy aqui cuidando de tudo.

Normalmente isso seria verdade, mas desta vez não. Eu teria que ligar para Bo. Royce está completamente maluco e não consegue enxergar a realidade. Talvez eu devesse ligar para Bo e pedir sua opinião sobre o que fazer nesse meio-tempo.

— Certo. Bom, são quase duas da manhã aqui. Eu preciso descansar para poder ajudar a Sky amanhã.

— Obrigado de novo, Tracey, por estar aí quando eu não posso.

— Parker, eu não quero ser rude, mas ela foi minha primeiro. Ela sempre vai ser minha de alguma forma — ela diz, com uma pontada de humor.

Mas não posso deixar de ver que ela considera Sky mais importante que apenas uma amiga.

— Eu sei que você é a família dela, Tracey. E sei que se sente responsável por não ter feito mais quando ela perdeu a vontade de atuar, achando que a forçou demais. Mas acho que você aprendeu um pouco mais sobre o que realmente importa com essa experiência. Agora ela está mais forte por isso. E, além do mais, se isso não tivesse acontecido, eu não teria conhecido o amor da minha vida.

Tracey suspira.

— Eu sabia. Você está apaixonado pela minha melhor amiga.

— Não vou responder, porque a primeira vez que eu disser para a minha mulher que a amo, não vai ser por meio da melhor amiga dela. Sacou?

— Perfeitamente. Eu sou um túmulo. Mas, Parker...

Suspiro.

— Sim, Tracey.

— Se você magoar a Skyler, eu te mato. Ela já foi magoada o suficiente por pessoas que diziam que a amavam, e vai encarar mais uma batalha por causa de uma delas. Ela não iria sobreviver se você a machucasse. Especialmente agora.

Fecho os olhos e deixo suas palavras penetrarem profundamente em mim.

— Eu sei, e não pretendo magoá-la. Peça para ela me ligar de manhã, tá bom?

— Pode deixar. Boa noite.

— Boa noite, Tracey.

Com o fim desse dia de merda, tiro a roupa e caio na cama. Espero que Wendy me forneça mais informações sobre o que esse Johan está tramando. Tem que haver uma razão para ele ir atrás da ex pedindo uma quantia tão alta. Nada disso faz sentido. Ele a deixa em paz durante dois anos, e então, *pá*, decide ameaçar sua reputação e sua carreira? Por que esperou tanto tempo? Faria mais sentido ir atrás dela quando ainda estavam ligados. Agora parece um ato desesperado.

Um homem não vai atrás de uma mulher do passado a menos que esteja sendo encurralado.

Isso me faz pensar: *Quem o está encurralando e o que tem contra ele?*

6

Parker Ellis
Você está bem? Quando estiver livre, me ligue.

Mordo o lábio e leio mais uma vez a mensagem que mandei para Skyler. Já tentei ligar uma vez, mas ela não atendeu. Deve ter acordado e corrido para o estúdio. Sei que eles estão quase acabando o filme, e a diretora queria refazer o maior número de tomadas possível no pouco tempo que têm. Mesmo assim, isso não acalma a preocupação que gira em minha mente como um vórtice, sugando toda a minha energia.

Uma sensação estranha me domina quando entro na Renner Serviços Financeiros. Por mais que eu queira estar no próximo avião para Nova York, ainda há trabalho a ser feito aqui. Antes de sair do hotel, liguei para o quarto de Royce. Ele não atendeu, o que me levou a acreditar que já havia saído.

Estou indo para a sala de Rochelle quando meu celular vibra.

Paro e sorrio para a tela. Não sei como ela fez isso, mas em algum momento Wendy acessou meu celular e mudou seu nome em meus contatos. O sorriso em meu rosto também aquece meu coração, aliviando um pouco o peso das últimas vinte e quatro horas.

A melhor assistente do mundo
Compilando informações. Passei a noite toda nisso, e vou continuar hoje à noite. Tem muito mais. Alguém vem sendo um menino muito mau...

Leio e releio a mensagem. Menino mau. Isso pode significar qualquer coisa, mas, conhecendo Wendy, ela quer dizer que Johan Karr tem alguns esqueletos no armário, que ela está desenterrando. Sorrio, sabendo que o que ela encontrar pode ajudar minha mulher a não ter que pagar um centavo a esse canalha. Se Deus quiser.

Ao abrir a porta da sala de Rochelle, vejo-a sentada a sua mesa, de costas, rindo abertamente de algo que Royce deve ter dito. Um sorriso arrogante se instala no rosto dele quando entro.

Ele me cumprimenta com um leve aceno de cabeça, sem mostrar sinal algum da batalha que travamos na noite passada. No entanto, eu sei que a coisa não está totalmente resolvida, apenas suspensa em prol da nossa relação com a cliente. A última coisa que desejo é problemas entre mim e um dos meus irmãos, especialmente por causa de mulher. Preciso achar uma maneira de consertar as coisas.

— Bom dia, sr. Ellis.

— Bom dia, srta. Renner... Royce. — Fixo meu olhar na cliente. — Dormiu bem?

Ela sorri.

— Não tão bem quanto poderia ter dormido se *alguém* aqui não tivesse recusado meu convite para jantar e beber alguma coisa.

Olho para Royce. Ele a dispensou na noite passada? Não tenho tempo para digerir direito a informação antes de ele dizer:

— É, bom, alguém da minha *família* precisou de mim, e, por mais maravilhosa que seja a ideia de jantar com você, quando a família chama, eu atendo. — Sua resposta cava um buraco em meu coração, bem onde ele pretendia acertar o golpe.

Rochelle estala a língua.

— Uma pena. Nós poderíamos ter nos divertido um pouco mais antes de eu me concentrar em um dos deliciosos espécimes que o Parker separou para mim.

Uma sombra escura passa pelos olhos de Royce, mas ele pisca e entra no modo profissional. Tenho vontade de chamar a atenção de Rochelle para a merda que ela está fazendo, mas Royce já me alertou de que isso não é da minha conta. Deixou bem claro que eu preciso ficar fora disso.

— Bom, nem sempre dá para se divertir. Nós temos trabalho a fazer — diz ele, com irritação inegável na voz. — Falando nisso, eu trabalhei com o Keehan para reduzir a lista de funcionários que podem estar te roubando. Adicionei mais um nome à lista... Você pode não gostar, mas tem que ser considerado...

Estou orgulhoso dele por jogar um balde de água fria nela. Essa mulher precisa perceber que está brincando com fogo. Curioso, vou até a mesa para ver o nome que ele acrescentou. Eu já tinha a lista de Keehan, e Wendy também está trabalhando nisso.

Enquanto Rochelle lê, noto que seu corpo fica rígido. Ela desliza com a cadeira para trás até estar segurando só a borda da mesa de vidro com a ponta dos dedos.

— Não é possível — diz, com a voz tensa e irritada.

Examino a lista e noto o nome familiar escrito no fim com a caligrafia de Royce. Puta que pariu. Tenho que me esforçar para me controlar. Ele está tentando pressioná-la, e isso não é legal. Jogo a cabeça para trás e suspiro.

Caralho.

Isso não vai dar certo. E o pior é que eu fico imaginando se Royce fez essa sugestão para que Keehan saia da disputa por Rochelle. Só que ele não sabe que nós já cuidamos disso, por insistência de Keehan.

Enquanto balanço a cabeça e observo o olhar furioso de Rochelle para Royce, é difícil aceitar a ideia de que ele pode estar colocando seu desejo pela cliente acima da verdade diante dos nossos olhos. Keehan Williams está apaixonado por Rochelle. Nunca, nem em um milhão de anos, ele roubaria a mulher a quem dedicou a vida. O problema é que Royce está cego de tesão e resiste a enxergar a verdade.

— Irmão... — sussurro.

— Alguém precisava dizer isso. Tem uma pessoa na empresa com acesso total a tudo e capacidade para cobrir completamente os rastros. — Se eu não o conhecesse bem, poderia jurar que ele está contente.

Rochelle sacode a cabeça, apertando os lábios vermelhos.

— Não é possível.

— Chellie, é bastante possível — Royce incita.

Ela empurra a cadeira de novo antes de se levantar e nos encarar. Cruza os braços e projeta o quadril para o lado.

— Não. É. Possível.

A expressão de Royce se suaviza, fazendo-o parecer menos imponente com seu terno cinza-escuro.

— Só porque vocês são amigos, não significa que ele não possa te prejudicar. Ele tem os meios e a habilidade, Chellie... Eu já vi isso antes. Muitas vezes, na verdade.

Ela bufa obstinadamente, desgostosa com o rumo da conversa.

— Foi ele que me chamou a atenção para o problema. Por que ele faria isso se estivesse me roubando? — Rochelle fala, antes de apertar os dentes mais uma vez. Cada palavra sua está recoberta de raiva.

Estou prestes a dizer que é um ótimo argumento quando Royce se inclina sobre a mesa e apoia a palma das mãos na superfície de vidro.

— Para despistar.

Ela levanta a mão para interrompê-lo.

— Chega. Não vou ouvir mais nenhuma insinuação de que o Keehan pode estar me roubando. Simplesmente não é possível.

— Não, não é. Eu nunca prejudicaria você nem o que eu te ajudei a construir. — Keehan projeta sua voz tonitruante na conversa, tendo acabado de entrar na sala.

Timing perfeito, Keehan.

Royce se endireita e coloca as mãos nos bolsos.

— Eu tinha que dizer isso. Sem ofensa, irmão, mas é o nosso trabalho garantir que ela analise todas as possibilidades — afirma mecanicamente.

Keehan sacode a cabeça.

— Eu não sou seu *irmão*, sou o funcionário mais antigo e amigo de longa data da sua cliente. Se você estivesse fazendo o seu trabalho, já teria vasculhado as minhas contas bancárias, que eu forneci ao seu sócio ontem.

Jesus, a situação está saindo de controle rapidamente. Meu desejo de proteger Royce é avassalador.

Ele volta os olhos para mim.

— Park?

Assinto.

— O Keehan mencionou algumas preocupações, e eu pedi para a Wendy checar os funcionários da lista e o histórico financeiro de cada um nos últimos dois anos. Ele me fez incluir o nome dele. Acesso total. A Wendy mandou um e-mail com o resultado das pesquisas dela ontem à noite, antes de eu ligar para ela para falar sobre aquele outro assunto. — Aludo à questão de Johan. Não tenho intenção alguma de compartilhar minhas questões pessoais com nossos clientes.

— Seria bom se você tivesse me contado tudo isso — Roy diz, em tom desnecessariamente acusador.

— Eu pretendia fazer isso agora de manhã. Mandei um e-mail para vocês três com as descobertas da Wendy há menos de uma hora, assim que tive chance. Como você bem sabe, Roy, eu estive meio ocupado ontem à noite.

Ele fecha os olhos e baixa o queixo brevemente.

— E o que você descobriu?

Keehan larga os papéis que tem nas mãos.

— Nenhuma das pessoas na lista teve movimentações incomuns na conta bancária ou na carteira de investimentos.

Royce observa os documentos.

— É verdade. Esses funcionários estão limpos.

— Isso já é um alívio. Todos esses nomes são de pessoas com quem eu trabalho há muito tempo — Rochelle explica. — Cada um deles tem participação nos bons resultados da empresa. Ações e tudo o mais. Mas como é que isso nos ajuda a restringir a busca pela pessoa que está roubando?

— Vamos ter que investigar todos os funcionários da empresa, o que vai levar um tempo — Royce diz, levando o celular ao ouvido. — Wendy? Sim, nós recebemos as informações da RSF. Infelizmente vamos precisar ampliar a pesquisa para o restante da equipe. — Ele assente em silêncio e olha pela janela. — Eu sei que pode demorar. Vá mandando os nomes conforme for terminando.

Inspiro fundo, ciente de que, se Wendy está fazendo o trabalho para a cliente, não está investigando Johan.

Royce olha para mim e pergunta para Wendy, com a voz dura:

— Terminou aquele outro assunto? Tudo bem, eu vou avisá-lo. Prossiga com esses nomes, por favor.

Ela deve ter desligado, porque Royce aperta um botão no celular e o enfia no bolso.

— Ela vai investigar as finanças do restante dos funcionários e ver se consegue levantar alguma coisa. Disse que deve demorar alguns dias para investigar tanta gente.

Rochelle suspira.

— Então voltamos à estaca zero.

— Receio que sim. — Royce dá umas batidinhas no tampo de vidro da mesa dela. Afunda o queixo e volta seu olhar escuro para mim. — Parker, eu preciso falar com você... em particular. — Indica a porta.

Rochelle e Keehan franzem o cenho.

— Já voltamos — digo.

— Enquanto isso, eu vou ligar para o RH para que, na ausência da Helen, me enviem a lista de funcionários.

— Obrigado, Chellie. — Royce sorri.

Ela anui. Keehan fuzila Royce com o olhar. Nem ela nem seu braço-direito gostaram das acusações dele, especialmente porque o próprio Keehan ofereceu as informações sobre ele livremente.

Royce não tinha intenções nefastas quando acrescentou o nome de Keehan à lista. Mesmo que tivesse feito isso porque estava com ciúme e queria passar a perna no homem, eu o apoiaria. Ele não estava errado quanto à necessidade de levantar informações sobre Keehan, considerando a situação. E foi o que eu fiz, por sugestão do próprio cara. Mas Roy poderia ter sido mais diplomático.

O que acontece é que ele deixou o tesão interferir no trabalho. Eu já fiz isso, e tenho a loira gostosa para provar. Mas o trabalho não sofreu de forma alguma quando me envolvi com Sophie e depois com Skyler.

Royce sai da sala da cliente para o corredor e dá alguns passos longos à direita, buscando privacidade.

— A Wendy disse que já tem todas as informações sobre o Johan e está enviando por e-mail agora mesmo. Quero garantir que você tenha tempo para cuidar disso, e vamos ver se nós dois dedicamos algumas horas para olhar tudo, pensar juntos — diz, lambendo os lábios cheios.

Pouso a mão no braço dele.

— Meu amigo, um de nós tem que atender a cliente, mas significa muito para mim saber que você está disposto a largar tudo e me ajudar e, mais importante, ajudar a Sky. Isso significa que você não está mais com raiva por causa da noite passada...

Ele joga a cabeça para trás.

— Como é que é? Você não vai se livrar assim tão fácil. — Aponta um dedo grosso contra meu peito. — Você disse coisas completamente desnecessárias...

Sacudo a cabeça, olho ao redor e vejo uma sala de reuniões vazia. Empurro-o para dentro e fecho a porta.

— Você só pode estar brincando, Royce. Você passou dos limites.

Ele arregala tanto os olhos que eles quase saem das órbitas.

— Ah, então você pode comer duas clientes e se apaixonar por uma, mas eu não posso? — pergunta, arqueando as sobrancelhas como pontas de flechas.

— Nós não estamos falando sobre mim!

— Estamos sim! — rosna. — Independente do que esteja acontecendo entre mim e a Rochelle, eu devia poder explorar o que existe entre nós da maneira que achar apropriada, sem ter que me preocupar com o meu *irmão* estar em pé de guerra. — Suas palavras são contundentes.

Suspiro e passo a mão pelo meu cabelo excessivamente longo.

— O que você espera que eu faça? Que eu vire as costas? Permita que você dê em cima da cliente que nos contratou para arranjar um marido para ela? Você quer fazer esse papel, Roy? Vai abandonar o navio e atravessar o país para ficar com ela?

Vejo-o apertar a mandíbula e um músculo pulsar quando ele range os dentes. Prossigo, sabendo que estou cutucando a fera com vara curta.

— Você vai deixar a sua mãe e as suas três irmãs em Boston? Sozinhas?

Desta vez, Roy comprime os lábios e respira fundo.

— Isso é uma decisão minha, não sua — diz, enfatizando cada palavra.

— Vai largar a agência?

A mera sugestão é como um raio atravessando minha mente. Medo. Ansiedade. Tristeza. Sou tomado pelo instinto de lutar ou fugir, que me faz querer pegar Royce e cair fora. Dar no pé e deixar Rochelle e seu drama para trás.

Royce fica ereto, do alto de seu um metro e noventa.

— Eu poderia dirigir um escritório na costa Oeste. Não seria má ideia — Suas narinas se dilatam. A magnitude do que ele está sugerindo me faz cambalear.

Uma garra invisível rodeia meu pescoço. A ideia de não ter Roy em minha vida todos os dias é demais para engolir.

— Você está disposto a nos deixar? Os seus *irmãos*, agora que a coisa ficou boa? — Suspiro, chocado, quase bestificado diante do que estou ouvindo.

Ele fecha os olhos e dá um passo para trás antes de esfregar a careca com as mãos.

— Não, não estou. Nada disso vai acontecer. Eu não conseguiria deixar a minha mãe e as minhas irmãs. Eu nunca abandonaria o que nós construímos por uma mulher que acabei de conhecer, a menos que fosse sério. Casamento, filhos e tal. E certamente não deixaria os irmãos que a vida meu deu.

— Que bom! Então por que é que nós estamos brigando?

Deixo os ombros caírem e coloco as mãos nos bolsos, baixando a cabeça de tanto que ela pesa.

— Não é por causa disso. A questão é que a escolha é minha, e você está interferindo, Park. Você fez exigências que nunca deveria ter feito.

— Porque eu enxergo a verdade. — Levanto a mão e aponto para a sala de Rochelle. — Ela não vai sossegar, ir a jantares de família com a mãe e as irmãs do marido. Ela pode ser linda, inteligente e deliciosa, mas *não é para você*, irmão. — Esfrego a nuca e levanto a cabeça para fixar meus olhos nos dele. — Você merece tudo isso. Merece uma mulher que lamba o chão que você pisa, que valorize o futuro que você vai construir com ela. — Minhas palavras saem calmas e sinceras dos meus lábios repentinamente secos.

— Park... — A voz de Roy é firme, mas não deixo que ele diga nada. Não ainda. Não até que ele entenda.

— A Rochelle é ótima. Ela é incrível, mas não foi feita para você. Foi feita para um homem como o Keehan. Um homem que já tem adoração por ela. A mulher só precisa enxergar o que está diante dos olhos dela. Ele é tudo de que ela necessita, tudo o que ela quer. Ela domina o cara. E é o meu trabalho, o *nosso trabalho*, fazer os dois enxergarem isso. Você está no caminho deles, com o seu sabor maravilhoso de chocolate amargo. A mulher certa vai aparecer, e nesse dia eu vou ser o maior fã dela. Mas hoje não é esse dia. Talvez nem amanhã, mas logo. O seu destino não é ficar sozinho, mas também não é ficar com ela. — Termino meu discurso e me dou alguns momentos para respirar. Parece que acabei de correr uma maratona.

— Irmão, você disse que eu tenho um sabor maravilhoso de chocolate amargo...

Eu me encolho e passo a mão pelo rosto.

— É... a linguagem da Sky está me confundindo.

Royce abre um sorriso largo e me dá uns tapinhas nas costas, me puxando para um abraço forte.

— Eu te amo, cara. Adoro quando você cuida de mim. Adoro saber que você se preocupa comigo. Mas *não gosto* que me diga o que fazer. — Posso ouvir um leve tremor em sua voz, mas ele fica firme, do jeito que eu esperava.

Dou uns tapinhas em suas costas também.

— Eu não posso ficar parado e deixar o meu irmão se ferrar. E teria feito o mesmo pelo Bo ou pelo meu irmão, Paul. Sangue ou não, não faz diferença. Não é da minha índole ficar sentado olhando você se ferrar se eu posso fazer alguma coisa para ajudar.

Royce recua, apoia as mãos nos meus ombros e se inclina para ficarmos olhos nos olhos.

— Eu entendo, mas você também precisa entender. Quando eu quiser a sua opinião, quando eu *precisar* da sua opinião, e vai chegar o momento em que eu vou estar pronto para recebê-la, eu *peço*. Você pode estar certo, mas isso não muda nada.

Anuo, assimilando suas palavras. Tive sorte desta vez, mas no futuro é melhor ter cuidado para não me meter nas questões de Royce com as mulheres. Ele está furioso por causa disso, e parte de mim se pergunta se é porque eu encontrei Skyler e ele quer encontrar seu "felizes para sempre". Seja como for, preciso respeitar seus desejos e ficar de fora.

— Meu amigo, desculpe por ter insistido tanto em relação à Rochelle...

Royce me interrompe:

— Não, você estava certo... sobre *isso* apenas. O que ela sente não vai além do físico. E possivelmente porque ela gosta do Keehan. Mas vamos esperar pra ver. Você errou em insistir tanto, especialmente considerando o seu passado com as clientes, mas... — Ele suspira e balança a cabeça. — Eu não estou acostumado a ter as minhas decisões questionadas, especialmente por você. Nós apoiamos um ao outro, é assim a irmandade que existe entre nós três. Mas tem um limite, que você atravessou. Totalmente.

Fecho os olhos, preocupado. Isso pode virar um grande problema entre nós. Neste momento, juntando a crise da Skyler, parece que tudo está desmoronando, um tijolo de cada vez.

Até que Roy me dá paz com suas palavras seguintes:

— Park, eu aceito as suas desculpas. Bola pra frente, roupa suja lavada. Mas vamos sempre esperar que o outro dê sinal verde para avançar, beleza? Trégua? — Ele ergue o punho.

— Trégua. — Bato meu punho no dele. Uma onda de alívio preenche a sala, agindo como um bálsamo em meus nervos inflamados. — Agora você vai me ajudar a juntar a Rochelle e o Keehan?

Ele franze os lábios e suspira.

— Caramba, Park. Eu mal decidi tirar meu time de campo e você já quer que eu entregue a mulher para aquele nerd?

Sorrio.

— Pode crer. Vou te contar o plano que eu bolei enquanto você estava desejando a mulher alheia, apesar do meu conselho.

— Ei!... — Royce inspira bruscamente, mas não nega. Não teria como.

Passo os dez minutos seguintes lhe contando o plano. Ele ouve atentamente, assentindo e sorrindo.

— Gostei. Furtivo — admite.

— Tudo bem você cuidar da próxima fase enquanto eu vou para o hotel ver as informações sobre o Johan que a Wendy me mandou?

— Pode contar comigo.

Abro um sorriso largo.

— Eu sei.

Royce ergue o punho e eu bato o meu no dele de novo.

— Cai fora daqui. Vá descobrir como acabar com ele sem ter que matar o cara pessoalmente. Mas, se ele estiver em Boston em algum beco escuro...

Rio.

— Não planeje vinganças violentas contra o ex da minha mulher sem mim. Eu quero participar da ação.

Ele sorri.

— Veremos. Vá checar as informações e ajudar a sua garota. Veja como podemos destruir esse idiota sem que ela tenha que pagar um centavo do seu dinheiro suado.

Aceno com a mão.

— Vou fazer isso. — Paro na porta e me volto para meu amigo. — Royce...

— Sim... — ele diz, ajeitando a gravata e a pressionando contra a parede de músculos que esconde embaixo dela.

— Valeu, cara.

Então, toda a frustração, a mágoa e a ansiedade começam a deixar o meu corpo, uma respiração de cada vez. Pelo menos por enquanto, Royce e eu estamos outra vez na mesma página.

— Eu que agradeço, irmão.

Sem mais, saio da sala enquanto pego o celular. Paro um táxi ao mesmo tempo em que ligo para Wendy.

— Chefe.

— Me conte tudo, Wendy.

7

Puta merda! Johan Karr é o maior canalha do universo. Quanto mais leio os documentos que Wendy me mandou por e-mail, mais enojado e irritado fico.

— Como foi que nada disso saiu na imprensa? — digo, olhando para Wendy pelo celular. Estamos no FaceTime analisando os documentos no computador.

Seu cabelo vermelho brilhante está penteado para trás nas laterais, deixando um grande topete na frente. Ela está com um batom vermelho-vivo, o que faz sua pele parecer perolada. Entre o tom da pele e o cabelo e os lábios vermelhos, seus olhos azuis se destacam loucamente.

— Não sei, chefe. Estou bem surpresa por algumas dessas informações não terem vazado para a imprensa. Coisa que, claro, eu poderia fazer sem problemas. — Ela sorri, perversa.

Sacudo a cabeça e levanto o dedo.

— Ainda não. Nós precisamos pensar na melhor maneira de abordar o cara. O objetivo não é arruinar a vida dele... Se bem que, depois dessa história desprezível, o que eu mais queria era embrulhá-lo para presente e entregar aos paparazzi. Mas a prioridade é a Skyler.

Wendy anui e dá tapinhas com o dedo nos lábios enquanto eu vasculho outro documento e o leio em voz alta:

— Várias multas por dirigir alcoolizado, quatro passagens pelo reformatório por roubo antes dos dezoito anos. Na adolescência, o Johan não era nenhum anjinho. Além das duas acusações de agressão sexual que a família dele resolveu fora dos tribunais, com a namoradinha da escola e uma mulher no primeiro ano da faculdade, você encontrou mais alguma?

Ela sacode a cabeça.

— Não, só essas duas. A família pagou generosamente as duas meninas e as queixas foram retiradas. Eu tive que cavar fundo para encontrar alguma coisa sobre o Johan antes de ele largar a faculdade e virar modelo. Mas tem muitas matérias sobre ele e a Sky.

Aperto os dentes. Queria que minha garota nunca tivesse se misturado com esse lixo.

— Sim, nem me lembre — digo, me encolhendo.

Wendy sorri.

— Veja as finanças dele. O cara está no buraco faz tempo. Parece que investiu a maior parte do dinheiro em uma empresa que faliu há alguns meses. A conta bancária do Johan está praticamente zerada. E, do jeito que ele gasta, viajando pela Europa, comprando tudo o que vê na frente, não é surpresa que tenha feito algumas negociações obscuras com agiotas e esteja devendo uma boa grana. Tipo centenas de milhares. Sem falar no rombo enorme dos cartões de crédito, todos estourados. Ele precisa de dinheiro, e rápido.

— E os pais dele? Já o salvaram várias vezes. Eles mantêm em sigilo os registros do reformatório. Se não fosse isso, a imprensa já teria exposto o passado dele há muito tempo.

— É, mas não tem nada sobre qualquer tipo de relacionamento com eles depois disso. Parece que ele não é mais bem-vindo no clã Karr depois desses acordos. Eu não vi nada nos últimos cinco anos que indicasse que eles ainda se relacionam. Nenhum telefonema no celular dele nem posts nas redes sociais sobre encontros familiares. É como se o cara tivesse sido banido depois da última pisada na bola, na faculdade.

— Eu não culpo a família. O sujeito não aprende. A minha mãe aguentaria até o amargo fim, mas o meu pai nunca deixaria eu ou o meu irmão aprontarmos com eles. Considerando o histórico do Johan quando adolescente, o meu palpite é que eles chegaram a ponto de perceber que estavam reforçando o mau comportamento do filho salvando a pele dele o tempo todo. Quando a pessoa não sofre as consequências dos próprios atos, tende a repeti-los. O Johan vem repetindo os mesmos delitos de maneiras diferentes e ainda mais desprezíveis.

Wendy concorda com a cabeça enquanto observa o computador e digita furiosamente.

— Mesmo com tudo isso, você acha que as duas acusações de agressão sexual são suficientes para ele deixar a Skyler em paz? — pergunto.

— Você quer dizer se divulgarmos as acusações, o nome das mulheres e o que elas passaram nas mãos dele...? — Sua voz está trêmula. A decepção e a incerteza tomam conta de suas feições de fada.

— De jeito nenhum! Eu nunca faria isso com essas mulheres. Elas são sobreviventes de tudo o que ele fez com elas. Não podemos desenterrar o passado delas para atingir o Johan e salvar o futuro da Skyler. Não seria certo.

Wendy sorri, e seu olhar diz o que ela cala. Orgulho, talvez. Por eu não pôr em risco outras pessoas para salvar a pele da minha mulher.

— Não mesmo. Só que tem uma coisa muito ruim no último documento. Acho que essa seria a sua carta na manga. Definitivamente, algo tão horrível vai tirar esse cara do pé da Sky. Se as informações desse documento forem divulgadas, ele vai ser destruído. A carreira, o nome, tudo. Ele não vai ter nem esperança de se recuperar.

Franzo a testa e abro o último documento.

— O que é isto?

— É um boletim de ocorrência de acidente pessoal. Tive que acionar meus contatos, e o Michael teve que prometer alguns favores para conseguir esse documento. Isso é muito sério, Parker.

— Wendy... desculpe. Eu não teria pedido isso se soubesse que você envolveria o Michael nessa história — digo com a voz trêmula e sinto a tensão crescer na base do crânio.

Ela agita a mão na frente da tela.

— Sem problemas. Você se preocupa com a Skyler, e eu me preocupo com a minha nova melhor amiga. Não quero que ninguém faça mal à minha nova família. Temos que nos unir e fazer o que for preciso para proteger um ao outro, certo?

Fecho os olhos e respiro calmamente.

— Sim, Wendy, isso mesmo. Obrigado.

— Fique tranquilo. O Michael vai curtir cada segundo das recompensas que vai ganhar de mim — ela diz e dá uma piscadinha. — Apesar do que você possa pensar, ele é arrogante e durão com vocês, mas me ama loucamente. Quer que eu tenha uma família legal, pessoas com quem eu possa contar. Ele sabe que tudo que eu sempre quis na vida foi uma família. Casar com ele e trabalhar com vocês é um sonho para mim. Eu quero ajudar, e ele quer ajudar para me fazer feliz.

As palavras de Wendy me enchem de orgulho. Essa mulher é honesta, direta, não tem frescura. Se meus pais tivessem me dado uma irmã, Wendy seria perfeita. Ela está abrindo caminho no meu coração e no de Bo e Royce também.

Antes que eu possa dizer qualquer coisa, ela começa a falar baixinho ao telefone.

— Parece que o Johan é membro regular de um clube de sexo. Um clube de *tortura*, barra-pesada, clandestino, que só aceita membros.

A palavra *tortura* soa como um alarme em minha mente.

— Eu desonraria a prática e o estilo de vida se sugerisse que é um clube de sadomasoquismo — ela prossegue —, porque o que eles fazem lá não é isso, nem sempre é seguro e possivelmente nem consensual. Esse lugar serve para satisfazer prazeres obscuros e sombrios. Sangria, bestialidade, queimaduras, marcas com ferro quente, chicotadas para deixar cicatrizes e muito mais, que eu não tenho nem coragem de dizer.

— Caramba, Wendy. — Sinto um gosto azedo na boca de novo.

Bestialidade?

Chicotadas até deixar cicatrizes?

Que porra é essa?

— E o Johan faz parte desse clube? — pergunto, já sabendo a resposta.

— É membro de carteirinha. Ele depositava cem mil por mês em uma conta que eu consegui rastrear através de um monte de empresas de fachada.

Aperto os dentes.

— Parece que, uns seis meses atrás, o Johan e duas mulheres se envolveram em um acidente grave.

— Acidente? — Estou quase com medo de perguntar.

— Uma das mulheres acabou morrendo, e a outra ficou tão traumatizada que ainda faz tratamento com um psiquiatra.

— O que aconteceu?

Wendy aperta os dentes e seus lábios se curvam de desprezo. Eu a vejo se aprumar e tentar se distanciar emocionalmente da resposta que a está atormentando. Ela respira fundo e explica:

— Segundo as declarações da polícia, o Johan e as duas mulheres tinham cheirado cocaína e estavam doidões. Elas permitiram que o Johan as amarrasse, costas com costas, em uma cruz giratória de santo André. Essas cruzes normalmente são usadas para que dois mestres possam ter acesso aos submissos ao mesmo tempo, ou então são giradas, deixando os submissos meio zonzos, desequilibrados, esse tipo de coisa.

— Estou entendendo — digo, enquanto a imagem de Skyler amarrada a uma dessas cruzes, vendada, surge em minha mente e um pressentimento corre pela minha espinha.

— Bom, o Johan amordaçou uma delas com a cueca e vendou os olhos dela. Normalmente, quando você amordaça a pessoa, existe um sinal, ou alguma coisa que ela segura e pode largar, ou um botão que ela pode apertar para fazer barulho. Basicamente, alguma coisa para alertar o dominador para o sofrimento do submisso. Como eles estavam doidões, não usaram nenhuma dessas precauções de segurança. — Ela inspira fundo e solta o ar lentamente. Pelas linhas ao redor de sua boca e seu olhar cansado, posso ver que está tendo dificuldade para contar a história.

— Tudo bem... respire e continue quando estiver pronta.

Ela toma fôlego para se acalmar e, então, conta o restante depressa:

— Então, enquanto ele estava transando com uma das mulheres, a outra ficou enjoada por causa dos giros e da droga, e ele não percebeu que ela vomitou. Com a mordaça, ela se afogou no próprio vômito. Quando ele foi até ela e tirou a mordaça, ela já estava morta.

— Puta merda. — Sinto meu estômago apertar e a palma das mãos transpirar.

— Pois é.... Isso não devia ter acontecido.

— E como ele não foi preso por causa disso?

Wendy dá de ombros.

— A mulher tinha assinado os termos de consentimento. Além disso, pelos vídeos, dá para ver que ele não pretendia fazer mal a ela. O clube de sexo indenizou a família, usou os juízes que tinha no bolso e expulsou o Johan. Tudo foi varrido para baixo do tapete, como se nada tivesse acontecido. Olha, se isso vazar para a imprensa... talvez eu tenha que entrar no programa de proteção a testemunhas. As pessoas que administram aquele lugar são barra-pesada, e o Michael e eu não queremos nada com esses caras.

— Cristo! Isso é loucura! Esse homem é nojento e está com as garras em cima da Sky — digo, batendo o punho na mesa.

Passo a mão pelo cabelo com tanta força que os cachos ficam emaranhados em meus dedos, provocando ondas de dor em meu couro cabeludo.

— Bom, tenho certeza de que, se você ameaçar o Johan com essa informação, ele vai recuar na hora. Ele usou todas as cartas que tinha na manga, e deve ser por isso que está chantageando a Skyler. Ele precisa de dinheiro *imediatamente*. Os agiotas estão atrás dele. O cara é viciado em drogas, e o pessoal do mundo da moda perdeu quase todo o interesse nele agora que ele está meio caído.

Isso definitivamente explica por que ele foi atrás de Skyler. É um homem que não tem nada a perder, o que deixa minha garota em uma situação muito perigosa. Johan é instável. Felizmente ela está trabalhando e só vai encontrá-lo, com o advogado dele, daqui a alguns dias.

— Obrigado, Wendy. Eu preciso tentar falar com a Sky de novo. Por favor, agradeça ao Michael e diga que eu devo uma a ele. O mesmo vale para você.

Seu rosto se ilumina e a angústia anterior desaparece.

— Eu sei disso. E já escolhi o que quero.

Franzo a testa e olho para minha assistente falsamente tímida.

— E o que seria? — pergunto, batendo os dedos na superfície de madeira da mesa da minha suíte.

— Três coisas, na verdade. — Ela abre um sorriso largo.

— Três? — Rio, curtindo sua felicidade, agora que a escuridão abandonou seus olhos.

Decido lhe dar corda. Preciso me livrar do lixo que descobrimos. E devo muito a ela por essa informação. Não sei o que ela e Michael tiveram que fazer para arranjá-la e, francamente, não quero saber. Provavelmente isso me deixaria puto e me faria querer amarrá-la na cadeira do escritório, onde poderíamos ficar de olho nela e ter certeza de que essa menina não se meteria em problemas.

— Número um — levanta o dedo indicador —, duas semanas de férias remuneradas no fim do ano para a minha lua de mel com o Michael.

— Feito. — Essa não doeu.

Ela bate palmas. Meu Deus, essa mulher é fácil de agradar.

— Próximo? — eu a encorajo a continuar.

— Um programa com você e a Sky, quando ela estiver na cidade. Os dois casais. Eu meio que já comprei quatro ingressos para o jogo do Red Sox no mês que vem para irmos juntos.

Balanço a cabeça e rio alto.

— Isso significa que você já planejou estragar o meu programa com a Sky.

Ela faz beicinho.

— O Michael adora beisebol tanto quanto você, e eu quero que vocês sejam amigos. Além disso, quero conhecer melhor a Sky.

Penso em Michael e em sua natureza fria e estoica. Como ele conseguiu uma menina radiante como Wendy eu não consigo entender, mas não há nada de errado com o sujeito. Ele parece legal, pelo que vi na única vez que nos encontramos, no Lucky's. Eu realmente sei pouco sobre ele e estou intrigado com suas escolhas de relacionamento e estilo de vida. Um programa de casais não é má ideia. E Sky iria adorar, porque seria uma coisa muito normal, de casal comum. Minha garota está sempre procurando maneiras de viver longe dos holofotes. Mesmo assim, é difícil que ela não chame a atenção.

Fixo o olhar em Wendy.

— Você sabe o que significa sair com a Skyler, Wendy? Os paparazzi são fogo.

Ela dá de ombros.

— Acredite, não existe nada para encontrar sobre mim, tirando a minha foto no site da International Guy e o material profissional sobre o meu homem. Eu tomei providências para que essa seja a única informação que alguém possa achar, mesmo que seja um bom hacker. Além disso, eu já falei para o Michael e ele ficou superempolgado — diz, com um floreio.

Eu rio, pensando naquele homem extremamente controlado.

— Duvido muito.

— Ficou sim! — Ela faz beicinho.

Estreito o olhar.

— Tudo bem — ela se rende —, talvez *superempolgado* não seja a palavra, mas ele não odiou a ideia, e eu usei os seus contatos para conseguir lugares atrás do banco do time. Isso significa que não vamos ser incomodados por outros fãs. É lá que as celebridades ficam. Isso te custou uma nota, aliás. Estou pensando em uma maneira de lançar isso como despesa da agência com uma cliente.

— Imagino que esteja mesmo. E a terceira coisa? — pergunto, com um sorriso torto. A última coisa pode ser algo maluco, tipo uma festa do pijama no escritório da International Guy. Com Wendy, tudo é possível.

Ela franze a testa.

— Terceira?

— Preste atenção, abusada. Você queria três coisas de mim em troca dos seus serviços de investigação. — Levanto a sobrancelha e me reclino na cadeira para ouvir a loucura que ela vai inventar.

— Ah, sim. — Ela arregala os olhos e torce os lábios de um jeito que me leva a pensar que está constrangida. Não... nervosa.

— Wendy, pode me pedir qualquer coisa — incentivo, com uma voz calma e gentil, especialmente depois das informações pesadas que descobrimos sobre Johan.

Ela lambe os lábios. Vejo certa ansiedade em sua linguagem corporal.

— Eu estava pensando... hum... se você poderia... sabe... — Ela inclina a cabeça de um lado para o outro. — Bom, se não fosse demais, e se você quisesse... — continua, torcendo os dedos.

— Fala de uma vez! — Rio, tentando aliviar um pouco da tensão que parece dominar minha assistente quase sempre imperturbável.

A única outra ocasião em que a vi desconfortável foi quando minhas fotos confidenciais com Sky vazaram para a imprensa. No geral ela costuma ser firme como uma rocha e pode ser durona se quiser.

— É que eu não tenho ninguém para... sabe... hum... no casamento...

— Wendy — ameaço. Ela já enrolou o suficiente. Dá um suspiro rápido e diz:

— Você me levaria até o altar? — solta o pedido como se fosse doloroso e ela tivesse de arrancá-lo o mais rápido possível.

Franzo a testa.

— Você quer que eu te leve até o altar no seu casamento?

Ela fecha os dedos e assente.

— Por quê? — Minha surpresa é óbvia.

— Eu não tenho mais ninguém. Não tenho pai nem irmão para fazer isso, e sei que você é tecnicamente o meu chefe, mas eu te admiro e te respeito muito, e... — O desânimo domina seu rosto por um breve momento. — Esquece. Deixa pra lá — Balança a cabeça, e posso vê-la se fechar.

— Wendy, olhe para mim.

Ela olha para todo lado, menos para mim.

— Tudo bem, foi uma idiotice e eu... Desculpe por pedir. É muito cedo. Você não me conhece há tanto tempo e...

— Cale a boca e me deixe falar, mulher!

Ela levanta a cabeça e seus olhos escurecem.

— Nossa, você cansa até um padre no confessionário! Me deixe falar. — Tento suavizar o tom de voz, mas ponho força suficiente em minha demanda para que ela realmente me ouça.

Wendy morde o lábio inferior e anui.

— Em primeiro lugar, eu me sinto honrado por você pensar em mim. Em segundo lugar, não importa há quanto tempo você conhece alguém. Quando a pessoa faz parte da nossa vida, não cabe a ninguém, a não ser a cada um dos envolvidos, decidir o valor que ela tem para nós. Eu tenho a maior consideração por você, Wendy. E ficaria muito feliz em te levar até o altar, se você quiser.

Ela abre um sorriso enorme.

— Eu quero. Seria *incrível*! — Diz a última palavra com uma nota de reverência e excitação.

— Então acho que estamos quites. — Sorrio. Ela não sabe que nada do que pediu foi um absurdo.

— Então estamos quites, chefe! — Ela me saúda com uma imitação ridícula de um soldado batendo continência. — Me avise se precisar de mais alguma coisa. Eu vou checar mais uma vez os funcionários da Renner Serviços Financeiros. O que você está procurando nas contas deles, afinal?

— Um ladrão — afirmo, categórico.

Ela faz uma careta.

— Que chato. Tudo bem, vou lá. — Wendy desliga e meu iPhone volta para a tela inicial.

Examino mais uma vez os documentos que ela enviou. Johan Karr é um indivíduo repugnante, com gostos muito bizarros. Talvez a família o tenha deserdado. Sua carreira está afundando, e ele é um drogado com muito pouco a perder. Meu sangue ferve nas veias.

Como esse merda repugnante teve uma beleza como Skyler nas mãos?

Controlando o desejo de quebrar cada dedo de Johan, penso na sorte que é ter Skyler. Estou ao lado dela; minha equipe e eu vamos fazer de tudo para tirá-la dessa confusão que ele criou. Preciso fazer as coisas com cuidado, planejar minha abordagem depois de ter todas essas informações. E então ele vai largar do pé da Sky de vez.

Sem perceber, já estou digitando o número de Sky no celular. Preciso ouvir sua voz, deixar que seu timbre suave me acalme antes que eu faça alguma bobagem. Mais que tudo, preciso ter certeza de que ela está bem. Depois de descobrir mais coisas, de ver e ouvir como Johan é perigoso, preciso saber que ela está bem.

Ela atende ofegante no segundo toque.

— Oi, meu bem...

— Baby... — Solto o ar que estava prendendo ao ouvir sua linda voz. A raiva ardente que dominava meus nervos começa a aliviar, cozinhando em fogo baixo. — Como você está?

— Estou bem. Mergulhei no trabalho hoje, tentando tirar tudo isso da cabeça. A Tracey está fazendo algumas pesquisas para ver a melhor maneira de jogar essa bomba na imprensa e lidar com a reação negativa se ele liberar as fotos e escrever o livro.

Meu corpo inteiro se contrai como um fio desencapado. Respiro fundo. Sinto a loucura que é tudo isso. Mas a investigação de Wendy é a resposta para o problema, e eu prometo à minha garota, acreditando em cada palavra:

— Isso não vai acontecer.

Ela responde com a voz fraca:

— Você diz isso porque não conhece o Johan. Quando ele decide fazer alguma coisa, faz, e se eu não pagar...

— Você não vai pagar um centavo. Eu pedi para a Wendy investigar o passado do cara. Ele tem esqueletos bem feios no armário, que nós podemos usar para tirar você dessa situação.

— É mesmo? — ela diz, elevando o tom de voz.

Sua animação repentina preenche meu peito. Sinto orgulho enquanto lhe asseguro:

— Sim, baby. Eu vou cuidar disso. Quando podemos conversar sobre o que eu tenho contra o seu ex? De preferência quando você estiver segura, na privacidade da sua casa.

— Por mais que eu queira saber de tudo agora, tenho que me concentrar. Nós vamos gravar hoje à noite e amanhã cedo. Amanhã, depois que terminarmos, quando eu estiver em casa, ligo para você.

Nada se compara à alegria de saber que posso proporcionar certo alívio a ela.

— Tá certo, meu bem. — Uso o tratamento carinhoso que ela usa comigo.

Mais calma, ela pergunta:

— Você acha mesmo que o que conseguiu contra ele vai livrar a minha cara?

Posso ouvir o contentamento em seu tom de voz e fico muito feliz por ser a pessoa que pode lhe dar um pouco de conforto.

— Não acho... *eu sei.*

Sua voz oscila, emotiva e lacrimosa:

— Parker... — Ela funga, e eu sei que está tentando segurar as lágrimas.

Aperto o telefone no ouvido. Quero ouvir cada inalação, cada palavra claramente.

— Eu sempre vou cuidar de você. Enquanto eu estiver vivo, ninguém nunca vai te fazer mal. Nunca.

Essa é uma promessa que pretendo manter.

— Meu bem... eu am... — Ela começa a fazer a mais importante declaração do nosso relacionamento. É algo que eu mesmo admiti recentemente, mas quero dizer a ela quando estiver olhando em seus olhos, ao seu lado, de preferência com ela nua na cama.

É horrível fazê-la esperar. Também quero gritar para o mundo.

— Meu pêssego, guarde isso até estarmos juntos. Eu também tenho umas confissões a fazer. — Minha voz sai áspera, como se uma lixa arranhasse minhas cordas vocais.

— É mesmo? Começando com *eu am...?* — ela brinca, e o peso do mundo se esvai.

Essa mulher é tudo de que eu preciso. Tudo o que eu poderia querer.

Eu sorrio, jogo a cabeça para trás e olho para o teto. Skyler é minha. Todinha minha, e não vejo a hora de dizer como a adoro.

— Talvez — admito suavemente.

— Então vou esperar até você voltar da costa Oeste e estar bem plantado no melhor lado do país.

Rio da minha garota boba.

— Me ligue amanhã para falarmos do que a Wendy encontrou contra o Johan. Pode ser?

— Sim, meu bem. Perfeito. E... — sua voz treme um pouco — diga para a Wendy que eu sou muito grata pelo que ela fez por mim.

— Você vai poder dizer isso a ela pessoalmente. Quando for para Boston no mês que vem, para o nosso jogo de beisebol. Vamos nós quatro: você, eu, a Wendy e o Michael.

Skyler dá uma risadinha, e esse som enche meu coração e envolve meu corpo com tudo de bom e certo. A escuridão que cobriu meu ser enquanto eu lia sobre o passado de Johan está desaparecendo a cada palavra que minha mulher diz.

— Vai ser divertido! Eu gostei de conhecer a Wendy e o namorado dela. Ele parece bem sério. Talvez um jogo de beisebol com amigos o deixe mais animado.

— Talvez. Se alguém pode fazer isso, são vocês duas. Duas malucas.

Ela ri com gosto.

— Cerveja e beisebol também não vão fazer mal.

Sinto água na boca de pensar em um cachorro-quente em uma mão, meu braço em volta de Skyler, a outra mão segurando uma cerveja gelada enquanto vejo meu time favorito jogar. Parece um dia perfeito.

— Não, não vão. Desde que você esteja lá, eu vou estar feliz.

— Não vejo a hora. — Skyler não cabe em si de alegria.

— Nem eu. Mas primeiro tenho que terminar o meu trabalho, você o seu filme, e nós temos que resolver a questão com o lixo do seu ex e as cafajestices dele.

Ela geme.

— *Ugh.* Eu só quero viver a minha vida. Por que não é tudo fácil, tudo redondinho?

Nada é mais verdadeiro que isso. Todos nós desejamos facilidade, mas o drama nos persegue.

— Nada na vida é uma calmaria. Às vezes temos que fazer nossas próprias ondas para seguir em frente.

— É mesmo — ela diz, e ouço uma voz distante a chamando. — Tenho que ir, o intervalo acabou.

— Tudo bem, meu pêssego. Não esqueça de me ligar amanhã depois da filmagem para resolvermos a situação com o Johan juntos.

— Pode deixar. Hoje à noite, quando você voltar para o quarto... — Deixa o resto no ar.

— Sim?

— Você vai sonhar comigo?

— Eu sempre sonho com você, Skyler. Sempre.

8

— Tudo pronto? — grito para Royce enquanto ele manobra o corpo de gigante por entre a multidão de frequentadores do local.

Estou sentado na área VIP de uma boate no terraço de um edifício em San Francisco chamada Skyline. De acordo com um contato comercial que é dono da boate, e com minhas pesquisas no Google, é o lugar do momento — para quem pode pagar a entrada de duzentos dólares. Como conheço o proprietário, consegui a área VIP baratinho.

— Sim.

— E a Rochelle? — Olho em volta, mas não a vejo.

— Retocando a maquiagem no banheiro — ele diz. — E os cinco finalistas? — acrescenta, subindo os poucos degraus que levam ao espaço reservado.

Aponto com o polegar por cima do ombro, indicando os homens sentados em bancos de veludo preto espalhados por todo o espaço elegante.

— Acomodados com suas bebidas e conversando com as mulheres que contratamos para que as coisas não pareçam tão focadas na Rochelle. Para dar um clima de festa.

Ele esfrega o queixo e observa quando a nossa cliente por fim aparece. É como se a multidão se abrisse para ela, como o mar Vermelho. Rochelle está divina com um vestido prateado que farfalha ao redor de seu corpo como água cintilante fluindo sobre suas curvas. O vestido tem um decote V profundo, com um detalhe entre os seios para evitar que fiquem à mostra. A fenda na coxa deixa muito pouco para a imaginação, exibindo suas pernas sensuais e tonificadas. Mordo o lábio e dou uma olhada em Roy.

— Caramba — Royce solta em um grunhido, observando nossa cliente. Conhecendo-o bem como conheço, tenho certeza de que ele está se lembrando do que já fez com ela e querendo fazer de novo.

Bato a mão em seu ombro e aperto.

— É por um bem maior, irmão.

Ele range os dentes.

— Eu sei. Não gostei, mas entendi. Onde está o Keehan?

Desta vez, eu sorrio e indico com o queixo.

— No bar, tomando um drinque.

Royce escaneia a área e o encontra. Ele também vê o que eu vejo. Uma das mulheres que contratamos está conversando com o Clark Kent sarado e negro. Ela joga o cabelo por cima do ombro e toca o braço dele. Keehan ri de alguma coisa que ela diz, olha para baixo e de novo para ela, flertando.

Fico parado enquanto Rochelle se aproxima, se segurando no corrimão.

— Tudo pronto para um pouco de diversão? — ela pergunta, toda sorrisos e confiança.

— Sem dúvida. Parece que o seu amigo já começou sem nós — digo, indicando Keehan, que está falando com a morena carnuda, pondo o plano em movimento.

Rochelle olha para eles e uma carranca toma seu rosto.

— Quem é aquela?

Dou de ombros, despreocupado. Não contratei aquela moça para ficar na área VIP, e sim para dar em cima de Keehan sem dó. Principalmente porque ela é linda e se parece muito com Rochelle. O mais divertido é que Keehan não se tocou de nada. Ele está jogando seu charme sobre a modelo sem perceber a armação. Estou orgulhoso dele.

— Não é uma das mulheres que eu contratei para ficar na área VIP — respondo, mascarando a verdade.

— O Keehan não devia estar aqui conosco? — A voz de Rochelle mostra agitação.

— Por quê? — Royce pergunta, categórico.

Provavelmente ainda está irritado porque ela tinha tudo o que queria *nele* e, mesmo assim, pôde facilmente deixá-lo para trás e passar para os candidatos que escolhemos. Aparentemente, quando Rochelle diz que uma coisa significa diversão, sai de baixo. Quando acaba, ela não olha para trás.

É da natureza dela. Se não fosse por magoar Royce, eu não teria problema algum com isso. As pessoas são como são. Além disso, ela deixou tudo claro, independentemente dos sentimentos dele.

Ela estreita o olhar.

— Porque ele devia estar observando esses caras, me ajudando a escolher o certo — retruca em tom apagado.

Tenho que conter o riso diante da altivez com que ela se expressa.

— E por que ele faria isso? — pergunto, lutando para não precipitar as coisas.

Ela bufa.

— Ele é meu melhor amigo. Meu braço-direito para tudo. Imagino que ele não queira que eu faça uma péssima escolha, porque isso tem a ver com o meu futuro.

Assinto.

— É verdade, mas talvez ele não queira ver você se comprometer com outro homem do jeito que esteve comprometida com ele por todos esses anos.

Ela franze a testa e apoia a mão no corrimão, como se precisasse se equilibrar.

— O que você quer dizer com isso?

Ela passa um dos braços em volta da cintura, mas não olha para mim. Seus olhos estão fixos no espetáculo diante de nós.

Keehan se inclina e afasta o cabelo do ombro da mulher. Ela se ajeita lindamente e sorri diante da gentileza dele.

— Bom, ele sempre foi o homem presente na sua vida em todos os aspectos, menos fisicamente, certo? Talvez ele esteja cansado do estilo de vida celibatário que você insinuou que ele tinha.

Ela franze a testa.

— Eu... Eu acho que sim.

— E, já que você está procurando outro, talvez ele tenha percebido que é melhor arranjar uma substituta também — digo, intencionalmente cravando um pouco a faca.

— Isso é um absurdo. Eu nunca substituiria o Keehan. Ele é tudo para mim. — Ela segura firme o corrimão, seus dedos brancos de tanto que aperta.

Pouso a mão em seu ombro, e ela finalmente olha para mim.

— É mesmo? — pergunto.

— Sim. — Ela faz um movimento e se livra da minha mão.

— Então por que nós estamos aqui? — Royce pergunta, dramaticamente.

Ela enruga o nariz e os lábios.

— Eu preciso de um homem na minha vida e na minha cama. Um dia eu vou querer ter um filho, um herdeiro para dar continuidade àquilo que eu construí. Que nós construímos. — Seus olhos brilham, ardentes, mas não se afastam de Keehan.

— E você quer fazer isso sem o Keehan? — pressiono.

— Não! Ele sempre vai fazer parte da minha vida...

— De que maneira? — pressiono mais.

— De todas as maneiras — ela responde.

Sacudo a cabeça.

— Não se você não acha o Keehan atraente. É por isso que todos esses homens estão aqui e ele está quase ficando com uma morena gostosa.

— Isso é ridículo — ela diz, antes de girar sobre os saltos e adentrar feito um furacão a área VIP.

— Isso não é o que eu esperava que acontecesse. — Suspiro e massageio a nuca.

Royce sorri com as mãos nos bolsos de seu terno perfeito sob medida e balança sobre os calcanhares.

— O que você sabe que eu não sei? — pergunto.

A situação parece fugir do controle. Eu esperava que Rochelle visse Keehan ali com Gloria e lançasse olhares cheios de ciúme, então interviesse dramaticamente e reivindicasse seu homem. Só que agora ela está na área VIP conversando com seus candidatos.

— Ela está com ciúme. Olhe só para ela — ele diz, indicando nossa cliente com o queixo.

Eu viro e vejo Rochelle se apresentar educadamente ao bombeiro, cujo olhar desliza por todo o seu corpo e depois volta para o rosto. Ela lhe oferece um sorriso tenso; não gostou da secada dele. Enquanto fala com o cara, o olhar de Rochelle continua se desviando para o bar, onde Keehan e sua amiga estão conversando. Ela aperta os lábios e endurece o queixo. Depois de passar a semana toda com ela, já sei que é de pura irritação.

— Acho que devemos animar um pouco as coisas. O que você acha? — Royce sorri com malícia.

— Como?

— Vou convidar o Keehan e a acompanhante dele para beber alguma coisa aqui na área VIP. — Ele sorri um pouco mais.

— Você é terrível — brinco, cobrindo o sorriso com a mão.

— Talvez, mas você tem uma mulher te esperando, e eu tenho uma vida em Boston e estou cansado da Califórnia. Está na hora de acabar com isso.

— Irmão, eu não poderia concordar mais com você.

O desejo de ir embora da Califórnia e voltar para a costa Leste e para Skyler ferve em minhas veias.

Royce anui e vai até Keehan e sua amiga. Eu o vejo pedir uma bebida ao barman e depois falar com o casal. Assim que a bebida é servida, os dois o seguem para a área VIP, cheios de sorrisos e toques suaves.

— Keehan. — Estendo a mão para cumprimentá-lo.

— Parker. — Ele aperta minha mão. — É aqui que a animação acontece? — Sua escolha de palavras faz pensar que ele está na vibe da festa, mas a frase sai solene. Ele está definitivamente afetado pelo que organizamos para Rochelle, independentemente de estar curtindo a linda jovem a seu lado.

— Sim. E quem é essa moça adorável? — pergunto, fingindo não conhecer a mulher que contratei na mesma agência de modelos que as outras.

— Gloria — ela responde, sem perda de tempo, acompanhando a encenação.

— Belo nome para uma bela mulher — Royce elogia, pegando a mão dela e beijando seus dedos. Essa é uma de suas assinaturas quando conhece alguém que acha atraente.

Cutuco o ombro de Roy. Keehan estreita os olhos ao ver o espetáculo de Rochelle rindo da piada de um dos homens e dando um tapinha no ombro dele.

— Venha, Gloria — Keehan chama. — Eu quero te apresentar a minha amiga Rochelle.

Sorrio e observo os dois se aproximarem das pessoas que reunimos na área VIP da boate.

— Nossa, eu devia ter trazido pipoca. Essa merda está começando a ficar interessante. — Royce sorri.

Enquanto isso, vejo os olhos de Rochelle se transformarem em pedras de gelo e sua máscara de bruxa aparecer quando Keehan lhe apresenta sua acompanhante.

À medida que a noite passa, a dança que Rochelle e Keehan fazem ao redor um do outro é cômica, na melhor das hipóteses. E irritante na pior.

— Por que ele não toma uma atitude, caramba? — rosno, bebendo meu gim-tônica, enquanto os dois casais se enfrentam na pista de dança.

Rochelle escolheu o médico, que é essencialmente um sósia de Keehan. Já ele grudou em Gloria feito cola, mas seus olhos seguem Rochelle por todo lado.

Royce balança a cabeça.

— Tenho de admitir que está ficando cansativo. Por que mesmo nós concordamos em fazer isso?

Levanto a sobrancelha e aponto o dedo para ele enquanto seguro o copo.

— Você escolheu esta cliente e este trabalho porque se deixou levar por um rostinho bonito.

Ele inala tão profundamente que suas narinas se dilatam.

— Tenho de admitir que eu me encantei com a aparência dela. Ela é demaaais!

Assinto, porque ele não está errado. Rochelle é um espetáculo. Pernas longas, corpo durinho, maçãs do rosto proeminentes. Sorriso brilhante, cabelo escuro e comprido. Inteligente, focada. Um partidão. Só precisa encontrar o pescador certo para jogar sua rede nela.

— É verdade. — Observo enquanto ela ondula o corpo sugestivamente ao redor do médico.

O olhar de Keehan é glacial conforme assiste à dança sedutora.

Silenciosamente, torço por ele. *Vamos, Keehan. Ataque.*

A coisa acontece quando o médico pousa uma mão possessiva no quadril de Rochelle e cola a virilha no traseiro dela. Com a outra mão, sobe pelas costelas até o seio. Rochelle fica rígida nos braços dele e seu rosto se contorce em uma expressão de desconforto. Em defesa do médico, tenho de dizer que ela estava se esfregando nele, mas era ela no controle. Ela tocou o que quis, não o contrário. Isso me deu a impressão, e provavelmente a ele também, de que ela gostaria de ver um pouco mais de ação em seu parceiro de dança. Mas a confiança dele foi longe demais.

Royce e eu nos levantamos abruptamente e vamos para a pista de dança a fim de intervir. Quando chegamos ao casal, Keehan já está ali. Ele pega o médico pelo pulso, tira a mão ofensiva de cima de Rochelle e a torce atrás das costas do homem. O doutor grita de dor.

— Cuidado! Eu sou médico! — ele exclama, deploravelmente e meio bêbado.

Rochelle cruza os braços, na defensiva.

— Então não devia ficar pegando no meu peito!

Keehan torce mais a mão do sujeito.

— Peça desculpa.

— Mas ela começou a se esfregar...

— Eu mandei pedir desculpa — Keehan ruge no ouvido do cara e puxa seu braço para cima, até fazê-lo gritar de novo.

— Desculpe. Merda, eu sinto muito. Me solte! — implora.

Keehan mantém o braço do homem torcido, coloca a outra mão em volta do pescoço dele e segura seu queixo, forçando-o a olhar para Rochelle enquanto diz com raiva em seu ouvido.

— Eu vou te soltar, mas você vai dar meia-volta, cair fora daqui e nunca mais olhar para a minha mulher. Entendeu?

— Sim, cara. Entendi. Entendi! — o médico grita dolorosamente.

— Nunca mais ponha os olhos nela, ouviu? — Ele aperta o rosto do homem e o joga em direção à saída. — Agora dê o fora daqui.

O médico consegue se equilibrar antes de cair no chão. Gira os ombros e sacode os braços.

— Você é louco! E vocês dois — aponta para Rochelle e Keehan — podem ficar um com o outro. São dois malucos! — rosna enquanto abre caminho entre a multidão e sai da boate.

Eu me aproximo de Gloria, que está parada com os olhos arregalados, vendo tudo. Me inclino perto de sua orelha e coloco mais algumas centenas de dólares em sua mão.

— Agora é hora de você desaparecer. Tome aqui uma gorjeta pelo bom trabalho.

Dou uma piscadinha e ela sorri, acenando enquanto desliza por entre as pessoas para ir para casa. Já foi bem paga pela agência, mas um dinheiro extra cai bem, e ela fez um excelente trabalho provocando ciúme em Rochelle e fazendo Keehan se sentir o homem forte que é. Se bem que eu não imaginava que o Hércules em que ele se transformou quando o médico tocou Rochelle estivesse escondido ali dentro.

Rochelle joga os braços em volta de Keehan, escondendo o rosto no pescoço dele. Ele a abraça e passa as mãos pelas costas nuas da mulher até que a respiração de Rochelle se acalma, assim como seu próprio temperamento.

— Se você não estivesse aqui... Não acredito que eu fui tão estúpida, me esfregando nele daquele jeito — admite.

— Por que você fez isso? Eu nunca te vi agir desse jeito. — Suas palavras queimam o ego de Rochelle. Ela recua, mas não tira os braços do pescoço dele, nem ele a solta.

— Eu estava tentando te deixar com ciúme, do jeito que você me fez ficar! — ela eleva a voz, agitada. — Se bem que nem sei se você viu alguma coisa, com aquela Gloria em cima de você o tempo todo.

— Ela não estava em cima de mim. Nós estávamos dançando. Ao contrário de você, que estava se esfregando naquele idiota.

— Você está dizendo que foi minha culpa ele ter me agarrado? — Ela recua de novo, perdendo a calma e a compostura.

Keehan passa as mãos em volta da cintura dela e as pousa na lombar, para que Rochelle não possa se afastar.

— De jeito nenhum. Nenhuma mulher pede para ser agarrada, a menos que esteja com o homem dela.

Ela pousa a mão no peito dele.

— E que negócio foi aquele de me chamar de *sua mulher*?

— Você é — ele solta.

Ela estreita os olhos. As luzes da boate fazem manchas coloridas dançarem sobre seu rosto.

— Sou nada! De acordo com quem? — ela pergunta, com raiva.

— De acordo comigo. Estou cansado disso, Chelle. Eu tenho sido o seu homem nos últimos dez anos, e está na hora de ser o seu homem em *todos os sentidos*. — Ele desce as mãos até a bunda dela e a aperta contra si.

— O que você está fazendo?! — ela exclama, surpresa, mas se agarra ao pescoço dele, levando seu corpo para mais perto, em vez de se afastar como fez com o médico.

— Agarrando a *minha mulher* — ele afirma.

Ela abre a boca e seus olhos brilham, mas, antes que possa dar uma resposta ousada, Keehan cola os lábios nos dela.

Tenho vontade de aplaudir enquanto os dois se abraçam na pista de dança, bocas fundidas, mãos tateando.

— Droga. Achei que ela tivesse tesão por mim. Mas aquilo não foi nada comparado com o jeito como ela se ilumina para ele — Royce resmunga.

Keehan abraça Rochelle, com uma mão firmemente em sua bunda, levantando-a contra si, e a outra no cabelo dela, prendendo seu rosto ao dele para poder devorá-la. E é isso que ele faz.

— Estou me perguntando se devo interromper antes que os dois arranquem a roupa um do outro no meio da boate.

Royce ri e anui.

— É... o beijo ainda está rolando.

— Parecem o coelhinho da Duracell. Caramba. Vou lá acabar com isso. — Caminho na direção do casal, que está dando um show na área VIP, e bato no ombro de Keehan.

Ele se encolhe ao meu toque, concentrado apenas na mulher que está beijando.

— Keehan, dá um tempo. Pegue a sua garota e saiam daqui — sugiro, alto o suficiente para quebrar o tesão.

— Hã? — Ele se afasta, e seu olhar desfocado se concentra no meu antes de olhar em volta. — Merda. Chelle, vamos para outro lugar. — Ele passa a mão em volta da cintura dela, que olha atordoada ao redor antes de dar umas risadinhas.

Nunca pensei testemunhar isso nessa mulher enérgica.

— K, na sua casa ou na minha?

— A minha está mais perto — ele diz, rouco, e limpa a garganta.

Ela ri.

— Você mora no décimo andar, e eu na cobertura.

— Como eu disse, a minha está mais perto. — Ele dá uma mordidinha no lábio de Rochelle, que se derrete. — Vamos. Acho que nós temos algumas coisas para discutir que podem mudar a nossa vida.

— Ah, não vamos conversar. — A afirmação dela é mais uma sugestão do que os dois vão fazer, que provavelmente não é conversar.

Keehan olha para Rochelle e sorri.

— Tudo bem, vamos fazer amor até você dormir exausta nos meus braços e conversar no café da manhã.

Ela geme contra o pescoço dele e se aconchega. O sorriso de Keehan quando olha para mim é algo que nunca vou esquecer. Ver um homem tendo nos braços a mulher que mais queria, mais que qualquer outra coisa na vida, algo que nunca pensou que teria... é poderoso. A alegria e o alívio ao abraçar o amor da vida dele são algo incrível de testemunhar.

Keehan leva Rochelle até a porta.

Royce os chama, e o casal para e olha para trás. Keehan, não muito satisfeito por ser interrompido, ansioso para levar a mulher dos seus sonhos para casa e para a cama, tem uma expressão raivosa estampada no rosto. Rochelle parece feliz e meio entorpecida. Ela inclina a cabeça.

— Amanhã vamos nos encontrar para falar das descobertas sobre os funcionários. E nós voltamos para Boston à noite.

— O Royce está certo. Assim que resolvermos o problema do desfalque na Renner Serviços Financeiros, acho que não seremos mais necessários. A não ser, claro, que a Rochelle queira que a International Guy continue procurando um companheiro para ela — acrescento, para garantir que Rochelle dê um passo à frente e lute pelo seu homem como ele lutou por ela.

Keehan fica rígido. Ela se aproxima mais, colando seu corpo ao dele.

— Não, eu concordo. Com certeza não vou precisar dos seus serviços depois que descobrirmos quem é o ladrão. Finalmente encontrei o homem com quem eu quero ficar. O cara certo para mim.

Eu sorrio, mesmo percebendo a linguagem corporal de Royce passar de descontraída a uma rocha. Ele ergue seus muros e põe a armadura. Quero lhe oferecer uma palavra amiga ou um gesto que diga que eu sei o que ele está passando, que já senti a dor da rejeição no passado. Mas agora não é hora, e ele não gostaria disso. Ele não é esse tipo de sujeito. Vai lidar com a dor do que não era para ser do seu jeito, e eu tenho que respeitar isso. Não sou sua mãe — e certamente nem seu pai. Tudo o que posso fazer é ficar na minha e ser seu amigo. Apoiá-lo como um irmão nessa decepção.

— A gente se vê por volta das dez — afirmo, me certificando de que eles saibam que não esperamos que cheguem cedo.

Rochelle passa a mão no peito de Keehan e pede:

— Me leve para casa.

— É melhor marcarmos para o meio-dia, amigos. Nós vamos estar muito, muito ocupados. — Ele lambe os lábios como se fosse devorar Rochelle bem ali.

Antes que ele o faça, bato palmas alto. Os dois se assustam e se dão conta de que ainda estão na boate.

Sorrio.

— Vão em frente, então. Se cuidem.

Rochelle dá um leve aceno e eu vou para a área VIP dispensar os homens e dizer que Rochelle já tomou uma decisão. Quando chego, todos estão conversando com as modelos, em pares, então os deixo em paz.

Royce sobe os degraus atrás de mim e olha ao redor.

— Porra, nós somos bons mesmo. Casamenteiros do caralho. — Ele balança a cabeça e eu rio.

Dou um tapinha no ombro de Roy.

— Vamos. Bebidas por minha conta, irmão.

Ele assente e me segue para o bar em silêncio. Quando nos sentamos, o garçom coloca um uísque na frente dele e um gim-tônica na minha. Levanto meu copo para o dele.

— A mais um trabalho bem-sucedido.

Ele bate o copo no meu.

— Saúde.

Bebemos nossos drinques, então olho para seu corpanzil. As luzes fazem seu rosto normalmente amável parecer meio sinistro.

— Está chateado porque ela escolheu o Keehan? — pergunto.

— Não... Não era para ser, como você disse.

— Mesmo assim, você gostava dela — aponto delicadamente, sem querer forçar a barra.

— Sim, mas acho que eu gostava mais da *ideia* de ter a Rochelle.

Franzo a testa e pouso a bebida no guardanapo a minha frente.

— Como assim?

— Está na hora, cara — ele diz, sério.

Ergo uma sobrancelha.

— Hora de quê?

— De eu sossegar. Eu sinto isso. — Ele ergue os ombros, como se estivesse sentindo algo neste exato momento.

— A sua mãe anda pressionando?

Eu sei que ela é intrometida. Ele ri e bebe um gole.

— Sempre, mas não mais que o normal. Ela quer que eu seja feliz, então claro que fala dos benefícios de ter uma mulher legal. — Suspira. — Eu quero ter alguém me esperando em casa. Um corpo quente com quem dormir, uma mulher que eu possa amar e adorar, com quem eu possa ter filhos e vê-los crescer. Está na hora — diz de novo, com naturalidade.

Anuo.

— Você se sente assim com a Skyler? — ele pergunta.

Dou de ombros.

— O que eu sei é que eu amo a Sky e não vejo a hora de dizer isso a ela. E tenho a sensação de que ela me ama e está esperando para me dizer também. Ela falou de se mudar para Boston, e eu acho ótimo. Principalmente porque, como muitas das coisas que você disse, eu quero voltar para casa por ela. Eu vejo a Sky e quero contar para ela tudo o que aconteceu no meu dia, e tenho um interesse sincero no que aconteceu no dela. Quero socar a cara de todos os atores que contracenam com ela, mas fico feliz pelo fato de que eles fingem com ela e só eu a tenho de verdade. Sou eu que recebo todos os sorrisos da Sky quando ela acorda, e os "ois" sonolentos também. Eu tenho todos os "boas-noites". E aquele corpo lindo é todo meu, para eu adorar. Se é disso que você está falando, então sim, cara, eu sinto isso com a Sky.

Royce sorri e bate nas minhas costas.

— Fico feliz por você. Imagino que não seja fácil namorar uma celebridade, mas vocês dois estão lidando com tudo muito bem.

— Eu faria qualquer coisa para estar com a Skyler. E agora que eu estou com ela, toda ela, nunca mais vou querer ninguém. A fama é uma inconveniência, nada mais.

— Muito bem. Agora me conte do ex dela e das ameaças dele. O que foi que a Wendy encontrou?

Faço uma cara de desprezo e bebo o resto do meu gim-tônica de uma só vez.

— Caralho. Tão ruim assim? — ele pergunta, erguendo as sobrancelhas.

Levanto o copo para o barman.

— Mais uma rodada, por favor.

Ele anui, e Royce termina seu uísque.

— Sim, bem ruim. — Aperto os dentes e os punhos até que o barman traz nossas bebidas.

— Me conte tudo, irmão.

9

Na manhã seguinte, Royce e eu vamos à Renner Serviços Financeiros. Encontramos Helen já de volta das férias, fazendo café. A mulher é dolorosamente magra, mas, quando vira, fico chocada ao ver como se parece com Rochelle. Cabelo, maquiagem e roupa iguais. Saia lápis, sapatos de salto e blusa de seda. Essas peças poderiam ter saído direto do guarda-roupa de Rochelle.

Franzo a testa e olho para Roy.

— Você está vendo o mesmo que eu?

Ele passa os olhos pela mulher.

— Ela não tem bunda, mas, caralho, essa menina poderia ser irmã da Rochelle.

Assinto.

— Estranho — sussurro antes de Helen sorrir e nos cumprimentar.

— Olá, cavalheiros. Estou de volta e pronta para saber das novidades. Encontraram um bom partido para a Rochelle?

Há animação em seus olhos, mais do que deveria haver em uma simples funcionária. Se bem que ela disse que trabalha aqui há muito tempo.

— A cliente chegou a suas próprias conclusões em relação ao sexo oposto e à contribuição do indivíduo para a vida dela — Royce explica vagamente.

Ela abre um sorriso largo e grita:

— Eba! Eu sei ler nas entrelinhas. Ela encontrou alguém, mas vocês não podem falar porque são profissionais e discretos.

— Nós vamos entrar e esperar a Rochelle, se você não se importar.

Obviamente animada, ela faz um aceno com a mão e nos leva até a sala de sua chefe.

— Sentem-se. Eu posso oferecer um café?

Antes que um de nós tenha a chance de aceitar, Rochelle e Keehan entram na sala, ambos com sorrisos deslumbrantes e saltitantes. Muito sexo faz isso com as pessoas. É exatamente como me sinto depois de um fim de semana com Skyler.

Helen ergue a cabeça e vira para a porta, mas seus olhos não estão dando as boas-vindas a sua chefe. Estão focados somente em Keehan.

— Oi, Keehan — ela sussurra, rouca.

— Oi, Helen! — ele cumprimenta calorosamente, passando o braço em volta de seus ombros e a apertando em um abraço de lado. — Quanto tempo! Como foi de férias?

Ela dá de ombros e faz beicinho, como uma mulher jogando charme e tentando fazer um homem olhar para sua boca.

— Teria sido melhor se eu tivesse um homem como você comigo. — A cor de seus olhos passa de marrom-escuro a preto-carvão, e praticamente posso ver os corações de desenho animado flutuando ao redor de Helen.

Keehan assente.

— Eu entendo — diz, esfregando o braço dela e a fazendo suspirar.

Então ele continua, sem perceber o efeito que seu toque e suas palavras provocam em Helen.

— Se eu não tivesse a Chelle para passar as férias comigo, seriam bem chatas.

As narinas de Helen se expandem ao ouvir a menção a Rochelle, e nota-se a irritação em seu semblante. Mas, tão depressa quanto cruza seu rosto, desaparece, e um sorriso falso se estabelece no lugar.

Não percebo uma boa vibração nessa interação.

— Que bom que voltou, Helen. Estava difícil sem você — Rochelle diz por cima do ombro, indo para sua mesa e se sentando.

— Duvido muito — Helen sussurra bem baixinho, mas alto o suficiente para eu ouvir.

— O quê? — Keehan pergunta.

— Eu não duvido — ela responde, piscando lindamente para ele.

— Lembra do pessoal da International Guy? — Rochelle indaga.

Helen contrai os lábios, fazendo uma carranca que dura um nanossegundo, então coloca o sorriso falso de volta no rosto.

— Sim, srta. Renner. Nós fomos apresentados antes de eu sair de férias. Adorei saber que você prosseguiu com o seu plano.

— Prossegui — Rochelle confirma. A felicidade enche a sala de energia positiva.

Helen retorce os dedos.

— Algum candidato especial? — pergunta com a voz hesitante, como se toda a sua vida dependesse da resposta de Rochelle.

O rosto de sua chefe se ilumina.

— No fim eu não precisei da International Guy para encontrar o homem ideal para mim. — E pousa os olhos em Keehan.

Ele sai de perto de Helen e vai até Rochelle.

O rosto da secretária fica lívido enquanto ela observa Keehan parado ao lado da chefe.

— Como assim?

Inclino a cabeça, observando a linguagem corporal e as microexpressões no rosto de Helen quando Rochelle passa um braço possessivo em volta da cintura de Keehan e descansa a outra mão no abdome dele, sobre o cinto. Um local bastante revelador. A linguagem corporal de Rochelle telegrafa alto e claro a intimidade que ela e Keehan compartilham.

Helen inspira dramaticamente e aperta os punhos.

— Não sei se entendi direito.

— Não é óbvio? — Rochelle pergunta, subindo da barriga de Keehan para seu peito e aproximando o corpo do dele.

Helen fica rígida. Seus olhos são como brasas ardentes.

— Não, para mim não é. — Ela range os dentes.

— A Rochelle finalmente enxergou o que estava diante dela o tempo todo — acrescento, observando a mulher silenciosamente furiosa. Se saísse fumaça de suas orelhas, eu não ficaria surpreso.

— E o que seria? — A jovem franze a testa.

— Que o Keehan é o homem que eu sempre desejei, mas eu tinha muito medo de arriscar o que nós dois já tínhamos — Rochelle responde, sorrindo e inclinando a cabeça para cima.

Keehan lhe dá um selinho na frente de todos nós.

O rosto de Helen se contorce: choque primeiro, depois raiva.

— O quê?! — ela exclama anormalmente alto, como se as palavras fossem arrancadas de seus pulmões.

— Você estava certa, Helen. Aparentemente, a Rochelle era louca por mim — Keehan brinca, mordiscando o lábio da namorada. — Nós estamos juntos. Não é fantástico? — Ele fita o rosto de Rochelle. Keehan tem o mundo inteiro em seus braços e sabe disso.

— Não! Todas as vezes que nós conversamos sobre isso, você dizia... você dizia que ela era só sua amiga e que nunca a veria desse jeito! — Helen responde como uma amante desprezada, não como uma funcionária amigável.

Keehan e Rochelle olham para ela, mas é ele quem fala primeiro:

— Eu achei que você ia ficar feliz por nós. Você vivia dizendo que eu precisava sair, encontrar uma mulher. Alguém de quem eu pudesse cuidar e que cuidasse de mim. — Ele puxa sua mulher para si. — A Rochelle sempre foi essa pessoa, e nós dois finalmente percebemos que o que existia era mais que amizade.

Helen enfia as mãos no cabelo e o puxa, gritando:

— Isso não pode estar acontecendo! — Ela balança a cabeça para a frente e para trás. Seu rosto inteiro escurece, e suas pupilas ficam pretas.

É como se eu estivesse tendo uma experiência fora do corpo e visse um demônio tomar o corpo miúdo de Helen Humphrey.

— Você disse que ela era sua amiga. Você disse que não pensava nela desse jeito! — ela grita a plenos pulmões.

— Ei, garota, relaxa. — Royce levanta a mão.

Mas ela continua furiosa e começa a andar de um lado para o outro.

— Helen, o que há com você? — Rochelle pergunta suavemente. — Está agindo de um jeito estranho. Está se sentindo bem? — Ela sai dos braços de Keehan e se aproxima da secretária.

Balanço a cabeça e Royce levanta, criando um muro entre Helen e o casal. Keehan puxa Rochelle de volta a seus braços, protetor.

Helen aponta o dedo para a chefe.

— Você consegue tudo, tudo o que quer! É tudo seu. O trabalho, o dinheiro, o homem! Estou cansada de ser seu capacho! Estou cansada de ver você tratar os homens como brinquedos. Estou cansada de ver o Keehan babar por você ano após ano e nunca nem olhar para mim! — Ela retorce a boca em um sorriso feio. — Eu sou tão boa quanto você. Não, melhor! Porque eu não sou uma vadia arrogante! Meu Deus, Keehan, você não pode querer ficar com essa farsa! — Seu corpo treme com o esforço de expelir tanta fúria, e ela fica ali parada, arfando, e um grunhido desagradável sai de seus lábios.

Keehan sai de perto de Rochelle e contorna a mesa em direção a Helen. Royce estende a mão, detendo-o.

— Eu não faria isso se fosse você. Ela é instável.

— Instável?! — ela grita. — Eu vou te mostrar o que é instável. — Pega um vaso de cristal cheio de flores e joga em Rochelle. O vaso não a atinge, mas bate na mesa de vidro e voam estilhaços para todo lado.

Antes que Royce possa segurar a mulher, que parece em transe, ela avança para a rival com a força e a velocidade de um puma. Seu corpo miúdo passa por Royce e Keehan e ela ataca a chefe. Rochelle cai no chão e Helen grita.

— Caralho! — berro e entro na briga.

Tento não pisar nos pedaços pontiagudos de vidro e segurar as duas mulheres que rolam sobre os cacos, trocando socos, chutes e puxando o cabelo. A certa altura, uma mecha de cabelo preto voa pelo ar, e percebo que é metade do alongamento de Helen.

— Vadia! Isso me custou uma fortuna! — ela grita, puxando o cabelo da outra. Mas nada acontece. Ou Rochelle fez um alongamento incrível, ou seu cabelo é natural. Eu apostaria no último.

Rochelle rola e fica por cima de Helen, pega o outro lado do cabelo e o puxa também, segurando-o em atitude triunfal. A secretária grita de dor e com suas unhas pontudas arranha os braços da chefe, deixando vergões vermelhos.

— Vadia? — Rochelle repete o nome de que Helen a chamou antes. — Ah, não! Eu sou muito pior que isso, sua vagabunda! Eu sou o seu pior pesadelo. Você está demitida, e eu vou dar queixa! — Ela segura a cabeça de Helen e esmaga seu crânio contra o tapete. Os olhos da outra moça reviram e ela para de se debater momentaneamente.

Empurro um pedaço de vidro e chuto a cadeira de Rochelle.

— Não... não... não!

Corro para segurar os braços de Helen enquanto Royce pega Rochelle pela cintura e a levanta. Ela esperneia loucamente. Ele se vira e a deposita na frente de Keehan. Seu homem a abraça imediatamente, prendendo-a nos braços.

— Caramba! Não me lembro da última vez que vi duas mulheres se estapearem por causa de um homem. — Roy sorri, sem graça, enquanto ajeita seu terno sob medida.

Eu também rio. É impossível não cair na risada com essa cena.

Royce pega o telefone do chão e aperta um botão.

— Preciso do segurança na sala de Rochelle Renner. Há uma mulher que precisa ser detida. E, por favor, chame a polícia.

Ele volta o telefone no gancho, no chão, perto da mesa quebrada. Grandes cacos de vidro apontam para todos os lados, fazendo da sala um lugar perigoso para as duas ficarem rolando e brigando. Mas nenhuma delas parece precisar de mais que um kit de primeiros socorros.

Enquanto Keehan fala com Rochelle em voz baixa no canto da sala, eu cuido de Helen. Royce me dá uma toalha molhada e eu limpo o sangue de sua cabeça e nariz. Ela resmunga baixinho e seu olhar está fora de foco. É como se ela não estivesse ali.

Abaixo a cabeça e tento ouvir o que ela está dizendo.

— Era para ele ser meu. Eu tenho dinheiro agora. Ele devia ser meu. Eu tenho dinheiro agora. — Ela continua repetindo as duas frases, e de repente me dou conta do que está dizendo. O dinheiro desviado.

— Roy, pode ficar de olho nela? Preciso fazer uma ligação.

Olho para a mulher que balança para a frente e para trás, com os joelhos no peito, murmurando.

Saio da sala, me afasto pelo corredor, pego meu celular e ligo para Wendy.

— Oi, chefe. Pegou a garota?

— Garota? — digo, franzindo a testa e pensando que ela está se referindo a Skyler.

— É ela que anda roubando a RSF. Eu mandei o relatório há dez minutos. Fui reduzindo a lista até chegar a uma tal Helen Humphrey. Ela é a única funcionária que teve grandes flutuações financeiras, com dezenas de milhares de dólares depositados a cada duas ou três semanas. Além disso, quando eu cavei mais fundo, descobri que ela fazia isso usando o código de acesso da Rochelle. Tecnicamente, parece que a Rochelle está roubando de si mesma.

— Uau.

— É. De acordo com o que eu consegui levantar, ela roubou mais de seiscentos mil dólares nos últimos dois anos. Essa mulher devia estar na cadeia.

Olho por cima do ombro em direção à porta aberta da sala e mal posso reconhecer a mulher que acabou de perder a cabeça.

— Ou em uma clínica psiquiátrica — digo.

— Alguma coisa me diz que tem uma história séria por trás dessa sua resposta. Estou curiosa! — Wendy afirma, rindo.

— Vou deixar o Royce te contar. Eu pretendo ir ver a Sky antes de chegar em casa.

— Eu imaginei. Por isso já marquei para você um voo direto para Nova York hoje à noite, em vez de para casa.

Sorrio.

— Você é a melhor.

— Eu sei. Não se esqueça disso!

— Como, se você nunca deixa?

Ela ri alto.

— Verdade. Verdade! — Ela suaviza a voz e acrescenta: — Falou com a Sky sobre as informações que eu encontrei?

Abaixo a voz.

— Ainda não. Ela sabe que eu tenho informações e que não são nada agradáveis. Mas, já que nós vamos embora hoje à noite, vou deixar para falar quando estivermos juntos.

— Cara a cara. É uma boa ideia. Me avise se precisar de mais alguma coisa. Espero que você volte para casa logo. Estou cansada de ter só o Mestre do Flerte 2.0 como companhia. Ou, melhor ainda: da próxima vez que você e o Royce precisarem fugir, levem o Bo junto.

Rio alto e balanço a cabeça.

— Ele está te dando trabalho, né?

Imagino Bo assediando Wendy sem parar, farpas voando pelo escritório, a retaliação verbal dela.

— Não, eu dou conta dele.

— Tomara!

Ouço a risada instantânea de Bo, e de repente tenho sua voz familiar no ouvido:

— Meu irmão, eu li o que a Wendy te mandou. Pode contar comigo para o que precisar. Se você quiser que eu pegue um avião e te encontre em algum lugar para quebrar a cara do sujeito, é só falar. O que ele está fazendo com a Sky... não pode ser. Com um dos nossos, de jeito nenhum — ele rosna na linha.

Fecho os olhos e pressiono o punho contra a testa.

— Valeu, Bo. Por enquanto, eu vou para Nova York conversar com a Sky e planejar nossos próximos passos.

— Eu posso te encontrar lá. Ou melhor, você me encontra lá, já que está na costa Oeste.

Sorrio.

— Obrigado, irmão, de verdade, mas preciso resolver isso sozinho. Eu aviso se precisar de alguma coisa.

— Tudo bem. Você sabe que estou a um telefonema de distância.

— Sim.

— Cuide disso, então, e diga para o Roy que a gente se vê no escritório. A Sophie ligou para falar de um documento que precisa que ele analise imediatamente.

— Peça para ela mandar por e-mail.

— Ela mandou. Acho que, de tão focado na cliente, ele não está vendo os e-mails nos últimos dias.

Suspiro.

— Nós andamos ocupados. Entre essa merda com a Sky, o desfalque e encontrar um parceiro para a cliente, é uma coisa atrás da outra.

— Sim, foi o que eu imaginei. A Wendy também investigou o novo namorado da Sophie. — Seu tom de voz é neutro, não entrega nada.

Meu coração dispara. Tenho medo de que Bo me dê informações que me façam perder a cabeça. O problema com o ex da Skyler já está me corroendo. Não preciso acrescentar o novo namorado da minha melhor amiga à lista.

— Por favor, diga que ele está limpo...

Ele ri.

— Tudo certo. A Wendy disse que fuçou bastante, mas o sujeito é imaculado. E escute essa: parece que ele foi a uma joalheria há pouco tempo e comprou alguma coisa muito cara.

— Você acha que ele vai pedir a mão dela? Já? Faz o que, um mês, mais ou menos?

— Cara, não sei. Você conhece a Sophie... conhece inteira. Sem dizer que ela é inteligente, rica e cheia de vida. Não há razão para esperar quando você tem um peixão desses no anzol.

— Disse o homem cujo pinto encolhe só de pensar em compromisso — retruco, esfregando a nuca e tentando aliviar a tensão. — Porra, ele vai pedir a mão dela!

Bo uiva de tanto rir.

— Parece que sim.

— Eu vou ligar para ela, ver como estão as coisas.

— Boa ideia. Veja se o cara não é só um relacionamento tapa-buraco depois de você.

Imediatamente me ofendo.

— Nós não tínhamos um relacionamento sério para que ela precise disso, idiota! — Minha voz soa ácida até para meus ouvidos.

— Se você está dizendo... Ela parecia muito ligada a você quando estávamos na França — ele diz, com uma indiferença que seu comentário não demonstra.

— Muita coisa aconteceu quando estávamos na França. E depois disso a minha vida inteira mudou quando eu fui para Nova York. E isso é para sempre, irmão.

— Imagino.

— Então por que está dizendo essas coisas? — Franzo a testa e bato a mão na parede do corredor em frente à sala de Rochelle, então me viro e apoio as costas ali.

— Porque eu sei como você gosta da Sophie. Todos nós gostamos. Só quero que você saiba que as coisas estão progredindo na vida amorosa dela, em alta velocidade. O trem saiu da estação e não vai parar.

Tento controlar a preocupação de que minha amiga se ferre. Nem todo mundo é como a Kayla. Skyler não é a Kayla, e o namorado da Sophie também não. Nem todo mundo sai por aí magoando os outros.

— Se ela está feliz, eu estou feliz. É melhor que esse filho da mãe seja louco por ela.

— Pode crer.

Assim que termino a ligação com Bo, as portas do elevador se abrem e dois seguranças acompanham um policial.

— Ali. — Aponto para a porta aberta de Rochelle.

Os três entram e eu os sigo.

Estou cansado quando me jogo no conforto de um dos sofás da sala de Rochelle. Ela está deitada de costas no lado oposto, o braço sobre os olhos. Os policiais levaram Helen e uma equipe de limpeza veio arrumar a bagunça, recolhendo os enormes cacos de vidro. A sala parece muito aberta e vazia sem a grande mesa ocupando a maior parte do espaço.

— Tivemos sorte — murmuro.

Keehan e Royce estão reunindo os relatórios finais para dar aos policiais. Rochelle vai contratar uma firma de contabilidade forense para fazer uma auditoria completa dos registros da empresa e determinar a extensão dos danos que Helen causou. Provavelmente ela vai conseguir recuperar uma parte do dinheiro que a mulher roubou, mas essas coisas demoram muito quando envolvem o sistema legal.

— Como assim?

— A Helen queria o Keehan. E você já tinha o Keehan esse tempo todo sem nem saber. Ela fez o que pôde para ficar com ele. Usou o seu código de acesso para roubar de você. Se vestia como você. Usava o cabelo e a maquiagem iguais. Isso tudo não é uma boa combinação. Daí ela jogou um vaso em você, quebrou a sua mesa e vocês se engalfinharam.

Ela suspira.

— Eu não podia ter sido tão burra. Ele sempre esteve na minha vida. Meu braço-direito, o homem com quem eu conto para tudo. Eu sempre comparei todos os outros com ele e achava que deixavam a desejar.

Dou risada.

— Acho que às vezes é preciso um contrato caro para enxergar o que estava o tempo todo na nossa frente.

Ela sorri, levanta o braço e dá uma piscadinha.

— Valeu cada centavo.

— Fico feliz por ouvir isso. Você se importa se eu te der outro conselho?

— Eu poderia impedir? — Ela ergue uma sobrancelha.

Sorrio, curtindo o papo com Rochelle. Posso entender por que Royce se interessou por ela. Além da embalagem, que é ótima, ela tem o raciocínio rápido e a boca inteligente. Tudo isso pode ser muito divertido para qualquer homem, especialmente para alguém como Royce. Em muitos aspectos, Rochelle Renner é o pacote perfeito para Royce. Mesmo assim, não dá para mudar o fato de que ela trabalha demais e não quer ter distrações familiares. A mãe e as irmãs de Royce estão tão profundamente enredadas na pessoa que ele é que só existe espaço para acrescentar uma mulher a seu coração. Não para substituir as que já estão lá.

— Manda — ela pede, se virando e apoiando a cabeça na mão para me dar atenção total.

— A questão nem sempre é ver o que está bem na frente do seu nariz, apesar de isso ter sido muito importante no seu caso. Às vezes essa parte pode ser resolvida abrindo os olhos.

— Então qual é a questão? Estou curiosa. — Ela sorri.

Respiro fundo e espero não ofendê-la. Nós concluímos esse caso com ela apaixonada por seu homem ideal e se livrando de uma ladra. A última coisa que quero é irritá-la, uma vez que Rochelle já tem problemas suficientes. Mas eu não estaria sendo justo se não lhe mostrasse a verdade.

— Eu acredito firmemente que a resposta para o que você está procurando não é tão simples quanto encontrar um companheiro ou ser a melhor na sua área. A questão é você querer o que já tem. O Keehan sempre esteve com você, mas o medo atrapalhou. Não deixe o medo controlar a sua vida... E, pelo amor de Deus, viva um pouco! — brigo com ela de brincadeira. — Se você passa o tempo todo trabalhando, não passa tempo nenhum vivendo.

A porta se abre. Keehan vai direto para o lado de Rochelle e se senta na curva que seus quadris flexionados deixam disponível no sofá.

Eu me levanto.

— Vou passar no banheiro antes de irmos para o hotel e o aeroporto.

Estou saindo da sala quando ela me chama:

— Parker. — E aponta para uma porta fechada em sua sala.

— Obrigado. — Abro a porta e encontro um banheiro perfeitamente branco. Tudo é branco. O chão, as paredes, as toalhas, a pia e até a torneira. — Mulher estranha — resmungo baixinho e faço o que tenho que fazer.

Enquanto lavo as mãos, noto que o espelho percorre toda a pia e chega até atrás do vaso sanitário. Sorrio e penso nas quatro vezes que escrevi uma mensagem no espelho. Em uma fração de segundo, decido que, se houver um batom na primeira gaveta, vou escrever outra.

Abro a gaveta e a encontro cheia de maquiagem e produtos de beleza. Três batons praticamente brilham no canto direito. Abro um e encontro um vermelho profundo louco para ser usado.

— Deve ser o destino.

Observo a expressão presunçosa em meu rosto enquanto levo a ponta do batom para o canto do espelho e escrevo um pequeno lembrete para Rochelle.

QUEIRA O QUE VOCÊ TEM.
COM AMOR.
EU

Fecho o batom e o jogo de volta na gaveta. Hora de pegar um avião e ir ver minha garota, porque eu sou um homem que quer muito o que tem.

10

O carro que Rochelle contratou estaciona diante do Aeroporto Internacional de San Francisco, próximo da área de embarque. Royce e eu saímos do veículo e recebemos nossa bagagem do motorista.

Depois de fazer o check-in de nossos voos, vamos para o bar mais próximo.

— Bebemos primeiro e comemos depois?

— Pode crer. — Royce solta um suspiro de cansaço.

Ele arrasta seu corpo grande por entre a multidão do aeroporto em direção à placa piscante mais próxima. Encontramos um pub — se é que se pode chamar assim — no meio do aeroporto; vai servir para o nosso propósito. As bebidas de boa qualidade em garrafas reluzentes atrás do balcão mostram que foi uma boa escolha.

— O que desejam? — pergunta um ruivo grandalhão.

Com sua camisa de flanela vermelha e a barba e o bigode encaracolados cor de ferrugem, ele parece mais adequado para derrubar árvores e gritar "Madeira!" do que para servir bebidas a pessoas apressadas para pegar um voo.

— Uísque puro, três dedos. Macallan dezoito anos, se tiver — Royce pede e coloca sua jaqueta no encosto da cadeira.

O barman olha por cima do ombro para a variedade de uísques expostos.

— Tenho.

Ele pega a garrafa e eu digo:

— O mesmo para mim.

Estalo o pescoço de um lado e do outro, tentando aliviar um pouco da tensão acumulada nesse caso e a preocupação com Skyler. Do jeito que as coisas vão, vou precisar de uma massagem de corpo inteiro para acabar com o estresse. Instantaneamente, surge em minha mente a imagem das coxas tonificadas de Skyler enroscadas em mim, suas mãos sedosas subindo e descendo pelas minhas costas. A agradável cena faz meu pau se mexer, lembrando o que me espera quando acabar o voo de cinco horas para o JFK. Jesus, não vejo a hora de pôr os olhos nela... e as mãos em sua pele bronzeada.

Royce olha para mim e ergue uma sobrancelha grossa, o que apaga a visão em minha cabeça.

Respondo da única maneira que posso.

— Preciso de alguma coisa mais forte hoje.

Meu cérebro está nebuloso, há um verdadeiro tornado de informações rodando vertiginosamente dentro dele.

— Sei. — Royce sorri de boca fechada. Ele baixa a cabeça e passa a grande mão pelo pescoço algumas vezes.

O barman coloca dois copos a nossa frente e os enche com um pouco mais que três dedos.

— Querem comer alguma coisa?

— Mais tarde — Royce responde, cansado, levantando o copo para fazer um brinde.

Levanto o meu e bato no dele.

— Ainda bem que acabou! — ele comemora, cansado.

Rio do brinde. Esse caso foi desgastante para o meu amigo.

— Que bom que acabou — concordo e deixo o uísque deslizar pela minha garganta e cair como um calor líquido no meu estômago.

Royce chupa o lábio inferior e passa os dentes nele. Dá para ver que está ruminando algo.

Arriscando um palpite, eu me meto onde não sou chamado:

— Está pensando na Rochelle?

Ele me olha de lado, mas não vira a cabeça, antes de tomar um gole lento de sua bebida, sibilando suavemente depois.

— Eu sou homem o suficiente para admitir que estava errado sobre ela. Ela não era para mim, eu entendi isso. Você e eu chegamos a um entendimento, tudo bem também. Mas isso não muda o fato de eu estar voltando para uma casa vazia, pronta para ser preenchida com uma família que eu não tenho, né?

O peso dessa situação está atingindo Royce com força. As ondas de sua infelicidade rolam ao nosso redor. Estendo a mão e lhe dou um tapinha nas costas enquanto me inclino para perto. Ele fica rígido, olhando para a frente, e eu falo:

— O que eu posso fazer por você?

Ele sacode a cabeça uma vez.

— Nada. A menos que você tenha uma negra linda pronta para sossegar e lidar com a minha mãe dominadora e as minhas irmãs malucas — ele diz, passando o dedo pelo copo. — E que esteja disposta a ficar com um homem que viaja muito, tem dois irmãos que a vida lhe deu sempre por perto e uma empresa que precisa de atenção. Fora isso, não tem nada que você possa fazer.

Respiro fundo e solto o ar devagar.

— Ela está por aí, em algum lugar.

Ele anui, mas tenho a impressão de que não acredita nisso. Rochelle foi um golpe em seu ego, maior do que eu havia percebido.

— Pense o seguinte: a Skyler entrou no meu mundo do nada. A mulher abriu a porta com uma blusinha e uma calcinha minúscula, achando que eu era a melhor amiga dela que tinha esquecido a chave.

Royce pisca lentamente e balança a cabeça, prestes a interromper, mas eu prossigo:

— Eu passei muito tempo lutando contra os meus instintos com ela, mas acabei cedendo à melhor coisa que já me aconteceu. E acredite, irmão, *não é* fácil. Ela mora longe, é uma celebridade, todo mundo quer um pedaço dela, inclusive eu. Só que o pedaço que eu quero é *enorme*. O bolo inteiro. — Respiro fundo e baixo a cabeça em direção a ele. — O que nós temos é especial. E, você sabe, vale a pena lutar pelo que vale a pena. A partir de agora, você vai ter que começar a se esforçar, ligar as antenas para encontrar a sua alma gêmea.

Por fim, Royce vira a cabeça para mim. Pouso a mão no joelho, mas fico perto, para que ninguém ouça nossa conversa.

— Ela é a sua alma gêmea? — pergunta, com a voz carregada de uma emoção que eu certamente não esperava ouvir nele, especialmente em um pub lotado no meio de um aeroporto movimentado.

Penso no cabelo loiro de Skyler caindo em seus ombros. O nariz que ela enruga de um jeito fofo. O jeito de ela me chamar de "meu bem" e como isso me faz feliz. Como se entrega completamente quando estou dentro dela, me dando *tudo* o que ela é. Lembro a animação e o nervosismo de Skyler quando conheceu minha família e meus irmãos, querendo agradá-los. Seu jeito de se entregar por inteiro quando ri. Há muita coisa em Skyler. Todos os dias eu descubro mais, e faz só alguns meses que estamos juntos. Eu não poderia imaginar a possibilidade de outra mulher ser minha alma gêmea, de amar alguém mais do que a amo.

— Eu quero acreditar que sim. Posso te dizer quando tiver certeza?

— Sem problemas. — Royce franze os lábios e levanta sua bebida. — Eu vou cuidar disso quando voltar para casa, mas não conte para a minha mãe. Se ela descobrir, vai formar fila com todas as filhas solteiras das amigas dela com números nas costas, tipo um leilão.

Rio muito ao imaginar a cena.

— Com certeza ela faria isso! — brinco, tomando um gole da minha bebida.

— Sim. Está ansioso para chegar a Nova York?

Passo o dedo pela borda do copo antes de responder:

— Mais do que eu posso expressar. Estou preocupado com ela. O tal Johan é foda.

— Você acha que ele pode machucá-la fisicamente?

Dou de ombros.

— Não sei. Só sei que ele a machucou mentalmente e emocionalmente, e eu vou usar contra ele tudo o que a Wendy achou. E isso não vai ser agradável de jeito nenhum.

Sinto calafrios percorrerem minha espinha e um desconforto no estômago.

— Você entrou em contato com a equipe de segurança da Sky? — ele pergunta, pensativo.

— Sim, eu mandei uma mensagem para o Nate ficar de olho nela e disse que o informaria sobre a nova ameaça quando chegasse lá.

Royce ri.

— E como foi? Imagino que um homem como Nate Van Dyken ou a esposa perigosa dele não gostem muito de você se intrometendo no trabalho deles.

Mais uma vez, rio em voz alta.

— Exato. Ele respondeu com uma única palavra: "Entendido".

Royce abre um sorriso largo, o primeiro desde que saímos da Renner Serviços Financeiros.

— Eles vão te pegar no aeroporto?

— Não. Eu nem avisei a Skyler que estou indo, e o voo é longo. Quero fazer surpresa. Eu sei que ela vai trabalhar até tarde hoje. Nós íamos conversar mais tarde, mas eu mandei uma mensagem dizendo que ligo amanhã, quando estiver em casa.

Deus, tudo o que eu quero é cair em sua cama, envolvê-la nos braços e deixar seu cheiro de pêssego com chantili encher meus pulmões e aliviar minha alma.

— Muito bem.

— Já que vai ser tarde e a Skyler vai estar no set, os fotógrafos não vão me perseguir. Eu quero sair do aeroporto, pegar um táxi e chegar na casa dela sem que ninguém além do porteiro saiba. A menos, claro, que eles estejam vigiando o prédio, o que não é difícil. De qualquer forma, vale a pena.

Ele bebe outro gole de uísque.

— Ah, eu analisei os documentos que a Sophie mandou e respondi. Ela está nervosa por causa de uma reunião do conselho que vai acontecer e quer que tudo esteja em ordem. Mas está tudo certo, ela não precisava ficar tão preocupada.

— Ótimo. O Bo te contou que mandou a Wendy checar o novo namorado da Sophie?

Royce sorri.

— Achou alguma coisa?

— Não. Limpo. A Wendy descobriu que ele fez uma compra considerável em uma joalheria há pouco tempo. Bem considerável.

Ele franze a testa.

— O Bo acha que ele pode pedir a Sophie em casamento.

Royce arregala os olhos.

— Fala sério! A Sophie é um mulherão, mas eles namoram há... — ele vai mostrando os dedos, como se estivesse calculando mentalmente — ... algumas semanas?

— Mais ou menos — murmuro e sorvo o resto do uísque.

O barman levanta o queixo silenciosamente, perguntando se quero outro.

— Cerveja. Sierra Nevada. — Resolvo trocar de bebida.

Ao contrário de Royce, não consigo ficar virando doses de uísque sem ficar bêbado depressa. Já posso sentir a bebida nadando em meu estômago vazio.

— Eu quero outro. — Royce levanta o copo.

O barman anui. Roy relaxa o corpo no encosto da cadeira e cruza os braços.

— Tudo bem para você essa virada no mundo da Sophie?

Eu me recosto e apoio o braço no balcão.

— Como assim?

— Você é protetor com ela. Vocês tiveram um lance físico, mas, mais que isso, ela é importante para você. Caralho, ela é importante para mim e para o Bo também.

— Sim, ela é. Só que, mais que tudo, se esse é o homem que a Sophie quer, eu fico feliz por ela. Se eu acho que é cedo demais? Sem dúvida. Eu vou dar uma conferida, ter certeza de que ela está bem e não mergulhando de cabeça em alguma coisa porque ainda está sofrendo pela morte do pai. Além disso, ela já tem bastante coisa sobre seus pequenos ombros por dirigir a empresa. Não vou pedir a ela para não se casar se estiver apaixonada pelo sujeito e achar que ele é o futuro dela, mas vou sugerir que desacelere e respire.

Royce passa o polegar pelo lábio inferior.

— Concordo. A Sophie é jovem e doce, e, sem ninguém para cuidar dela, nós temos que garantir que ela aja com inteligência.

— É verdade.

Recordo a mim mesmo que devo falar com minha amiga assim que puder.

— Para onde nós vamos agora? — pergunto, já que ele estava comandando o show antes de eu voltar de Milão e fazermos esta viagem.

— Montreal. A CEO de uma empresa de tecnologia nos chamou para desentocar um rato lá. Alguém anda vendendo segredos comerciais, e tem algum problema com bugs no sistema.

Graças a Deus não é outro caso envolvendo romance. Espionagem industrial parece tranquilo em comparação com toda a merda emocional com que estávamos lidando.

— Eu vou tirar alguns dias de folga para cuidar da confusão com a Sky e o Johan.

Royce assente.

— Imaginei. Nós discutimos os próximos passos em casa, beleza?

— Sim. Até mais — digo, me levantando e pegando meu paletó.

Royce faz o mesmo antes de me dar um tapinha nas costas e apertar meu ombro.

— Te vejo em casa, irmão — ele diz.

Jogo três notas de vinte na mesa para pagar a conta.

— É isso aí.

— Ligue se precisar da gente nessa história do Johan.

— Pode deixar.

Royce levanta dois dedos e diz:

— Vá em paz.

A cobertura de Skyler está mortalmente silenciosa quando entro, às duas da manhã. Não quero acordá-la, então deixo minha mala perto da porta da frente. Como é muito tarde, os paparazzi não estavam pairando feito abutres na porta do prédio atrás de um pedacinho de carne, como eu suspeitava. O porteiro me cumprimentou como se me conhecesse há séculos.

Desamarro os sapatos e os tiro. Não quero fazer muito barulho andando pela casa. Depois de tirar o paletó e jogá-lo no sofá, coloco uma rosa branca, que estava esperando por mim na primeira classe no avião, em cima dele. Quando a vi pensei em Skyler, então guardei a flor para ela, sabendo que a faria sorrir. Já que eu vivo para cada sorriso dela, pedi que a comissária de bordo a enrolasse em um guardanapo molhado e a colocasse em um saquinho, e a trouxe comigo. Solto um suspiro longo e cansado antes de seguir pelos corredores escuros até o quarto de Skyler.

Quando chego, fico surpreso ao ver que a cama ainda está feita e ela não está ali. Franzo a testa e olho para o relógio na mesa de cabeceira. Duas e quinze. Meus ombros caem, como se carregassem uma tonelada de cada lado.

Exausto, vou até o banheiro, tiro a roupa e entro no chuveiro. Seu cheiro me assalta no segundo em que entro naquele espaço cheio de vapor.

— Onde você está, merda? — resmungo.

Deixo a cabeça cair e a água deslizar pelos meus músculos. Precisando estar com ela, senti-la ao meu redor, despejo seu sabonete líquido na palma da mão e pego meu membro. Vejo que já está quase duro só de estar na casa dela, cercado pelo cheiro de pêssego com chantili. Apertando firme a base, subo até a ponta, imaginando Skyler com sua mãozinha em volta do meu pau, passando o polegar ao redor da cabeça.

— Que saudade, baby...

Descanso a testa nos azulejos gelados do box. Minha mente preenche os espaços em branco enquanto deslizo a mão ensaboada para cima e para baixo em minha ereção.

No meu sonho, Skyler encosta os seios nus nas minhas costas molhadas, pousa uma mão na minha cintura e com a outra pega meu pau, me levando ao melhor esquecimento de todos. Pousa os lábios no meu ombro, raspa os dentes subindo até o meu pescoço. Ali, deposita um beijo de boca aberta, me deixando louco.

Meu pau endurece dolorosamente em minha mão enquanto minhas coxas se retesam, sustentando meu peso cansado. Apoio a outra mão na parede e arqueio os quadris a cada investida.

— Meu pêssego... — sussurro. Minhas bolas estão ficando pesadas, precisando explodir.

Fecho os olhos quando, em meu sonho, Skyler pega meu membro com as duas mãos, me masturbando lindamente com todo o seu poder. Seus suspiros suaves se perdem sob o barulho do chuveiro e meus grunhidos altos.

— *Goza para mim, meu bem. Goza para mim.* — Ela descansa o rosto no meu bíceps para poder observar o poder que tem sobre mim.

— Caralho! — rosno, fechando o punho contra o azulejo.

Aperto meu pau duro, sentindo necessidade do aperto firme enquanto a Skyler da minha imaginação fala sacanagens para mim.

E então chega a hora: sinto arrepios na base da coluna, fico na ponta dos pés e me arqueio sob o prazer que rasga meu corpo enquanto jato após jato da minha essência se derramam sobre a minha mão e caem no chão molhado. O orgasmo continua e continua, enquanto imagino Skyler me ordenhando, gananciosa, querendo extrair até a última gota do meu prazer.

Deixo cair a cabeça, mas continuo apertando firme meu pau enquanto me recupero da minha aventura solitária, desejando que fosse a mão de Skyler, não a minha. Acho que ela vai chegar logo. Tem que chegar. Eles costumam ficar até tarde no set, e eu sei que estavam enrolados hoje, mas assim já é demais.

Talvez eles tenham precisado refazer algumas cenas.

Pegando meu sabonete líquido — da última vez que estive aqui, minha garota havia estocado todos os meus produtos preferidos —, coloco um pouco na palma da mão e limpo rapidamente a sujeira do dia, assim como qualquer remanescente do meu trabalho manual.

Cansado pra caralho, eu me seco com uma de suas toalhas felpudas e a jogo no cesto quando saio do banheiro. Ando nu pela casa para pegar meu celular no bolso do paletó. Sem me preocupar com a minha nudez, sabendo que Skyler não se importa, volto para a cama dela, puxo as cobertas e rolo para o meu lado. Entro em meus favoritos, pressiono o número dela e deixo tocar. Em vez de um cansado "Oi, meu bem", como seria de esperar, a ligação cai na caixa postal.

— *Você ligou para a Skyler. Deixe a sua mensagem depois do bipe e eu ligo quando puder* — termina sua saudação animada no correio de voz.

— Meu pêssego, sou eu. Eu quis te fazer uma surpresa, mas você não está em casa... Estou nu na sua cama, te esperando. Vem ficar comigo — digo com uma voz sedutora e sorrio antes de desligar.

Coloco o toque do telefone no volume alto e o jogo na cama ao meu lado, para o caso de ela ligar de volta.

Em um segundo, estou morto para o mundo.

Meu alarme toca às seis da manhã. Bato a mão na cama, procurando o celular. Merda, eu devia ter desligado o despertador. Tateio e o encontro no espaço vazio a meu lado. O lado de Skyler na cama ainda está vago. Ela não voltou para casa. Esfrego os olhos para afastar a sensação de areia e o sono e percebo que dormi menos de quatro horas, mas ela devia estar em casa.

Toco na tela do celular e noto que ela não me ligou de volta. Sem mensagens de texto nem de voz, nada. Não sei se Sky teve chance de ouvir a mensagem que deixei para ela.

Que merda está acontecendo?

Um nó de tensão pulsa em meu cérebro cansado. Esfrego as têmporas, franzo o cenho e ligo para ela. Chama várias vezes antes de cair na caixa postal de novo.

— Me ligue o mais rápido possível. Estou na sua casa e você não está aqui. Estou preocupado.

Então, mando uma mensagem.

> **Parker Ellis**
> Eu deixei mensagens no seu celular. Você não voltou para casa ontem à noite. Estou na sua cobertura. Me ligue assim que ler isto.

Suspiro e deito de novo antes de olhar para a tela outra vez e abrir o número de Nate Van Dyken.

> **Parker Ellis**
> A Sky ainda está no estúdio? Eu estou na casa dela.

Saio da cama, vou até minha mala, pego uma cueca limpa, um jeans e uma camiseta do Red Sox e me visto. Meu telefone toca quando estou indo para a cozinha preparar o café. Só que não é Skyler, é Nate.

— Ellis, é o Nate — ele fala rispidamente. — Nós vimos a Skyler em casa ontem às cinco da tarde. Ela disse que não ia a lugar nenhum e que não ia precisar dos nossos serviços.

Meu coração começa a bater acelerado.

— Às cinco horas? Eu cheguei aqui às duas da manhã e ela não estava. Cama feita, ninguém em casa. Ela não veio pra cá.

— Porra! Estou rastreando o celular dela agora — ele diz com a voz firme, mas controlada.

Sem capacidade para qualquer função cerebral normal, louco de preocupação com Skyler, me apoio no balcão da cozinha, aperto a superfície e ouço a respiração de Nate enquanto ele faz o que tem que fazer.

— Diz aqui que ela está no Hotel St. Regis, em Nova York mesmo.

As pulsações em minhas têmporas aumentam. Franzo a testa.

— Por que ela estaria em um hotel na cidade onde mora?

— Não sei. Vou para lá ver o que eu posso descobrir, assustar algumas pessoas.

Começo a caminhar até minha mala para pegar meias e sapatos enquanto digo entredentes:

— Eu vou com...

— Não, você vai continuar ligando para ela e esperá-la em casa, para o caso de ela aparecer. A Rach e eu cuidamos disso. Nós vamos encontrar a sua garota. Fique aí.

Aperto os dentes com tanta força que quase viram pó em minha boca.

— Você não tem ideia do que está me pedindo. Eu não posso simplesmente ficar aqui sentado — rosno, deixando minha intenção perfeitamente clara.

— Você não vai ficar sentado. Ligue para o celular dela daqui a dez minutos. Nós vamos estar no hotel em vinte. Se eu achar que alguma coisa ruim está acontecendo, ligo para a polícia e para você imediatamente.

Engolindo o gosto amargo que sinto na boca, para onde estou e fecho os olhos com força.

— Tudo bem. Vão lá.

Desligo e começo a andar de um lado para o outro na cozinha. Quando o relógio mostra que se passaram sete minutos, digo “puta merda” e ligo para ela. Chama muitas vezes, como se fosse cair na caixa postal, até que a voz profunda de um homem atende:

— Alô? — ele diz, sonolento.

— Quem está falando, caralho? — pergunto, com a voz áspera de quem não vai tolerar nenhum argumento.

— Johan. Quem é, caralho? — ele responde na mesma moeda.

Meu coração pulsa na garganta ao ouvir o nome do homem.

— Cadê a Skyler?

Ele dá uma risadinha. Na verdade, ri na minha orelha.

— Ela está tomando uma ducha. Qual é? Você é o namorado dela?

— Sou — rosno enquanto meu coração bate forte e o suor cobre meu couro cabeludo. — Quero falar com ela.

— Cara, ela está se lavando depois de uma noite bem divertida, e, se eu quisesse ir lá falar com ela no chuveiro, não teria atendido o telefone. Além do mais, ela precisa de uma folga de mim, se é que você me entende. — A insinuação sexual goteja de suas palavras, e uma raiva esmagadora arde em meu peito.

Ela me traiu.

Com o babaca do ex que a está chantageando.

Ela é uma mentirosa e uma traidora.

Eu a amo, mas ela *nunca* me amou.

O horror e a insegurança destroem meu coração e minha mente, tornando difícil me concentrar no aqui e agora. Só que, independentemente do que ela tenha feito, não posso deixar para lá sem ter certeza de que ela está bem. Não é da minha índole virar as costas para a mulher que eu amo quando sei que ela ainda está em perigo.

— Olha, Johan, eu sei o que você fez. Você deixou uma mulher morrer naquele clube. Eu sei que os agiotas estão atrás de você por causa de centenas de milhares de dólares. Sei até sobre as duas mulheres que você estuprou e a sua família pagou. Agora, estou pensando que o pessoal do clube que te jogou para escanteio não vai aceitar muito bem se essas informações vazarem. E acho que a agência e a sua família também não.

— Seu cuzão! — ele grita ao telefone. — Se você disser uma palavra...

— O quê? O que você vai fazer? Eu não tenho nada a perder, filho da puta!

Você já me tomou tudo o que eu amo, é o que quero dizer, é o picador de gelo que atravessa meu coração. Mas nunca vou dar a ele a satisfação de saber o que está fazendo, o que ela fez comigo.

Posso ouvir sua respiração ofegante do outro lado da linha e aproveito a oportunidade para prosseguir com minhas ameaças, que são mais como promessas.

— Isto é o que vai acontecer: você vai deixar a Skyler em paz...

— Acho que ela não vai gostar muito disso, agora que... você sabe... nós reacendemos a nossa ligação.

Aperto os dentes com tanta força que poderia quebrar pedras com eles. Meu coração está pronto para explodir, e quero quebrar tudo o que vejo na frente. Mas respiro através da dor e da raiva e falo da forma mais clara e direta possível:

— Deixe a Skyler em paz. Deixe ela sair desse quarto de hotel e não a procure nunca mais. Destrua as fotos, senão eu vou fazer todos os meios de comunicação daqui até Timbuktu espalharem a verdade repugnante sobre você ter deixado uma mulher morrer em um clube de tortura clandestino e imundo. Além disso, eu vou divulgar que você é um drogado e vou fazer os seus pais responderem por te livrar da cadeia por duas acusações de abuso sexual. Você acha que a mamãe e o papai queridos merecem ser jogados aos lobos depois de te dar cobertura? Hein?

— Você diz que eu sou um lixo, mas você não é nem um pouco melhor — Johan retruca, sarcástico. Seu sotaque vai se tornando mais forte quanto mais irritado fica.

— Pode ser. Mas você não tem escolha. Deixe a Skyler em paz e fique fora da vida dela. — Pronuncio cada palavra como se o estivesse esfaqueando no peito, da mesma forma que saber que Skyler me traiu tortura minha alma.

— Johan? O que você está fazendo com o meu celular? — ouço sua voz doce, mas cautelosa, em segundo plano.

— Você tem quinze minutos para tirá-la desse quarto e levá-la ao saguão, onde a equipe de segurança dela está esperando. Senão eu aperto "enviar" no e-mail que escrevi para o *New York Times*. Entre outros. — Desligo e bato o telefone no balcão.

Pegando-o de volta, ligo para Nate.

— Ela vai estar no saguão em quinze minutos.

— Eu vou levá-la de volta para casa, cara. Para você — ele garante.

— Não precisa. Eu já vou ter ido embora quando ela chegar. Acabou tudo entre a gente.

Então eu desligo e jogo o telefone na parede de azulejos com tanta força que ele se estilhaça em mil pedaços, que voam para todo lado. Vou até minha mala, pego meias e sapatos e encerro o caso.

Acabou. Sky e eu... acabou. Não consigo entender que ela tenha me magoado desse jeito. Ela deveria ser a mulher certa. Minha uma em sete bilhões. E agora?

A raiva toma meu corpo inteiro, crescendo como gás contido em um espaço pequeno, expandindo, precisando sair. Pego a primeira foto que vejo na mesinha perto do sofá. É a de Skyler e eu na piscina. Ela a pôs em um porta-retrato e o colocou na mesa com todas as pessoas de quem gosta.

Mentira.

É tudo mentira.

Com um rugido, jogo o porta-retrato no chão e o quebro em pedacinhos, vidro e madeira despedaçados. Não é o suficiente. Sem pensar, olho para a mesa de fotos.

Tudo mentira! Ela é uma mentirosa. Uma mentirosa e uma vadia traidora! Com outro grito animalesco, corro os braços pela mesa, derrubando e estilhaçando os porta-retratos.

Não é suficiente. Nunca vai ser. Nada se compara. A traição da Kayla não me destruiu assim. Tenho que sair daqui. Olho em volta e percebo a bagunça. Foda-se! Não me importa. Preciso de um carro. Vejo meu celular destruído. Não pensei nisso... Procurando entre os escombros, encontro o chip e o guardo no bolso. É o último pensamento lúcido que tenho antes que a escuridão de tudo o que acabou de acontecer preencha minha mente e minha alma.

Sem olhar para trás, abandono a cobertura de Skyler com a intenção de nunca mais voltar.

SKYLER

DOZE HORAS ANTES...

Olho meu celular pelo que parece ser a milionésima vez e leio de novo a mensagem de Parker. Ele vai me ligar amanhã. *Ugh.* Estou cansada de esperar para falar com ele. Ele disse que tinha algumas informações para me dar sobre Johan e suas ameaças, mas ainda estou esperando. Tracey está no meu pé para eu aprovar os comunicados à imprensa que ela escreveu sobre as fotos que vão sair, mas não quero fazer isso antes de falar com ele. Parker parece tão convicto de que, seja lá o que Wendy tenha encontrado, vai tirar esse problema das minhas mãos, as fotos vão ser destruídas e o público jamais vai saber da minha estupidez.

Só que Wendy e Parker não conhecem Johan. Ele nunca faria algo assim sem uma razão. Posso ter sido ingênua e apaixonada quando estávamos juntos, mas não sou mais. Sou mais forte, mais capaz de lidar com os meus problemas. E conheço Johan. Independentemente do que Parker possa pensar ou sugerir, ele não é perigoso. No entanto, algo importante está acontecendo em sua vida que o está fazendo me atacar.

Ele quer cinquenta milhões de dólares.

Eu conheço Johan há muito tempo, e ele nunca foi cruel. Pode ter sido indiferente, me traído muito e me usado por dinheiro, mas não era cruel. Quando meus pais morreram, ele me deu força, ficou ao meu lado todos os dias durante os meses em que me acabei de chorar. Foi ao funeral comigo e se sentou ao meu lado enquanto eu segurava sua mão — uma ligação com o mundo real quando tudo parecia tão surreal. Ele me ajudou no pior momento. Sem ele em minha vida, eu poderia ter feito algo pior que afogar as mágoas em bebida e remédios. Quando eu não conseguia funcionar mais e não via nada além da escuridão, Johan me levantou. Ele me fez melhorar. Me ajudou a ver a luz no fim do túnel, que, na época, era minha carreira.

É difícil acreditar que ele esteja me chantageando desse jeito. A sensação que eu temia surge em minha mente, e eu franzo os lábios. *Preciso* falar com ele cara a cara, descobrir por que está me magoando desse jeito. Eu me afastei dele há um ano e meio e nunca olhei para trás. E ele não se importou. Praticamente me pediu para ir embora. Claro, tudo isso depois que ele limpou a conta conjunta que usávamos para pagar as contas da nossa casa. Felizmente, eu transferia pequenas quantias mensais para a conta conjunta, e não o dinheiro que ganhava trabalhando. Senão, receio que ele teria me levado tudo também.

E é o que está fazendo agora. Ele não sabe que eu valho várias centenas de milhões, dinheiro com que jamais vou saber o que fazer. Tudo o que eu sempre quis foi atuar em grandes filmes, contar lindas histórias com o meu trabalho, encontrar um homem para amar e que me amasse e construir uma vida com ele. Ter um casal de filhos um dia e dar a eles tudo o que meus pais me deram e muito mais.

Suspiro ao imaginar Parker com uma criança nos ombros enquanto toca, feliz, minha barriga de grávida. Um dia. Mas temo que o dia nunca venha se eu não resolver essa situação com Johan e ele não sair da minha vida.

Eu estava tão perto de dizer ao Parker que o amo... E sei que ele sente o mesmo por mim. Acredito nisso a cada respiração que ouço ao telefone, a cada sussurro dele dizendo "meu pêssego" no meu ouvido, na maneira como me adora, e ao meu corpo, quando fazemos amor. Ele é tudo o que eu quero no mundo, e não vou deixar que um zé-ninguém como Johan e sua tentativa de extorsão estraguem isso. Não quero que a adorável mãe do Parker e seu pai despreocupado vejam essas fotos de mau gosto e pensem mal de mim. Fotos que nem deveriam ter sido tiradas. Johan me convenceu a fazer aquelas coisas pervertidas porque gosta disso, e na época eu queria agradá-lo. Não tenho problema algum com esse estilo de vida, mas, depois de algumas incursões, sei que não é para mim. O que Parker e eu temos quando nossos corpos se unem *é* para mim. É tudo de que eu preciso e muito mais. Não posso deixar nada atrapalhar o que temos. Eu vou pagar qualquer quantia que ele peça.

Tomada a decisão, pego o celular e ligo para Johan, sentindo a confiança de que posso lidar com isso sozinha. Surpreendentemente, ele não mudou o número e atende no terceiro toque.

— Oi, Skyler. Estava esperando você ligar a qualquer momento. Como vai? — Seu tom de voz é como o de um velho amigo, não de alguém que está me chantageando por mais dinheiro do que a maioria das pessoas jamais vai ver na vida.

Aperto os dentes e respiro fundo.

— Eu quero falar com você pessoalmente, agora, sem advogados.

— Você vai trazer o dinheiro? Se assim for, eu levo as fotos — ele diz com indiferença, como se chantageasse mulheres todos os dias.

— Eu quero *conversar*, Johan. Onde eu posso te encontrar?

— No Hotel St. Regis, quarto 242. — Ele desliga, aparentemente sem nenhuma preocupação na vida.

Em vez de chamar os Van Dyken para me levar até lá, ligo para a recepção e peço um táxi.

Johan segura a porta do quarto de hotel aberta. Está usando jeans e uma camisa azul aberta no colarinho. Tem olheiras, e seu cabelo escuro normalmente grosso está bagunçado e sem brilho. Até suas bochechas estão fundas, fazendo-o parecer esquelético.

— Você está péssimo — observo, entrando no quarto e jogando minha bolsa e jaqueta no sofá.

— Já você, não. Sempre linda, um sol dourado com peitos, pernas e bunda maravilhosos. Tenho certeza de que o seu novo namorado está gostando muito dos seus atributos. Eu sei que sempre gostei.

— É mesmo? Se gostasse tanto, não teria transado com metade das modelos com quem trabalhou.

Ele estala a língua.

— São águas passadas. Além disso, você não está aqui para alisar o meu ego, e eu não estou aqui para provar sua mercadoria extraordinária. Se bem que eu poderia ser persuadido muito facilmente, como você sabe.

Reviro os olhos.

— Por que você está fazendo isso comigo? Por que está me chantageando?

Ele ignora a pergunta.

— *Chantagem* é uma palavra muito feia, não acha?

— Acho que descreve com precisão o que você está fazendo comigo. Você está ameaçando mostrar fotos inapropriadas de mim, aquelas que eu não sabia que você estava tirando em um momento em que eu estava muito vulnerável. Eu confiei em você, Johan — digo com a voz trêmula.

Ele tem que saber o que isso está fazendo comigo. Se ele se importasse, saberia.

— E eu cuidei de você, muitas vezes, se não me falha a memória. Você sempre foi fogosa na cama, fácil de agradar — reflete, como se fosse um jogo, ignorando a dor que está causando.

Furiosa, aperto os punhos na lateral do corpo.

— Porque eu te amava! — grito, querendo bater o pé e fazer uma birra que o mundo nunca viu. No entanto, pelo bem do meu orgulho, consigo me controlar.

Ele franze a testa.

— É uma pena, porque eu não sou capaz de amar. Você percebeu isso.

— Sim, do jeito mais difícil eu percebi. Mesmo assim, nunca pensei que você fosse cruel. Eu sei que você gostava de mim. Você cuidou de mim quando os meus pais morreram...

— Eu ainda gosto de você. Só que isso não muda a situação em que eu estou. Eu *preciso* de grana, e muita. Senão a minha vida vai estar em perigo. Eu tomei umas decisões bem ruins e me envolvi com algumas pessoas horríveis que pretendem me ferir, me matar se eu não pagar. Não tenho escolha — ele diz, apertando os dentes.

Por fim estou somando dois e dois. A preocupação em seus olhos, o medo a cada palavra que pronuncia, mesmo tentando escondê-lo. Ele está apavorado. Temendo pela própria vida.

— Johan — digo, levando a mão ao peito —, sempre existe uma escolha. — Suspiro, permitindo que a dor que ele está me fazendo sentir transpareça em minhas palavras.

— Não se eu quiser viver. Você é o meu último recurso. — Ele engole em seco e limpa a garganta.

Tomando uma decisão precipitada, faço o que minha mãe teria feito. Ela nunca deixaria alguém de quem gostasse viver com medo, mesmo se a magoasse. Quando ela amava alguém, amava incondicionalmente. Eu também sou assim. Com ela em meus pensamentos, ofereço algo que sei que não deveria:

— Então eu vou te ajudar, porque você me ajudou quando o meu mundo ficou escuro. Porque um dia eu te amei mais que qualquer coisa na Terra. E porque eu nunca poderia me perdoar se te desse as costas e a sua vida corresse perigo.

Ele volta o olhar para mim, suavizado, e seus ombros caem, imagino que de alívio.

— Skyler...

Sua voz treme, e ele corre para mim e me puxa para um abraço de corpo inteiro. Vêm correndo à superfície lembranças do tempo em que ele me abraçou quando eu estava entorpecida depois da morte dos meus pais. Ele afunda o nariz no meu ombro, e, incompreensivelmente — pois nunca, jamais vi esse tipo de emoção em Johan —, sinto suas lágrimas molharem minha pele.

— Desculpe, desculpe por ter magoado você. Obrigado. Obrigado, Skyler.

Por mais que eu deteste o que ele fez comigo quando estávamos juntos, e o que ameaçou fazer comigo agora, sinto sua agonia. Ele está perdido e assustado, indo pelo caminho errado. Cabe a mim lhe mostrar a verdadeira gentileza, como ele me mostrou um dia.

— Vamos dar um jeito nisso. Eu vou te ajudar. Comece me contando a quem você deve e quanto.

No momento em que ligamos para o serviço de quarto ontem à noite, já tínhamos feito a lista extraordinariamente longa de pessoas a quem ele deve e a quem se refere como gente *muito perigosa*. Já passava da uma da manhã e eu estava exausta quando terminamos. Com a imprensa farejando na entrada do hotel, Johan me incentivou a passar a noite em seu quarto, dizendo que dormiria no sofá. Depois de compilar a lista e organizar com meu administrador financeiro o pagamento de cada dívida — no valor total de vinte milhões, não cinquenta —, ele me entregou o pen drive com as fotos, que eu guardei no bolso, planejando quebrá-lo com um martelo quando chegasse em casa.

Ele ainda não havia me dito para que queria os trinta milhões a mais que pediu originalmente, mas eu tinha a sensação de que era para lhe garantir uma posição confortável, porque ele perdeu completamente o status no mundo das passarelas e da atuação. Depois de tudo dito e feito, ele admitiu que tinha um sério problema com drogas, e de novo eu aceitei ajudá-lo pagando uma clínica de reabilitação que atende ricos e famosos e mantém tudo no sigilo e anonimato, para que os clientes possam ficar limpos em paz, sem se preocupar com a mídia. Ele acabou concordando e me agradeceu profusamente. E também se desculpou muito pelo que planejava fazer.

Esta manhã, sinto o corpo coberto de sujeira. Não tive a chance de tomar banho depois de um dia inteiro no set antes de vir correndo para cá. Sabendo que Johan não vai se importar, checo a tranca, que ainda está no lugar na porta do quarto, vou para o banheiro e tomo um longo banho, deixando a semana inteira escorrer pelos meus dedos enquanto a água esquenta e alivia minha dor e meus músculos tensos. Quando termino, eu me seco e visto a mesma roupa de ontem. Não pretendo sair daqui usando roupas de outro homem. A imprensa vai enlouquecer quando me vir saindo de um hotel com a mesma roupa que usei na noite passada.

Pegando meus sapatos, vou para a porta do quarto. Ouço Johan ao telefone. Fico ouvindo, pois não acredito nem por um segundo que ele vai ser totalmente honesto comigo sobre seus assuntos. Se bem que saber que finalmente tenho as fotos me deixa tranquila — por enquanto. Também sei que vou ajudar alguém de quem gostei muito. Minha mãe ficaria orgulhosa. Caramba, eu estou orgulhosa de mim mesma. Além do mais, ele me ajudou quando precisei, e, com isso, sinto que retribuí o favor cem vezes. Agora posso continuar minha vida com Parker sabendo que fiz o certo com Johan. E, no fim, espero poder dizer que ele fez o certo com a nossa amizade.

— Seu cuzão! — eu o ouço gritar ao telefone. — Se você disser uma palavra...

Eu me encolho, pensando que ele está falando com outro de seus amigos perigosos e barra-pesada, tentando resolver as dívidas com o dinheiro que lhe dei.

— Acho que ela não vai gostar muito disso, agora que... você sabe... nós reacendemos a nossa ligação — ele diz, com uma voz forçadamente sensual.

Isso não mexe comigo em absoluto, mas é estranho falar assim com um homem a quem se deve dinheiro. Tanto que abro a porta e vou até onde ele está, com o telefone pressionado no ouvido.

— Você diz que eu sou um lixo, mas você não é nem um pouco melhor — ele continua, com sarcasmo, e se vira.

É quando percebo que ele está segurando meu celular, não o dele.

— Johan? O que você está fazendo com o meu celular?

Ele me ignora, ouve atentamente e então desliga, jogando o aparelho de volta na minha bolsa.

— Com quem você estava falando? — pergunto.

Sabendo instintivamente a resposta, meu coração começa a bater forte, com um pressentimento ruim.

— Seu pretenso namorado. Mas acho que não é mais. Não precisa agradecer. — Ele estremece e faz um som como se engasgasse. — Skyler, com certeza você sabe escolher. Primeiro eu, depois esse sujeito... Isso é um retrocesso, não um avanço. Você merece coisa melhor.

Corro até ele e empurro seu peito com as duas mãos, derrubando-o no sofá. Ele cai todo desajeitado.

— O que você fez?! — grito, tão alto que machuco meus próprios ouvidos.

— Skyler, esse cara é um idiota. Ele me ameaçou com umas merdas do meu passado que acabariam me matando se fossem divulgadas.

Meu corpo inteiro começa a tremer incontrolavelmente.

— Ah, meu Deus... Ah, meu Deus! Ele acha que...

Pego meu celular e vejo as mensagens de texto e de voz. Antes de ligar para Parker, ouço as mensagens e afundo no sofá, com lágrimas nos olhos. Cada uma é um golpe tão forte no meu coração que não sei como vou superar.

— Ele acha que... Ah, não.

Meu mundo está desmoronando ao meu redor, pedaço por pedaço, enquanto sinto meu estômago se apertar e a bile subir pela garganta. Mal consigo respirar.

— Skyler, eu te fiz um favor, em agradecimento por você ter me ajudado. Ele não é bom o suficiente para você. Mas você tem que ir embora, porque ele disse que a sua equipe de segurança está no saguão te esperando.

Sufoco um soluço e me levanto, pegando minhas coisas.

— Johan, *nunca mais* me procure. Eu te desejo tudo de bom, mas você arruinou a minha vida pela última vez. Por favor, considere o dinheiro que eu te dei como um presente e refaça a sua vida.

— Skyler, não. Vamos ser amigos. Vamos ajudar um ao outro, como nos velhos tempos. — Ele me segue até a porta da suíte.

Sacudo a cabeça e dou meia-volta. As lágrimas correm pelas minhas bochechas mais rápido do que consigo secá-las.

— Não. Siga com a sua vida. Eu estou tocando a minha, se bem que não sei como vou consertar essa confusão com o Parker.

— Foda-se ele. Ele não te merece — ele diz, com malícia.

— Você está errado — respondo com a voz entrecortada, como se tivesse engolido lâminas de barbear. — Eu é que não o mereço. Eu amo o Parker, e agora ele acha que eu fiz a pior coisa que uma pessoa poderia fazer: trair. — Engulo em seco ao sentir a dor que essa palavra provoca em meu coração.

Dou meia-volta e agradeço à minha estrela da sorte porque as portas do elevador se abrem imediatamente quando aperto o botão.

Eu magoei o homem que amo e não sei como consertar isso.

Ele acha que eu o traí.

Mãe, pai, se estiverem no céu, por favor me ajudem a chegar até o Parker antes que ele termine tudo.

Preciso dizer a ele que o amo, e que nunca, nem em um milhão de anos, vou ser infiel a esse amor.

O elevador apita e eu saio correndo para os braços de Rachel. Ela me abraça.

— Pronto, estou aqui.

— Eu tenho que ir para casa! Agora!

O terror e a ansiedade torturam minha consciência.

— Tudo bem, tudo bem, nós vamos te levar para casa, mas você precisa se acalmar. Está cheio de paparazzi lá fora.

— Eu não me importo! Preciso falar com o Parker! — grito, histérica.

Rachel anui, tira o boné de beisebol da cabeça de Nate e o coloca na minha, protegendo meu rosto encharcado do olhar dos outros. Tira seu longo casaco e o enrola ao meu redor, protetora.

— Mantenha a cabeça baixa. Eles não precisam ver suas lágrimas. Não dê isso a eles.

Anuo e passo o braço em torno de seu corpo familiar enquanto eles me conduzem por entre a multidão que grita meu nome e tira fotos. Pulo no SUV e bato as costas contra o couro.

— Você falou com ele? — pergunto, pousando o braço no ombro de Nate.

— Sim.

— E...

— Ele disse que ia embora antes de você sair do hotel.

Bato no encosto do banco e grito de frustração.

— Não! Não! Não! Isso não pode estar acontecendo. Eu amo o Parker. Vocês não entendem?!

— Sim, Sky, nós entendemos. Você o ama, nós sabemos disso. Ele sabe disso também. Tudo vai dar certo. Nós vamos resolver isso juntos. Agora precisamos te levar para casa em segurança. — A voz de Rachel é controlada e totalmente no comando.

Sacudo a cabeça e me jogo no encosto do banco.

— Eu nunca mais vou me sentir em casa. O único lugar seguro em que eu já estive desde que perdi os meus pais foi nos braços dele. E ele foi embora. Não sei como vou recuperá-lo, fazê-lo entender o que aconteceu.

Rachel acaricia meus braços e me aconchega carinhosamente em seu peito, do jeito que imagino que uma irmã faria.

— Vai dar tudo certo — promete.

Tenho medo de que seja uma promessa vazia antes que ela termine com:

— Quando existe amor, sempre existe um jeito.

INTERNATIONAL GUY

Montreal

A Pierre Bourdon.
Você compartilhou comigo e com a minha irmã de alma o amor pelo Canadá e o jeito franco-canadense de viver. Estas duas californianas jamais vão esquecer a sensação de pôr os pés na neve na primavera... o pneu furado em Old Quebec... as vistas deslumbrantes, as relíquias cobertas de neve... e o show de luzes na igreja, que vai viver em nosso coração para sempre.
Merci, alma gêmea.

1

Vazio por dentro e por fora. Tudo o que eu sou, tudo o que pensei que pudesse ser, deixei nas mãos de uma mulher. Uma mulher linda, quente, sexy e, no fim... uma traidora. *Manipuladora.* Eu devia saber que nunca, jamais poderia ter dado certo entre nós. Ela é famosa, uma celebridade. Eu não sou ninguém comparado a tudo o que é Skyler Paige.

A maldita mulher dos meus sonhos.

Por que ela se contentaria com um homem de negócios, amante de cerveja e beisebol, que mora em Boston, podendo ter qualquer cara do mundo inteiro? Não faz sentido. *Nós* não fazíamos sentido, mesmo que por um tempo eu achasse que ela era minha. Eu guardei toda a sua beleza e o que acreditava ser sua alma no meu coração.

E agora eu perdi isso. Perdi *tudo.*

Não tenho ideia de como seguir em frente, quais devem ser meus próximos passos. Honestamente, nunca me senti tão mal. Nem mesmo quando Kayla me traiu. Como se tivesse sido estripado e colocado em um espeto.

Há também a questão dos meus irmãos. Quando Bo e Royce descobrirem, vão pegar no meu pé, me forçar a falar sobre ela, a superar e seguir em frente. Como se supera o amor da sua vida? Claro que eu já sofri antes — o que significa que eu sabia exatamente no que estava me metendo quando assumi um relacionamento com Skyler. Mesmo assim, eu mergulhei de cabeça. Ficava cego quando ouvia "meu bem", quando sentia sua insegurança e o jeito como ela parecia precisar de mim.

O fato de Skyler contar comigo me fazia sentir com três metros de altura. Ser seu homem, ouvir sua voz ao telefone todas as noites, ter seu corpo na minha cama cada vez que tínhamos chance foi como viver um sonho. E, como pode acontecer com todos os sonhos, o meu facilmente se transformou em pesadelo.

Acho que não era para ser. Já vi muitas coisas na vida que são assim, que não eram para durar. Minha mãe até me avisou sobre isso quando eu era pequeno.

Às vezes, os momentos bonitos são como areia escorrendo pelos dedos da gente, um grãozinho por vez. Quando você está vivendo esses momentos, é a melhor sensação do mundo. Mas então, tão depressa como vieram, eles vão embora. Ficamos só com as lembranças do momento, a sensação de termos tido algo tão suave e cintilante ao nosso alcance. Isso é parte da beleza da coisa, saber que você a teve nas mãos por um breve período é uma bênção. Lembre-se disso, filho. Nem tudo na vida é para durar.

Vou até a cozinha para pegar outra cerveja, pretendendo somá-la às quatro garrafas vazias em cima da mesa. Peguei o voo de Nova York para cá em completo transe. Só me lembro de ter ido à primeira loja de celulares que vi, comprado outro, baixado meu backup mais recente da nuvem e o desligado. Desde então, estou trancado em meu apartamento. O telefone fixo toca aleatoriamente — o identificador de chamadas mostra que provavelmente é Wendy —, mas eu o ignoro e deixo as chamadas caírem na caixa postal. Estou entorpecido. Eu disse a Royce que ia tirar alguns dias e falar com eles hoje. Ele deve achar que estou transando com a minha mulher agora, que é exatamente onde eu deveria estar!

Uma raiva intensa corre pela minha coluna e me envolve como um mal muito real.

— Caralho! — rujo quando as garras da traição deslizam por toda a minha pele, cravando-se em qualquer pedaço de carne que encontram.

Sinto um arrepio na nuca, pego a garrafa de cerveja e olho para o teto.

Branco. Liso. Nada.

Imagens dela inundam minha visão.

Skyler nos braços de Johan...

Passando a noite na cama dele...

Aquelas mãos delicadas no corpo dele...

Os lábios dele nos dela...

É como uma roda d'água fora de controle, jogando a próxima carga de imagens horríveis, cada uma pior que a anterior. Sou tomado por tremores violentos, como se um balde de aranhas tivesse caído sobre a minha cabeça e elas deslizassem pela minha pele.

— Por quê, Skyler? Por que você fez isso comigo? Com a gente! — grito em meu apartamento vazio.

O fogo que há dentro de mim cresce em proporções épicas, queimando carne e músculos de dentro para fora. Não aguento o desespero, as coisas horríveis que estou sentindo pela mulher a quem dei meu maldito coração!

Outra imagem dela me jogando um beijo surge em minha mente. Aperto os dentes, fecho os olhos o mais forte que posso e, impulsivamente, puxo o braço para trás e soco a parede da cozinha com a mão que segura a garrafa. Não só o vidro se estilhaça e corta minha mão como meu punho atravessa a parede de drywall.

Uma dor lancinante ricocheteia em minha mão, antebraço e ombro. Um grito gutural rasga a sala enquanto caio de joelhos, segurando a mão ensanguentada. Mal consigo me segurar no balcão quando caio, para suavizar a queda. Bato os joelhos no piso violentamente e meu corpo se sacode, estremecendo conforme a agonia da dor penetra minha consciência.

A porta do meu apartamento se abre. Eu mal olho para cima. Um par de botas de motociclista pretas e sujas surge em minha visão.

— Irmão... caralho! — Ouço a voz torturada de Bo quando ele se inclina e me segura pelos ombros. — Jesus Cristo... o que foi que ela fez com você?

Fecho os olhos. A vergonha flui por todos os meus poros.

Bo levanta meu braço.

— Merda, Park, você vai precisar levar pontos. Pode até ter quebrado a mão. O que você fez?

Ele vê a parte quebrada da parede acima do balcão, perto de onde estou ajoelhado.

— Você socou a parede? — Ele pega uma toalha e enrola em minha mão. — E como foi que você cortou a mão? Cara... foi fundo e está sangrando pra caralho. Temos que ir para o pronto-socorro.

Sacudo a cabeça.

— De jeito nenhum. Eu não vou.

— Vai sim. A menos que você queira que eu ligue para a sua mãe, para ela enfiar um pouco de juízo na sua cabeça. Acho que isso pode ser um pouco mais doloroso que engolir o orgulho e deixar o seu irmão cuidar de você, né? Agora venha. Você está encharcando a toalha, e sangue me dá aflição.

Ver sangue faz Bo pirar.

Sufoco uma risada, e as quatro cervejas que bebi na última hora reviram em meu estômago. A mulher que eu amo me traiu. Como Kayla. Meu passado vem à superfície com a mágoa para me assombrar, cravar a faca vil da traição mais fundo no meu coração.

Minha boca saliva e sinto um gosto amargo na língua.

— Ah, não. — Sinto engulhos e seguro a barriga com a mão boa.

Bo me levanta e me apoia na pia, e meu almoço líquido sai de dentro de mim. Quando vejo que já pus tudo para fora e a ânsia passa, abro a torneira e lavo a boca. O ácido queima minha garganta, como se eu tivesse engolido lâminas de barbear.

— Uma garrafa de água, por favor — digo, apontando para a geladeira.

Bo pega a garrafa, coloca-a no balcão a minha frente e sai da cozinha sem dizer uma palavra. Mal consigo respirar fundo algumas vezes antes de ele estar agachado aos meus pés segurando meu par de Nikes. Enfio os pés um de cada vez e ele os amarra em silêncio, cuidando de mim enquanto não posso me cuidar sozinho. Ele pega meu moletom cinza de cima do balcão e o veste em mim, me ajudando a passar a mão ferida pela manga o mais suavemente possível, sem acrescentar mais dor e sofrimento.

Caramba, eu tenho os melhores amigos.

Bo me leva até a porta da frente e pega a chave do Tesla. Ele está de moto e sabe que não vou montar naquilo. Ferido ou não, de jeito nenhum. Nem fodendo.

Dentro do carro, estamos em silêncio enquanto descemos a rua até o hospital mais próximo.

— Você vai me contar o que aconteceu? — ele pergunta, por fim.

Suspiro e esfrego a testa com a mão livre.

— Não tem muito o que dizer.

Ele ri e me olha de lado.

— Pela minha experiência, sempre tem algumas boas razões para um homem socar a parede, e todas elas se concentram em torno de uma coisa...

— Ah, é? Me ofereça a sua sabedoria de vida — digo, entorpecido.

— Uma mulher.

Aperto os dentes e olho pela janela.

— A sua namorada provavelmente é a mulher mais sexy do mundo, e uma beleza dessas deve ser difícil de segurar. — Ele olha para mim com uma expressão de pena no rosto. — Hoje saiu uma matéria em uma revista de quinta categoria dizendo que ela foi ao Hotel St. Regis, em Nova York, ontem à noite. Essa mesma matéria afirma que ela só saiu hoje de manhã do hotel, que por acaso é o mesmo onde o ex canalha dela está hospedado. Não pode ser coincidência — arrisca.

— Não é coincidência.

Suspiro e aperto os dentes, tentando conter a frustração que essa admissão me provoca.

— Por que ela foi até lá? — A pergunta dele é mais uma expressão de surpresa.

Dou de ombros.

— Como se eu soubesse.

— Você não falou com ela? — Bo pergunta, voltando a cabeça para mim como se tivesse se ofendido com tal absurdo.

— Eu liguei hoje de manhã, depois de três horas de sono em uma cama vazia na casa dela — bufo —, preocupado com a segurança da Skyler. Adivinhe quem atendeu o celular dela, se gabando da diversão da noite.

O rosto de Bo se transforma em uma máscara de repugnância.

— Não acredito.

Quem dera eu também não acreditasse.

— Acredite, ela estava lá. Eu ouvi a voz dela depois que o encurralei com toda a merda que a Wendy descobriu sobre ele.

— Ele vai deixá-la em paz? — Bo ultrapassa alguns carros e pega a pista expressa.

Mantenho o braço em ângulo reto, com a mão apontando para cima.

— É o que eu espero. Se bem que eu acho que isso é irrelevante, já que ela passou a noite com ele.

Visões de Skyler rolando na cama com Johan fazem meu peito apertar tanto que mal posso respirar. Busco o ar e desço o vidro do carro para deixar a brisa fresca aliviar minha náusea.

— Ela tentou te ligar, te contar o que aconteceu? — Bo indaga, com raiva e descrença na voz.

O fogo que apaguei vomitando na pia volta como um inferno em minhas entranhas e peito.

— Não interessa. Ela me traiu. Com o ex-namorado que a estava chantageando.

Bo franze a testa e alisa o cavanhaque.

— Não sei, meu amigo. A mulher que eu vi no Lucky's estava radiante por estar com você. E não tente fingir que você não estava louco por ela, porque todos nós vimos isso.

— Eu amo a Skyler, Bo, caramba. *Amo.* E ela me traiu, igual à Kayla. Você é que é esperto se divertindo com as suas mocinhas. Foda-se o amor e foda-se ela! — grito, apertando os dentes.

A dor que sinto na mão deixa todo o meu corpo quente. O suor faz meu couro cabeludo coçar, e minha visão embaça antes que eu abra mais a janela. O vento leva a escuridão para longe.

Bo sacode a cabeça.

— Meu amigo, eu sei que você está magoado e se corroendo por dentro, mas tem que haver uma explicação. A Skyler não é do tipo que trai.

Bato a cabeça no banco de couro.

— E quem é do tipo de trai?

— Eu — ele responde e sorri.

Expiro lentamente e engulo em seco.

— Que nada. As suas mocinhas sabem qual é a sua. Eu só sei, cara, que ela esteve lá com ele, a noite toda. Não atendeu as minhas chamadas nem respondeu as minhas mensagens. Eu dormi em uma cama vazia enquanto ela se reconciliava com o ex.

— Foi isso que ela disse? Que voltou com o ex? — ele pergunta, seu tom de voz demonstrando quanto isso lhe parece vil.

— Não! Isso foi o que *ele* disse!

— E você acredita nele? — Bo pergunta, com palavras de puro choque.

— Ela estava no quarto dele e passou a noite na cama dele, um homem que ameaçou espalhar fotos repugnantes da Skyler... que ele tirou sem o consentimento dela. Um cara que queria cinquenta milhões de dólares para manter tudo longe da imprensa. E ela foi até o hotel dele, deixou os seguranças em casa.

Bo inspira forte.

— Bem perigoso isso.

— Sim. Para ela, poderia ter sido fatal. E ela aproveitou a oportunidade para se encontrar com ele no hotel e passou a noite lá. Quando eu liguei, às seis da manhã, e ameacei o cara, ele se mostrou muito interessado em contar que tinha transado com a minha mulher. — Estrangulo as palavras enquanto o gelo preenche minhas veias e esfria minha alma. — Porra!

Parece que vou explodir. Quero abrir outro buraco em algum lugar com um soco. O painel do carro me parece convidativo.

— Relaxa, nós vamos descobrir o que aconteceu. Mas eu acho difícil de acreditar, só isso — ele diz com um tom de voz suave.

Às vezes eu me pergunto se Bo já gostou de uma mulher a ponto de deixá-la chegar perto o suficiente para machucá-lo do jeito que eu fui ferido. Ele sempre teve muitas mulheres, e a nenhuma delas entregou nada além do que tem dentro da calça. Ele não entenderia.

— Pois eu não acho nada difícil. Eu amava a Kayla, e ela me traiu com o nosso melhor amigo. Eu amo a Skyler, e ela me traiu abrindo as pernas para o ex. Percebeu o padrão?

Bo inspira profundamente, pegando a rampa que nos levará ao hospital.

— Independente do que tudo isso pareça, e eu concordo que é uma merda, dê à Skyler pelo menos uma chance para esclarecer as coisas. Você consegue?

Com a perspectiva de ouvir a voz dela, o desejo aquece meu coração, mas é rapidamente seguido por repulsa ao lembrar o que ela fez.

— Não posso prometer nada.

Bo assente com firmeza.

— Bom, vamos dar uns pontos em você, por enquanto. O resto pode esperar.

~

Dois dedos quebrados, agora com tala, vinte pontos na palma da mão, totalmente enfaixada, e estou de volta em casa com os pés em cima da mesa de centro, uma cerveja gelada e analgésicos prescritos. Bo, sentado no sofá com o braço esticado no encosto e uma cerveja pendurada nos dedos, está com suas botas na mesa ao meu lado. Depois de Bo está Royce, sentado na poltrona com os pés só de meias em cima do pufe. Ele nunca estragaria a mobília de alguém colocando os sapatos em cima. Mesmo que seus sapatos custem mais que a poltrona e o pufe juntos. No chão, com uma tigela de pipoca no colo, está Wendy, com os olhos colados na TV de tela plana onde está passando um jogo. Ela está com um jeans skinny, All Star e uma camiseta do Red Sox que acho que é do namorado, porque é cerca de quatro números maior que seu corpo pequeno.

Enquanto eu estava sendo atendido no hospital, Bo ligou para a International Guy para contar aos outros onde estávamos e por quê. A ligação resultou na equipe toda em minha casa quando ele me trouxe de volta e o escritório da IG fechado pelo restante do dia.

A campainha toca e Wendy pula em pé, como se tivesse molas nas pernas.

— Pizza! Vou pegar. Ah, eu pus na conta da empresa. — Ela vai até a porta, assina o recibo e leva as duas caixas grandes para a cozinha. — Bo, quer levantar a bunda do sofá e vir me ajudar a servir os nossos irmãos?

Royce encobre o sorriso com o copo de uísque.

Bo revira os olhos, tira os pés da mesa e levanta.

— Sininho, você sabe que é trabalho da mulher servir o homem! Acho que eu vou ter que te dar uma lição! — ele brinca, mas vai até a cozinha para ajudar.

— Como você está, cara? — Royce interrompe meus pensamentos sobre o funcionamento da amizade entre a Maluca Número Um e o Maluco Número Dois.

Levanto a mão e a viro de um lado para o outro.

— Com os analgésicos e a cerveja, eu diria quase bom.

Royce sorri, se inclina para a frente, abre as pernas com os pés no chão e apoia os cotovelos nos joelhos. Olha para mim por baixo das sobrancelhas escuras com seus olhos honestos.

— Não estou falando do ferimento de guerra, embora não possa dizer que estou feliz com isso. O Bo nos contou. É por isso que estamos aqui.

— Eu sei. Obrigado.

Ele anui e franze os lábios.

— Pois é, nós estamos aqui porque a sua garota pisou na bola com você. Como está lidando com isso?

Fecho os olhos e inalo profundamente, tentando aniquilar qualquer visão dela com Johan antes que entre em minha mente. Funciona, ainda bem. Dou de ombros.

— Não sei bem o que sinto. A raiva está no topo da lista.

Ele aperta os lábios.

— Já falou com ela?

Sacudo a cabeça.

— Eu não tenho nada a dizer para essa mulher. Acabou.

— Cara... — ele começa, mas não conclui.

— Acabou.

— Park... — ele continua, destemido. — Eu sei que você ama a Skyler. E sei que ela te ama. Dava para ver isso no rosto e na linguagem corporal dela quando a conhecemos no Lucky's. Não dá para virar as costas e abrir mão disso.

— Foi ela que fez isso — respondo, sarcástico, apertando mais a cerveja.

Royce assente devagar e passa a mão pelo joelho.

— Do jeito que você estava se sentindo em San Francisco, talvez devesse dar a ela a oportunidade de explicar.

Olho bruscamente para ele.

— Você acha que qualquer coisa que ela diga vai justificar ter me traído? Ela trepou com aquele merda na mesma noite em que eu estava dormindo sozinho na cama dela.

— Ei, espere aí. — Royce levanta a mão. — Você não sabe o que aconteceu naquele quarto de hotel.

— Não? A Skyler pulou em cima de mim na primeira noite em que eu estive na cobertura dela. E ela ficou com o Johan por quase dois anos.

— Isso não muda o fato de que ele a estava chantageando, ela estava com medo e você estava fora.

— E isso é desculpa para me trair? — contra-ataco, com a voz dura de fúria.

Ele volta a cabeça bruscamente e rosna.

— Caralho, não! Isso significa que a cabeça dela estava cheia de merda. Merda. O namorado dela não estava lá, e talvez ela tenha pensado que, por causa do tempo que os dois passaram juntos, ela poderia lidar sozinha com o imbecil. Idiotice, eu sei, mas, conhecendo a Skyler, isso é mais provável do que ela ir lá e se oferecer em uma bandeja de prata. Você precisa olhar fundo dentro de si mesmo, dentro do seu coração, ver o que o fez se apaixonar por ela e me dizer: você acha que ela te trairia? Acha mesmo?

Aperto os dentes e deixo suas palavras assentarem.

— O que você acha? — pergunto enquanto Bo e Wendy entram com dois pratos de pizza cada um.

— Acho que deve ter mais coisa nessa história do que aquilo que um manipulador imundo fala — ele diz, com a voz firme e convincente.

— Ah, a gente pode falar sobre o que aconteceu com a Sky? Eu já cuidei disso. Chequei os cartões de crédito dela, os registros telefônicos, tudo antes de vir. — Wendy entra em ação, mexendo na bolsa que deixou perto do rack. Ela pega seu fino notebook, abre e o coloca na mesa.

— Sininho, eu não sei se o Park quer saber das idas e vindas da mulher dele neste exato momento. — Bo pousa a mão no ombro dela.

Eu me endireito e coloco os pés no chão, apoiando a mão machucada. Meu coração começa a bater forte só de ouvir falar em descobrir alguma coisa sobre Skyler.

— Na verdade eu quero. O que você tem aí?

Wendy mordisca sua pizza e a joga descuidadamente no prato, lambe os dedos, seca-os no guardanapo e começa a digitar. Depois de engolir a pizza, diz:

— Ontem ela estava no set. Eu coloquei um rastreador no celular dela quando ela veio nos visitar da última vez. Eu fico de olho em todos vocês — gira o dedo, apontando para todos nós —, para o caso de acontecer alguma coisa.

— Está falando sério, Wendy? O que você acha que vai acontecer com a gente, garota? — Royce interrompe, sacudindo a cabeça. — Essa mulher é inteligente demais para o meu gosto. Irmãos, tomem cuidado.

Ela o ignora.

— Parece que ela chegou em casa ontem, depois ligou para um número que eu descobri que é do Johan. Os dois tiveram uma conversa curta, e aí ela usou o cartão de crédito para pagar um táxi que a levou ao St. Regis, onde passou a noite, mas não pagou nenhum quarto.

Aperto os dentes e jogo meu prato de pizza na mesa. Perdi a fome.

— Já é o suficiente — começo, quando Wendy agita as mãos e balança a cabeça freneticamente.

— Não é, não. É aí que as finanças dela ficam loucas.

Franzo o cenho. Royce levanta e vai se agachar ao lado de Wendy. A palavra "finanças" para Roy tem o mesmo efeito que agitar um bife suculento na frente de um cachorro.

— Como assim, garota?

Os olhos dela se iluminam de empolgação. Juro que, se Wendy fosse um desenho animado, faria parte da turma do Scooby-Doo. Ela se parece mais com a Daphne, mas, definitivamente, tem o intelecto da Velma.

— Aqui e aqui — diz, apontando para algo na tela que não consigo ver. — Transferências bancárias com muitos zeros. Eu rastreei uma para um tal de Miguel Fuentes, que é um empresário importante, mas na realidade é um agiota de primeira. Do tipo que parece todo rico e profissional, mas na internet se fala que ele não tem tolerância com pessoas lhe devem por muito tempo. Elas acabam desaparecendo e nunca mais são encontradas.

— Qual é? Isso aqui não é *O poderoso chefão*. — Bo recua no sofá e franze as sobrancelhas.

— Meio que é, sim. Todo mundo sabe que Miguel Fuentes está ligado à máfia mexicana — Royce acrescenta, categórico. — Eu sei muito sobre o mercado financeiro, e há notícias de que o Miguel tem umas conexões sinistras. Essa é a razão pela qual só os ricos, poderosos e ilegais tendem a fazer negócios com ele. O problema é que a polícia vem tentando pegar o cara há anos, mas nunca consegue.

— Cale a boca! — rosno. — E ele envolveu a Sky nisso?

Wendy bate os dedos nas teclas mais rápido que antes.

— Saiu dinheiro da conta dela para a dele. Muito dinheiro. Dez milhões, para ser exata.

— Jesus Cristo! — Passo a mão pela testa suada. Os remédios e a cerveja estão fazendo efeito. Não só estou começando a ficar tonto como minha capacidade de raciocinar está diminuindo.

— Além disso, ela fez pelo menos quinze outras transferências. Cartões de crédito, empréstimos bancários, hipotecas e outros pagamentos para pessoas duvidosas.

— Caralho, garota! — Royce esfrega a boca e o queixo.

— Porra! — Bo exclama, rangendo os dentes.

Eu não digo nada. Meu coração, mente e corpo perderam toda a vontade de se mexer. A exaustão cai pesadamente sobre meus ossos.

— De todos esses, o mais estranho é o último pagamento que ela fez.

Franzo a testa.

— Q-Qual foi? — balbucio, com a língua pesada.

Os três olham para mim com diferentes expressões de preocupação no rosto.

— Termine — peço, fazendo um movimento rápido com a mão boa.

Wendy lambe os lábios e morde o de baixo.

— De acordo com isto aqui... — ela aponta a informação para Royce e Bo, que podem ver a tela.

Bo arregala os olhos e a seguir os fecha. Royce balança a cabeça.

— Puta que pariu. Que tipo de brincadeira ele está fazendo? — murmura, ainda olhando para o computador.

— O que é? — pergunto, piscando enquanto o sono tenta invadir minha mente.

— A Skyler pagou uma estadia de três meses em uma clínica de reabilitação para Johan Karr — ela diz com voz firme, mas seus olhos estão enormes e brilhantes em sua pele pálida.

É isso. Ela está pagando a reabilitação dele para que os dois possam ficar juntos e foder com a minha vida.

— Bom, eu v-vou... eu vou... deitar. — Eu me levanto e sinto meus joelhos fracos. Me seguro no braço do sofá enquanto Bo pula em pé e passa o braço pela minha cintura.

— Se apoie em mim, cara.

Sorrio e faço um biquinho de beijo para ele.

— Ah, Bogey, quem diria que você se importava...

Começo a fechar os olhos, mas ele me faz contornar o sofá e me leva para o quarto. Quando chegamos, me ajuda a deitar na cama e puxa as cobertas. Caio de costas e me aconchego de lado com a mão machucada contra o peito.

— Durma, meu amigo. Eu vou estar aqui quando você acordar.

— Vá pra c-casa. Tudo bem, eu tô legal — murmuro enquanto o sono começa a me dominar.

— Bons sonhos, maluco.

É a última coisa que ouço antes de tudo ficar preto.

2

Acordo mais tarde e encontro Bo na cozinha fazendo macarrão. Apoio a mão machucada, que parece estar sendo repetidamente presa na porta de um carro. Juro que dói e lateja a cada batida do meu coração e a cada vez que respiro agitado.

Respirar.

Respirar sem ela é impensável. Mas tenho que respirar, então aqui estou, segurando a mão em um ângulo de noventa graus com a ponta dos dedos para cima enquanto me acomodo em um banquinho na cozinha.

Bo gira sobre os calcanhares, pega uma garrafa de água, abre e a coloca a minha frente.

— Você precisa se hidratar com esses remédios que está tomando — informa enquanto aponta para a água.

Viro a garrafa, esvaziando metade de uma só vez. O líquido gelado alivia minha garganta seca e anima meu cérebro lento.

— Liguei o seu telefone quando acabou de carregar. Parece que você tem uma dúzia de mensagens e chamadas. A maioria da mesma pessoa. — Bo indica o celular, conectado ao carregador a cerca de meio metro.

Por um momento, respiro fundo e tento acalmar meus instintos de correr para o telefone. Quaisquer mentiras que ela pretenda contar não vão funcionar. Nada importa. Já aconteceu.

— Não sei se algo do que ela me diga pode melhorar o que estou sentindo.

Bo franze a testa enquanto mexe algo na frigideira. Parece um molho claro, quase branco. Francamente, não me interessa o que é, porque o cheiro de tomate e pão de alho está entrando pelas minhas narinas e sinto a boca salivar. Não comi muita pizza antes de a conversa mudar para Skyler e suas finanças, o que me fez perder o apetite. Mas, agora, nada poderia me fazer perder a fome. Estou faminto.

— Não é possível, cara, que a merda que a Kayla fez esteja contaminando a sua visão dos fatos, o que pode ou não ter acontecido com a Skyler? — Bo pergunta, expressando o que tenho certeza de que Royce também pensa.

Passo a mão pelo meu cabelo bagunçado e suspiro.

— Honestamente, não sei. Tudo o que eu sei é que estou sofrendo. É como se tivesse um buraco dentro de mim que não vai fechar, e ela é a causa. Eu não lembro de ter sentido isso com a Kayla.

Meu amigo bufa.

— Você ficou arrasado naquela época. Se bem que pode ter sido também por perder o Greg, além da sua noiva.

Meu telefone vibra e não consigo mais aguentar. Estou curioso e, para ser sincero comigo mesmo, tenho um pingo de esperança de que a situação possa ser explicada. Mas meu inconsciente não deixa essa parte de mim vir à tona.

Tiro o aparelho da tomada e abro as mensagens. Bo estava errado. Na verdade, são quinze mensagens de texto desde hoje cedo. E seis de voz: quatro de Skyler, uma de Sophie e outra da minha mãe. Ignoro essas e vou direto para as de texto. Por um momento, fecho os olhos e respiro fundo, então começo a ler.

> **Meu pêssego**
> Baby, por favor atenda. Você entendeu tudo errado.

A próxima:

> **Meu pêssego**
> Parker, por favor, eu imploro. Atenda o telefone.

Outra mensagem:

Meu pêssego
Eu preciso explicar. Você não entendeu.

De novo:

Meu pêssego
Me ligue quando sair do avião.

E outra:

Meu pêssego
Não é o que você está pensando! Eu juro.

E de novo:

Meu pêssego
Eu não faria isso com você. Nunca. Jamais.

As mensagens continuam nesse mesmo caminho...

Meu pêssego
Tudo bem... Você não vai responder às minhas mensagens. ME LIGA!

Meu pêssego
Isso é loucura! Eu sei o que você está pensando, mas você entendeu tudo errado.

Meu pêssego
Baby, por favor, confie em mim. Confie em nós.

Cada mensagem cutuca cada vez mais fundo a ferida que ela abriu no meu coração. Sky quer que eu confie nela, mas como? Ela passou a noite no quarto daquele canalha. O mundo inteiro sabe que ela passou a noite com ele — ou pelo menos suspeita. Ela não levou os seguranças, se colocou em risco. Johan Karr é instável. E isso eu pude deduzir facilmente da nossa discussão. O fato de ela se colocar em uma posição tão perigosa... Para quê? O que ela achou que poderia conseguir? Continuo lendo o restante das mensagens:

Meu pêssego
Parker, me ligue. Eu não posso consertar as coisas se você não me ligar.

Meu pêssego
Por que você está ignorando as minhas ligações? Você está me magoando, e nem sabe a verdade!

Meu pêssego
Tentei ligar na IG e caiu na caixa postal. A Wendy também não retorna as minhas ligações. Por favor, por favor, me liga!

Eu me encolho ao sentir a necessidade pressionando meu cérebro a cada pedido dela.

Meu pêssego
Meu bem, eu sei que você está bravo. Desculpe, eu fui uma idiota, uma imbecil, mas eu tinha que tentar resolver as coisas sozinha.

Passo a mão boa pelo queixo e os lábios enquanto leio as duas últimas:

> **Meu pêssego**
> Parker, eu preciso que você confie em mim. Se existe alguma esperança para nós dois, você tem que acreditar que eu jamais te trairia. Eu nunca estragaria o que nós temos.

A última mensagem me tortura, e tenho que morder o interior da bochecha para não deixar a emoção avassaladora acumulada dentro de mim vazar como se eu fosse um fraco, um covarde. Eu teria que abrir mão da minha masculinidade se deixasse escapar os sentimentos que estão fazendo meu nariz escorrer e meus canais lacrimais arderem. Leio de novo e deixo que a força de suas palavras bata em meu peito e meu coração, bem na alma.

> **Meu pêssego**
> Você é a melhor coisa que já aconteceu comigo, Parker. Acredite pelo menos nisso. Por favor, me dê a oportunidade de explicar o que aconteceu. Eu vou te dar um tempo, alguns dias, para pensar em tudo. Me ligue quando estiver pronto para conversar.

Esfrego meu rosto cansado e largo o celular. Bo desliga o fogo e serve fusilli com molho rosé cremoso e manjericão fresco.

— Cara, quando foi que você aprendeu a cozinhar?

Olho para a comida como se ela tivesse sido materializada com pó de fada, e não feita pelo meu melhor amigo, que ralou no fogão para fazer isso para nós dois.

Ele sorri.

— Minha mãe anda me ensinando.

— Jura?

Ele tira o pão com manteiga de alho do forno.

— Juro. Ela disse que, como eu não vou arranjar uma mulher séria na vida e nem sempre posso ir à casa dela fazer refeições de verdade, ia me ensinar o básico para me manter em forma e me alimentar — explica, dando uma risadinha e colocando duas fatias grossas de pão na lateral da travessa, ao lado da massa.

Depois de servir dois pratos, ele contorna o balcão, senta em seu lugar e espeta com o garfo uma porção gigantesca.

Provo o meu e me surpreendo, feliz, ao ver como está bom.

— Bo, está uma delícia. — Mastigo e engulo, pegando mais avidamente.

— Está mesmo — ele concorda, sorrindo. — Então... e essas mensagens? — Indica meu telefone. — Alguma coisa interessante?

— Está querendo me arrancar informações? — Sorrio.

— De jeito nenhum. Eu só quero saber se essa mulher brincou com você. Cara, eu quero saber se ela brincou com todos nós... Porque a mulher que eu conheci, a mulher que eu fotografei em Nova York, que estava sentada no colo do meu irmão enquanto nos divertíamos juntos no Lucky's, um lugar sagrado para todos nós... essa mulher é alguém de quem todos nós gostamos.

Sacudo a cabeça.

— Ela parece chateada, está implorando para falar comigo. Quer explicar. Disse que, o que quer que eu esteja pensando, eu entendi tudo errado. Mas isso não muda o fato de que ela largou os seguranças e passou a noite em um hotel com um homem que a estava chantageando. E não só isso. De acordo com a superinvestigação de Wendy, ela pagou todas as dívidas dele e o colocou na reabilitação. Pelo amor de Deus! O que eu devo pensar sobre tudo isso?

Bo mastiga bem antes de responder:

— Isso tudo é verdade, mas esses fatos não significam que ela dormiu na mesma cama que ele, ou que trepou com ele. Você acha que pode perdoá-la pelo resto desde que não tenha transado com ele?

Passo cinco minutos refletindo sobre sua pergunta. Bo sabe quando eu preciso de tempo para pensar e não exige resposta. Ficamos sentados em um silêncio camarada, comendo o macarrão que ele fez.

Posso perdoá-la se ela não me traiu fisicamente?

Sim. Acho que sim. Isso não muda o que aconteceu, e eu ainda não sei os detalhes, mas a verdadeira mágoa, a traição, seria ela ter transado com outro. O como e o porquê não importam.

Abaixo o garfo e apoio o queixo na mão e o cotovelo no balcão.

— Sim, eu poderia perdoá-la por ter ido falar com ele sem me esperar. Na minha opinião, ela devia ter evitado aquele canalha a todo custo. Independente das razões, foi uma coisa estúpida de se fazer.

Bo assente.

— E aí, o que você vai fazer?

Dou de ombros e passo a mão boa pelo meu braço.

— Ainda não sei.

— Você precisa falar com ela. A Skyler é a única pessoa que pode dar as respostas que você procura, cara. Você sabe disso.

— Sim... É que... Porra! Só de pensar nela indo para o hotel, passando a noite lá, mesmo que tenha dormido no sofá, ou ele... Isso tudo está... está me corroendo por dentro — digo, dando um soco no peito, pois preciso sentir algo, qualquer coisa, além da dor na mente e no coração.

— Eu entendo. Dá para ver. A prova disso está diante de mim. O buraco na parede, os pontos na mão, os ossos quebrados... Você está *sangrando* por causa dela, por dentro e por fora. Só que o jeito de conter esse fluxo é descobrindo a verdade. Você não vai conseguir descansar enquanto não descobrir.

Esfrego a cabeça em um ritmo violento e doloroso enquanto penso em suas palavras. Aperto meu pulso e seguro firme, tentando controlar a dor incrível.

— Está doendo? — ele pergunta.

— Pra caralho! — rosno.

Bo deixa o banquinho, vai para a sala e volta com um frasco de comprimidos. Abre e tira dois analgésicos.

— O médico disse que você podia tomar dois à noite antes de dormir, mas só com o estômago cheio e com muita água. Coma tudo, beba água, engula isso e volte para a cama. Eu vou dormir no sofá, já te falei, para o caso de você precisar de mim.

Dou um tapinha nas costas de Bo.

— Não precisa. Qualquer coisa eu te ligo. Você mora perto.

Ele sacode a cabeça.

— Eu ficaria mais tranquilo aqui, para o caso de você ter uma reação ou alguma outra merda.

Pegando meu garfo de volta, cutuco a massa. Dou de ombros e enfio uma garfada saborosa na boca.

— Fique à vontade.

— Já estou.

Depois que bebo quase toda a garrafa de água, olho para Bo, que está raspando o molho do prato com uma fatia de pão de alho.

— Obrigado — murmuro, com a voz grossa e seca ao mesmo tempo. — Eu faria o mesmo por você se a situação fosse inversa. Você sabe disso, né?

Ele anui sem dizer nada. É o nosso jeito. Um irmão cuida do outro, fica de olho, pronto para ajudar com alguma merda.

Quem dera as relações românticas fossem tão fáceis de administrar... O que estou passando é como atravessar um campo minado. Não sei onde pisar, onde parar. A única coisa que sei é que sinto necessidade de fugir, voltar ao trabalho o mais rápido possível e me afastar ao máximo de toda essa merda com Johan e Skyler. Mais que tudo, eu preciso tomar distância.

— Quanto ao trabalho em Montreal, eu vou para o escritório amanhã. Peça para a CEO entrar em contato e nos informar sobre a empresa. Pelo que eu entendi, ela estava esperando a gente voltar para a cidade, é isso? Acho que a equipe toda da International Guy pode cuidar desse trabalho. Que tal?

Bo sorri.

— Estou precisando mudar de ares. O Canadá deve ser ótimo nesta época do ano.

E longe, bem longe dos meus problemas pessoais.

Alexis Stanton não é nada do que eu esperava quando Wendy a leva a minha sala, dois dias depois. É alta, tem um corpo maravilhoso e curvas deliciosas. A mulher parece uma coelhinha da *Playboy*. E, com base no arquivo fornecido por Wendy, é um prodígio em sua área.

Tentando ignorar a mão ainda dolorida, mesmo depois de tomar o analgésico, avalio a mulher enquanto ela se senta a minha frente. Seu cabelo loiro chega aos ombros, encorpado, com grandes cachos que parecem feitos de ouro. Diferente do azul dos meus olhos, o dela é mais brilhante, como qualquer água cristalina do Caribe em um dia ensolarado. Ela tem um nariz pequeno e arrebitado e maçãs do rosto altas e arredondadas. Os lábios são cheios, rosa brilhante — uma cor tão tentadora que qualquer macho de sangue quente mataria para experimentar.

Limpo a garganta e tento não descer os olhos por seu vestido branco justo. Tem mangas compridas, passando um pouco dos pulsos, mas é a única coisa comprida na roupa. O vestido acaba logo acima dos joelhos, mas sobe por uma coxa esbelta e tonificada quando ela se senta e cruza as pernas. Para combinar com o vestido, ela está usando sandálias altas nude, do tipo que faz as pernas de uma mulher parecerem ter um quilômetro de comprimento. O problema é que, nessa mulher, elas são *letais*, pois, com a ajuda da genética, as pernas dela parecem não acabar mais.

Faço pressão nas têmporas com os dedos e me recosto em minha cadeira. Arrumo a gravata desajeitadamente com uma mão, já que a outra está enfaixada. Dois dedos quebrados presos juntos em uma tala sobressaem do curativo.

— Sr. Ellis, obrigada por me receber. Que bom que voltou antes. A situação da minha empresa está ficando terrível. Nós não temos um minuto a perder.

— Por que você não começa do começo e me dá uma ideia do que vamos enfrentar? O Royce me contou que você está preocupada que alguém esteja roubando segredos comerciais e vendendo essas informações para os seus concorrentes. É isso mesmo?

Ela assente.

— Sim, mas é mais complexo que isso.

Franzo a testa e me inclino para a frente, com os antebraços cruzados sobre a mesa.

— Como assim? — pergunto.

— Não só os últimos três produtos foram roubados e lançados pelo meu concorrente direto duas a três semanas antes da data em que pretendíamos fazer isso — ela diz, fazendo uma carranca — como alguém andou sabotando os nossos processos de trabalho nesse meio-tempo.

Meu interesse desperta:

— De que maneira?

— Software corrompido por vírus, arquivos perdidos ou excluídos aparentemente do nada. É como se os programas estivessem sob o cerco de um fantasma no sistema.

Procuro na memória pelos meus tempos em Harvard.

— Eu já ouvi esse termo, fantasma no sistema ou fantasma na máquina. Tem a ver com inteligência artificial ou com algum tipo de bug causado por erros de programação, certo?

Ela concorda com a cabeça e morde o lábio inferior.

— Não sei se vocês podem me ajudar com essa ameaça. Eu tenho as maiores mentes do ramo trabalhando nos problemas de tecnologia. Além disso, o meu irmão e eu escrevemos todo o código original, mas eu preciso descobrir qual é a *ameaça real*. Alguém está compartilhando informações sobre os nossos produtos, e, depois de muita investigação e de analisar minuciosamente a minha equipe, eu ainda não sei quem é.

Eu me recosto e apoio o dedo sob o queixo.

— A explicação mais simples seria que os dois problemas estão sendo provocados pela mesma pessoa, não? — digo.

Ela suspira e estremece, a seguir arqueia as costas. Com esse movimento ela pretende aliviar a tensão, mas a forma que seu corpo assume é eletrizante, especialmente porque seus seios grandes se projetam como uma bandeira branca em sinal de rendição. Ela se recosta de novo na cadeira e cruza as pernas para o outro lado. Juro que ouço o tecido farfalhar e deslizar sobre suas coxas bronzeadas. O movimento me faz apertar os dentes, e eu me censuro mentalmente. Faz só três dias que eu terminei com Skyler. E *terminar* é um termo bastante questionável, já que tecnicamente ela ainda espera que eu telefone.

Enquanto estou pensando em meu problema pessoal, examino a mulher a minha frente. Meu pau acorda de seu sono de três dias, e eu lambo os lábios e me concentro em seu rosto, tentado a olhar para seu belo corpo mais uma vez, mas sabendo que não é certo. Desejar outra mulher que não seja Skyler não é absolutamente minha intenção.

Independentemente do que eu tenha dito a Nate sobre tudo ter acabado entre nós, preciso dizer isso diretamente a ela. É a coisa justa e honesta a fazer. Não posso esperar que Skyler seja franca comigo se eu não for sincero com ela. Mas não estou pronto para encarar isso tudo ainda... dizer adeus, deixá-la... permitir que tudo o que construímos entre nós simplesmente desapareça.

Minhas entranhas se agitam e meus músculos abdominais se contraem. Deixo escapar um suspiro pesado. Alexis não nota nada e responde a minha pergunta.

— Eu acho que faria mais sentido se os dois problemas estivessem relacionados, mas é difícil acreditar que alguém da minha equipe de programação possa ter participação nisso, fazer uma coisa tão descarada pelas minhas costas para me prejudicar.

Eu bufo e balanço a cabeça.

— Bom, pela minha experiência, eu posso dizer que as pessoas raramente são o que dizem.

E isso é tão verdadeiro hoje quanto quando Kayla destruiu meu coração. Mas o sentimento é mais intenso agora, por causa da conexão profunda que imaginei que Skyler e eu tivéssemos. Fui idiota a ponto de acreditar que meu relacionamento com Sky seria diferente. Idiota pra caralho.

— Que forma melancólica de ver as pessoas do seu mundo, sr. Ellis. — Alexis franze a testa.

Inclino a cabeça e avalio seu olhar penetrante. É como se ela estivesse tentando olhar diretamente através de mim. Odeio isso.

— Digamos que eu tive a minha cota de experiências com pessoas que me decepcionaram.

— Pessoas? Ou uma mulher importante? — ela pergunta, franzindo os lábios e erguendo uma sobrancelha.

— Que diferença faz?

Ela sobe e desce um ombro.

— Nenhuma, acho. Bom, o fato é que eu investiguei a minha equipe de ponta a ponta. Todos os funcionários foram submetidos ao detector de mentiras, e todos passaram. Não sei como proceder. E é aí que vocês entram.

Apoio o cotovelo no braço da cadeira para poder passar os dedos sob o queixo. É um movimento que sempre faço inconscientemente, agora dificultado pela mão enfaixada. Cerro os dentes e lembro por que minha mão está nessas condições. Porque a mulher que eu amo me traiu e eu perdi o controle. Nunca mais. Nunca mais vou deixar minhas emoções controlarem minhas decisões em relação ao sexo oposto. Nessa eu não caio mais.

Os belos lábios rosados de Alexis se curvam em um biquinho sensual.

— Você acha que a sua empresa pode me ajudar?

Faço que sim com a cabeça.

— Sim, acho que podemos, mas eu vou precisar de toda a minha equipe.

— Para quê?

— Você disse que já investigou os seus funcionários... — Ela anui enquanto eu prossigo. — Isso significa que a pessoa que está fazendo isso é muito esperta. Pode ser qualquer um de qualquer departamento vazando os segredos comerciais, e apenas algumas pessoas lançando os vírus. Como eu disse, podem ser várias pessoas trabalhando em conjunto. Ou uma pessoa vazando as informações e outra acessando o sistema.

Ela faz uma careta e passa a mão pelo longo cabelo loiro. Eu adorava passar os dedos pelo cabelo de Skyler. Era sempre sedoso. Por um momento, me pergunto se o cabelo de Alexis é tão macio quanto o de Skyler. Então, mentalmente me censuro por pensar nela.

Concentre-se no trabalho, Park, não nela.

— O que você tem em mente? — ela pergunta, trazendo minha atenção de volta ao assunto em questão.

— A minha assistente é um gênio da tecnologia. Nós vamos infiltrá-la como se fosse uma nova funcionária do departamento de programação e análise. O Royce vai entrar como auditor no departamento financeiro. O Bo vai atuar como um novo cliente proativo que precisa que desenvolvam um aplicativo para ele. Alguma coisa relacionada a fotografia, talvez. Você acha que podemos fazer assim?

— Com certeza. Existe uma tonelada de aplicativos que nós podemos criar para operar com filtros, iluminação, dimensionamento, edição instantânea, Photoshop. Mas e você? Qual vai ser o seu papel, sr. Ellis? — ela ronrona meu nome como se fosse um petisco que está prestes a devorar.

Eu a ignoro. Em outros tempos, já estaria em cima dessa mulher. Mas, com tudo o que aconteceu, não sei como reagir. Estou confuso com os sinais profissionais e pessoais que ela está emitindo. É uma sensação desconfortável e desanimadora, e não sei bem como lidar com isso.

Respirando fundo, eu me concentro no trabalho. O trabalho é o mais importante agora, não os longos olhares ou os flertes sutis de Alexis.

— Eu entro como consultor de produtividade e fluxo de trabalho, o que significa que vou ter que entrevistar todos os funcionários, perguntar sobre o trabalho deles, o que cada um faz, esse tipo de coisa. Eu sou muito bom em ler a linguagem corporal e as microexpressões de um indivíduo. Normalmente sou capaz de dizer quando alguém está mentindo ou tentando enganar. Além disso, saber que existe um auditor e um consultor investigando as coisas pode assustar a pessoa e fazê-la cometer um erro.

— Tudo bem. Por onde começamos? — ela pergunta, se inclinando para a frente. O tecido de seu vestido já apertado parece se esticar ainda mais sobre os seios.

Não olhe para os peitos dela, Parker. Não olhe para os peitos dela.

Isso não é legal, meu amigo. Não é legal.

No entanto, tenho que admitir a mim mesmo que ela não usaria vestidos assim se não esperasse que as pessoas observassem seu corpo. Meu palpite é que, do jeito que está à vontade com esse vestido justo e curto, ela *quer* atenção.

Um músculo palpita em minha têmpora, me lembrando de que eu não deveria estar olhando para essa mulher, mesmo que esteja terminando com Skyler. Eu não terminei nada oficialmente ainda.

Sinto um nó no estômago de novo, mas respiro e me atenho ao plano de trabalho.

— A minha primeira sugestão seria a Wendy entrar na empresa imediatamente, tipo amanhã. — Ela arregala um pouco os olhos, mas vejo que é de surpresa, não de contrariedade. Prossigo: — Você vai admiti-la já, assim não vai haver suspeitas sobre a função dela. E ela pode começar a conhecer a equipe e fuçar nos computadores deles.

— Combinado.

— Depois, você vai fazer uma reunião com o Bo e o time da criação de aplicativos, e ele vai explicar o que deseja. Ele vai dizer que quer estar onde tudo acontece, e você vai dar uma sala vazia para ele trabalhar.

Ela inclina a cabeça.

— Isso é bem fácil.

— Vou falar com a Wendy para acessar os arquivos necessários sobre os seus funcionários. Quantos são?

— Vinte e dois, além de mim.

Com isso definido, pego o telefone e aperto o botão para falar com Wendy.

— Diga, chefe — ela gorjeia na linha.

— O Royce te pediu para levantar a ficha completa da Stanton Cibertecnologia enquanto estávamos em San Francisco? — pergunto enquanto olho pela janela, para não olhar para a cliente.

— Pode crer. Estou com os arquivos completos de todos os vinte e dois funcionários e outro da Alexis Stanton. Imaginei que, se algo estranho está acontecendo na empresa dela, você ia gostar de ter em mãos todas as informações possíveis.

Abro um sorriso enorme e giro a cadeira.

— Excelente. Além disso, você vai precisar agendar voos e hotéis para nós quatro.

— Quatro? — ela diz, com inegável emoção na voz.

— Sim, senhora. Você é a nova contratada da Stanton Cibertecnologia. Começa amanhã. Nós precisamos agir rápido.

— Puta merda, chefe! Animal! Não vejo a hora de contar para o Sir Mick! Minha primeira missão secreta. Que incrível! — Sua última palavra sai ofegante, como se eu estivesse fazendo seu maior sonho se tornar realidade.

— Que bom que você gostou. Nós conversamos mais quando eu terminar aqui, mas me passe os arquivos.

— Certinho! — anuncia e desliga.

Volto para Alexis, que está me encarando. Quando digo *encarando*, quero dizer quase me perfurando com os olhos. Do jeito que um tigre olha para um bife cru. Ela lambe os lábios e estufa o peito, balançando na cadeira. Tenho que morder a bochecha por dentro para não entrar na dela e dizer algo totalmente inapropriado.

— Muito bem, está resolvido. Me fale um pouco mais sobre os produtos que você disse que foram roubados.

3

O escritório de Alexis Stanton é exatamente o oposto do nosso. A International Guy se orgulha de sua decoração clean e elegante, mas a Stanton Cibertecnologia vive para o conforto. O escritório dela parece mais uma casa que um local de trabalho. Se não estivesse instalado em um galpão de vários andares nos arredores de Montreal, eu poderia acreditar que a CEO mora aqui. Isso é inquietante e bizarro. Eu me levanto e caminho pelo lugar enquanto Royce espera pacientemente em uma das cadeiras de encosto alto diante da lareira. Sim, tem uma lareira. E, bem na frente dela, um sofá e uma mesinha de centro.

Olho para Royce, e ele me dá um de seus sorrisos bem-humorados. Dou de ombros.

— Estranho, né? Ou só eu que acho? — digo, indicando com o polegar a outra metade do escritório, que tem uma TV de tela plana de oitenta polegadas com uma velha mesa de madeira de frente para ela. Um notebook fino, um telefone e uma luminária estilo Tiffany, com vitral em padrão floral, são as únicas coisas que descansam sobre a mesa. Uma estante de livros abraça cada lado da TV.

— Gosto não se discute, como diria a minha mãe — Royce cantarola, ajeitando a gravata.

Vou até uma das estantes e examino cada prateleira. Todas as fotos são de Alexis com um homem muito mais novo. Irmão, talvez, já que os dois têm os mesmos traços.

Alexis entra com duas xícaras de café fumegante e um sorriso.

— Olá, rapazes. Achei que vocês gostariam de uma dose de cafeína.

— Obrigado. — Pego uma das xícaras. Seu polegar acaricia o meu enquanto ela se afasta. Ergo os olhos e a encontro sorrindo.

Ela pestaneja sem pudor e leva a outra xícara para Royce. Sua roupa de hoje é semelhante em estilo à que estava usando no outro dia, mas a blusa preta é mais reveladora. Seus seios pulam no V profundo do decote, e a blusa mal chega ao cós da calça preta. Tem um cinto fino em torno de sua cintura, chamando atenção para seu corpo em forma de ampulheta. Nos pés, minha kriptonita: sapatos altos vermelho-escuros.

Sexy pra caralho.

Aperto o maxilar e respiro longa e lentamente, esperando a frustração passar.

Royce olha para mim por cima de sua xícara e limpa a garganta.

— Srta. Stanton...

— Alexis, por favor. Nós somos todos muito informais por aqui. Todo mundo me chama de Lexie, na verdade.

Roy anui.

— Tudo bem, Lexie. O que os funcionários sabem até agora?

Ela está perto de sua mesa, abre o notebook e aperta um botão. A tela plana ganha vida, mostrando quinze quadrados diferentes. Cada um indica onde há uma câmera instalada, em diferentes locais do galpão.

— Bom, como você pode ver na tela dois, a Wendy está sentada com o Kidd, aprendendo a mexer nos nossos sistemas. Segundo ele, ela aprende rápido. Mais que isso: ontem à noite ele me disse que era estranho ela querer trabalhar para a gente em uma posição iniciante de programação e análise. Ele acha que a Wendy é um gênio e poderia estar em qualquer lugar. Talvez tenhamos que deixar o Kidd por dentro do nosso trabalho sigiloso de espionagem.

Sorrio, orgulhoso da minha inteligência por ter contratado Wendy.

— Quem é Kidd?

Alexis fica toda orgulhosa e seu rosto assume um lindo brilho.

— Meu irmãozinho.

— O nome dele é Kidd? — Royce pergunta, rindo.

A expressão dela muda completamente: de felicidade a aborrecimento.

— Sim, os nossos pais eram *hilários*. — Suas palavras estão cheias de desdém.

Royce se levanta e ergue as mãos, em sinal de rendição.

— Ei, srta. Stanton... Lexie... eu não quis ofender. O meu nome é Royce, que também não é tão comum. É que o fato de o nome ser Kidd e ele ser seu irmão mais novo é engraçado. Peço desculpa por não ter sido mais profissional.

Ela sacode a cabeça e passa os dedos pelas longas mechas antes de ir até a estante e pegar uma das fotos.

— Não... não é sua culpa. Eu sou muito protetora com ele. Ele é tudo o que eu tenho no mundo, e a vida dele não tem sido fácil. Os nossos pais odiavam a mera existência do meu irmão, se sentiam presos por ter outro bebê já mais velhos, contra a vontade deles. Mais tarde, ele teve que enfrentar bullying na escola, brigar, foi violentamente espancado e tudo o mais. Eu sou a única família que ele tem, e ele a minha. Nós rompemos com os nossos pais faz muito tempo. E agora ele está indo muito bem, e só tem vinte e três anos.

— O Royce não quis ser indelicado — digo, defendendo-o.

Vou até o lado de Alexis para ver a foto no porta-retrato que ela está segurando. São os dois em frente à placa da empresa.

Ela ri secamente.

— Eu sei. Desculpe, Royce. Eu não me ofendi, de verdade.

Ele afunda o queixo e põe as mãos nos bolsos.

— Você comunicou os outros funcionários sobre a nossa chegada? — pergunto, levando a conversa de volta ao trabalho.

Ela assente.

— Nós fizemos uma reunião no fim do expediente ontem, e eu apresentei a Wendy. Ninguém pareceu contrariado. Depois mencionei que um novo cliente chegaria amanhã, e vocês dois hoje. Royce, eu vou levar você para falar com o meu diretor financeiro. Quero que comece a avaliar as nossas contas. Parker, eu vou te colocar em uma das salas de reuniões menores para que você comece as entrevistas.

Bato palmas uma vez, distraído, e assobio quando a dor dos dedos quebrados e da palma costurada corre como ondas pelo meu braço.

Alexis pega meus pulsos e segura minhas mãos.

— Coitadinho. Como você fez isso? — Ela se inclina e dá um beijo em minha mão, do jeito que uma mãe faria com um filho pequeno. Só que, quando termina, ainda pairando sobre a minha mão, ela levanta o olhar e abre um sorriso malicioso, flertando descaradamente.

Caramba, que merda eu vou fazer com essa mulher?

Royce chacoalha algumas moedas no bolso, e isso parece tirar a cliente do transe. Ela se endireita lentamente, cuidando de fazer seus seios sobressaírem o máximo do decote. É um sacrifício imenso não morder a isca. Bom, eu posso olhar, se quiser. Skyler e eu terminamos.

A-c-a-b-o-u.

Pelo menos *eu* sei que nós terminamos. E *ela* deveria saber, depois da traição. Mas não posso me envolver com Alexis sabendo que não terminei oficialmente com Skyler.

Nem sei se quero, de qualquer maneira. Pela primeira vez na vida, não estou preparado para ir para a cama com uma loira gostosa.

Sinto meu peito apertar e engulo em seco.

— Vamos conhecer os seus lugares? — ela sugere.

Levanto a mão para a maçaneta.

— Vá na frente, Alexis.

— Ah, não, não, eu insisto. — Ela sorri e abre a porta do escritório para Royce e eu passarmos.

Saímos, e, enquanto caminhamos, olho por cima do ombro e vejo que ela está definitivamente observando a nossa bunda. Paro de repente e ela leva uma unha vermelha aos dentes e a morde, sorrindo enquanto manobra o corpo ao passar por mim e fazer seu peito quase roçar o meu.

Ela pestaneja.

— Desculpe.

Seu tom é provocativo. Eu aperto os dentes e mordo a bochecha até sentir o sabor metálico de sangue. A dor me lembra de não responder. Não vou fazer nada com Alexis. Droga, não vou fazer nada com cliente *nenhuma* de novo. Nunca mais. Já fiz isso duas vezes. Na primeira deu tudo certo, e acabei ganhando minha primeira amiga de verdade. A segunda me magoou, jogou meu coração no chão e enfiou o calcanhar nele, para garantir.

— Foi engraçado, Alexis, mas nós dois não conhecemos o caminho — eu a faço lembrar, me esforçando para não lhe dar corda.

— Eu sei para onde *eu* gostaria de ir — ela diz, observando meu corpo dentro do terno de cima a baixo enquanto ginga para fazer seus peitos grandes balançarem.

— Caramba — digo e desvio os olhos do espetáculo.

Royce ergue as sobrancelhas enquanto disfarça o choque colocando a mão enorme na frente da boca.

— Só estou provocando — ela admite, rindo e andando a nossa frente pelo corredor. — Vamos, meninos. Vamos fazer a ronda. Eu vou apresentar vocês formalmente a todos os departamentos e relembrar o que vieram fazer aqui. Depois vou deixar o Royce com o diretor financeiro e você, Parker, acomodado em uma *sala privativa* a semana toda. — Sua voz se aprofunda na última frase.

Santa mãe de Deus. Não consigo lidar com uma mulher querendo minha atenção. Não agora. Não esta semana, quando nem sei em que situação estou.

Dou um tapinha nas costas de Royce e lhe peço que vá na frente, pondo distância entre mim e Alexis.

— Sou seu escudo humano agora? — ele sussurra enquanto a seguimos pelo centro do galpão.

— Algum problema?

Seu olhar cor de carvão voa para mim.

— Jamais, cara. Eu vou te proteger com tudo o que tenho. Sejam deusas da tecnologia ou loiras famosas, pode contar comigo.

Aperto os lábios e assinto com força, ciente da situação.

Não sou forte o bastante para lidar com as implicações de me envolver com Alexis, nem quero. Estou mais fraco do que nunca e, para ser honesto comigo mesmo, só a estaria usando para esquecer outra pessoa. Depois da merda que aconteceu com Kayla, prometi a mim mesmo que nunca trataria uma mulher como um corpo quente e nada mais. Eu cresci. O homem que eu era na faculdade não existe mais. Eu gostaria de acreditar que sou mais forte, mais maduro e que respeito tanto a mente e o corpo femininos quanto os meus. Uma noite na cama com Alexis seria bom até eu ir embora. Mas depois disso a realidade atacaria, e eu estaria na mesma posição em que estou agora, só que com mais uma conquista.

Nesse momento, o celular vibra no meu bolso. Eu o pego e olho a tela.

Meu pêssego.

Só de ver seu apelido, sinto o calor se espalhar por todo o meu corpo como um cobertor em uma noite fria em Massachusetts. Cerro o maxilar e respiro fundo enquanto sigo Alexis, apertando tanto o celular que talvez ele chegue amassado aonde quer que ela esteja me levando. Sem ler a mensagem, enfio o maldito aparelho no bolso.

Alexis nos apresenta a vários funcionários antes de deixar Roy na área de finanças e me levar a um canto do prédio aparentemente isolado. Parece que ela está me conduzindo para a guilhotina, mas tenho certeza de que é o efeito do carvão em brasa que tenho no bolso em forma de mensagem da minha ex-namorada que está bagunçando meu coração e minha mente.

— Aqui estamos. — Alexis abre a porta de um lugar que lembra uma sala de leitura.

— Você deve estar brincando... Isto é uma sala de reuniões?

Ela sorri e dá de ombros.

— Eu gosto de trabalhar com conforto. Passo muito tempo aqui, preciso de coisas que me deixem à vontade e relaxada para estimular a inspiração.

— Inspiração?

Alexis apoia o quadril no braço do sofá e cruza os braços sobre os peitos enormes. Isso faz seus seios praticamente pularem pelo decote. Não posso deixar de olhar para esses globos carnudos. Estão chamando o meu nome, agitando uma bandeira vermelha para atrair minha atenção.

— Ãhã. Sabe o que mais estimula a minha inspiração?

Mais uma vez, há flerte em sua voz sensual.

Sinto a boca seca enquanto meu corpo se aquece e reage a sua sexualidade descarada. Tenho medo de perguntar.

— Não faço ideia — digo, e minhas palavras saem roucas.

Ela sorri, sabendo o tipo de atenção e efeito que seu corpo, voz e natureza direta produzem na espécie masculina. Alexis Stanton é o sonho erótico de qualquer homem. Ela parece uma coelhinha da *Playboy*, se veste como uma acompanhante de luxo, mas diz o que pensa. Não posso deixar de me perguntar se tudo isso é só fachada, uma máscara que ela usa para atrair o sexo oposto.

Segundo o histórico que Wendy levantou, ela não só é a melhor em seu ramo e inteligente pra caralho como destruiu os concorrentes — todos do sexo masculino. Alexis foi vista em público com dois desses homens em situações que pareciam românticas, mas nenhum deles afirmou ter um relacionamento com ela. Pelo menos nenhum deles *admitiu* um envolvimento romântico. Talvez seja por isso que seu principal concorrente conseguiu informações sobre os produtos e os lançou antes. Alguém deve estar prejudicando-a por motivos pessoais. Isso definitivamente nos dá motivo para pensar e algo para investigar.

— Sente-se, sr. Ellis. Se você tiver sorte, eu te mostro em vez de te contar. — Ela ergue a mão, desce com ela pela lateral do tronco e a descansa delicadamente no quadril arredondado.

Enquanto passo por ela em direção ao sofá, Alexis estende a mesma mão e passa o dedo pelo centro do meu peito, descendo e parando na fivela do meu cinto.

Eu recuo.

— Srta. Stanton... Lexie... — Dou uma tossidinha e ergo a mão boa entre nós. — Você é uma mulher linda...

— Que bom que você pensa assim. — Ela dá um passo à frente enquanto eu dou outro atrás.

— Não acho que seja uma boa ideia — digo, apontando para o peito dela e depois para o meu.

Há um brilho malicioso em seu olhar. Sinto meu coração apertar.

— Ah, já eu acho uma ótima ideia. Veja só: eu sou a chefe, você é o chefe...

Sacudo a cabeça.

— Eu... acabei de terminar um relacionamento — afirmo, sem muita firmeza.

Ela franze a testa.

— Ah, que coisa... Me deixe te dar um beijo e te fazer sentir melhor, como eu fiz com a sua mão. — Ela avança mais um passo e eu recuo, até minha bunda encostar na mesa redonda no centro da sala.

— Alexis, como eu disse, você é... bonita...

Seus lábios se contraem.

— Agora eu sou só bonita? Acho que você está tentando se convencer a não me tocar, mesmo estando claramente interessado. Eu notei o jeito como você olha para mim, para o meu corpo. Você me quer tanto quanto eu te quero. Eu raramente me engano em relação à química entre as pessoas. A sua energia combinada com a minha... seria explosivo! — Ela enlaça as mãos em volta do meu pescoço e pressiona os seios em meu peito.

Mantenho as mãos na lateral do corpo.

— Puta merda... — Minha temperatura sobe, assim como meu pau, e eu me sinto zonzo, como se tivesse tomado alguns drinques. — Em outra hora, em outro lugar, você estaria... Que inferno, você estaria encostada na parede com o vestido enrolado na cintura. Só que eu não estou com cabeça pra isso. Já te disse, estou saindo de um relacionamento. É, hum... muito... recente — concluo sem firmeza.

— Hum-humm... — Ela passa o nariz pelo meu rosto até o pescoço. Um tremor percorre minha coluna, me incentivando a tomar o que ela está oferecendo. O calor de sua respiração faz cócegas na minha pele. Meu pau se anima ainda mais e endurece dentro da calça.

Ela sorri.

— Sua boca me dá todo tipo de desculpa, mas o seu corpo está respondendo outra coisa.

Lambo os lábios e seus olhos pousam na minha boca. Caramba, ela não perde uma chance.

Ela fica na ponta dos pés, seu corpo totalmente nivelado ao meu, do peito aos joelhos. Fecho os olhos e respiro fundo, tentando desesperadamente não responder a sua proximidade, ao cheiro de madressilva misturado com melão que seu corpo exala, ao seu calor, aos seus seios apetitosos saindo tão altos da blusa que, se eu baixar a cabeça alguns centímetros, posso passar a língua por sua superfície carnuda.

Eu gemo e por fim levo as mãos a seus quadris. Ela sorri e aproxima os lábios dos meus. Praticamente posso sentir o sabor do café em seu hálito.

— Você está dizendo *não*? — pergunta.

Esse momento... o momento que eu provavelmente vou lamentar pelo resto da vida. O momento em que me ofereceram um banquete de delícias carnais, bem quando eu estava absolutamente *faminto* de atenção, de toque humano, do desejo de simplesmente deixar tudo desaparecer e me empanturrar. Me empanturrar de toda a beleza que Alexis está me oferecendo. Mas a faca que Skyler cravou no meu coração ainda está lá, pingando sangue, dificultando minha respiração. A escuridão que envolve minha alma não está pronta para ir embora, nem mesmo por um momento de abandono.

Empurro levemente seus quadris para trás. Suas mãos caem do meu pescoço.

— Estou dizendo *não agora* — respondo e engulo em seco, como se tivesse poeira na garganta.

Ela ergue uma sobrancelha e sorri, sensual.

— Isso não é um *não*. Pela minha experiência, é um *talvez* oficial. Tudo bem, quando você estiver pronto para se divertir sem culpa... — ela se afasta e se dirige à porta, onde para e dá um tapinha no batente — conte comigo. — Dá uma piscadinha e me deixa ali parado com o coração sangrando.

Fecho os olhos, respiro fundo algumas vezes, vou até a porta e a tranco.

Onde foi que eu me meti? Preciso dizer a ela para parar com isso.

Eu deixei as coisas irem longe demais.

Por que fiz isso?

Porque eu sou fraco. Porque estou magoado. Pior: não sei como acabar com essa sensação de vazio dentro de mim. O velho eu estaria com Alexis nua e curvada em cima da mesa em dois minutos, no máximo. Mas este eu, este que ainda está apaixonado pela ex e não consegue se livrar da agonia de não tê-la mais, se encosta na porta, derrotado e entorpecido, antes de lembrar que ela mandou uma mensagem há cerca de meia hora. Pego o celular e leio:

> **Meu pêssego**
> Sinto sua falta. Não sou mais eu sem você. Estou te esperando. Acho que vou te esperar para sempre.

— Caralho! — grito na sala vazia.

O desejo de destruir meu celular novo é tão forte quanto no momento em que estilhacei o antigo contra a parede da cozinha de Skyler.

Sinto a tensão aumentar sobre meus ombros. Começo a andar de um lado para o outro, feito um animal enjaulado.

Ela me enganou. Ela! Eu não a enganei.

Ela me traiu?

As perguntas são infinitas, correndo uma maratona em minha mente sem parar nem para tomar um gole de água. Sempre correndo e correndo, me deixando tonto, incapaz de pensar com clareza.

Tenho que encará-la, conversar, como os rapazes sugeriram. Kayla propôs isso, e mentiu tentando me ganhar de volta. Greg também. A mulher que eu amava e o homem em quem eu confiava me traíram anos atrás, e depois fizeram inúmeras tentativas de consertar as coisas e me levar a perdoar seus pecados com desculpas e racionalizações.

Bom, não vou cair nessa com Skyler.

Ela me traiu!

Com a raiva pulsando forte dentro de mim, digito uma resposta:

Parker Ellis
Pare de me escrever. Acabou. Você me traiu.
Chega. Fim da história.

Leio e releio a mensagem. A faca fincada em meu coração se retorce, afundando mais um centímetro. Minha boca saliva, e mais uma vez quero vomitar. Respirando fundo várias vezes, consigo controlar a raiva.

É isso. Você está dizendo adeus. Basta clicar em "enviar". Você consegue. Está na hora. Esqueça. Liberte-a.

Reunindo todas as minhas forças, clico em "enviar".

Meus olhos ficam embaçados e eu os esfrego com o punho.

Eu amo Skyler, mas ela nunca foi minha.

Meu celular vibra, e jogá-lo contra a parede está realmente começando a fazer muito sentido — com todos os contatos de negócios, e-mails, trabalho e tudo o mais.

> **Meu pêssego**
> A nossa história nunca vai acabar. Eu não te traí. Estou vendo que você precisa de mais tempo.

Ela não me traiu.

Trair.

Trair.

A palavra TRAIR preenche cada centímetro da minha mente e toma meu corpo, empurrando a faca mais fundo no meu coração sangrento.

— Mentirosa de merda! — grito, jogando o celular com tanta força na parede de aço que ele se estilhaça em pedacinhos vermelhos, como respingos de sangue.

A capinha que comprei no aeroporto não ajudou a proteger o celular da minha raiva. Vou até o aparelho e o pisoteio até que não reste nada além de cacos no piso de concreto.

— Você é uma mentirosa. Uma traidora sem-vergonha, como a Kayla. Como o Greg. Como todas as malditas mulheres!

Desabo no sofá de dois lugares encostado em uma das paredes e apoio a cabeça na mão.

— Só pode ser mentira — digo, balançando a cabeça e deixando a tristeza entrar, invadindo meus pensamentos.

Ela está tentando se defender. Mas por quê? Por que faria isso? Por que ela está lutando? Skyler é uma beleza ıara. Tão perfeita na vida real quanto na tela. Com ela, o que se vê é o que se tem. Seu corpo, seu rosto deslumbrante, sem precisar de maquiagem. Mas maquiagem nenhuma pode apagar a escuridão do seu coração. Sinto um calafrio.

— Que motivação ela tem? — Meus lábios estão secos. Começo a andar de novo.

Kayla precisava que eu cuidasse dela. Eu era sua galinha dos ovos de ouro. Sua família tinha dinheiro, sem dúvida, mas seu pai queria que ela se casasse e virasse problema de outra pessoa. E eu me candidatei, levantando a mão e gritando: *Eu! Eu! Eu!* Só que me candidatei ao amor, a uma mulher com quem pudesse contar para tudo, para me apoiar na vida, construir uma família, batalhar em parceria pelas coisas que sonhamos ter juntos.

Kayla só queria dinheiro e o estilo de vida ao qual já estava acostumada. O homem não importava, por isso ela estava trepando comigo e com meu melhor amigo. Também por isso ela lutou tanto por mim e não por Greg. Porque Roy e Bo me apoiaram, expulsaram Greg da nossa sociedade e da criação da agência, o que significava que ele teria que arrumar um emprego e trabalhar duro para ganhar dinheiro. Isso levaria tempo, e Kayla não era burra. Com Royce administrando nossas finanças e carteiras de investimentos, nós já estávamos quase milionários. Kayla queria um pedaço desse bolo e arriscou. Mas perdeu.

Acho que no fim eu me dei bem, porque me livrei de me comprometer com uma interesseira. Claro que eu não senti isso na época. Parecia que estava perdendo alguma coisa.

A questão é: Skyler tem cem vezes mais dinheiro que eu. O que ela poderia querer? Por que está lutando tanto para salvar a nossa relação?

Com tantas emoções e tanta raiva, a resposta não vem. Passo meia hora tentando me recompor e então chamo o primeiro funcionário que preciso entrevistar.

É hora de pôr a cabeça no lugar, deixar de lado tudo o que está tentando me controlar e me concentrar no trabalho.

Concentre-se no trabalho.

Concentre-se no trabalho.

Repito o mantra em minha mente algumas vezes antes de o primeiro funcionário entrar na sala. É a assistente de Alexis, uma mulher tímida chamada Molly. Parece uma bibliotecária dessas que ficam com a cabeça enfiada nos livros em vez de viver a realidade. E só pela linguagem corporal posso dizer que ela tem medo de perder o emprego. Vai ser uma entrevista rápida.

Ela não é nossa espiã.

4

Sinto os olhos embaçados quando a sonolência invade minha mente. A sala é muito confortável. Até as cadeiras ao redor da mesa circular são de couro macio, tão macio que meu corpo afunda. E as cadeiras também balançam, algo não exatamente propício para trabalhar, e sim para relaxar ou tirar uma soneca.

Do outro lado da mesa há uma televisão e um sofá de dois lugares. Fico surpreso por não haver uma lareira aqui. Parece uma pequena sala de estar e jantar. As paredes são pintadas de bege suave, com estampas de bom gosto e pinturas meticulosamente distribuídas. Ela transformou um galpão em algo parecido com um home office, que abriga vinte e dois funcionários, cada um com seu próprio espaço aconchegante. Acho que Alexis desafiaria o Google em uma batalha para ver quem tem o melhor ambiente de trabalho.

Pisco forte algumas vezes e levanto para me movimentar. Então, noto um gato amarelo andando por uma viga de madeira do lado de fora da sala, cuja porta deixei aberta. Ele me encara momentaneamente de cima de seu poleiro e eu me pergunto como uma mulher ocupada feito Alexis pode cuidar de um gato. Eu mal posso cuidar de mim mesmo, muito menos de um animal de estimação. Não paro em casa. Até as plantas que ganho de presente acabam no lixo depois de algumas semanas de negligência.

O gato pula e entra na sala como se fosse dono do lugar. Sobe no braço do sofá e depois no encosto, se aproximando casualmente de mim. Quando está a um passo de distância, para, olha diretamente para mim e mia.

Estendo a mão.

— Que foi, garoto?

Ele esfrega a cabeça em minha palma, pedindo carinho. Entro na dele. Quem não entraria? É uma coisa fofa e peluda esfregando a cabeça em mim. Faço alguns carinhos nele e coço sua orelha. Ele começa a ronronar melodicamente.

Uma voz interrompe a mim e a meu novo amigo peludo.

— Vejo que já conheceu o Spartacus.

Eu me volto para o homem parado à porta.

— Parece que sim. — Paro de acariciar o gato e estendo a mão boa. Ele a aperta.

— Kidd Stanton. Eu sou o próximo da lista de entrevistas — diz, solícito.

Alexis definiu que a última pessoa entrevistada notificasse a próxima da fila.

— É isso aí. Entre, sente-se.

Pego sua ficha na pasta que está na mesa, bem como meu tablet, que contém as informações que Wendy levantou sobre cada funcionário. Li tudo durante o voo, de modo que sei o que diz em sua "outra" ficha. A grande surpresa foi descobrir que Alexis pediu a guarda de Kidd quando ele tinha quinze anos e seus pais não contestaram, abrindo mão de seus direitos sem nem sequer pisar no tribunal.

Kidd se senta a minha frente. Parece perfeitamente à vontade aqui. Provavelmente porque sabe que a irmã nunca o demitiria.

Ele dá de ombros e começa a falar antes de mim:

— O que você quer saber, cara? Eu sou um livro aberto.

— Me fale sobre o que você faz aqui.

— Eu lidero a equipe de programação e análise. Sob o olhar atento da Alexis, é claro. — Ele dá uma risadinha.

— Claro. — Sorrio, tendo o cuidado de manter a conversa descontraída e minha linguagem corporal relaxada.

— Eu faço programação sob a orientação da Lex desde os quinze anos, ou seja, faz uns oito anos, como diz a minha ficha. — Indica com o queixo o impresso que tenho a minha frente. — A Lex me contratou quando eu terminei o ensino médio. Eu não tirei as notas necessárias para fazer faculdade, nem queria, de qualquer maneira.

— E você aceitou o emprego.

— Como um bêbado aceitaria cerveja. — Ele ri com vontade.

Esse rapaz sorri muito, parece tranquilo e tem uma natureza feliz. Suas feições imitam as da irmã. Cabelo loiro, olhos azuis. Seu cabelo é mais um loiro sujo que dourado. Ele tem uma barba rala e uma argola prateada na orelha esquerda. Tatuagens cobrem os antebraços, representando imagens diversas: um leão em um, uma espada no outro. Um coração vermelho adorna seu antebraço esquerdo, com a palavra “LEX” em letras maiúsculas grossas no centro.

Aponto para as tatuagens.

— Legal.

Ele puxa as mangas para mostrar mais obras de arte.

— Sim, eu tenho orgulho delas. Eu mesmo desenhei cada uma. É um hobby.

Olho mais de perto e noto as cicatrizes horizontais debaixo da tinta, perto da curva do cotovelo. Não digo nada, primeiro porque seria altamente inapropriado, e segundo porque às vezes a pessoa precisa ter seus segredos. As feridas parecem antigas, o suficiente para que a tinta sobre elas esteja um pouco desbotada. Meu palpite é que ele se machucou quando era adolescente, antes de ter idade para cobri-las com tinta.

— Lex? — pergunto, indicando o coração vibrante vermelho-sangue.

Seu sorriso, antes feliz e despreocupado, agora é sensacional, inspirado.

— Minha irmã. Alexis, a chefona.

Sorrio.

— Você tatuou o nome da sua irmã no braço?

Ele anui com alegria, sem frescura, superfeliz.

— Com certeza. Eu sei que parece estranho, mas a minha irmã é tudo pra mim. O meu coração inteiro. Sem ela, cara, eu não seria o que sou hoje. Provavelmente estaria na cadeia, ou morto de tanto brigar.

Sem ela, eu não seria eu.

Não sou mais eu sem você.

Fecho os olhos enquanto as palavras de uma das últimas mensagens de Skyler voltam para me assombrar. Calafrios percorrem minha coluna.

Aperto os dentes e respiro fundo ao sentir a dor que essas palavras causam. Seguro o lápis com tanta força que o quebro ao meio.

— Uau. Você tá bem? — Kidd pergunta, franzindo a testa.

Pisco algumas vezes.

— Estou com dor de cabeça, desculpe. Deve ser da viagem. Mas estou bem, pode continuar. — Pego a garrafa de água que me levaram antes e bebo metade de uma vez.

— Bom, como eu estava dizendo — bate o dedo no coração tatuado —, a minha irmã é como uma mãe e a minha melhor amiga, tudo junto. Nós somos muito unidos. Eu fiz esta para ela quando completei dezoito anos. Olha, se eu levar o braço até o peito — imita suas palavras, aproximando o braço esquerdo do peito com a face interna para dentro —, ele toca o meu coração. É onde ela sempre vai estar.

— Isso é forte — comento, ainda abalado pelas palavras dele, semelhantes à mensagem de Skyler.

Kidd se recosta e balança a cadeira. Parece não ter nenhuma preocupação no mundo.

— Eu acho. Enfim, por que você está aqui? Nós não estamos com problemas de dinheiro nem de produtividade. A Lex teria me avisado. Não escondemos muita coisa um do outro.

Em uma fração de segundo, decido lhe contar meia-verdade, já que não percebo absolutamente nada como nervosismo ou medo nele. Talvez porque ele seja inocente de qualquer delito, ou um mentiroso muito bom que está usando seu relacionamento com a irmã contra ela.

— Bom, então você sabe que os últimos três produtos vazaram e foram lançados antes pelo concorrente direto da Stanton Cibertecnologia.

Ele franze a testa.

— Sim... Um bando de idiotas, todos eles.

Aperto os lábios.

— Enfim, nós precisamos descobrir o que está acontecendo na área de produção. Talvez algo esteja vazando para o público sem que ninguém daqui perceba.

— Ou talvez exista um espião na empresa — ele sugere.

Interessante ele falar disso primeiro.

— O que te daria essa impressão?

Ele enruga o nariz, e sua felicidade se dissipa instantaneamente.

— A programação e a parte de segurança são feitas inteiramente pela Lex e por mim. Somos os únicos que conhecem o sistema completamente, porque criamos a coisa do zero. O restante da equipe cria novos códigos e programas para trabalhar dentro do sistema, mas nunca ninguém conseguiu passar pelo firewall que criamos.

— E se tivesse um espião no sistema, você tem alguma ideia de quem poderia ser? Funcionários novos, qualquer coisa pode ser útil para descobrirmos como a sua irmã, o seu legado... — acrescento para ver como reage, mas ele simplesmente anui e olha longe — estão sendo prejudicados. Tem alguém que te cause uma sensação estranha? Você suspeita que alguém tenha algum rancor aqui dentro?

Kidd sacode a cabeça.

— Tem uma menina nova, Wendy Pritchard, mas ela acabou de chegar. Não tenho razão para suspeitar dela. Nós temos pouca rotatividade. Acho que não contratamos ninguém novo, tirando a Wendy, há mais de dois anos.

Wendy Pritchard.

Parece que a ninfa da minha empresa adotou o sobrenome do noivo. Aposto que ela está adorando. Deve ter criado uma vida inteira em torno do nome também.

Eu assinto e me levanto.

— Se você lembrar de alguma coisa, eu vou estar aqui a semana toda avaliando os processos e o fluxo de trabalho, e também a produtividade de cada funcionário, na esperança de descobrir como a informação está vazando. Tenho certeza de que é seguro dizer que o seu emprego está garantido.

Ele sorri, e a felicidade com que entrou volta. Kidd me oferece a mão e me dá um tapinha no braço.

— Ei, se você precisar de companhia para sair depois do trabalho, beber alguma coisa, conhecer um pouco de Montreal, é só falar. Eu conheço um bar legal chamado Brutopia. Tem cervejas ótimas, boa comida e muitas vezes umas bandas ao vivo excelentes, se você gostar. A minha garota e eu íamos adorar te levar para dar uma volta.

— Sua garota?

— É, minha noiva. Eu pedi a minha namorada em casamento faz alguns meses. Foi a melhor decisão da minha vida. Ela adora a minha irmã, parecem duas menininhas quando estão juntas, só rindo. E ela vê a Lex como uma irmã mais velha. Não vejo a hora, cara. A gente vai casar no próximo verão, quando o tempo estiver melhor. Em Old Quebec.

— Uau, casar.

Casamento. Ele já encontrou a mulher com quem quer ficar para sempre. E eu? Estou chegando aos trinta e acabei de perder o amor da minha vida. Sinto um vazio por dentro que faz minhas entranhas revirarem.

— Quantos anos você tem mesmo? — pergunto, com a voz rouca.

— Vinte e três. Inteligente o bastante para saber que, quando eu tenho uma coisa boa, devo segurar firme e não deixar escapar. Ou então sou imbecil o suficiente para ser apressado. Eu e ela não ligamos. Nós somos almas gêmeas.

Almas gêmeas.

Eu pensei que Skyler fosse minha alma gêmea. Sinto uma dor súbita, como se um raio atingisse meu estômago, e passo o braço em volta de mim, protetor, tentando respirar para acalmar a dor.

— Você tem alguém? — ele pergunta, abrindo um sorriso. — Ah, claro que sim. Um cara bonitão como você...

Sacudo a cabeça.

— Na realidade — engulo em seco —, nós estamos terminando.

Ele se aproxima e aperta meu bíceps.

— Que merda... Vai dar tudo certo. Se ela for a mulher certa, vocês vão superar.

Eu devia encerrar o assunto, voltar para o âmbito profissional, mas algo dentro de mim está gritando, e eu tenho que perguntar:

— O que você acha que faz dessa mulher a sua alma gêmea?

Kidd franze os lábios e esfrega o queixo.

— Bom, eu amei outra garota antes. Tive que terminar com ela para focar no trabalho. Eu era meio doidão na época e não ligava para as responsabilidades que a Lex tinha me dado. O meu trabalho estava sendo prejudicado, a minha vida estava de cabeça para baixo e eu odiava o caminho que estava seguindo. Passei os anos seguintes me concentrando no trabalho, até conhecer a Victoria. Ela só acrescenta à minha vida, não tira nada dela.

— Entendi. Ela acrescenta alguma coisa à sua vida, ao contrário da primeira com quem você terminou?

Ele sacode a cabeça enfaticamente.

— Não... É que a Eloise queria todo o meu tempo e a minha atenção. Eloise é a minha ex.

Assinto, prestando atenção, como se suas palavras fossem as últimas que vou ouvir. Só não sei por quê.

— A Victoria se encaixa, sabe? Tipo a última peça do quebra-cabeça. Ela simplesmente se encaixa. E me completa. Quando estou triste, ela me anima. Quando estamos longe, sinto a falta dela bem aqui, cara — aponta para o peito —, aqui dentro. Mas eu sei que ela está pensando em mim e eu nela. E, quando estamos juntos, é muito bom.

Passo a mão na nuca, massageando a tensão sempre presente, de que não consigo me livrar desde que saí de San Francisco.

Kidd caminha até a porta.

— Acima de tudo, eu não consigo imaginar o meu mundo sem a Vic. É como com a Lex. Ela é essencial para quem eu sou agora. Eu gosto da pessoa que sou quando estou com ela. Ela me faz ser quem eu sou.

— Legal, cara. Segure firme e não deixe essa menina escapar. Pela minha experiência com as mulheres, posso garantir que um amor como esse é raro.

Praticamente inexistente. Mas não acrescento isso, porque ele não merece que eu estrague sua felicidade.

— Eu sei. É por isso ela vai ser minha legalmente — ele diz, arqueando as sobrancelhas.

Sorrio. Ele dá um tapinha no batente da porta, do mesmo jeito que sua irmã fez hoje cedo, antes de sair. Olho para o gato, que agora está dormindo empoleirado na borda do sofá.

— O que você acha, Spartacus? Alma gêmea é bobagem?

O gato abre os olhos, olha para mim incisivamente e os fecha de novo.

— É, foi o que eu pensei. Bobagem total. Mas eu desejo boa sorte a ele. O Kidd parece ser um cara legal.

~

Acabo de me sentar na cama e deixar o corpo cair no colchão quando a porta que liga meu quarto de hotel ao do lado se abre e Wendy entra.

— Caramba! Dois celulares em menos de uma semana? — ela diz, com voz estridente e irritante.

— Caiu sem querer, tá?

Ela faz cara de quem não acredita.

— Caiu, sei... Se fosse o caso, ainda estaria funcionando, chefe, não quebrado em mil pedaços para o zelador ter que aspirar quando for fazer a limpeza à noite. Você deu sorte de eu ter ido lá depois que saiu. Eu peguei o chip. Mais sorte ainda é que ele deve ter ricocheteado na parede, porque eu o encontrei preso no tapete, longe do celular pisoteado. E também deu sorte por eu sempre carregar um telefone de reserva na bolsa.

Isso chama minha atenção.

— Você carrega um celular reserva?

— Sim. — Ela sorri e me entrega uma réplica exata do meu último iPhone, mas com uma capinha de borracha.

Passo a ponta dos dedos sobre a superfície rugosa. O telefone parece envolto em dois centímetros de material.

— Que porra é essa?

Wendy responde, colocando a mão no quadril:

— É uma OtterBox. É grossa, para pessoas que trabalham em construção, que deixam o celular cair de grandes distâncias etc. Imagino que, se os caras conseguem derrubar o celular de dois andares e ele sobrevive, este aqui deve sobreviver se for jogado na parede. A sua mãe me contou que você jogava beisebol na escola, mas, Parker, este é o terceiro. Dá um tempo, tá? Você está desperdiçando dinheiro, trocando de celular por motivos que a garantia não cobre.

Bufo alto e ela pisca, imperturbável.

— Eu não vou usar isso. — Devolvo o aparelho. — Tire essa porcaria de capa. Essa coisa não vai caber no bolso da minha calça.

Wendy inspira forte e suspira mais alto ainda quando pega o celular da minha mão.

— Tudo bem.

Como se estivesse preparada para minha recusa, ela pega uma capa de metal elegante no bolso de trás. Observo enquanto ela tira a capa de borracha à prova de quedas, coloca a bonita e guarda a outra. Então me entrega de novo o telefone.

— Já está com seus contatos, mensagens, correios de voz e e-mails de novo.

— Você sabe a minha senha do iCloud?

Ela ri baixinho.

— Querido, eu sei a senha do seu cartão de débito. Com certeza eu conseguiria abrir o seu armário da academia mais rápido que você. Nunca subestime as minhas habilidades. Além disso, você me assustou quando perdeu o controle hoje. Eu tive que fingir que estava procurando um banheiro para ter certeza de que você estava naquela sala de reuniões.

— Wendy, você precisa parar de se preocupar com a gente. — Sinto culpa e fico mais angustiado do que já estava.

Ela cora e estreita os olhos.

— Toda vez que você fica nervoso, faz alguma coisa insana. Destrói o celular, soca a parede... E da próxima vez? Vai pular de uma ponte? Esse seu comportamento é perturbador para quem gosta de você. Eu posso ser sua assistente, mas também sou sua amiga e me preocupo com você como se fosse da minha família. Esse caminho em que você está é perigoso e destrutivo.

— Desculpe. Não vai acontecer de novo. — Mas não tenho certeza de que não vai mesmo.

— Pedir desculpa não adianta nada, Parker. Nós três estamos preocupados com você. Tanto que eu li as mensagens da Skyler. Se quiser me demitir por invadir sua privacidade, tudo bem, eu entendo. — Noto que seu peito sobe e desce, como se estivesse sem fôlego. Ela deve estar com medo de perder o emprego, mas sinceramente não me importo.

Deixo cair os ombros e deito na cama, olhando para o teto branco — um vazio, assim como minha vida sem Skyler.

— Eu não vou demitir você.

Ela se senta na cama e levanta os joelhos, onde descansa o queixo. Sky fazia isso o tempo todo. Deus! Por que não posso esquecer essa bendita mulher por um dia? Que inferno, eu me contentaria com meio dia... uma hora, até.

Wendy sorri.

— Que bom. Isso significa que podemos conversar sobre o que ela escreveu? — pergunta, com esperança na voz.

— Não — afirmo, categórico.

— Parker, ela disse que não te traiu. Está *implorando* para falar com você. Que droga, ela está implorando para falar *comigo*, e eu estou ignorado as mensagens dela. E você sabe como isso é difícil para mim. Tudo o que eu sempre quis foi um monte de amigos e uma família grande. Primeiro eu encontrei o Mick. Agora tenho vocês. E por um tempo tive uma nova melhor amiga.

Ótimo. Agora estou magoando Wendy por causa do meu relacionamento fracassado.

— Chantagem emocional não combina com você, abusada — digo secamente, esfregando os olhos cansados.

Ela joga os joelhos para o lado e pousa a mão no meu ombro.

— E fuga não combina com você.

— Eu não estou fugindo de nada. Ela me traiu.

Por que tenho que ficar lembrando a todos que eu é que sou a vítima? Sky pisou na bola *comigo*. Igual a Kayla. Igual a todas as mulheres com quem acabo me envolvendo.

— Ela disse que não. — Dá de ombros, como se não estivéssemos falando da mulher a quem entreguei meu coração e minha alma.

Inspiro profundamente.

— E você acredita nela. Mesmo ele tendo dito que os dois reacenderam o relacionamento, e mesmo ela estando lá. Ela passou a noite com ele, Wendy, não tem como negar isso.

— Eu acho que você quer acreditar que ela pisou na bola. Por quê?

— Porque ela pisou! — Eu me sento e encaro Wendy. — Eu estava prestes a me declarar, ia dizer que amava a Skyler!

Ela ofega e seus olhos se enchem de lágrimas. Estende a mão para meu joelho dobrado.

— Park...

Empurro a mão dela. Não quero dó ou consolo.

— Não. Eu fui direto para Nova York para ficar com a mulher que eu amava. Para dizer pessoalmente que estava apaixonado e que eu e a minha equipe íamos resolver o problema dela com o ex. E o que eu encontrei?

Uma lágrima desliza pela face perolada de Wendy.

— Um apartamento vazio. Uma cama vazia onde deveria estar a mulher que eu amo! Daí, eu acordo com o ex dela no meu ouvido e escuto a voz da Skyler no fundo. O que você acha, Wendy? Como mulher. Que motivo você teria para ainda estar no quarto do seu ex de manhã, hein? Diga.

Outra lágrima cai.

— Não sei. A única coisa que eu sei é que reconheço quando uma mulher está apaixonada. E a Skyler está apaixonada por você. Todos nós vimos isso no Lucky's. Eu vi isso nos seus olhos e nos dela. Uma mulher apaixonada não trai. Uma mulher legal não faria isso. E a Skyler é uma mulher legal, Parker, senão você não teria se apaixonado por ela!

Eu me levanto e passo pela sala antes de ir até o bar e me servir dois dedos de uísque.

— Quer?

— Sem dúvida. Ninguém deve beber sozinho.

Sirvo dois dedos para ela e lhe entrego o copo. Ela vira tudo de uma vez, com a maior firmeza.

— Puta merda! — Estende o copo. — Mais um. Desta vez vou degustar. Eu gosto de começar virando.

Risos me escapam. Não imaginei que pudesse rir agora nem se minha vida dependesse disso, mas essa mulher magrinha, que parece uma fada com seu sorriso largo e fácil e seu cabelo vermelho-fogo que brilha com a luz, provoca isso em mim.

Sirvo outro e o entrego a ela. Ela bate o copo no meu.

— Vai dar tudo certo — diz, com tanta sinceridade que quero acreditar.

— Você acha mesmo? — Bebo um gole de uísque e o deixo queimar meu estômago como uma trilha de fogo, mas ele parece não se acalmar.

Ela pousa seu olhar no meu.

— Se você tomar coragem e conversar com ela, acho sim.

Sacudo a cabeça.

— Eu não estou pronto para isso.

Ela endireita os ombros e as costas.

— Bom, quando estiver, pode contar comigo — diz instantaneamente.

Abro um sorriso suave. Quero que ela saiba que valorizo sua amizade, mais do que consigo expressar agora.

— Não tenho dúvida — declaro, permitindo que as palavras entrem no meu coração e puxem a adaga um centímetro para fora.

Ela sorri.

— Irmã é pra essas coisas, né? Para te ajudar com as mulheres, para te avisar quando você estiver no caminho errado, para chamar a Sky de amiga, para te alertar quando você estiver sendo um idiota.

Mais uma vez, o riso surge e vem para a superfície.

— E... Park? — ela murmura antes de beber seu uísque.

— O que é, abusada?

— Você está sendo superidiota.

5

— *Alexis, não existe nada na parte financeira que indique* qualquer tipo de fraude. A nossa garota analisou as finanças de todos os funcionários, e nenhum deles apresenta flutuações dignas de atenção — Royce diz, suspirando e deixando o tablet na mesa de centro na sala dela.

Ela pega o dispositivo e observa cada documento.

Foram dois dias com Royce checando as finanças da Stanton Cibertecnologia e eu entrevistando dezesseis funcionários, o que não deu em nada.

Alexis inspira fundo e solta o ar com um gemido pelos lábios pintados de vermelho. Hoje ela está deslumbrante. O cabelo dourado está preso em um coque bagunçado, e seus lábios têm um brilho vermelho-cereja que combina com o macacão de seda vermelho. Nos pés, usa as mesmas sandálias de salto alto de quando nos conhecemos em Boston. Lambo os lábios e percebo que as unhas de seus pés combinam com a roupa, pintadas de vermelho-bombeiro. Ela é puro sexo.

Assim que esse pensamento surge, Alexis pousa a mão na minha coxa e se inclina para a frente.

— O que você acha, Parker?

Limpo a garganta, pego a mão dela e a tiro da minha coxa o mais sutilmente possível, pousando-a na almofada do sofá, entre nós.

— Odeio dizer isso, mas quem está fazendo isso com você não está ganhando um centavo. Ou talvez não trabalhe aqui.

Ela franze a testa.

— Eu pensei que, como os vazamentos estão enriquecendo o meu concorrente, nós iríamos encontrar a fonte aqui.

Passo a mão na perna da minha calça, alisando as rugas.

— Teoricamente, faz sentido. Mas precisamos conversar com a Wendy para ver se ela descobriu alguma coisa nos bastidores sobre a programação. Talvez saibamos mais sobre possíveis vazamentos se descobrirmos quem está usando o sistema para criar vírus e manipular o seu código para gerar erros. Eu posso chamar a Wendy para uma entrevista como todo mundo e conseguir algumas respostas.

Ela anui.

— Está bem. Acho que é um passo na direção certa. Royce, tem certeza de que não achou nenhuma discrepância?

Ele confirma, se recosta na cadeira e descansa o tornozelo no joelho oposto.

— Lamento. Eu revirei tudo, para não falar da revisão das contas pessoais, poupança e investimentos de cada funcionário. Alguns estão se dando bem no mercado de ações, mas a maioria vive do salário, que aliás eu considero bastante generoso.

Ela sorri e pisca para ele.

— Eu gosto de ter certeza de que o meu pessoal está feliz.

Ele limpa a garganta e ajusta a gravata.

— Isso é óbvio. E você faz as coisas direitinho.

Alexis volta seu olhar para o meu.

— É o que dizem — diz, lambendo os lábios de um jeito sedutor.

Tenho que me segurar para não apertar os dentes e mandá-la parar com isso. Algumas pessoas são diretas, mas outras são *atrevidas* demais. Sem querer parecer um pré-adolescente bobo, estou ficando meio cansado das insinuações e frases de duplo sentido de Alexis. Parece um cachorro com um osso. Depois que vê, não larga mais. É como se conseguir me pegar fosse um desafio que ela tem que vencer. Imagino que uma mulher como ela não seja rejeitada com frequência — se é que foi alguma vez. Isso me faz pensar que ela pode nem perceber que está jogando. É como uma batalha. Ela consegue levar o homem que deseja para a cama, e depois? Não vai ganhar um troféu ou um prêmio. Como o jogo acaba?

— Muito bem. — Royce se levanta. — Eu vou voltar para o departamento financeiro e ver o que mais posso conseguir, se é que tem alguma coisa. O Bo deve chegar a qualquer momento.

Nesse instante, alguém bate na porta da sala.

— Lexie, Bogart Montgomery está aqui para a reunião das três — sua recepcionista informa, recatadamente.

Royce caminha até a porta e contorna Bo como se não o conhecesse.

— Com licença.

— Claro. — Bo se afasta para o lado enquanto Roy acessa o corredor.

Bo se volta para mim e Alexis. Arregala os olhos e, sem pressa, observa descaradamente nossa cliente, da cabeça aos pés e dos pés à cabeça.

Deixo cair os ombros, como se mãos robóticas de metal os empurrassem. Vai ser foda. Já posso sentir o drama de Bo interessado em Alexis. A tensão envolve minhas costas e meu pescoço, retesando meus músculos.

— Hum... oi, linda. — Ele fecha a porta atrás de si e vira para Alexis com a mão estendida.

Ela pousa a palma da mão na dele e ergue uma sobrancelha, nada impressionada, enquanto ele se inclina e lhe beija a mão.

— Estou acordado? — ele continua. — Porque você parece o meu sonho que se tornou realidade.

— Devagar aí. Esta é a nossa cliente, Alexis Stanton — aviso.

— Nome sexy para uma sereia — ele ronrona, ignorando meu aviso.

Afff. Pressiono as têmporas com o polegar e o indicador.

O rosto de Alexis assume uma expressão de confiança.

— Agora sim. Esse é o tipo de homem com que estou acostumada a lidar — ela diz, cruzando os braços sobre o peito voluptuoso e empurrando os seios ainda mais para cima.

— Ignore. É o que nós fazemos — digo, acenando com a mão enfaixada.

Bo alisa o cavanhaque. Ao fazer isso, as fivelas de sua jaqueta de couro tilintam.

— Bo, para te atualizar rapidamente, o Royce não localizou nada nas finanças de nenhum funcionário para concluir que algum deles esteja sendo pago para fornecer informações. Eu não encontrei nada nos dezesseis funcionários que entrevistei, mas tenho mais sete, incluindo a Wendy. Nada do que eles disseram, nem as respostas às minhas perguntas, sugere que estejam insatisfeitos ou sejam indiferentes em relação à Alexis e à Stanton

Cibertecnologia. Todos trabalham aqui com entusiasmo e parecem confusos de verdade em relação aos produtos que vazaram. Parece que você é mesmo uma chefe incrível — digo, fazendo um gesto respeitoso, tentando me certificar de que não haja nem um pingo de insinuação em minha voz.

Ela sorri e morde o lábio inferior carnudo.

— Eu sou incrível em muitas coisas quando tenho oportunidade.

Bo geme.

— Uau! Uma mulher como eu. — E, em um movimento dramático, leva a mão ao coração.

Ignoro os dois e continuo contando minhas descobertas:

— Também revi os testes do detector de mentiras, e todos passaram sem problemas.

Bo sorri enquanto se acomoda na cadeira em frente a Alexis, sem tirar os olhos dela.

— É fácil passar pelo detector de mentiras. O tempo todo os tribunais rejeitam evidências de polígrafo porque não são confiáveis. Você é muito melhor para ler as pessoas do que um detector. Na minha opinião, pelo menos.

— Obrigado. Ainda assim, nós estamos na estaca zero. Você é o próximo, amigo. Quando a Alexis te levar a uma sala com uma grande parte dos funcionários para trabalhar no seu aplicativo, comece a sondar o pessoal. Você sabe o que fazer.

— Eu sempre sei como lidar com as pessoas, mental e *fisicamente*. — Ele abre outro sorriso. Seu tom de voz está cheio de insinuações, apontando diretamente para Alexis.

Suspirando, eu me levanto e vou até a porta.

— Bom, vou voltar a minha sala para terminar as entrevistas.

— Beleza. Achei que nunca ficaria sozinho com a mulher mais linda do mundo — ele responde, com um olhar lascivo e um sorriso largo.

Bom, talvez com Bo aqui, Alexis receba uma dose do seu próprio veneno. Não seria nada mau. Se o foco dela for ele e não eu, não vou ter mais que me preocupar com essa mulher tentadora e sexy atrás de mim. Não que eu não possa encarar... Talvez, provavelmente. Eu rejeitei suas investidas até agora, o que significa que, no jogo dela, estou ganhando.

Imagino que ela não esteja acostumada com isso, o que é quase uma vitória dupla para mim.

Alexis ri alto, levanta e vai abrir a porta para mim.

Olho para Bo, que foi para o sofá e está com os dois braços estendidos no encosto, pernas abertas, se acomodando como se fosse assistir a um jogo de futebol.

— Ele é inofensivo. Atrevido, mas inofensivo. Coloque-o no lugar, se for preciso — oriento.

Ela segura minha gravata e passa a mão por todo o comprimento, roçando meu peito com os dedos. Ondas de calor se espalham de onde seus dedos me tocam e por toda a minha pele, se acomodando entre minhas coxas. Meu pau percebe, se erguendo a meio mastro. Olho para seus lábios cor de cereja e me pergunto por um breve momento se teriam o gosto dessa fruta suculenta. Tudo bem, talvez ela esteja ganhando o jogo neste momento.

— Eu gosto de atrevimento. O que eu quero saber é quando *você* vai gostar da ideia de nós dois juntos — lança, pousando a mão na minha cintura e se inclinando contra meu corpo.

Nós dois.

Essas duas palavras são como jogar um balde de água gelada sobre a minha cabeça, apagando a fagulha de tesão que estava brotando dentro de mim.

O único "nós dois" que posso imaginar é com Skyler. Nós conversamos muito sobre sermos "nós dois", "eu e você". E agora ela se foi. Nós terminamos.

Sinto um nó estômago e aperto os dentes. Se essa dor e a sensação de estrangulamento continuarem, vou precisar ir ao médico quando voltar para casa.

O mais educadamente que posso, faço Alexis recuar.

— Não posso. Sinto muito.

— Mas... — ela começa a pressionar, e então, do nada, uma grande mão segura o ombro dela.

— Ele realmente *não pode*, linda. Já eu... — Bo sorri e ela gira o ombro, se livrando da mão dele. Ele recua com as palmas para cima, em um gesto de rendição. — Tudo bem, tudo bem. Estou vendo que o meu charme não está funcionando. Só que com o Park, querida, você está batendo na porta errada.

Olho para ele e estremeço.

— Fique na sua. Eu tenho tudo sob controle.

Ele dá de ombros e volta para o sofá, onde cai como um saco de batatas. Concentro a atenção em Alexis.

— Por quê? — ela sussurra baixinho. Sua expressão passa a ser de preocupação, mas também posso perceber insegurança.

Mordo o lábio inferior e franzo a testa.

— É uma questão pessoal. Como eu disse, estou saindo de um relacionamento.

— Sabe o que as pessoas dizem? — ela murmura, quase ronronando.

Fecho os olhos, sabendo que ela vai dizer algo do tipo "a fila anda" ou "a melhor maneira de esquecer alguém é pegar outro alguém".

— Uma noite de sexo sem culpa pode curar tudo — ela complementa, presunçosa. Qualquer partícula de insegurança desaparece em um instante.

Bo estala os dedos e levanta a voz para que ambos possamos escutá-lo:

— Eu já ouvi dizer isso e acredito cem por cento!

Inclino a cabeça para trás e rio diante dessa situação ridícula.

Eu lutando contra a atração entre nós.

Me sentindo culpado por ainda não ter conversado com Skyler sobre o que ela fez.

E desejando não estar nessa situação.

Se Skyler não tivesse pisado na bola comigo, eu conseguiria afastar Alexis com nada mais que palavras frias e a frase "relacionamento sério". Mas seria bem feito para Skyler se eu fosse para a cama com Alexis.

Que inferno... eu poderia tirar fotos e enviar para ela. Ela gosta de mandar mensagens. "Aqui estão algumas fotos de mim com outra loira gostosa. Espero que você tenha se divertido tanto com o seu ex quanto eu com este mulherão." Sim, isso é o que eu faria. Machucá-la do jeito que ela me machucou.

Acontece que pensar em Skyler sabendo que eu agi do mesmo jeito que ela faz meu estômago revirar e se contrair com tanta força que vou acabar enjoando. Não, eu sou melhor que isso. Não vou transar com qualquer uma só para irritar minha ex, ou quase ex, dependendo do ponto de vista.

Porra! Não posso mais pensar nisso. Tenho que trabalhar.

— Olha, é uma ótima proposta, Alexis, e em outras circunstâncias eu ficaria mais que feliz em aceitar a incrível experiência que eu sei que nós dois teríamos. Mas não posso. Eu só... Não vai rolar. — Dou meia-volta e sigo pelo corredor, deixando Bo e Alexis para uma batalha dos sexos.

Quando volto para a minha sala, vejo Spartacus aninhado em minha cadeira.

— Ei, amigo, o que está fazendo?

Levanto o gato e o coloco no meu colo. Surpreendentemente, ele se enrola e apoia a cabeça no meio da minha barriga. Passo os dedos por seu pelo macio e aveludado.

— Você entende, né? Sabe como é amar tanto alguém que não consegue esquecer?

Spartacus boceja, abrindo bem a boca, e esfrega a cabeça no meu abdome. Seu calor e sua suave presença ronronante começam a fazer a tensão deixar meu corpo. A cada longa carícia em seus pelos, outro feixe de energia negativa me abandona, até que, por fim, fecho os olhos, me recosto na cadeira e, pela primeira vez na semana, consigo respirar fundo. Não sinto mais nenhum nó no estômago e estou em paz.

Porra.

Preciso de um gato.

Duas horas depois, já entrevistei outro funcionário e a sra. Wendy Pritchard está entrando em minha sala.

— Entre e feche a porta, sra. Pritchard.

Vejo seus lábios se contorcerem para segurar um sorriso. O cadeado que leva no pescoço brilha com a luz. Ela está usando legging azul-royal, botas de camurça, blusa xadrez preta e branca que chega até o meio das coxas e cinto amarelo nos quadris. Brincos prateados de argola nas orelhas e um batom cor-de-rosa suave nos lábios. Nas mão, luvas de redinha sem dedos.

Um ícone de estilo. Toda vez que vejo seu figurino, me pergunto se gosto ou não. Independentemente disso, sempre fica bem nela.

— E aí, chefe, como vai? — diz, se sentando e dando um giro completo na cadeira. Depois ela para e se segura na mesa.

Eu rio.

— Você sabe que eu te chamei aqui como se fosse uma entrevista normal para que possamos falar das merdas que estão acontecendo sem que os outros desconfiem, certo?

— Totalmente.

— E... sra. Pritchard? — digo, erguendo uma sobrancelha.

Ela sorri. Sua felicidade é como um raio de luz saindo do centro de seu peito e iluminando a sala.

— Não é incrível? O Sir Mick esquentou o meu traseiro por causa disso.

Franzo a testa.

— Por quê? Ele não gostou de você usar o sobrenome dele?

Ela sacode a cabeça e a inclina.

— Ah, não, ele *adorou*. Por isso me deu uns tapas. Recompensa. *Helloooo*?

Passo alguns momentos refletindo sobre essa informação.

Wendy franze os lábios.

— Ah, tudo bem. Eu esqueço que alguns de vocês são caretas. Tenho certeza que o Bo teria entendido a brincadeira. Mas eu não me atreveria a dizer isso pra ele. Ele ia passar a semana inteira me enchendo e inventando um monte de coisas relacionadas a tapas. — Ela geme. — Ele não cala a boca nunca. Às vezes eu tenho vontade de colocar uma mordaça nele e soldar as pontas para ele não conseguir tirar.

— Entendo.

Ela fica toda orgulhosa, como se não estivéssemos falando de tapas e mordaças. Quando foi que o meu relacionamento com Wendy mudou tão dramaticamente?

— Como nós não temos muito tempo, vamos direto ao assunto — digo, para obter as informações de que preciso.

— Tudo bem, chefe. Estou pronta.

Ela se senta na beira da cadeira, apoia os cotovelos e as mãos na mesa e espera que eu fale.

— O Royce não encontrou nada nas finanças. Eu não encontrei nada nas entrevistas, e só faltam alguns funcionários.

— Nem com o Kidd Stanton?

Eu me recosto na cadeira.

— O que tem o Kidd?

Ela inspira fundo e solta o ar, como se estivesse organizando os pensamentos.

— Eu andei analisando o código dele. Cada programador escreve de um jeito diferente, quase como se fosse uma impressão digital. Existem algumas particularidades que eu posso ver entre o modo como a Alexis e o Kidd programam. O trabalho dele não é tão avançado ou seguro quanto o dela, mas ele é muito bom.

— Tudo bem. O que mais?

— Com base na investigação que eu consegui fazer entre os projetos e o treinamento, encontrei pelo menos três coisas curiosas. Uma era um bug no sistema, que parece ter sido inserido ali. A programação corresponde ao estilo do Kidd. A outra era um código capenga... Esclarecendo: até mesmo os melhores fazem bobagem quando estão cansados e tal. Mas esse... — Ela sacode a cabeça.

— O quê? Fala logo.

Ela estremece.

— Esse parece intencional. Como se a pessoa quisesse escrever alguma coisa que atrapalhasse o sistema. Pior: é tão óbvio que até um técnico mediano perceberia. Tipo, tão amador que está escondido à vista de todo mundo. Faz sentido?

Eu me reclino na cadeira e bato o indicador nos lábios.

Por que Kidd Stanton escreveria um código ruim que sua irmã poderia encontrar facilmente?

Por que ele iria inserir um bug no sistema?

— Não faz sentido. Eu conversei com o sujeito. Ele tem o nome da irmã tatuado no braço.

— Sim, eu vi. Muito legal. Eu queria tatuar alguma coisa com o nome do Mick.

— Algo mais? Algum outro funcionário do departamento fazendo coisas estranhas?

Ela dá de ombros.

— Tem uma garota meio esquiva. Como se não gostasse de eu ter sido contratada. Até comentou que não sabia por que eu estava lá se ela podia facilmente cobrir o déficit do departamento.

— Quem é?

— Eloise Gagnon. Trabalha aqui há vários anos.

Folheio a pilha de fichas que sobrou em minha mesa e pego a dela.

— Essa eu ainda não entrevistei.

— Ela é meio estranha, mas pode ser que queira uma promoção e esteja chateada por eu ter sido contratada em vez de ela ser promovida.

Assinto.

— Possivelmente. Mas eu vou descobrir. Bom trabalho. Continue de olho nos outros programadores. Investigue os produtos que vazaram e analise a programação deles.

— Pode deixar. Esse seria mesmo o meu próximo passo — diz, passando os dedos pela franja.

— Tudo bem, pode voltar. Diga para essa tal Eloise que ela é a próxima.

Wendy empurra a cadeira para trás, mas não se levanta.

— Como você está hoje?

Encaro seus olhos azuis.

— Wendy... no trabalho não.

Ela parece desapontada, e suas bochechas ficam vermelhas.

— Desculpe... Eu só... Você ligou para ela?

— Não. — Suspiro.

Ela aperta os lábios.

— Eu não consigo fazer isso. — E mexe os dedos no colo.

— Fazer o quê?

Ela sobe e desce um ombro.

— Ficar de boa sabendo que você está errado. E que está sofrendo. Eu odeio isso. Odeio demais, porque sinto que seria muito fácil consertar as coisas se você ligasse para ela. — Ela solta as palavras depressa, mas noto o instante exato em que percebe que falou demais. — Eu... Meu Deus, desculpa. Eu não devia... Eu não tenho nada com isso.

A faca fincada em meu coração entra um pouco mais, roubando meu ar. Meus batimentos cardíacos se tornam descompassados e meu corpo inteiro se aquece. Fecho a mão boa e a aperto em cima da perna, tentando controlar meus sentimentos.

— É, não tem.

— Parker... — Sua voz está trêmula.

Um raio cai no meio do meu estômago, chamuscando músculos e tecidos.

— Wendy, eu sei que a sua intenção foi boa, e você é uma dádiva para a International Guy. Você é uma de nós, isso não vai mudar. Mas você tem que parar com isso.

Deus, por favor, faça essa mulher parar. Não posso lidar com a esperança dela mais o pavor insuportável que enche minha alma.

Penso um pouco e adoto uma abordagem diferente:

— Olha, eu estou lidando com o que aconteceu entre mim e a Sky da única maneira que sei. Esta não é a primeira vez que uma mulher me magoa.

— O quê? — Ela arfa e leva a mão ao peito.

Merda. Eu não queria falar disso de novo. Estou tentando desesperadamente deixar esse assunto antigo no passado, lidar com essa nova mágoa e seguir em frente.

Wendy fica absolutamente imóvel, esperando que eu continue.

— Tudo bem. — Suspiro. — Vou te dar a versão resumida. Eu fui noivo de uma garota chamada Kayla McCormick na faculdade. Ela me usou e me traiu transando com o meu melhor amigo, o Greg, com o anel de noivado que eu dei no dedo e na nossa cama.

Ela arregala os olhos do tamanho de descansos de copo.

— Puta que pariu — rosna.

Sorrio.

— Pois é. Desde então, eu não entreguei o meu coração a mulher nenhuma, até...

— A Skyler. — Ela fecha os olhos, como se a informação a atingisse e partisse seu coração em pedacinhos, da mesma forma que fez com o meu.

— Sim. — Lambo os lábios e tento me livrar da emoção que subitamente nos envolve.

— Eu não sabia.

— Você não tinha como saber. Eu e os caras não falamos disso. Por um bom motivo: porque foi uma merda. E agora eu estou vivendo outra merda.

Ela estende uma mão trêmula e a pousa em cima da minha, apertando-a.

— Eu quero te ajudar. Como eu faço isso?

Aperto sua mão com firmeza.

— Sendo minha amiga, Wendy, para que eu possa contar com você, como você prometeu. — Sacudo a cabeça. — Mas não tente resolver as coisas. Você não pode fazer isso por mim. Eu tenho que encontrar o jeito certo de superar isso.

Seu lábio treme.

— Mas... e se o jeito certo for dar uma segunda chance para a Skyler?

Há tanta esperança e amor em seus olhos que é difícil olhar para ela sem desmoronar. Ou socar outra parede.

— E se eu prometer pensar nisso?

Aquela luz que vi quando ela entrou se acende de novo.

— Jura?

— Juro. — Aperto sua mão mais uma vez e a solto. — Agora saia daqui. Eu tenho que terminar essas entrevistas hoje, e depois preciso relaxar. Agora que o Bo chegou, talvez nós quatro possamos sair. Longe deste lado da cidade, claro.

— Perfeito! Eu vou achar um lugar.

— Na verdade, me recomendaram um bar chamado Brutopia. E é quarta-feira, deve ter até música ao vivo.

Seu rosto inteiro brilha lindamente.

— Eu adoro música ao vivo — diz, com fascínio na voz.

Sorrio.

— Eu sei, abusada. — Dou uma piscadinha. — Combine com os caras. Eu saio daqui a uma hora.

— Pode deixar, chefe.

— Até mais, Wendy.

Ela sorri e ergue os ombros quase até as orelhas.

— Não vejo a hora de contar para o Mick que eu vou sair à noite pela cidade com os meninos.

— Você acha isso sensato?

Um sorriso perverso se forma em seus lábios.

— Ah, sim. Isso vai render uma punição severa quando eu voltar para casa. Talvez eu não consiga andar durante alguns dias. Não vejo a hora! — Ela pula sobre os calcanhares, balançando sua bundinha.

Mais uma vez, na presença dela não posso deixar de rir.

— Gulosa! — provoco quando ela abre a porta.

— Gulosa pelo amor do meu homem, você sabe disso. — Ergue os dedos em forma de revólver. — Bang, bang. Fui!

Rio e me reclino na cadeira. E então uma bola amarela cai no meu colo, me forçando a voltar à posição normal. Spartacus olha para mim como se eu o tivesse perturbado, e não o contrário.

— Você acha que é dono do universo, não é, gato?

Ele olha para mim como se estivéssemos brincando de estátua. Eu pisco primeiro, então ele empurra a cabeça contra a minha barriga e começa a ronronar.

Antes que eu possa tirá-lo do colo, Wendy está de volta a minha porta.

— A Eloise saiu mais cedo hoje. Consulta médica. Estava na agenda dela. — Ela baixa a voz. — Eu chequei.

— Claro que checou. — Eu diria que fez bem, mas ela ficaria toda toda. — Bom, acho que vou embora, então. Se este gato me deixar levantar — digo e aponto para meu colo.

Parece que Spartacus me considera o local perfeito para cochilar.

— Ahhh, que fofo. Sabia que os gatos conseguem reconhecer pessoas boas? Além disso, estudos encontraram baixos níveis de estresse em pessoas que acariciam um gato ou se aconchegam a eles.

Levanto a mão e aponto para a porta.

— Fora.

— Mas é verdade! Tudo bem. Tchau! — E dispara em direção ao corredor.

Olho de novo para Spartacus e passo a mão por seus pelos várias vezes.

— Você é um pentelho, está deixando a minha calça toda cheia de pelos, mas — eu me inclino para perto dele e roço o queixo em sua cabeça macia — me faz sentir melhor. Obrigado por me fazer companhia.

6

O Brutopia é um bar moderno e estiloso no coração do centro de Montreal. É preciso subir uma escadaria de madeira bamba para chegar à porta pesada. Lá dentro há um bom número de clientes comendo e tomando cervejas e drinques. O lugar parece pequeno, mas, quando vamos até o balcão vazio, vemos que há um palco onde os músicos estão montando seus instrumentos, uma pequena pista de dança e cadeiras em volta. Nos fundos, por um recorte na parede, vejo uma parte muito maior atrás do balcão. De onde estou, posso vislumbrar uma mesa de sinuca.

Wendy desliza como uma borboleta colorida batendo as asas.

— Este lugar é perfeito!

Roy olha em volta, colocando as mãos nos bolsos.

— Ainda bem que troquei de roupa.

Sorrio e avalio seu visual. Ainda está de calça social, mas agora usa uma camiseta branca de manga comprida. O branco em sua pele de ébano parece brilhar sob as luzes baixas do bar. Dou um tapinha em seu braço.

— Verdade. Vamos começar com uma bebida, arranjar uma mesa e fazer os pedidos?

— Claro — diz Bo, dando um tapinha nas minhas costas, examinando todas as mulheres ao redor enquanto se dirige ao balcão. — Uma dose de tequila e a cerveja gelada que você recomendar — ele pede ao barman.

Wendy levanta a mão.

— Hummm, para mim também! O mesmo.

Olho para Roy, que me olha de lado e sorri.

— Para a gente também.

Bo ergue as sobrancelhas.

— É isso mesmo? Então hoje nós vamos beber até cair?

Passo a mão pelo cabelo, bagunçando-o ainda mais. Está comprido demais, precisando de um corte. Mas não me importo. Não me importo com nada agora.

— Sim — respondo.

Royce sacode a cabeça.

— Não sei se eu vou beber até cair, mas a noite é uma criança, e eu vi um trompete e um trombone ali.

Wendy vira a cabeça para olhar atrás dele.

— Demais! Vai ser divertido!

O barman coloca quatro doses de tequila no balcão com uma fatia de limão na borda. A seguir, começa a servir as cervejas em copos que parecem gelados, então alinha os quatro copos. Bo passa os copinhos de dose para cada um de nós.

— A que vamos brindar? — pergunta, abrindo um sorriso largo, o cavanhaque e o bigode perfeitamente aparados.

Tento pensar em algo positivo ou motivacional para dizer. Wendy ergue o copo e todos nós acompanhamos seu movimento, tipo o mestre mandou.

— Acho que devemos brindar a... confiar no coração. A deixar que o nosso coração nos conduza à felicidade.

Sinto meu coração se apertar, como se houvesse um torno em volta dele. O punhal invisível que Skyler cravou ainda está lá, bem no fundo. Fecho os olhos e respiro.

— Tim-tim. — Royce bate seu copo no dela.

Bo faz o mesmo.

— É isso aí.

Abro os olhos e me concentro no olhar de cada um, um de cada vez, orgulhoso por estar exatamente onde estou, por ter o apoio dessas três pessoas para me ajudar a encontrar meu caminho.

— A confiar no coração.

Bato meu copo no deles, viro a tequila e deixo o abençoado calor do álcool deslizar pela minha garganta e aquecer minhas entranhas pelo que parece ser a primeira vez em séculos. O aperto no coração diminui um pouco mais quando enxáguo a tequila com dois longos goles de cerveja gelada.

— Vamos pegar um lugar perto da banda — Wendy convida, toda animada.

Ela mal consegue conter o entusiasmo. É reconfortante ver alguém se divertir todos os dias, aproveitar cada minuto que Deus nos dá para apreciar as coisas boas da vida.

— Nos conte a sua história, Wendy — peço, me sentando no sofazinho da mesa enquanto ela desliza para o centro, Bo se senta ao lado dela e Roy na cadeira em frente. Só cabem três no sofá, tem uma forma curva estranha.

— Vamos precisar de mais uma rodada de tequila para isso — ela responde.

— É pra já! — Bo dá um tapa na mesa e se levanta. Ele tira a jaqueta de couro e a pendura em um gancho perto da nossa mesa.

Royce vira a cadeira de lado para poder ver a banda que está se posicionando atrás dele.

— Parece que são sete caras. Deve ser bom. Não ouço música ao vivo faz tempo.

— É. — Tomo um gole de cerveja. — Uma mistura bem eclética — digo, indicando um negro no centro montando seu microfone, vestido exatamente como um aspirante a Michael Jackson dos anos 90. Seu figurino é complementado por uma calça justa pula-brejo, camiseta branca justa e luvas brilhantes. Tem até cachinhos nos cabelos.

— Não sei. — Royce observa o homem de cima a baixo. — Se esse irmão cantar como o Michael, eu vou ficar feliz.

Bo volta com quatro doses duplas de tequila desta vez.

— Duplas? — Rio.

— Já que vai beber, beba direito, certo? — Ele ri com entusiasmo.

— Acho que sim.

Pego um dos copinhos de vidro.

— Minha senhora. — Entrega um para Wendy.

— Quando você vai aprender que sou a senhora do Mick, não sua? — ela diz.

Royce envolve o copo com seus longos dedos. O copinho parece minúsculo em sua mão gigante.

— A que nós vamos brindar agora?

Antes que um deles fique poético e fale em confiar no coração de novo, eu me manifesto:

— À amizade... e à família. Nova e velha.

— Amizade e família, tudo bem — Royce confirma, tilintando seu copo.

— É isso aí — Bo acrescenta.

— Família — Wendy conclui com a voz trêmula enquanto leva seu copo ao centro da mesa, onde estamos com as mãos estendidas. — Eu amo vocês — sussurra.

— Aff, Wendy! — gemo.

— Mulher! — Royce resmunga.

— Não esse tipo de família, se Deus quiser — Bo reclama, dramático.

— Desculpem! Credo! — ela bufa.

— Sininho, você está com os caras, os irmãos que a vida te deu. Não é pra ficar toda melosa — Bo adverte.

— O Bo está certo, menina. Se você quer curtir com os seus irmãos mais velhos, tem que parar com essa doçura, está ouvindo? — Royce acrescenta.

Ela revira os olhos.

— Eu só disse que amo vocês. Vocês estão agindo como se eu estivesse escrevendo poemas e prometendo dar o nome de vocês ao meu primeiro filho.

— Bo é um nome perfeito! — ele dispara, rápido.

— De jeito nenhum! Parker é maneiro! — entro no ringue.

Royce balança a cabeça.

— Senhores, deixem comigo. Royce é classudo, elegante. Definitivamente um líder.

— E Michael? — Wendy pestaneja lindamente e bebe a cerveja.

Nós três resmungamos de novo.

— Beba e fique quieta! — ordeno, rindo.

— Tudo bem! À família! — Ela bate o copo nos nossos e nós quatro viramos a tequila dupla.

Agora, o calor no meu estômago gira como uma banheira borbulhante na temperatura exata para a imersão. Eu me recosto, passando o dedo pela borda do copo de cerveja.

— Tudo bem, abusada, já bebeu sua tequila. Agora fale de você. De onde você é?

— De Sacramento.

— Califórnia. Dá para perceber que você não é daqui — Bo brinca.

Ela sorri.

— Eu conheci o Sir Mick em um hotel em que ele estava hospedado por causa de uma conferência. Eu era garçonete lá. Nós passamos a noite juntos, e dois dias depois eu estava com o meu apartamento inteiro encaixotado e pegando um voo para Massachusetts, onde estou desde então.

— Caralho, ele não brinca em serviço. Fez a mulher abandonar a vida dela e atravessar o país em dois dias! — Royce balança a cabeça e passa a mão pela careca.

Wendy sorri.

— Foi amor à primeira vista. Como nós dois gostamos do mesmo estilo de vida, tudo se encaixou. Antes dele, eu não tinha nada. Meia dúzia de amigos, um emprego de merda, lutando para sobreviver. Eu não tinha feito o ensino médio, e ele me fez estudar a distância. E olhe para mim agora. Nunca estive tão feliz. — Ela toma um longo gole de cerveja.

— Nossa, Sininho! O que aconteceu com a sua família? — A expressão facial de Bo demonstra preocupação e compaixão. Por trás da jaqueta de couro e do comportamento galinha, ele é um sujeito amoroso.

Ela dá de ombros.

— Eu não tenho família. Segundo o que a assistente social me disse quando eu era adolescente, a minha mãe era viciada em drogas, e não existiam registros de um pai. Quando eu tinha uns cinco anos, o serviço de proteção à criança foi chamado porque eu ia e voltava sozinha do jardim de infância e estava desnutrida. A professora deu queixa, os assistentes sociais apareceram e eu nunca mais vi a minha mãe. Ela nunca tentou me recuperar. Então, passei de um lar adotivo a outro até fazer quinze anos e decidir que não dava mais.

— Quinze? — Pouso a mão em seu ombro. — Wendy... — Minha garganta arde de pensar em uma menininha ruiva sendo transferida de uma casa a outra. Como alguém pôde fazer isso com ela? Ela é incrível.

Ela aperta os lábios.

— É. Eu já tinha um QI alto e habilidades para hackear e mentir, então falsifiquei meu documento dizendo que tinha dezoito anos. Abandonei a escola e fui trabalhar. Eu comecei como garçonete em uma lanchonete. Morava em quartos alugados ou ficava no sofá dos amigos quando podia, para economizar. Até que o meu cavaleiro apareceu.

— Como? — pergunta Royce, se inclinando sobre seus grandes antebraços na mesa, tão absorto quanto eu na história.

O bar ao nosso redor está fervilhando. Pessoas rindo, bebendo... Ouvimos vaias e gritos no salão dos fundos, mas nós três estamos grudados no banco, focados exclusivamente em nossa linda irmãzinha ruiva.

O sorriso brilhante a que já me acostumei nela irrompe por trás do papo pesado.

— Então, foi no bar do hotel. Eu tinha vinte anos e trabalhava lá. O Michael apareceu, pediu uísque, sorriu com desdém porque não era de marca boa e começou a falar de bebidas. Acontece que eu tinha uma garrafa de Macallan escondida no bar, para quando precisava de um verdadeiro estímulo.

— Espertinha. — Royce sorri.

— Pois é! — Ela agita as sobrancelhas, então levanta a mão aberta e bate na dele. A luz volta à sua história, afastando a tristeza por revelar seu passado.

Bo sacode a mão.

— E aí, o que aconteceu? Não me deixe na mão, querida. Eu não aguento, se é que você me entende. — Ele sorri malicioso, erguendo uma sobrancelha.

Ela vira e lhe dá um soco no ombro.

— Ai! — Ele esfrega o local. — Odeio quando você me bate com os nós dos dedos.

— Você tem sorte de eu não bater com um soco-inglês! — ela retruca, erguendo seu pequeno punho como uma vovó italiana faria para ameaçar seus netos quando não se comportam.

Ele esfrega o bíceps dolorido, fazendo beicinho.

— Continue a história, Sininho — pede.

Ela lambe os lábios e se inclina para a mesa.

— Bom, eu disse para o Mick que ia lhe arranjar coisa boa se ele não contasse para o meu chefe.

— Arriscado — comento.

Ela assente.

— Sim, mas ele era bonito, e juro que o jeito como olhou para mim, como se pudesse ver a minha alma, destruiu toda a minha resolução. Eu só queria agradá-lo, ser tudo para ele para que ele fosse meu.

Royce assobia.

— Droga. Por que eu não encontro uma mulher assim?

— Porque você está procurando no lugar errado, imbecil. — Bo gargalha.

Royce franze a testa.

— Olha quem fala. O rei das mocinhas... — debocha. — Eu não acreditaria em uma palavra do que você dissesse sobre esse assunto. O Park pelo menos encontrou uma boa.

Desta vez eu debocho:

— Ah, você está olhando para o cara errado. Eu não conseguiria segurar uma mulher boa nem que a minha vida dependesse disso. Acho que eu tenho um cartaz de tinta invisível colado na testa, que só dá para ver com luz negra, dizendo "Me traia" ou alguma merda parecida.

Royce balança a cabeça.

— Não é verdade. Eu não acredito nem por um segundo que a Sky tenha te traído. Quanto mais cedo você aceitar isso e der à coitada uma chance de se explicar, melhor vai ser para todos nós.

Aperto os dentes, desejando outra dose de tequila para desmanchar o nó que se formou instantaneamente em minha garganta.

Bo olha para longe e finge estar interessado no garçom que serve comida em uma mesa perto de nós.

— É o que você pensa também, Bo? A Wendy já deu a sugestão dela hoje, você pode falar também.

Ele dá de ombros.

— Tem certeza que está pronto para ouvir o que eu penso?

— Tenho certeza que eu não quero ser surpreendido se você soltar a bomba depois. Nós estamos todos aqui conversando e cuidando um do outro, certo? Então diga.

Eu me sinto como um pavão com as penas arrepiadas. Frustração, irritação e raiva súbita queimam minhas veias, procurando um jeito de sair.

Wendy pousa a mão no antebraço de Bo e olha para ele, que inclina a cabeça.

— Tudo bem, então. Eu acho que você está com medo.

Não é o que eu esperava que ele dissesse.

— Medo? De uma loira gostosa? Sério? Isso é o que você acha? — Respiro fundo e espero que ele continue.

Ele alisa o cavanhaque e bate o polegar no lábio inferior.

— Você está com medo das consequências de amar alguém do jeito que ama a Sky. Com medo de que ela faça exatamente o que a Kayla fez...

Arregalo os olhos e bato meu copo na mesa. Felizmente, já bebi quase tudo, por isso não derramo a bebida.

— Ela *já fez* o que a Kayla fez! A Sky passou a noite no hotel com o Johan...

Bo levanta as mãos.

— Eu sei. Só que você não pode provar que ela te traiu com base na palavra dele. Olha, o que estou dizendo é que a garota que eu conheci, com quem estive em Nova York, era louca pelo meu melhor amigo. Louca. A mulher dos seus sonhos. Ela esteve no Lucky's e ficou um tempo com a gente. Ela se abriu para a nossa família, falou de se mudar para Boston. Que razão ela teria para desistir disso?

— Um pau duro. Ela gosta de foder. Eu que o diga. E ela é *muito boa* nisso. Talvez quisesse matar a saudade do pau do Johan. — Só de pensar em Sky chegando perto do pepino mole do Johan, aperto o copo de cerveja com tanta força que quase o quebro.

Royce vira bruscamente para mim.

— Ah, cara, não vá por esse caminho.

Uma poderosa explosão de raiva começa a se formar dentro de mim, me tomando de calor. Aperto os dentes com tanta força que só espero não quebrar um molar.

Eles não entendem. Eles não entendem o que ela fez, porra!

— Sim, eu vou sim por esse caminho! Porque eu *preciso* saber que a minha equipe, a *minha família*, está do meu lado. Do meu! Eu devia ser a prioridade de vocês, não a mulher que me fodeu! — digo, com a voz rouca e áspera, e bebo o que resta no copo. — Preciso de outra maldita cerveja.

Eu me levanto e vou para o balcão. Preciso de um minuto de paz, um tempo para esfriar a cabeça antes que eu exploda.

Que inferno. Eles estão do lado dela?

Eles são meus amigos, minha família, não dela. Então eu lembro: Sky não tem família.

Imagens dela flutuam em minha mente enquanto espero que o barman pegue meu pedido.

Sky nervosa ao conhecer meus pais.

Depois, rindo das disputas entre eles.

Minha garota trocando telefone com os caras enquanto tomávamos cerveja e comíamos sanduíche de porco desfiado.

Sky e Wendy falando sobre planos de casamento.

Minha garota prometendo ir ao casamento... comigo.

Sky me dizendo que estava pensando em se mudar para Boston.

E se ela estiver dizendo a verdade?

Johan é mestre em manipulação. Ele pode facilmente ter inventado que ficou com ela, mentido para mim. Meu coração começa a bater rápido, e sinto um nó no estômago. Eu o aperto e respiro fundo algumas vezes. Preciso de mais cerveja. E outra dose de tequila.

— Cerveja ou tequila? — o barman pergunta.

— Os dois. Mais uma rodada de cerveja e de tequila para os quatro. E pode mandar a garçonete, nós precisamos comer.

— Boa ideia. A banda já vai começar — ele diz, indicando com o queixo os sete músicos no palco.

O guitarrista está dedilhando e o tecladista aquecendo os dedos. Enquanto espero as bebidas, os trompetistas passam algumas escalas, e meu batimento cardíaco começa a desacelerar mais uma vez. Deve ser pelo álcool que entra em minha corrente sanguínea, mas, seja o que for, sou grato.

Royce se aproxima e para à minha frente.

— Desculpa, irmão. O que você está passando não deve ser fácil, e não cabe a mim...

Sacudo a cabeça.

— Não, cara, tudo bem. Eu precisava ouvir isso. Se não for das pessoas que gostam de mim, de quem mais?

— Vai seguir o nosso conselho?

Dou de ombros.

— Não sei o que eu vou fazer ainda. Só sei que hoje eu quero relaxar com os meus amigos. Tudo bem?

Ele abre um sorriso largo, branco, extrabrilhante, que contrasta com sua pele negra e sua camiseta branca.

— Sim, tudo bem. — Ele me pega pela nuca e se inclina para a frente, quase encostando a testa na minha. — Independente de qualquer coisa, você sempre pode contar comigo, o Bo e a Wendy. Nós somos seus amigos e te apoiamos. Mesmo assim, é nossa obrigação te dar uns chacoalhões às vezes, te ajudar a ver as coisas de um jeito diferente caso você esteja ficando cego. Tipo quando você acha que uma mulher legal pisou na bola com você.

Eu rio mesmo que ele ainda esteja me pressionando. Entendo por quê.

— Você acha que ela é a mulher certa para mim, né? — Ergo o olhar e fito seus olhos escuros.

Ele dá de ombros.

— Sim, acho que é. Acho que ela é tudo de bom. Além do mais, eu quero ver o meu amigo feliz. E nunca te vi mais feliz do que quando estava com ela.

Suas palavras batem forte em meu inconsciente, misturando-se às mensagens que meu passado está mandando sobre meu futuro.

— Eu estava feliz. Mais que isso: eu estava apaixonado.

Ele aperta meu ombro com força.

— Meu irmão, você ainda está apaixonado. É por isso que dói tanto.

E ele tem razão. Independentemente do que eu acredite que Skyler possa ter feito com Johan, isso não muda o fato de eu estar completamente apaixonado por essa mulher. E nem sequer consegui lhe dizer isso pessoalmente. Talvez, se tivesse dito, ela teria me esperado chegar para falar com o ex. Talvez ela não tivesse pensado que estava sozinha.

— Cristo! — Passo a mão pelo cabelo. — Meu irmão, eu estou um caco.

Royce me faz virar para o balcão, onde o garçom colocou as quatro cervejas e as quatro tequilas duplas.

— Está mesmo. Mas tudo bem, nós estamos aqui.

Ele pega duas cervejas com uma mão e coloca as outras na dobra do cotovelo, coladas a seu corpo, para poder pegar duas tequilas. Eu pego as outras duas com a mão boa e as levo para a mesa.

No instante em que deixo as bebidas na mesa, Wendy se joga em meus braços. Pressiona o rosto no meu, respirando em meu ouvido. Seu cheiro de coco invade minhas narinas, afastando o odor úmido e gorduroso do bar e substituindo-o por algo mais agradável, confortável até, pois já me familiarizei com seu aroma.

— Desculpe, Park. Eu não quero que você pense que não estamos do seu lado. Não importa quanto eu goste da Skyler, você sempre vai ser a minha prioridade — diz, cravando as unhas nas minhas costas, como se quisesse se imprimir em minha pele.

Esfrego suas costas e curto o abraço por um momento, deixando a sensação que me provoca ter o carinho e a preocupação dessa mulher se infiltrar em meu corpo dolorido e cansado.

— Obrigado, Wendy. Desculpe também. Peço desculpa a todos vocês. Eu fui meio babaca antes, mas vou resolver isso.

— Bom, eu não ia falar nada — Bo diz baixinho, mas alto o suficiente para que todos possamos ouvir.

Imperturbável, continuo:

— Que tal se a gente só se divertir pelo resto da noite? Comer, beber e ser feliz, hein?

Wendy se afasta com os olhos marejados, mas segura as lágrimas. Agradeço por isso.

— Um brinde. — Royce ergue sua tequila sobre a pequena mesa.

Nós três seguimos seu exemplo.

— Que nós nunca deixemos nada atrapalhar o que temos. Nós somos a equipe IG, para o que der e vier!

— À equipe IG! — Wendy aplaude e Bo a acompanha.

— A *isso* eu posso brindar — digo e sorrio, tirando dos ombros todo o peso com que entrei no bar.

A banda começa a tocar um dos maiores sucessos de Michael Jackson, "Billie Jean".

Wendy demonstra seu entusiasmo com um grito:

— Uhuuu!

Roy vai ainda mais para o lado para poder ver direito. Os teclados entram, e, no momento em que chega o refrão, já estamos todos cantando a plenos pulmões.

Equipe IG, para o que der e vier.

7

*A porta da minha sala de reuniões se abre com o que pa*rece um rangido estridente, retumbando em minha cabeça de ressaca como um martelo nas têmporas. Aperto os dentes por causa da dor e engulo a bile que quer subir.

Eloise Gagnon aparece.

— Acho que eu sou a próxima a ser entrevistada — diz em voz baixa enquanto abre mais a porta.

Anuo.

— Sim, entre. Pode se sentar, srta. Gagnon.

— Pode me chamar de Eloise. — Ela sorri levemente, mas não vejo muita sinceridade no gesto. É como se sorrisse por hábito, porque é o que se faz quando se conhece alguém.

É uma mulher miúda e magra, com poucas curvas, o que se nota claramente no jeans e na blusa de manga comprida e decote V que está usando. Nos pés, um par de sapatilhas simples. Seu cabelo castanho está preso em um rabo de cavalo firme na nuca. Seus óculos de armação preta realmente a favorecem. Ela parece jovem, como se tivesse acabado de sair da faculdade, mas sua ficha diz que tem quase a minha idade.

— Eu sou Parker Ellis. Sabe por que estou aqui? — pergunto o mesmo que perguntei a todos os outros funcionários.

— Sim. Para falar sobre a produtividade, mas imagino que tenha mais a ver com os vazamentos de produtos bastante sérios que aconteceram.

Estreito os olhos.

— E por que você acha isso? — Meu faro se aguça.

Ela dá de ombros.

— Faz sentido. A empresa perdeu muito dinheiro porque os concorrentes lançaram produtos similares antes da gente. Então seria razoável pensar que temos algum problema interno.

Eu me reclino na cadeira e esfrego os dedos no lápis que estou segurando até ele cair na superfície de madeira da mesa com um ruído. Então, pego-o de volta e repito o processo. É uma estratégia que aprendi em Harvard durante um curso sobre técnicas de interrogatório. Tive uma aula chatérrima de análise de negócios, e descobri que isso tende a incomodar as pessoas, o que pode fazer que elas cometam um deslize e revelem informações que estavam tentando esconder.

Ela olha para o lápis enquanto repito o mesmo processo várias vezes. Se encolhe quando o lápis bate na mesa de novo, mas finjo não notar, fazendo de conta que estou lendo sua ficha.

— E o que você faz aqui?

— Sou uma das programadoras.

— Ah, então você trabalha com a nova funcionária, Wendy.

Levanto a cabeça para observar suas expressões faciais. Um olhar de repulsa atravessa seu rosto e desaparece em um instante.

— Acho que sim.

— Parece que você sente alguma coisa em relação a essa nova funcionária. Tem algo que queira me contar?

Ela franze os lábios.

— Eu nó não sei por que a contrataram se eu poderia ter assumido o trabalho extra. Já trabalhei diretamente com o Kidd.

— Kidd?

— Sim, o diretor do departamento. Nós sempre trabalhamos juntos perfeitamente.

Interessante. Há algo em seu jeito de falar que me provoca agulhadas nas têmporas. Mas a dor da noitada de ontem está ofuscando um pouco meu pensamento.

— Você trabalhou muito tempo com o Kidd?

— Nós começamos juntos. Eu tinha acabado de terminar a faculdade e ele o ensino médio. Ele é brilhante. Nem fez faculdade, e a sua habilidade com linguagem de programação é tão boa quanto a da irmã. Nós dois éramos a melhor equipe, perfeita em todos os sentidos. — Ela franze a testa e olha para o outro lado. — Aí a Alexis nos separou e eu fiquei com o lado chato do negócio. Manutenção. Não trabalhava mais na criação de produtos.

— Não deve ter sido legal para você. Aconteceu alguma coisa?

Com um olhar feroz, ela volta o rosto para mim de novo.

— Não. Acho que eu não era tão boa quanto eles. Não tinha capacidade para andar com os grandes. Mas trabalhei duro e consegui voltar à equipe de programação. E agora tenho que competir com a Wendy, a nova garota de TI.

Ah, estou entendendo. O problema dela é com *Wendy*. Uma pontada de dor atravessa minha cabeça. Aperto os dentes e tento respirar. Deus, minha cabeça está me matando.

Bebi demais.

Da próxima vez que a equipe IG se reunir para uma balada, vai ter que ser *depois* de concluído o trabalho. As luzes fluorescentes do teto estão queimando minhas retinas.

Engulo em seco e pego a garrafa de água.

— Você está bem? — Eloise pergunta. — Está meio esverdeado.

Bebo a maior parte da garrafa, deixando a sensação de frescor revestir meu estômago vazio.

— Só cansado.

Ela dá uma risadinha.

— Parece que você encheu a cara ontem.

Puxo o ar com os dentes fechados, permitindo que ela me flagre em um comportamento de cara mau para ver como responde.

— Tome cuidado, ela pode demitir você. Quando quer, ela é uma verdadeira bruxa. — Eloise se inclina sobre a mesa, se aproximando e franzindo o cenho. — Não deixe aquele corpão e o rosto de estrela de cinema te enganarem. Por baixo de tanta moda e glamour, a mulher é um demônio.

Nossa, essa foi forte.

— Parece que você não gosta muito da Alexis. Se esse é o caso, por que trabalha aqui?

Ela estreita os olhos.

— Porque o Kidd é incrível, eu aprendi mais com ele do que nos quatro anos de faculdade. Eu faria qualquer coisa para manter o meu emprego aqui.

Ela é bastante poética ao se referir a um homem que, para todos os efeitos, é seu chefe. Há um toque de algo mais aí, algo que meu cérebro cansado e de ressaca não consegue entender.

Preciso dormir.

Por um ano inteiro.

— É só isso, sr. Ellis? Eu tenho muita coisa para fazer. Estou revisando os erros na programação do Kidd.

— Erros?

Wendy mencionou ontem que encontrou erros na programação que correspondiam ao estilo de Kidd.

Ela anui e passa a ponta do dedo em cima da mesa, formando círculos.

— Acho que é a nova namorada dele. — Ela se inclina para a frente como se fosse me contar um segredo. — Desde que ele começou a sair com ela, o trabalho ficou prejudicado. Estou tentando corrigir esses erros para que ninguém perceba. Uma hora ele vai se livrar dessa mulher e começar a pensar com mais clareza de novo.

Uau! Isso é que é segurança.

— Vamos ver se eu entendi. — Esfrego e pressiono os dedos na minha nuca, massageando a parte de trás do crânio, tentando aliviar a tensão da noite de bebedeira. — Você está revisando o trabalho do Kidd e consertando tudo?

— Sim, está um caos. Ele está cometendo erros muito óbvios. Coisas que poderiam pôr o sistema em risco.

Ding! Ding! Ding! Ding!

O alarme dispara em minha cabeça.

— Como eu falei, estou consertando, portanto não se preocupe. Eu vou segurar a onda da equipe até ele recuperar o juízo que perdeu por causa dessa namorada.

— Namorada?

— Sim. Victoria — pronuncia com escárnio. — Ela não serve para ele. Ele precisa se livrar dessa menina depressa.

— Na verdade, acho que ela não vai a lugar nenhum. Ele me disse que pediu a namorada em casamento e ela aceitou. Os dois estão planejando se casar no próximo verão. Estou surpreso por você não saber.

Eloise empurra a cadeira para trás e a derruba na pressa de se levantar. Seu corpo inteiro está ereto, o nariz e o peito vermelhos.

Eu me levanto e ergo as mãos.

— Ei...

— Ele vai se casar com aquela piranha?! — diz, com um grito mal contido.

Tento engolir, mas minha boca parece o deserto do Saara.

— Ele nunca vai melhorar! Ela está arruinando um gênio!

— Calma, Eloise.

Eloise.

Eloise.

Seu nome ecoa em minha cabeça. Eu conheço esse nome... Não é muito comum, mas já o ouvi antes. Há pouco tempo.

É que a Eloise queria todo o meu tempo e a minha atenção. Eloise é a minha ex.

Kidd.

Esta é a sua Eloise? Sua ex?

— Preciso ir — ela informa, agitando as mãos como se estivesse sacudindo água delas. Antes que eu possa impedi-la, ela sai porta afora.

Desabo de novo em minha cadeira e Spartacus pula no meu colo, pressionando suas pequenas patas diretamente em meu estômago dolorido.

— Calma, amigão. Eu já estou enjoado, não piore as coisas — digo, afagando atrás das orelhas do gato e o acariciando. Spartacus mia e se acomoda, pronto para tirar uma soneca. — Que bom que alguém pode dormir — digo com a boca seca e termino a abençoada garrafa de água bebendo tudo de uma vez.

Então jogo a garrafa na lixeira, fazendo uma cesta de três pontos. Pressiono o alto do nariz, deixo a cadeira reclinar para trás e fecho os olhos, tentando descobrir como todas essas informações se relacionam.

Eloise está corrigindo os erros de Kidd no sistema. Ela o está acobertando. Por quê?

Porque está apaixonada por ele? Talvez.

Kidd disse que tinha uma ex chamada Eloise. Não é um nome tão comum. E eles trabalham juntos. Kidd vai se casar, e Eloise surtou. Talvez ele esteja vazando acidentalmente as informações, e por isso ninguém está ganhando dinheiro com isso. Porque não é intencional.

Pego meu celular novo e abro o contato da Wendy.

> **Parker Ellis**
> Tenho algo para você checar. Me ligue.

Clico em enviar e me reclino na cadeira. Fecho os olhos de novo por alguns minutos antes de meu celular tocar.

— E aí? — ela diz, parecendo sem fôlego.

— Onde você está? — Posso ouvir ao fundo o som do trânsito na rua.

— Eu disse ao Kidd que precisava sair para comprar um café. Estava indo ao Starbucks, e você não vai acreditar no que eu acabei de ver. Uma igreja gótica incrível. Quase tive um orgasmo quando vi esse edifício impressionante. Parece ter um milhão de anos!

Sorrio ao notar sua empolgação. Pelo menos alguém está animado esta manhã.

— É a Basílica de Notre-Dame.

— Pensei que a Notre-Dame ficasse na França, ou em Indiana, para quem torce pelo Fighting Irish! — ela diz e ri da própria piada.

— Fica mesmo. Essa que você está vendo é a Basílica de Notre-Dame. A de Paris se chama Catedral de Notre-Dame. *Basílica* significa igreja, mas na religião católica é uma igreja com privilégios especiais concedidos pelo papa. A arquitetura é do estilo gótico romântico que vemos em muitas igrejas dessa época. O mais legal dela são os vitrais. Se você tiver tempo para entrar, vai notar que os motivos não são bíblicos: eles descrevem a história da cidade de Montreal. É fascinante.

— Uau, você sabe bastante sobre isso.

— Sim, eu estudei muito desse assunto na faculdade. Visitei muitas igrejas com a minha família também. Ah, pelo que eu sei, eles têm um grande espetáculo de luzes. Os técnicos de iluminação dos shows da Madonna criaram uma performance usando o interior da igreja, as espirais, curvas, janelas e pinturas para criar uma experiência inesquecível. Talvez possamos todos ir quando encerrarmos o caso — sugiro, pensando que seria uma boa ideia mostrar a Wendy um pouco da rica história de Montreal.

Eu sempre amei essa cidade, mas adoraria levá-la para Quebec, lhe mostrar o bairro de Old Quebec, ficar em um dos hotéis históricos e andar de balsa para ter a melhor vista da cidade.

— Legal, estou dentro. E aí, o que você tem para mim? Estou no Starbucks.

Um café seria incrível agora, mas não posso pedir que ela me traga um, pois causaria suspeitas. Suspiro.

— Bom, eu acabei de conversar com a Eloise.

— Superfofa, né? — diz, e o sarcasmo escorre de cada palavra.

— Tão fofa quanto a sensação que eu tenho no estômago agora.

— Coitadinho. Não aguenta beber — brinca.

— Como é que você está tão bem? Você bebeu tanto quanto nós — reclamo.

Ela ri.

— Sim, mas com pequenas diferenças. Entre as bebidas eu tomava água, e depois suei na pista de dança. Além disso, eu comi o meu peso em fritura. Você só ficou bebendo.

Ah... Comida, água. Sim, teria sido uma boa. Caralho, seria uma boa agora.

— Foi um arraso — continua. — Eu ainda estou com "Man in the Mirror" na cabeça. Aquela banda manda muito bem. — Sua voz fica mais baixa, parecendo distante enquanto faz seu pedido no balcão.

Quando a ouço terminar, respondo:

— A banda estava mesmo ótima. Bom, voltando ao trabalho... A Eloise me falou que está corrigindo os erros de programação do Kidd. E me parece que ela está fazendo isso há algum tempo.

— É mesmo? Humm.

— Sim, e ainda por cima eu acho que eles namoravam. Quando eu disse que ele ia se casar, ela saiu voando da sala. Uma mulher só faz isso se...

— Se está apaixonada e não é correspondida. Merda.

Ela agradece a alguém, então ouço os sons da rua ao fundo enquanto ela bufa e arfa, como se estivesse andando depressa. Wendy sempre anda depressa. E eu me pergunto se é porque não quer perder nem um segundo da vida.

— Sim.

— Mas como isso resolve o nosso problema? No máximo aponta ainda mais contra o Kidd.

Esfrego um nó no ombro.

— É verdade.

— Você precisa contar para a Alexis. Talvez ela possa revisar os códigos também, ou então perguntar diretamente a ele.

— Sim, mas acontece que, se ele fez isso, talvez não tenha sido intencional. Por isso não existem indícios de recompensas financeiras. Talvez alguém esteja hackeando o sistema, e os erros de programação do Kidd estejam facilitando a entrada.

— Talvez. Eu vou fazer uma verificação completa dos firewalls e ver o que consigo encontrar.

— Obrigado.

— Não por isso, chefe. Estou adorando trabalhar infiltrada! Eu me sinto uma das Panteras!

Rio.

— Tchau, Dylan.

— Tchau, Charlie!

Uma pressão fluida percorre meu couro cabeludo, esfregando e brincando com meu cabelo comprido demais, que começa a se enrolar. Skyler adora passar os dedos pelo meu cabelo. Suspiro, curtindo a sensação. O sono ainda toma minha mente enquanto passo o braço em volta de sua cintura e a puxo para o meu colo.

— Ahh! — Ela ri, mas sua voz está abafada, mais profunda, enquanto seu corpo descansa colado no meu. — Parker... — Suspira.

Eu inclino sua cabeça e tomo sua boca sem abrir os olhos. Uma parede de calor pressiona meu peito. Sorrio colado em seus lábios e passo as mãos pelas suas costas. Sonolento, curto a sensação de Skyler sendo generosa enquanto meu corpo acorda lentamente. Claro que a "fera" é a primeira a acordar. Forço os quadris para cima e tenho a sensação de estar balançando. Estou na cadeira do escritório, inclinado para trás. Skyler gruda a boca na minha de novo, úmida e macia. Eu a beijo profundamente.

Nossa, quanta falta senti disso.

Sua boca suculenta na minha, sua língua me invadindo deliciosamente. Eu me desmanchando em seu calor e ela gemendo. Mas parece distante e diferente. Um murmúrio daquilo que estou acostumado a ouvir da minha garota. Vou acariciando suas costas e sinto muito mais dela que o normal.

Hã?

As luzes brilhantes invadem meus olhos cansados e meu cérebro de ressaca enquanto pisco. Quando os abro, fico chocado com o que vejo.

Alexis.

No meu colo.

Com a língua na minha boca.

Merda! Eu fiz isso. Eu a puxei para o meu colo e a beijei. Seguro seu tronco e a empurro para trás, fazendo-a soltar minha boca com um som audível.

— Que porra é essa? — Balanço a cabeça, tentando forçar os últimos vestígios de sono a sair do meu cérebro. Meu pau percebe imediatamente uma mulher diferente e se encolhe a meio mastro.

Alexis passa os braços em volta do meu pescoço.

— Seus lábios são macios como eu pensei.

Sinto o gosto de seu batom e de café na língua. O tesão com a proximidade de seu corpo pulsa em meu peito, descendo.

Merda, onde foi que eu me meti?

— Alexis, você é linda, sexy... Qualquer homem ia te querer...

Ela abre um sorriso largo.

— Isso é ótimo, porque eu quero você!

Ela cola mais uma vez os lábios nos meus, e, em um momento de fraqueza, eu a beijo, mergulhando a língua, rolando-a até ficar com seu gosto impresso nas papilas gustativas. Ela geme e pressiona os seios grandes em meu peito. Desço a mão até sua bunda e me esfrego nela. A fera acorda de novo, orgulhosa e pronta para a ação sem culpa.

Por vários minutos continuo a beijar Alexis, despejando em minhas ações toda a raiva, o ódio e a revolta pelo que Skyler fez. Assumindo o comando. Controlando meu destino. Beijando uma mulher bonita que se ofereceu a semana inteira.

Até que a realidade explode como um sinalizador lançado ao céu quando Alexis leva a mão ao meu cinto. Ela o abre, bem como o botão e o zíper da calça. Gemo, mas, no instante em que ela envolve meu pau duro com a mão, uma flecha de veneno se crava direto em minhas vísceras. Grito e empurro Alexis. Me levantando, abotoo rapidamente a calça e fecho o zíper.

Ela senta em cima da mesa, indiferente, com um sorriso sensual nos lábios inchados de tanto beijar.

Passo a mão pela boca, tentando tirar o gosto dela. Vou precisar de muito mais que as costas da mão para isso.

Sem perceber, começo a andar de um lado para o outro, puxando o cabelo.

— Caralho. Caralho. Caralho! — rosno.

— É o que eu estava tentando pegar antes de você me interromper — ela diz, rindo.

Suspiro e me volto para a loira gostosa.

— Alexis...

— Se você disser "não é você, sou eu", acho que eu vomito, querido. Nenhum homem me rejeita. Jamais. E essa barra de aço dentro da sua calça está me dando razão.

Sinto o corpo inteiro pesado, como se carregasse uma bola de demolição, pela necessidade de simplesmente cair na cama e dormir... por um ano. Meu corpo está em agonia, mas o vazio do meu coração é muito mais pesado que qualquer coisa que eu possa imaginar. A necessidade dela, de Skyler, me enfraquece.

Limpo a garganta.

— Alexis, me desculpa. Quando eu disse que acabei de sair de um relacionamento, quis dizer que há uma semana eu estava apaixonado por uma mulher, seriamente comprometido. Agora... porra, não sei mais o que eu sou. O que nós somos. E seria injusto da minha parte ficar com você sem ter resolvido as coisas com ela. Você entende?

Ela fecha os olhos, cruza os braços e depois as pernas, empoleirada em cima da mesa.

— Acho que sim. Mas eu não estou oferecendo nada além de diversão. Dois corpos se unindo em uma noite de paixão. Ninguém precisa saber...

Gemo, passando a mão pelo meu estômago apertado.

— Eu vou saber.

Ela bufa.

— Eu entendi tudo errado. Por alguma razão, achei que você vivia e respirava sexo. Você exala isso. Dá para sentir as ondas saindo do seu corpo. É uma decepção ver todo esse calor e energia acumulados sendo desperdiçados com alguém que está só na sua cabeça.

— Isso não muda os fatos. O meu coração ainda está com ela.

— Sim, mas o seu corpo está aqui, e por um momento esteve duro e carente... *por mim.*

Respiro fundo lentamente, tentando aplacar a ansiedade e o nervosismo.

— Como eu disse, você é uma mulher linda...

— Que poderia te fazer esquecer esse amor perdido... pelo menos até você voltar para os Estados Unidos. — Ela ergue uma sobrancelha.

Sacudo a cabeça.

— Receio que não.

Ela suspira e estala os lábios.

— Que pena. Eu esperava de verdade uma brincadeira selvagem com esse americano gostoso.

Rio e olho para ela, sustentando seu olhar.

— Desculpe se eu fiz você pensar que eu estava a fim...

Ela ri musicalmente.

— Ah, meu bem, você não me fez pensar nada.

As palavras "meu bem" saindo de seus lábios me fazem estremecer. Só de Skyler eu quero essas palavras carinhosas. De repente, tenho medo de nunca mais ouvi-las.

Sinto meu estômago se agitar. Engulo devagar, inspirando e expirando compassadamente, tentando pôr meu corpo de novo na linha. Preciso de sono, água e comida. Não necessariamente nessa ordem.

— Acho que não estou acostumada a ouvir "não" de um homem. Desculpe se eu forcei a barra — ela diz, sorrindo com lascívia.

— Não forçou, não.

Ela sorri com falsa modéstia quando se levanta da mesa.

— Não, eu não forcei.

— Posso te fazer uma pergunta?

— Começa e termina com "Esqueça, eu me enganei. Vamos para a sua casa?" — ela brinca, arqueando as sobrancelhas.

Sacudo a cabeça.

— Alexis, por que você faz esse jogo?

Ela faz uma pausa antes de responder.

— Que jogo? — Sorri, sabendo exatamente do que estou falando, mas discordando.

— Você não precisa fazer isso. — Indico sua roupa e a sala. — Não precisa usar os seus atrativos, agir desse jeito implacável quando quer um homem.

Alexis inclina a cabeça.

— E por que eu não faria isso se assim consigo o que quero muito mais rápido do que só com o meu intelecto? Além disso, se sou eu que faço as regras, também determino o prêmio. Às vezes é uma trepada fantástica com um americano gostoso. Outras vezes, os homens me veem como objeto. E aí, enquanto eles estão olhando para os meus peitos e a minha bunda, eu compro as ações das empresas deles, assumo o controle acionário e construo um futuro brilhante para mim.

— Alexis... fazer joguinhos não é a resposta. — Franzo a testa quando me conscientizo de que, no passado, eu já fui conhecido por fazer meus joguinhos.

— Não? Mesmo que eu sempre vença? Não é minha culpa se os homens me veem como uma fantasia ambulante sem neurônios, só com peitos grandes. Mas é culpa deles quando pensam com o pau, e não com o cérebro, durante as negociações comerciais. E, francamente, isto — indica seu corpo com as mãos — sempre funciona. Eu raramente dou trela à fantasia que um homem vê diante dele, a menos que o queira na minha cama. Minha escolha, meu jogo. Eu ganho.

— Não desta vez, querida — digo.

— Talvez eu precise revisar os passos para ver o que saiu errado... Ou talvez ainda exista uma chance de isso acontecer — ela replica, erguendo uma sobrancelha.

— Sem chance. — Rio. — Saia daqui! Vá procurar outro desavisado para atormentar.

Ela ri.

— Não vai ser difícil. O seu sócio não é exatamente um prêmio de consolação.

Balanço a cabeça e pego meu blazer, que deixei dobrado no sofá.

— Não, e ele jogaria com prazer. Não só isso: ele entende as regras porque usa as mesmas.

Ela tamborila os dedos na boca manchada, e eu sinto meu coração apertar ao lembrar que foram os meus lábios que fizeram isso nos dela. Minha língua estava em sua boca, ansiosa pelo seu gosto.

— Isso torna o jogo menos divertido.

— Sim, mas mais honesto. Pense nisso antes de atacar o seu próximo alvo. As pessoas devem saber onde estão se metendo.

Sua expressão jovial se desfaz e ela franze os lábios. Eu desvio de seu corpo quando passo por ela, saindo da pequena sala.

— Pense nisso.

— Vou pensar — ela responde. Pelo peso em sua voz, acredito nela.

Depois de atravessar os fundos do prédio e descer a escada até a rua, aceno para um táxi, entro e deito a cabeça cansada durante todo o caminho para o hotel, olhando pela janela, observando os edifícios e a arquitetura intrincada. Wendy tem razão de se entusiasmar com a mistura do antigo e do novo na cidade. Há edifícios de metal e cores brilhantes ao lado de outros feitos de pedra, que parecem ter centenas de anos. Essa combinação torna a cidade única e agradável aos olhos.

Enquanto olho para fora, a paisagem começa a ficar embaçada e a desaparecer, e os pensamentos sobre Skyler começam a correr em minha mente.

O que ela está fazendo agora?

Será que está triste?

Ainda sente a minha falta?

Já faz dias que ela mandou a última mensagem.

O que devo fazer?

Chego ao meu quarto, deixo o blazer na cadeira, tiro os sapatos e a calça. A seguir, desabotoo a camisa e a jogo longe, afasto a colcha, deito na cama só de cueca e acendo o abajur. Pego o controle remoto na mesinha e ligo a TV. A primeira coisa que aparece é um programa sobre o mundo do entretenimento.

O rosto de Skyler aparece na tela, com Tracey a seu lado, com o braço ao redor de seus ombros. Alguém empurra um microfone na frente dela. Ela parece cansada, com olheiras, mas dá seu sorriso falso de tudo-é-um--mar-de-rosas para os paparazzi sanguessugas.

— E como vai SkyPark? — pergunta um homem enxerido.

Eu me sento na cama e prendo a respiração, esperando sua resposta.

— Uma maravilha. O Parker está viajando a negócios, e eu não vejo a hora de ele voltar.

A multidão a massacra com um monte de perguntas. Ela passa as mãos pelo cabelo e olha em volta. Vem a próxima pergunta:

— E qual vai ser a primeira coisa que você vai dizer para o Parker quando vocês se encontrarem?

Skyler fecha os olhos, e posso sentir a dor como um golpe invisível no plexo solar. Esfrego meu esterno e espero que ela responda.

Ela abre seus olhos azuis brilhantes. A única cor que quero ver quando acordo de manhã. Fixa o olhar na câmera, e juro que, se eu não soubesse, acreditaria que está falando direito comigo.

— Quando a gente se encontrar, eu vou dizer a ele que senti sua falta e que o amo mais que tudo no mundo.

Senti sua falta.

Eu o amo.

Mais que tudo no mundo.

Ela me ama. Skyler me ama. Skyler me ama e admitiu isso em rede nacional para o mundo inteiro ver e ouvir.

Puta que pariu!

8

Estou péssimo. Não preguei os olhos à noite depois que vi o programa. Fiquei rolando na cama, tentando descobrir o que fazer.

Como vou responder a isso?

Skyler me ama.

Ela me ama.

A emoção que sua confissão me causou corre por minha corrente sanguínea, provocando uma sensação quente e fluida que se infiltra profundamente em meus ossos, revestindo minha alma congelada. É como se eu tivesse passado a semana envolto em gelo, entregue ao frio do ódio e da traição.

Ela me ama.

Fecho os olhos e deixo a verdade entrar. Minha mulher admitiu em rede nacional que me ama. A energia incita meus pés, e começo a andar de lá para cá no quarto do hotel, sem saber o que fazer com essa energia cinética bombeando em mim. É como se eu fosse um fio desencapado, com todas as sinapses disparando a duzentos quilômetros por hora, sem ter para onde ir enquanto quase abro um buraco no carpete.

A porta do quarto conjugado se abre.

— Meu. Deus. Você precisa ver um programa com a... — Wendy diz, apressada, mantendo o notebook aberto e pronto no canal do programa de entretenimento.

Balanço a cabeça e levanto a mão. Não quero que ela chegue mais perto.

— Eu já vi. Na TV ontem à noite.

Ela arregala os olhos, e o azul de suas íris parece ainda mais claro, como o céu ensolarado depois de uma chuva forte.

— Então você sabe. — Sua voz se reduz a um timbre mais suave e menos entusiasmado. E a compreensão se estabelece entre nós.

— Que ela me ama? — digo as palavras que preenchem a parte vazia do meu coração. O punhal cede, aliviando por um instante a pressão reprimida e o vazio dolorido que passou a semana toda ali.

Wendy anui, fecha o notebook e chacoalha a mão. Seu olhar enlouquece de animação, seus olhos se esbugalham enquanto a energia se agita em torno de seu corpo pequeno.

— Sim! Ah, meu Deus, Park. Que incrível! Viu? Eu falei que ela te amava! — Seu sorriso é enorme e radiante.

Alguém bate na porta, chamando minha atenção. Sabendo que só pode ser uma de duas pessoas, eu a abro e continuo andando de lá para cá. Os pensamentos correm em minha mente como galinhas sem cabeça.

Por que ela admitiria na TV que me ama?

Como isso muda o que está acontecendo entre nós?

— Caralho, cara — Royce diz quando entra.

Está de terno, com uma gentileza no olhar que não quero ver, porque significa que ele assistiu ao programa e está esperando que eu perca a cabeça.

E estou mesmo perdendo a cabeça, mas não preciso que os rapazes saibam disso. No entanto, com os pensamentos desordenados sobre Skyler correndo dentro de mim, sem mencionar até onde cheguei com Alexis ontem e a culpa que isso acarreta, não tenho a menor chance de manter a calma.

— Meu irmão... agora a coisa ficou séria! — Bo anuncia, rindo, entrando atrás de Roy e fechando a porta.

Os três param diante de mim, como os Três Amigos.

— Gente... eu... — Perco a linha de pensamento quando me conscientizo da única coisa, da questão mais importante que está atormentando cada movimento meu. — É possível que ela não tenha me traído? Digo, *de verdade*? Vocês conhecem a minha história...

Continuo andando pelo quarto, embora o espaço esteja significativamente reduzido devido aos três corpos adicionais.

— Humm, eu preciso fazer uma confissão... — Wendy levanta a mão.

Olho para ela, que fica vermelha, evitando meu olhar.

— Bom, meu irmão... eu também. — Royce limpa a garganta.

Ele fica balançando sobre os calcanhares, para a frente e para trás, em um movimento que já o vi fazer mil vezes. Está guardando um segredo que o deixa desconfortável.

— Vocês não vão falar primeiro, de jeito nenhum! — Bo interrompe, a ansiedade e a irritação claras em seu tom áspero.

Os três se entreolham e começam a discutir... em voz alta, como se eu não estivesse no quarto.

— Eu tenho que contar primeiro! — Wendy bate o pé feito criança.

Royce balança a cabeça.

— De jeito nenhum. O meu irmão merece ouvir de mim, né?

Bo diz, indignado:

— Não mesmo. Eu o conheço há mais tempo...

— Uma hora a mais. Você fez uma aula com ele antes da que tivemos todos juntos — Royce argumenta e cruza os braços sobre o peito enorme.

Wendy geme.

— Eu sou a mais nova. Posso ser demitida! — ela reclama, voltando à discussão, com voz histérica.

— Nós não vamos deixar ninguém te demitir — Royce afirma, convicto.

— Não se preocupe, Sininho. Eu cuido de você se perder o emprego. Você pode me dominar, se é que me entende. — Bo mexe as sobrancelhas.

O rosto de Wendy se contorce em uma expressão de repugnância.

— Seu grosso! Isso não é hora de brincar! — Ela aponta para Bo e fica com as bochechas vermelhas de novo.

Eu me coloco entre eles.

— Vocês três, calem a boca! Caramba, eu preciso dos meus melhores amigos agora. A mulher que eu amo, que acredito que me traiu com o ex dela, que passou a noite com ele, que se arriscou e pagou as dívidas daquele imbecil, afirmou em rede nacional que *me ama*. E eu... eu beijei a Alexis ontem. — Deixo a confissão escapar, como se estivesse purgando a feia verdade da minha alma e do meu coração partido.

Os três se voltam para mim com cara de...

Choque, Wendy.

Surpresa, Royce.

Fúria, Bo.

— O quê?! — As palavras saem altas, pois são três pessoas gritando.

— Como você pôde? — Wendy pergunta, chocada, como se eu a tivesse traído.

— Puta merda... Você pisou na bola — Royce acrescenta.

— Pisou feio. — Bo sacode a cabeça e franze o cenho. — E eu queria a Alexis pra mim, caramba!

Caio de volta na cama segurando a cabeça, encolhido em posição fetal. Culpa, vergonha e medo são as emoções predominantes que giram em espiral dentro de mim. Então, do nada, surge uma pontinha de felicidade, excitação e expectativa quando recordo o que Skyler revelou. A mulher que eu amo me ama também.

Eu deveria estar exultante.

Deveria estar gritando de alegria no telhado do prédio mais alto.

Deveria estar de joelhos agradecendo a Deus por encontrar a mulher certa.

Mas não consigo. A faca que ela enfiou no meu coração penetra um pouco mais, e mais sangue jorra, me enchendo de pavor.

Como ela pode me amar e me trair?

Wendy cai de joelhos aos meus pés e pousa as mãos no meu bíceps.

— Eu tenho trocado mensagens com a Skyler. — Sua voz treme. — E-Eu perguntei sem rodeios se ela traiu você — admite depressa, com os olhos marejados.

Pisco lentamente e me concentro em seu olhar.

— E o... o que ela disse?

Eu me odeio por precisar saber, por precisar ouvir sua resposta, como um homem agonizante recebendo a extrema-unção. Tudo o que eu posso fazer é desejar e esperar, contra todas as probabilidades, que minha reação inicial tenha sido injusta. Estou tão arrasado que prefiro passar a vida inteira me desculpando com Skyler e fazendo as pazes com ela a viver uma vida sem seu amor.

Wendy lambe os lábios e olha para mim. Parece tão pequena aos meus pés, delicada e honesta.

— Ela jura que não. — Duas lágrimas caem de seus olhos. Seco a primeira e depois a segunda.

Roy pigarreia.

— Ela me disse a mesma coisa. Só que eu liguei para ela.

Minha cabeça voa para ele, como se tivesse autopropulsão.

— Você falou com ela? — pergunto, com a voz trêmula.

Ele assente.

— Ontem, depois da nossa noitada. Não consegui evitar. Você está sofrendo demais, irmão. Demais. E te ver assim todo dia me mata. Eu estava com raiva, louco da vida por ela ter tanto controle sobre o meu irmão, chateado por ela ter magoado você. Eu queria que ela sofresse, queria dizer que ela estragou tudo.

Engulo em seco, como se tivesse um caroço na garganta.

— E?

Ele sacode a cabeça.

— Ela admitiu que foi ao hotel do Johan na esperança de resolver o problema sozinha. Jurou que não te traiu. — Roy morde o lábio grosso e o esfrega com o polegar, imagino que para aplacar a dor. — Cara, eu acredito nela, mas não vou te contar o que ela disse. Você precisa ouvir direto da fonte.

Fecho os olhos, e a dor por não estar com Sky e pela possibilidade de ela não ter me traído toma corpo como uma rajada de ar quente. Abrindo os olhos, encaro Bo.

— Você também?

Ele inclina a cabeça, solta um longo suspiro cansado e põe as mãos nos bolsos da jaqueta.

— Bom, como ela está disponível, pensei em convidá-la para sair.

Rio alto ao ouvir o absurdo de Bo. Ele tem boas intenções, e seu método para fazer alguém se sentir melhor é fazer piadas.

Royce dá um tapa na cabeça dele, tão rápido que eu poderia jurar que seu braço foi impulsionado por mágica.

— Ai! — Bo reclama. — Odeio quando você faz isso! Está bagunçando o meu cabelo perfeito.

— Eu vou te dar um cabelo perfeito com o meu pé na sua bunda! Fale a verdade e pare de graça. Não vê que o Park está sofrendo?

Bo esfrega a cabeça, e seu olhar escuro encontra o meu.

— A Skyler ligou e eu atendi. Ela queria saber como você estava.

A ansiedade aperta meu peito como um torno.

— E o que você disse? — pergunto, atento a suas palavras.

Ele puxa os lábios para dentro da boca.

— Eu disse que você estava bem. Melhor do que nunca — ele responde levianamente, com desdém até.

— É mesmo?

— Claro que não! Eu disse que você está magoado. Furioso. Irado. E que, se eu descobrisse que ela te traiu, ia encontrar um jeito de fazê-la pagar por enganar você, eu, todos nós. — Ele agita o braço ao redor do quarto.

Estreito o olhar e aperto o punho, endireitando a coluna, pronto para atacar. Posso sentir minhas narinas se dilatarem enquanto a raiva domina cada terminação nervosa. Sinto meu corpo se aquecer e meu estômago se apertar.

— Você não disse isso para a minha mulher! — rosno, olhando para ele. A necessidade de proteger Skyler ainda corre forte em minhas veias.

Ele assente.

— Sim, eu disse. Porque, quando ela magoou você, Park, magoou todos nós. Nós a aceitamos de braços abertos no nosso grupo. E, se ela pisou na bola com a gente, eu queria que também sentisse dor!

— Caralho! — Passo a mão pelo cabelo e deixo a cabeça cair. Aperto os dentes com tanta força que sou capaz de quebrar diamantes com os molares. — Que caos.

— Sem dúvida. Agora nos conte por que foi que você beijou a Alexis Stanton — Royce exige, cruzando os braços. — O que deu na sua cabeça? — pergunta, com decepção na voz.

Bo, no extremo oposto do espectro, sorri.

— O que deu na cabeça do Park... Ele estava pensando com a cabeça de baixo.

Aponto para ele.

— Deixe a fera fora disso.

— Credo... fera! — Wendy finge estar enjoada. Ela murmura alguns palavrões e se apoia nos calcanhares, acariciando minha coxa para demonstrar apoio.

Passo alguns momentos pensando em por que acabei cedendo.

— Não sei por que eu beijei a Alexis. Ela está dando em cima de mim desde que chegamos. E eu estava vulnerável... com saudade da Skyler, de ressaca, perdido, cansado... Que inferno, eu não sei. O velho Parker teria pulado na cama com ela em um minuto. Ela é puro sexo.

— É mesmo. — Wendy anui freneticamente. — Eu mataria para ter o corpo dela, aqueles seios, os quadris, as pernas longas... o cabelo dourado. Além disso, ela é extremamente inteligente, domina o trabalho.

Royce suspira.

— Em seu favor, tenho que dizer que ela é demais mesmo. Mas isso não é desculpa para ceder, especialmente enquanto você está tentando entender os seus sentimentos em relação à Skyler. Pisou na bola, meu irmão. Feio. Porque, se você vai esclarecer as coisas com a Sky, como eu não tenho dúvida de que vai fazer, vai ter que confessar sobre a Alexis.

Eu gemo. Odeio pensar que vou ter de admitir minha fraqueza em relação a Alexis. Mas, se não fosse pela traição da Skyler, isso nunca teria acontecido!

— Sim, eu sei. Eu vou cuidar disso quando chegar a hora. Por enquanto, preciso descobrir o que fazer com a Skyler.

Bo inspira fundo enquanto alisa o cavanhaque.

— Faça uma surpresa de novo. Vá para Nova York quando o trabalho aqui acabar. Ponha tudo em pratos limpos de uma vez por todas. E, se depois de conversarem você ainda acreditar que ela te traiu, termine tudo. Nós vamos estar do seu lado todos os dias. — Bo estende o punho.

Bato o meu no dele.

— Nós vamos estar do seu lado independente do que você decida. — Royce estende o punho também, e eu retribuo.

Wendy se ajoelha e pega minha mão, apertando-a com força.

— Nós estamos do seu lado. — Ela se inclina e me dá um beijo no rosto.

Eu a abraço apertado, curtindo o conforto feminino. Então dou um tapinha em suas costas e deixo que ela me ajude a levantar.

Solidariedade e amor puro preenchem meu peito enquanto olho para os meus três amigos, dois antigos e uma nova, mas não menos importante. Estendo os braços. Wendy abraça minha cintura e se aconchega a meu lado. Bo se posiciona do outro.

— Vocês sabem que eu nunca perco uma oportunidade — brinca, batendo nas minhas costas e apertando meu ombro.

Royce suspira e revira os olhos.

— Vocês vão me obrigar a fazer isso, né?

Eu o chamo, agitando os dedos.

— Vamos lá, cara, abraço grupal. Pela equipe.

— Maldita equipe. Eu sempre me ferro — resmunga com teimosia, então se posiciona a minha frente e baixa a cabeça, encostando a testa na minha. Mas não o peito. Isso seria demais para Roy. Wendy abraça sua cintura e se aperta contra nós dois. Seu cheiro de coco preenche o espaço entre nós. Bo curva o corpo para a frente e encosta a cabeça na nossa.

— Eu sempre quis fazer parte de um time de futebol. Imagino que seja assim que eles fazem quando se amontoam, só que um pouco menos à vontade — Bo comenta, rindo.

— Shh! Você está estragando o momento — reclamo. — Só quero dizer obrigado. Do fundo do coração, obrigado.

— O que você está sugerindo é ridículo! O meu irmão jamais pisaria na bola a ponto de pôr em risco um lançamento que vale milhões.

Ponho as mãos na cintura e olho para Alexis com compaixão.

— Eu só posso te dar as informações que a minha equipe reuniu. Você tem que decifrar o que encontramos até agora. Ainda falta terminar a investigação, mas as provas que encontramos até o momento apontam para ele.

— Para o meu irmãozinho! — Alexis anda de um lado para o outro, batendo os saltos no chão de concreto. O som desaparece quando passa por um dos muitos tapetes espalhados pela sala. Ela apoia os braços no encosto do sofá onde Bo está sentado. Royce está na cadeira a minha frente.

— Alexis, não estamos dizendo que o seu irmão está intencionalmente tentando prejudicar você. Como eu disse antes, não encontramos nada nas finanças dos funcionários, nem do Kidd, que sugira algum tipo de pagamento. No entanto, não dá para ignorar os erros no sistema, e os códigos errados que a Wendy encontrou correspondem ao estilo único do seu irmão.

— Como eu sei programar de olhos fechados e fui eu que o treinei na arte, vou precisar ver as provas pessoalmente. Os locais exatos.

Pela primeira vez desde que conheci Alexis, seu olhar é penetrante. Há agitação em seu tom de voz, e seu maxilar está tenso. Ela não está feliz com o que estamos sugerindo: que seu irmão pode ter algo a ver com o vazamento de informações.

Eu me levanto e coloco um tablet em sua mesa.

— Nós imaginamos isso, então pedimos para a Wendy destacar alguns locais para você analisar e verificar. E tem mais uma questão preocupante — digo, o mais profissionalmente possível.

Ela se senta a sua mesa, abre o notebook e o sistema. Olha para o tablet e rola para uma parte no fim do código que Wendy marcou.

— O que é?

— Parece que a Eloise Gagnon encontrou um monte de erros no sistema e limpou tudo, consertando os códigos para encobrir o Kidd.

Alexis estreita os olhos.

— Por que ela faria isso? — Ela se volta para a tela e abre uma parte com um fundo preto e um monte de números e letras. A imagem me faz lembrar o filme *Matrix*.

— Eu tenho a impressão de que os dois namoraram e ela ainda gosta dele. Ela não pareceu feliz ao saber que ele vai se casar.

Alexis bufa.

— Claro que não. Eu ajudei a separá-los há dois anos.

— Como assim?

— Eles namoravam quando o Kidd começou aqui. Só que ele era muito novo e imbecil. Pensava com o pau, não com o cérebro.

Bo dá um sorriso.

— Não posso culpar o jovem.

Royce o encara.

— O jovem? Cara, olha quem fala.

Bo abre um sorriso malandro.

— É verdade. Só que eu aprendi com a experiência.

Roy bufa.

— Até parece.

— Se vocês dois já terminaram... — interrompo.

Eles arregalam os olhos. Royce franze a testa, irritado por ser pego em atitude não profissional. Ele se orgulha de seu profissionalismo, de modo que mesmo um simples deslize o chateia — especialmente depois do desastre com Rochelle. Mas nessa circunstância não posso culpá-los. Alexis mantém um ambiente descontraído, onde vale praticamente tudo. Especialmente levando em consideração o número de vezes que ela tentou me agarrar. Se bem que, com a nossa conversa de ontem, parece que ela entendeu que, embora eu a ache atraente, não vou ficar com ela.

O que me lembra do que ainda tenho que fazer com Skyler. Estou ansioso para encerrar este caso e fazer o que Bo sugeriu: ir para Nova York, aparecer na porta dela e exigir respostas. Então, que Deus me ajude. Ela vai me ouvir e me contar todos os detalhes sórdidos do que aconteceu com Johan se tiver alguma esperança de um futuro comigo.

Um futuro comigo.

Meu coração sangra quando penso nisso. Estou bem próximo de obter respostas e acabar com esse vazio dentro de mim. Só preciso terminar o trabalho aqui. Uma parte de mim pensa em deixar os detalhes para o restante da equipe e pegar o próximo avião, mas não seria certo. Não posso largar minha equipe na mão estando tão perto de resolver o caso e sair de Montreal deixando uma cliente feliz. Ou, no mínimo, uma cliente satisfeita.

— Quando você fez os dois terminarem, como foi que o Kidd lidou com isso?

Alexis dá de ombros.

— Aceitou na boa. Ele estava perdendo muito tempo atrás da Eloise. Ela é alguns anos mais velha e, honestamente, tinha muito controle sobre ele. Eu acabei com isso. Coloquei a menina em outro departamento e sugeri que, se ele estivesse levando a sério o emprego aqui na Stanton Cibertecnologia, deveria terminar com ela e se concentrar no trabalho. Ele fez a escolha dele. Para ser honesta, fiquei orgulhosa do meu irmão. O Kidd nunca voltou atrás.

— Interessante... — Estalo o pescoço, diminuindo um pouco a tensão do dia.

— Por quê? — Alexis pergunta, olhando para o monitor, correndo os dedos pelo teclado.

Cruzo os braços e apoio a mão machucada. Parece bem melhor, mas ainda dói, e os dois dedos vão ficar imobilizados por um bom tempo ainda.

— Ela alega que está corrigindo os erros que encontra porque acha que ele perdeu o foco por causa da namorada.

— É mesmo? — Ela ri sem emoção. — Sinceramente, eu duvido. O Kidd está se saindo muito bem desde que conheceu a Victoria e não quer deixar que a história se repita. Está até mais focado no trabalho e garantindo o futuro para a família que quer formar com ela.

— Me parece que você gosta da Victoria.

Alexis assente.

— Sem dúvida. Ela fez maravilhas por ele. Ele está mais entusiasmado, fica ansioso para ir para casa no fim do dia, e isso melhora a inspiração dele. Eu adoro essa garota. Ela é como uma irmã mais nova para mim. Eu não poderia estar mais feliz por eles.

— E o que inspira você? — pergunto, sabendo o risco que a questão implica.

Ela sorri e crava os lindos olhos em mim por cima do ombro.

— Sexo gostoso e sem compromisso.

Ela aprendeu alguma coisa com a nossa conversa?

Antes que eu possa responder, Bo se levanta e faz um T com as mãos.

— Eu me ofereço em nome da causa.

Royce e eu caímos na risada, mas é ele quem responde, entre gargalhadas:

— Senta, cara. Ela não quer você.

Alexis vira na cadeira e avalia Bo, das botas e jeans desbotados e justos à eterna jaqueta de couro.

— Ah, eu não disse isso — corrige, girando uma mecha de cabelo no dedo. — Em geral eu prefiro caçar, e não ter a presa servida em uma bandeja de prata. — Ela lambe os lábios e ergue uma sobrancelha. — Mas

— gesticula para mim —, já que esse gostosão não quer saber, eu poderia ser convencida a brincar com alguém um pouco mais disposto.

Do outro lado da sala, Bo joga um beijo para ela.

— Conte comigo, gata. À noite vamos nos divertir.

— Que Deus nos ajude — digo, esfregando as têmporas.

Parece que vou ter outra dor de cabeça. Uma coisa que aprendi com a minha intromissão entre Royce e Rochelle foi a não fazer isso. Portanto, não vou dizer nada sobre o envolvimento entre Alexis e Bo. Se os dois quiserem trepar o resto do tempo que passarmos aqui, que seja. Pelo menos ela finalmente entendeu que eu não vou entrar nessa.

Alexis volta para o código e franze a testa.

— Que foi? — pergunto, apoiando o quadril na borda da mesa.

Ela sacode a cabeça.

— A programação parece com a do Kidd, mas tem alguma coisa estranha. Eu vou precisar de mais tempo para identificar o que está faltando.

— Tudo bem, vamos te deixar trabalhando nisso. Eu tenho mais duas entrevistas com funcionários. A Wendy já tem algumas outras pistas e está trabalhando na programação para ver se consegue encontrar algo que ligue os vazamentos com os vírus. Royce, se quiser voltar para o hotel e trabalhar nos nossos outros casos por enquanto...

— Sim, cara, seria uma boa. Nós temos uma possível cliente em Londres que fez uma proposta, sem falar que eu preciso revisar as demonstrações financeiras de fim de trimestre da Sophie.

Sophie.

Merda. Com tudo o que está acontecendo entre mim e Sky, não falei com ela sobre a possibilidade que Wendy mencionou de o namorado pedi-la em casamento. A esta altura ele já pode ter pedido. Mas eu gosto de pensar que ela me ligaria para contar.

Empurrando os pensamentos sobre minha amiga para outro recesso da mente, aponto para Bo:

— Bo, é a sua vez. Vá com tudo na reunião sobre o aplicativo e veja se descobre alguma coisa de alguém.

Ele sorri e sacode a jaqueta.

— Ir com tudo é comigo mesmo.

9

— *Me explique o que você descobriu que chamou a atenção* da Alexis.

Aperto o alto do nariz e me reclino na cadeira. Arrisquei e desci para a área dos programadores depois do expediente e encontrei Wendy e Bo discutindo o caso, ou melhor, brigando. Todos os outros, exceto nós três e Alexis, já foram embora.

Já se passaram mais dois dias e nós avançamos muito pouco. Royce volta para casa amanhã, sua parte está completa. Bo fez os programadores e a equipe de tecnologia rebolarem para criar o aplicativo mais impossível do mundo. Tudo o que não se deve fazer em um aplicativo ele pediu que fizessem. O que significa que todos o odeiam. Todos menos Alexis. Parece que as coisas se ajeitaram entre eles. Desde que foram para a cama, ela me deixou em paz. Agora está na cola de Bo, implorando por mais. Acho que ela gostou do jeito louco dele na cama.

— Nós não concordamos — Wendy solta, olhando feio para ele.

Bo suspira e apoia o queixo no encosto da cadeira. Está montado nela, com as pernas grandes ao redor do assento.

— Qual é o problema? — pergunto, apoiando os pés na mesa a minha frente. Uma explosão de alívio muscular domina minhas pernas.

— Eu acho que o Kidd é a causa do vazamento — Wendy afirma enfaticamente. — E isso com base no novo código que ele escreveu hoje. Ele deixou buracos sérios, alguns tão grandes que qualquer hacker que se preze poderia facilmente explorar para roubar tudo deste lugar.

Franzo a testa.

— Como assim?

Ela aponta para o computador. Eu me levanto e olho para os números e as letras, como se eles pudessem me dizer o que ela está vendo. Infelizmente, minha formação é em administração, não em TI.

— Abusada, você vai ter que me dar mais que uma tela coberta de letras e dígitos.

— Estou dizendo, Wendy. O Kidd não fez isso. Quanto antes você começar a acreditar nos meus instintos e procurar em outro lugar, antes nós descobrimos o culpado. — Bo dá um tapa no encosto da cadeira. — Como se chama aquela garota estranha, a programadora? Começa com E?

— Eloise — digo.

Ele estala os dedos e aponta para mim.

— Isso mesmo.

Wendy resmunga:

— A programação dela é totalmente diferente.

— Olha, eu entendo que a programação dela é diferente, mas preste atenção no que eu estou dizendo. Eles já namoraram, certo?

Ela suspira, vira de novo para o computador e continua digitando.

— Sim. Estou ouvindo.

— Você não está olhando para mim — Bo observa secamente.

Wendy responde, irritada:

— Eu sou multitarefa. Pode continuar.

Ele torce os lábios e tamborila os dedos nas costas da cadeira.

— Eu não consigo parar de pensar no seguinte: a Alexis sugeriu ao Kidd que terminasse com a Eloise. Ele terminou. Talvez, durante esse tempo todo, ela ainda esteja a fim dele. Então, Park, você contou a ela que ele vai se casar com a atual namorada, de quem ela não gosta. E outro dia ela fugiu da sala de entrevistas dizendo que estava com pressa.

Franzo a testa.

— Tudo bem. Mas o que isso tem a ver com o resto?

Ele alisa o cavanhaque.

— Você sabe que uma mulher desprezada pode ser perigosa, não? Talvez a Eloise ainda goste do cara.

— Se o que você diz é verdade, ela não nos contaria sobre os erros dele — contra-argumento.

— E ela não contou. Só quando chegamos e ela precisou salvar a própria pele. A Alexis não foi informada sobre o que estava acontecendo com o Kidd e os supostos erros dele. Ele parece o tipo de sujeito que comete esses erros que ela diz que ele cometeu?

Wendy se volta de novo para Bo.

— Na verdade, não. Ele é extremamente focado e apaixonado pela empresa. E ama a irmã. Eu não vejo o Kidd dando menos de cem por cento aqui. Mas ainda assim os códigos parecem dele.

Minha mente está zumbindo, cheia de possibilidades, mas não consigo pegar nenhuma delas. É como se a resposta estivesse lá, mas escorregando por entre meus dedos. Só consigo focar em minha necessidade de ir para Nova York e confrontar Skyler sobre Johan.

O telefone de Wendy toca enquanto estamos ali sentados pensando em voz alta. Ela atende e coloca no viva-voz.

— O Parker, o Bo e eu estamos aqui no viva-voz. Achou alguma coisa? — pergunta ao interlocutor.

Ouvimos a voz de Alexis pelo celular:

— Sim. Bastante, na verdade. A programação parece a do Kidd, mas não é exatamente igual. Tem uma diferença sutil, um estilo que eu nunca vi no trabalho dele. É coisa pequena, mas está ali. Acho que alguém está querendo fazer parecer que é ele que está criando esses erros.

— Sininho, mande uma parte do código da Eloise para a Alexis fazer algumas comparações — Bo sugere.

— É pra já! — Seus dedos percorrem o teclado mais uma vez.

— Não se incomode, imbecil! — diz uma voz baixa e furiosa provinda da porta.

Nós três viramos e vemos Eloise parada embaixo do batente. Está com os braços para a frente e uma grande arma preta nas mãos, o dedo no gatilho. Ela atira em um dos servidores e a coisa explode em pedaços.

— Levantem, todos vocês! — grita.

Obedecemos mais que depressa. Vou contornando as mesas para chegar à frente de Wendy.

— Não se mexa, porra! — Eloise ordena.

Paro onde estou. Meu coração bate forte enquanto a adrenalina corre pelo meu sistema nervoso.

— Desculpe, Eloise. Eu não quis ofender.

— Você! — Ela aponta a arma para mim.

Wendy grita:

— Não!

Eloise desvia a arma para ela.

— Cale a boca!

— Querida, não precisa apontar a arma para nós — Bo argumenta, com sua voz mais encantadora.

Eloise arregala os olhos e seu rosto fica vermelho. Só posso supor que seja de raiva. Em menos de um segundo ela aponta a arma para Wendy e atira.

— Não! — Um grito explode e sai da minha boca furiosamente, como um tornado em terra seca.

Bo pula na direção de Wendy para interceptar a bala, mas é tarde demais. Ela foi atingida no lado direito do peito. O sangue escorre logo acima dos seios, tingindo de vermelho sua blusa amarela. Sua fonte de vida escoa pelo buraco. Wendy arregala os olhos, por um breve segundo ciente do que aconteceu, antes de bater duramente contra a mesa e tombar. Então permanece caída ali, com a mão pálida sobre o ferimento da bala, e o sangue se acumula, formando um círculo gigante em seu peito. Bo corre para ela e cai de joelhos no chão de concreto, colocando a mão sobre a dela para estancar o sangue.

— Wendy, baby, não! — ele grita, curvando seu corpo sobre o dela.

Tento ir até ela também, mas outro tiro ecoa e eu paro no meio do caminho. Uma onda de dor percorre meu ombro e desce pelo braço.

— Cristo! — Pego meu braço e vejo uma fatia horizontal ensanguentada no alto do ombro, onde a bala raspou, levando pedaços do meu paletó, da camisa e da minha carne. Aperto o ferimento, grato por ela não ter me acertado mais seriamente.

— Eu mandei não se mexer! Por que você não me escuta? Ninguém me escuta! Primeiro o Kidd, depois a Alexis e agora vocês três! — Ela agita a arma como uma lunática. Bom, tecnicamente, ela é mesmo. Se eu quiser convencê-la de algo, minha próxima abordagem vai precisar melhorar.

Levanto as mãos em rendição e baixo o tom de voz, apesar de todo o meu ser querer ir ver Wendy.

— Vamos, Sininho, fique comigo... — a voz de Bo retumba, baixa e agoniada. — Ela precisa de uma ambulância! Está perdendo muito sangue e não consegue respirar.

Olho para onde eles estão, a cerca de cinco metros, e vejo uma espuma rosa saindo da boca de Wendy. Fico apavorado.

— Estou te ouvindo, Eloise — respondo à mulher armada.

Ela ri, e o som que sai é estranhamente desprovido de emoção.

— Acho que vocês me descobriram, hein?

Sacudo a cabeça.

— Na verdade, não. Só percebemos que você estava envolvida de alguma forma.

Seu braço vem em minha direção de novo, com a arma apontada diretamente para mim.

— Quem é você, afinal? Como todos vocês se conhecem?

Engulo o medo que sinto pela vida de Wendy e tento apressar as coisas.

— Nós trabalhamos juntos em Boston. Nós três. Fomos chamados para investigar vazamentos de informações sobre produtos e bugs no sistema.

— Uau. A piranha contratou uma equipe para descobrir o pouco que eu andei fazendo no sistema. Vejam só. Estou lisonjeada. — Ela joga a cabeça para trás e ri.

Dou alguns passos para a frente, me inclinando sobre a mesa mais próxima dela. Tenho que achar um jeito de tirar sua arma e ajudar Wendy.

— Park... a Wendy está fria. Nós precisamos de ajuda! — a voz agonizante de Bo rasga o ar pesado.

— Eu mandei calar a boca! — Eloise grita e atira na mesa perto da cabeça de Bo.

Ele se abaixa, colocando seu corpo protetor sobre Wendy.

— Ei, ei, eu quero muito ouvir o que você tem a dizer. Me conte como você fez tudo. E por quê.

Ela joga a cabeça para trás de novo, e suas pupilas assumem um tom preto assustador.

— Por quê? — repete minha pergunta, sarcástica. — Eu vou te contar por quê. Vingança.

— Vingança? — sussurro.

Ela bufa.

— O Kidd me largou há quatro anos, sem mais nem menos. A Alexis mandou ele terminar comigo e me transferiu para outro departamento para facilitar as coisas para o irmãozinho dela. Foi revoltante. — Ela apoia a mão que segura a arma na mesa mais próxima.

— Mas você não vendeu os segredos — digo, para mantê-la falando.

Ela bufa e olha para o teto.

— Por que eu faria isso? Não quero o dinheiro dela. Eu quero que ela perca tudo para os concorrentes. E queria impressionar o Kidd, mostrar o que ele perdeu, como eu sou boa. E que ele poderia me ganhar de volta se pedisse desculpa.

Dou mais um passo para ela enquanto está distraída. Wendy emite um som gorgolejante. Olho e vejo sangue e espuma saindo de sua boca enquanto Bo a segura de lado para que escorra no concreto e ela não engasgue. Sinto como se um martelo atingisse meu cérebro, e o suor se espalha por meu corpo. Respiro como um maratonista no fim da corrida: rápido e instintivamente.

Eloise continua:

— Então você me contou que ele ia se casar com *aquela mulher*. Nós podíamos ter sido tão felizes juntos! Éramos um casal perfeito. E todo esse tempo eu esperei que ele lembrasse, que percebesse que tudo poderia voltar a ser como era. Nós dois trabalhando e vivendo juntos. Essa Victoria não merece o Kidd!

Sacudo a cabeça.

— Não, você tem razão. Ela não o merece. Mas você merece o melhor. Eu sou profissional na aproximação de pessoas. Fiz isso em San Francisco antes de virmos para cá. Não foi, Bo?

— Sim, ele é o melhor. — A voz dele não passa de um sussurro áspero, e lágrimas enchem seus olhos.

Olho para Wendy. Ela está inconsciente.

— Ela ainda está respirando? — pergunto, e o medo permeia minhas palavras.

— Sim, mas com dificuldade. — Ele fala como se cada palavra o matasse lentamente.

— Que tal se eu encontrar o companheiro ideal para você? — ofereço a Eloise.

Ela inclina a cabeça para o lado e dá batidinhas na mesa com a arma.

— Pode ser divertido. E você está certo: o Kidd não é digno de mim nem dos meus talentos. — A mulher ergue a cabeça em um movimento austero enquanto minha amiga jaz no chão, sangrando até a morte.

Sou tomado por outro ataque de ódio e pânico, porém noto que a cavalaria chegou. Atrás de Eloise há uma parede com duas janelas que separa a sala da escada e do corredor. Dois policiais passam de braços estendidos e armas na mão e se esgueiram até a porta do escritório em que estamos.

Como é que eles sabiam onde estávamos? Talvez Alexis tenha ouvido os tiros.

Olho para o telefone e percebo que Wendy não encerrou a ligação. Alexis deve ter ouvido tudo.

Prendo a respiração e tento manter a atenção de Eloise em mim.

— Então, o que você me diz? — Engulo em seco ao ver a porta atrás de Eloise se abrir lentamente. — Seria um prazer te ajudar. Seria muito fác...

Os dois policiais estão com as armas apontadas para ela.

— Mãos para cima! — um deles grita.

Ela se volta com a arma apontada. Seus olhos são duas chamas de raiva.

— Não! — rosna. Sua mão se contrai antes de ambos os policiais a derrubarem com dois tiros cada.

Eu me abaixo e rastejo até Bo, que está com Wendy no colo, embalando-a, com os lábios pousados na testa dela.

— Vamos, Sininho. Não nos deixe! — ele chora.

Ela não se mexe.

O hospital estava um caos quando fomos levados para o pronto-socorro com Wendy em uma maca, inconsciente, com o pulso fraco. Os paramédicos disseram alguma coisa sobre colapso pulmonar e muita perda de sangue. Liguei para Royce e pedi para ele nos encontrar no hospital e avisar Michael.

Agora, estou sentado em uma cama do hospital enquanto um residente sutura meu ferimento e diz que estou em estado de choque. Nem sinto dor. Está tudo entorpecido. Bo está ao lado do meu leito como uma sentinela. Uma hora se passou desde que correram com Wendy para a cirurgia.

Royce entra atabalhoado no pronto-socorro, o paletó voando ao vento, como se ele fosse um dos Homens de Preto e chegasse para salvar o mundo.

— Meu irmão... — diz, com a voz muito mais grossa que o normal, pousando a mão em meu outro ombro. — Você está bem?

Confirmo com um movimento de cabeça, incapaz de dizer qualquer coisa.

— Foi superficial. A bala passou de raspão — Bo responde por mim.

Roy anui e nota as roupas de Bo, que têm sangue do peito à cintura. Sua camiseta branca está vermelha, coberta do sangue de Wendy.

— Meu Deus! Você está ferido também? Que merda aconteceu? Vocês sabem mais alguma coisa sobre a Wendy? — dispara uma série de perguntas que não consigo nem assimilar no estado mental em que me encontro.

Bo sacode a cabeça.

— Não é meu sangue. A Wendy está passando por cirurgia. Colapso pulmonar, ferimento a bala no peito. Você ligou para o Mick? — Sua voz é superficial, nada parecida com seu tom normal, que é brincalhão, exuberante e amoroso.

Roy assente.

— Ele chega daqui a uma ou duas horas. — Passa a mão pela careca. — Como isso foi acontecer?

Dou de ombros.

— Não percebi que ela era instável. Eu não estava concentrado. Eu devia ter captado a conexão. Alguma coisa... — começo. Ódio de mim mesmo e vergonha enchem minha mente de todas as coisas que eu devia ter feito melhor.

Bo pousa a mão nas minhas costas.

— Não se atreva a fazer isso. Nós quatro estávamos juntos fazendo as conexões, e estávamos conseguindo, juntando as peças quando ela pirou. A culpa foi dessa psicopata, não sua! — Bo aponta o dedo para mim.

— Se a Wendy morrer... — Meu corpo treme tanto que até minha voz falha. Lágrimas enchem meus olhos e rolam sem controle pelas minhas faces. — Ela não pode morrer — sussurro.

Bo encosta a testa nas minhas costas e Royce segura meu ombro com força.

— Irmão, você precisa ter fé. Tenha fé na nossa garota. Ela é forte. Ela vai voltar para a gente e, imagine só, vai ter uma puta história para contar.

Rio entre lágrimas e enxugo o nariz e os olhos com o braço. Wendy adora uma boa história.

— Sim. Se Deus quiser.

— É isso aí. Se Deus quiser. Você tem que acreditar para receber essa bênção — Royce diz sua verdade, e eu a deixo penetrar em meu coração.

— Onde ela está, caralho? — Michael Pritchard entra desesperado na sala de espera do hospital. O paletó azul-marinho risca de giz se agita atrás de seus passos rápidos.

Ele vem até mim. Posso ver a fúria misturada com angústia em todas as linhas duras de seu rosto. Ele não é muito mais velho que nós três, mas emana uma força mal contida que nenhum de nós jamais viu. Aperta os dentes ao rosnar:

— Onde está a minha mulher?

Posso sentir as vibrações de seu tormento saindo dele em explosões ardentes de fúria. Engulo em seco e olho dentro de seus olhos, que vão escurecendo enquanto meu olhar se intensifica.

— Se ela morrer, você é o culpado — avisa, fora de si.

Assinto.

— Ela não vai morrer. A Wendy é forte...

— E você acha que eu não sei disso? Fui eu que a tirei daquele apartamento horrível infestado de ratos e daquele emprego péssimo, indigno dos objetivos e talentos dela. Eu ajudei a Wendy a se formar. E ela me deu vida. A vida dela é a minha. — Ele bate no peito. — A Wendy pode ser sua assistente, até sua amiga, mas é o meu *tudo*. O meu mundo gira em torno das vontades dela, dos seus desejos, do seu amor. Então, eu sei que a Wendy é forte. A *minha* Wendy. E cada centímetro perfeito dela é meu. Ela é pura força.

Royce pousa a mão no ombro de Michael, que rosna ao sentir o contato.

— A médica está aqui... — Roy anuncia e aponta para a porta da sala de espera.

— Vocês são da família?

— Sim — declaramos os quatro, para a contrariedade de Michael.

— Eu sou o noivo dela. Por favor, me diga como ela está — ele pede, com emoção contida.

A médica, alta e de cabelo escuro, junta as mãos a sua frente.

— A cirurgia correu bem. A bala atravessou o peito, penetrou o pulmão e ricocheteou na escápula. O pulmão estava em colapso quando ela chegou, e a Wendy perdeu muito sangue. Nós corrigimos o pulmão, retiramos a bala e a pusemos em coma induzido até os sinais vitais voltarem aos níveis desejados. As próximas vinte e quatro horas são cruciais, mas eu tenho todos os motivos para acreditar que, se ela continuar reagindo bem, vai dar tudo certo.

— Nós podemos vê-la? — Michael pede.

— Quando ela sair da sala de recuperação e for para a UTI, nós avisamos.

Ele engole em seco.

— Obrigado, doutora — diz, com a voz embargada, deixando cair os ombros.

Por trás da médica, chega uma enfermeira com um saco plástico e se aproxima de Michael. Dentro está a aliança de diamante de Wendy e sua coleira com cadeado.

— Acho que isto deve ficar com a família.

Ele pega o saquinho com suas mãos grandes. As lágrimas molham o plástico quando ele cai de joelhos.

— Eles cortaram a coleira. — E apoia uma das mãos no chão, a outra ainda segurando o pacote.

Royce e eu nos agachamos e o ajudamos a levantar, levando-o até uma cadeira azul a poucos metros.

— Eles cortaram... — repete, e mais lágrimas caem de seu rosto estoico.

A faixa de couro foi cortada perto do cadeado. Ele deve ter mandado fazer sob medida para ela, pois as extremidades eram conectadas pelo cadeado. Tento pegar o saco plástico, mas ele o aperta contra o peito e me encara.

— Desculpe. — Afasto a mão como se tivesse sido queimada.

Michael tira a coleira do saquinho. Solta a gravata e abre o primeiro botão da camisa. Então, puxa uma longa corrente, como as que se usam nas plaquinhas de identificação militar. Na ponta, há uma chave de prata com o nome de Wendy gravado. Ele pega a chave, insere-a na fechadura e abre o cadeado de prata. Retira a coleira destruída, coloca o cadeado em sua corrente e o fecha antes de guardá-lo, com a chave, sob a camisa de novo.

— Ela vai ficar bem — digo, apertando seu antebraço na tentativa de confortá-lo.

Ele foca o olhar na parede branca e nua, mas não parece ver nada. Responde com a voz baixa:

— É melhor que fique, senão a coisa vai ficar feia.

10

— *Por que ela não acorda?* — A raiva mal contida de Michael começa a escapar a cada minuto que Wendy continua em coma.

A cirurgiã se mantém firme, esperando enquanto ele respira e tenta se controlar.

— Ela está dormindo há dois dias — ele constata.

— Nós tentamos acordá-la hoje de manhã — a médica explica. — Ela não está mais recebendo sedativos que a impeçam de acordar. Acreditamos que, quando ela foi baleada, sofreu uma concussão na queda. O corpo e o cérebro estão se recuperando do trauma. A atividade cerebral da Wendy está normal, então não há receio de que ela tenha sofrido algum dano cerebral. Mas o cérebro é uma coisa complicada. A sua noiva vai acordar quando o cérebro e o corpo dela comandarem. Tudo o que podemos fazer agora é tratar os ferimentos e esperar.

Ela estende a mão e toca o braço de Michael.

— Eu entendo que você esteja ansioso para que ela abra os olhos. Todos nós estamos. Mas infelizmente *ela* não está pronta. Fale com a Wendy, para que ela saiba que você está aqui esperando-a acordar.

O corpo inteiro de Michael se arrepia ao ouvir as instruções da médica. Ele aperta os dentes e diz:

— Tudo bem.

Michael gira e volta para a cadeira na cabeceira de Wendy, onde está há dois dias, sem sair nem para tomar banho ou trocar de roupa. Ainda está com o terno com que chegou, apesar de sua assistente ter trazido sua bagagem ontem e o registrado no hotel ao lado do hospital.

— Michael, por que você não vai comer alguma coisa, tomar um banho e trocar de roupa? — sugiro.

Ele sacode a cabeça rigidamente e leva a mão de Wendy aos lábios, fitando seu rosto com uma expressão suplicante.

Pouso a mão em seu ombro.

— Cara, ela precisa de você, agora mais do que nunca.

Tento controlar a emoção que quer tanto sair. Com a parte superior do corpo enfaixada, um tubo de oxigênio no nariz, sua pele normalmente pálida quase transparente, ela parece tão tranquila... Mas nenhum de nós está. Somos quatro homens à beira de um ataque de nervos se a nossa garota não abrir seus lindos olhos azuis e nos surpreender com um de seus comentários inteligentes.

— É por isso que eu não vou sair daqui — Michael rosna.

— Mick...

— Não me chame assim — ele vira e resmunga.

Engulo em seco.

— Desculpe. Dá para ver que, do jeito que está, você não pode ajudar a Wendy em nada. Você precisa ir para o hotel, comer alguma coisa, tomar um banho e trocar de roupa. Se puder cochilar, melhor ainda. Você não tem utilidade para ela nem para ninguém esgotado desse jeito. Por favor, faça isso por ela.

Ele pousa a mão no rosto dela.

— Não posso deixá-la sozinha.

— Ela não vai ficar sozinha. Eu estou aqui. Os rapazes vão chegar em breve para me substituir, e eu vou poder fazer a mesma coisa daqui a algumas horas. Quer você goste ou não, agora nós também somos da família dela e cuidamos uns dos outros.

Ele fecha os olhos e diz, com a voz trêmula:

— Por que ela não acorda? Eu preciso ver os olhos da Wendy, ouvir a voz dela para saber que ela vai ficar bem.

— A médica disse que ela vai sair dessa. Você, por outro lado, não vai poder ajudá-la a se recuperar se estiver esgotado. Vá comer, tomar um banho e descansar. Você está fedendo.

— Estou nada — ele diz, estreitando o olhar.

Rio levemente para que ele saiba que estou brincando.

— Não, não está. Mas vai ficar se usar esse terno mais um dia.

Ele suspira fundo e baixa a cabeça sobre Wendy. Sinto um nó no estômago e meu coração acelera. É horrível testemunhar a dor e o sofrimento desse homem, mas existe verdadeira beleza em sua devoção à noiva. Ele é um homem perdido no mar, e a mulher que ele ama está em terra. Sem ela, ele deixará que a maré o leve.

Começo a sentir o peso do fardo do meu próprio amor perdido.

Michael se levanta abruptamente.

— Você tem razão. Vai ficar com ela?

Assinto.

— Eu volto logo, coração. Vou comer, me trocar e volto rapidinho, meu amor. — Ele lhe dá um beijo na testa e outro nos lábios antes de olhar para mim. — Você tem meu número. Me avise se alguma coisa mudar. Qualquer coisa. Se ela mexer um dedo, eu quero saber.

— Eu te dou a minha palavra.

Ele anui e me deixa sozinho com ela. Eu me sento ao seu lado e pego sua mão.

— Ei, abusada. — Aperto-a e espero uma resposta, mas nada. Ela está perdida na terra dos sonhos. — Eu queria que você acordasse. O seu noivo está quase tendo um treco esperando você abrir os seus lindos olhos azuis.

Olho para ela e prendo a respiração. Nada. Nenhum movimento. Seguro sua mão entre as minhas.

— Me desculpe, Wendy. Lamento muito que você tenha se machucado. Não era para ser assim.

Sacudo a cabeça e permito que a culpa e a vergonha escondidas sob a superfície venham à tona, agora que estou sozinho com ela.

— Ah, Wendy, você não vai acordar? Eu preciso ver que você está bem. Preciso ouvir você me dizer que vai dar tudo certo, porque eu estou me afogando, linda. Estou me afogando em um mar de incerteza. Você está ferida, o Bo e o Royce estão enlouquecidos. O seu noivo está a ponto de estrangular a próxima pessoa que vir pela frente. E eu estou péssimo. Pirando. Não falei com a Sky ainda, e sei que você quer que eu fale. Mas eu mandei uma mensagem para ela. Contei que você foi hospitalizada aqui em Montreal por causa de um tiro. Ela não respondeu, não sei por quê. Talvez ela me odeie por eu não ter ligado para falar da gente. — Abaixo a cabeça. — Eu preciso que você acorde, irmãzinha, que acorde e grite comigo. Que me diga o que fazer, como consertar as coisas.

— Eu não odeio você, Parker. — Um sussurro chega aos meus ouvidos, e eu me viro lentamente.

Ela é como um halo de luz dourada. Seu cabelo loiro cai em ondas brilhantes em volta do rosto. O olhar cor de caramelo me acerta direto no peito e aperta meu coração.

— Skyler... — digo, surpreso, e me levanto.

Lágrimas rolam por suas faces como um rio de tormento. Ela lambe os lábios.

— Eu nunca poderia te odiar. Eu te amo.

— Meu Deus, venha aqui — digo, estendendo os braços.

Ela corre os três metros necessários para chegar até mim e se encaixa em meu corpo. Me abraça com força, e sou engolido por seu calor.

O cheiro de pêssego com chantili preenche o ar, substituindo o de alvejante antisséptico do hospital pelo meu aroma favorito. Enterro o rosto em seu pescoço e cabelo e inalo profundamente. Seu corpo treme contra o meu, e ela crava as unhas nas minhas costas. Arranha meu ombro ferido, que arde e queima, mas não me importo. Nada poderia me impedir de abraçar essa mulher.

— Meu bem, eu sinto muito... por tudo. — Sua voz se transforma em soluços contra o meu pescoço, e suas lágrimas molham minha camisa de manga comprida.

Enrosco a mão boa em seu cabelo, na base do crânio, e a puxo para mim, absorvendo cada milímetro dela, viva e em carne e osso.

Como eu pude viver sem isso?

Sem ela.

Aperto seu corpo e fecho os olhos, deixando que se conecte ao meu por um minuto, dois, dez. Não sei quanto tempo ficamos assim, só nos abraçando. E, então, a realidade se infiltra entre nós.

Mágoa.

Desonestidade.

Traição.

Rangendo os dentes, eu a empurro para longe, engolindo a bile que me sobe pela garganta ao impor espaço entre nós. Minha mente gira. Preciso levá-la a um lugar reservado para interrogá-la, ou jogá-la por cima do ombro, arremessá-la na cama e expiar seus pecados com uma trepada daquelas.

— Park...

— O que você está fazendo aqui? — digo, limpando a garganta e dando um passo para trás.

Ela cruza os braços e esfrega os bíceps, sentindo frio de súbito. Acho que tem mais a ver com a distância que coloquei entre nós do que com a temperatura.

Skyler franze a testa.

— Como assim? Você me disse que a Wendy foi baleada. — Ergue a mão para indicar a Bela Adormecida. — A Wendy é minha amiga. É como uma irmã para o meu namorado. Claro que eu largaria tudo para ficar ao lado dela, de você.

— Eu não esperava que você viesse de tão longe.

— Parker, nós temos que conversar. Eu não sou sua inimiga. Sou a mulher que te ama.

Que te ama.

Suas palavras destroem minha determinação, e os últimos dez dias se derramam sobre meu corpo como ácido, queimando carne e osso.

A raiva por ela ter estado com Johan.

O amor por ela *versus* o que ela fez.

Alexis dando em cima de mim.

Wendy baleada.

É coisa demais, e me sinto como um vulcão prestes a entrar em erupção.

Bo entra no quarto justo nesse momento.

— Ei, olá! — Olha de mim para Skyler, para Wendy e depois para mim de novo. — Hum, melhor eu sair?

Reteso o maxilar e olho para Skyler, para seu vestido esvoaçante, o suéter simples e as botas de camurça até os joelhos. Ela é meu sonho que virou realidade, e ao mesmo tempo meu pesadelo.

— Você precisa ficar com a Wendy até o Michael voltar. Ligue para ele se houver qualquer alteração. Eu prometi isso. Preciso falar com *ela*. — As palavras queimam como veneno em minha língua conforme me aproximo de Skyler, pego sua mão e a arrasto para fora do quarto.

— Aonde nós vamos? Para onde você está me levando? — Ela puxa minha mão boa, o que repuxa os pontos em meu ombro. Estremeço, mas a seguro mais forte. De jeito nenhum vou deixá-la escapar.

Não há como parar esse trem. Estou fora de mim agora, e preciso de paz e tranquilidade para lidar com as emoções atrozes que giram como um vórtice em minha mente e meu corpo.

— O hotel ao lado do hospital. Você queria conversar, então vamos conversar.

Ela acompanha meu ritmo, que é mais uma corrida que uma caminhada rápida.

No instante em que chegamos ao meu quarto, insiro o cartão, empurro Skyler para dentro e fecho a porta com o pé. Ela gira. Seu peito sobe e desce, ofegante. Seus olhos são uma mistura selvagem de marrom e caramelo, e suas faces estão rosadas. Ela nunca esteve mais linda.

Porra!

— Parker... — Ela lambe os lábios e eu perco a cabeça.

Já era.

Eu a pego pela cintura, a faço girar e a prenso contra a porta do quarto, esmagando meu corpo no dela. Ela ofega, então aproveito sua boca aberta e a beijo. Ela tem gosto de menta e loucura. Ou talvez seja eu. Seja o que for, lambo fundo, chupo sua língua e engulo cada gemido seu. Sua língua dança com a minha em um ritmo ilícito que faz todas as minhas terminações nervosas se aquecerem e estourarem.

Eu me esfrego nela e agarro sua bunda, me aproximando mais. Ela afasta a boca para respirar.

— Ah...

Ela inclina a cabeça para trás, e eu passo os lábios pelo seu pescoço, lambendo e mordendo, sem me importar se deixo sua linda pele marcada. Ela merece a mordida da dor. Quero que ela sinta o que eu senti.

— Você gosta disso, meu pêssego. Né? Gosta de me ver perder a cabeça por você. — Passo a mão pelo decote do seu vestido e levanto seus seios, ignorando a dor na mão, que está me matando. Mordo seu peito carnudo e rechonchudo, e ela grita. — Sim. Você me deixou louco! — digo.

Ela reage e levanta minha camisa até conseguir pôr as mãos no meu abdome. Seus dedos acompanham cada músculo meu, e isso é como um tiro de tesão no meu pau. A fera está alerta, inchando e crescendo mais a cada suspiro de seus lábios, a cada toque de seus dedos na minha pele nua.

Recuo, puxo a camisa pela cabeça e tiro seu suéter. O vestido levaria muito tempo. Seus dedos voam rápidos para a minha calça, abrindo-a, e ela mergulha as duas mãos e me acaricia.

Êxtase.

Paraíso puro.

Seu toque é lava derretida em minha pele, que empurro contra a palma de sua mão.

— Por favor... — ela implora, com um desespero que eu conheço muito bem.

Levo a mão para baixo de seu vestido e encontro sua calcinha rendada.

— Você colocou essa tanguinha de renda para mim? — rosno e tomo sua boca em um beijo profundo. A renda é frágil, e eu a rasgo facilmente com um puxão feroz.

Ela grita ao sentir o beliscão em sua pele sensível. Puxo a calcinha rasgada e a enfio no bolso, esfregando meu pau duro nela enquanto subo a mão por sua coxa.

— Está molhadinha para mim? — Lambo seu pescoço.

Ela geme.

— Sempre.

— Humm, acho que vou ter que ver por mim mesmo. — Seguro seu centro possessivamente. Seu desejo recobre minha mão. — Você sentia tanto tesão assim pelo Johan? — Aperto os dentes e enfio dois dedos em seu sexo.

Ela abre a boca em um grito silencioso e sacode a cabeça.

— Nunca.

Eu a como com os dedos, esfregando a palma da mão em seu clitóris molhado.

— Ele te tocou assim quando você estava no hotel com ele? Ele enfiou os dedos em você, fez você gritar o nome dele? — Entro e saio com os dedos em um movimento rápido e tortuoso que eu sei que vai mantê-la excitada, mas sem tocar os pontos certos para fazê-la gozar.

— Não! — Ela bate no meu peito. — Eu não faria isso com você. Com a gente! — Seus olhos brilham de raiva e repugnância. Isso mexe comigo. Eu precisava disso, mais do que poderia expressar.

Isso me dá esperança.

Tiro os dedos de seu calor melado e ela grita:

— Não!

— Passe os braços em volta do meu pescoço e pule — exijo.

Ela não hesita nem por um segundo. Apoio sua bunda com a mão boa e a pressiono com mais força contra a porta. Ela se segura enquanto levanto seu vestido e manobro meu pau até o centro molhado entre suas coxas.

Coloco só a pontinha. É uma tortura não entrar fundo, mas eu preciso saber. Ela aperta as pernas, tentando fazer com que eu me mexa, que afunde nela, mas não consigo. Não até ter certeza.

Eu a olho diretamente nos olhos e sustento seu olhar.

— Você transou com ele?

Ela contorce os lábios, fazendo uma careta.

— Não. — Seus olhos brilham de lágrimas.

— Você me traiu, Sky? Diga a verdade.

Seu olhar faísca de ira, mas logo se suaviza.

— Eu juro que não. Eu te amo.

— Caralho! — Entro fundo nela, deixando quase duas semanas de raiva, ódio e incerteza sangrarem de dentro de mim enquanto invisto contra seu corpo perfeito. — Você. É. Minha. — Meto com força, esfregando minha pelve na dela, querendo ir mais fundo, mais forte, até me sentir totalmente envolvido pela mulher que eu amo.

— Meu bem, que saudade! Que saudade da gente! — ela grita e suspira.

É demais. Tudo o que Skyler e eu somos juntos é demais para suportar. Estou pendurado pela força de um único fio de cabelo.

— Goza — rosno, bombeando seu corpo enquanto ela me aperta. As paredes de seu sexo são como um lar sagrado de onde eu nunca mais quero sair.

Faíscas e formigamento correm pelo meu corpo enquanto absorvo tudo o que somos, Skyler e eu.

O refúgio entre suas coxas dá as boas-vindas a todas as minhas investidas.

Ela me aperta com os braços, como se nunca mais fosse me soltar.

A serenidade de ter seus lábios nos meus, sua respiração e seu gosto na minha boca...

Sua alma voltando para casa.

— Eu nunca mais vou ser o mesmo — sussurro contra seus lábios, levando-nos mais alto a cada investida abençoada.

Corpos se unindo, mentes se fundindo, corações se curando a cada respiração.

— Meu bem... — ela geme e lambe os lábios, os seus e os meus.

O toque de sua língua dispara outra onda de êxtase entre minhas coxas, que gira em torno da minha virilha até que minha visão fica borrada, minhas coxas travam, meus glúteos se retesam dolorosamente. O suor irrompe do meu corpo e uma euforia sobe pela minha coluna, tensionando minhas bolas, que batem na bunda de Sky a cada investida.

Pouso a mão machucada em seu rosto, deslizando o polegar e o indicador por seu maxilar.

— Você destruiu o meu mundo. Eu não posso ficar sem você. Sem isto. Eu te amo, Skyler. Eu te amo tanto que queima.

Lágrimas rolam por suas bochechas enquanto seu corpo se aperta, braços em volta dos meus ombros, calcanhares cravados na minha bunda. Ela pousa os lábios nos meus em um beijo esmagador.

Seu beijo é amor, honestidade e verdade. Me cura de dentro para fora enquanto meu corpo voa para as estrelas.

Sinto seu cabelo macio conforme corro os dedos pelos fios. Depois da trepada na parede, transamos na cama, ainda meio vestidos, eu com a calça aberta e sem camisa, ela com seu vestido leve. Mas, para minha tristeza, ela tirou as botas.

Olho o relógio e noto que saímos há duas horas e não resolvemos muito além de aliviar a dor do corpo.

— Temos que ir. A Wendy pode acordar. — Deixo seu cabelo escorregar pelos meus dedos uma última vez e me sento na lateral da cama.

— Meu bem, nós precisamos conversar. De verdade. — Ela pousa a mão no centro das minhas costas nuas, e sinto minha pele queimar.

Eu anuo e me levanto. Não consigo encarar seu toque agora. Se eu permitir, posso facilmente mergulhar na situação, ignorar todo o resto da minha vida e me perder no calor da sua luz.

— E nós vamos.

Ela fica de joelhos.

— Mas você acredita em mim? — pergunta com a voz trêmula e se apoia nos calcanhares, empoleirada na cama como um cachorrinho carente esperando o próximo petisco.

Olho para seu rosto cheio de tristeza e seus olhos honestos.

— Sim. Mas isso não significa que eu ainda não esteja magoado e furioso pelo que você fez. Ir atrás dele...

Ela fala depressa:

— Eu tinha que tentar resolver...

— Não dá para fazer isso agora, Sky — interrompo. — Tenho que voltar para a Wendy. Ela precisa de nós. De todos nós. Você entende?

Ela morde o lábio e assente antes de engatinhar para fora da cama e calçar as botas.

— Preciso pegar a minha mala — diz, apontando para a parte inferior do corpo, sob o vestido, onde sei que está nua.

— Sim, tudo bem.

Seus olhos pousam no curativo em meu ombro como se o estivesse vendo pela primeira vez.

— O que foi isso?

— Tiro, pegou de raspão. Eu fui atingido no mesmo dia que a Wendy.

Ela arregala os olhos, que se enchem de lágrimas mais uma vez. Pega o pulso da mão enfaixada. O médico do pronto-socorro substituiu alguns dos pontos que arrebentaram. O anelar e o mindinho ainda estão com tala.

Sua voz é rouca e tão baixa que mal posso ouvi-la:

— E isto?

Tento puxar a mão. Não quero contar a ela o que eu mesmo fiz.

— Deixa pra lá, Sky.

Ela puxa minha mão ferida para seu rosto e a beija.

— E isto? — repete.

Fecho os olhos e reúno coragem para admitir minha dor.

— Eu briguei com uma parede e uma garrafa de cerveja. Você devia ver o estado em que ficou a parede.

— Quando? — Uma lágrima desliza por sua face.

— Sky...

Mas sua voz sai mais alta:

— Eu perguntei quando.

— No mesmo dia em que você acordou na cama de outro homem.

Ela fecha os olhos, e mais lágrimas deslizam.

— Parker, eu não transei com ele. — Suas palavras demonstram ainda mais convicção agora, porque não estou dentro dela.

Aprumo os ombros e minha determinação.

— Eu acredito em você.

SKYLER

*A mão de Parker queima na minha enquanto ele me con*duz pelos corredores do Hospital Geral de Montreal. Observo seu perfil, olhando ansiosamente para seu rosto bonito. Seu maxilar está tenso, e parece que ele não se barbeia há alguns dias. As maçãs do rosto altas e o nariz reto são um colírio, mas são seus olhos — ou melhor, as olheiras sob esses tristes olhos azuis — que me preocupam. Aperto sua mão para que se lembre de que estou aqui e agradeço a todas as divindades conhecidas por ele me permitir estar ao seu lado.

Juntos.

Rezei por isso durante a maior parte das duas semanas que passei sem ele. Nosso encontro foi uma colisão furiosa de corpos, membros e bocas. Uma febre que inchava e crescia, se intensificando, mas terminou com dúvidas e incertezas sobre a nossa situação. Só posso esperar que isso seja suficiente até termos tempo para conversar sobre o que aconteceu.

Chegamos ao quarto de Wendy e encontramos Michael falando com uma loira e um loiro mais novo. A moça parece saída de um desfile da Victoria's Secret. Ou de uma versão elegante da *Hustler*. Seu cabelo cai sobre os ombros em cachos grandes e abundantes. Está usando um vestido azul-royal colante que parece ter sido costurado no corpo, exatamente o oposto do meu vestido longo e meu suéter simples. Os sapatos são altíssimos, e o batom, rosa brilhante. Parece que ela acabou de sair de uma boate, embora seja meio-dia e dez. O homem sentado ao seu lado tem traços semelhantes aos dela: o mesmo cabelo loiro e os mesmos olhos, mas está de jeans e camiseta. Definitivamente eles não formam um casal, mas devem ser parentes.

— Parker! — A mulher pula da cadeira e gruda o corpo voluptuoso no meu namorado.

Ele solta minha mão e lhe dá tapinhas nas costas, em um gesto de apoio e preocupação. Felizmente, não mais que isso. Ainda assim, fico tensa.

— Alexis, o que você está fazendo aqui? — Ele olha para o cara. — Kidd.

O rapaz o cumprimenta com um aceno de cabeça.

— Nós viemos no primeiro dia e ontem de novo, mas não nos cruzamos. Estamos desolados com o que aconteceu com a Wendy, e por culpa de alguém que trabalhava para mim. — Ela funga, chorosa. Encosta a testa no peito de Parker com as mãos no rosto, soluçando, e deixa as lágrimas rolarem.

Ele alisa as costas dela e engole em seco. Posso ver seu pomo de adão se mexer devagar. Parker olha para mim e franze a testa. Não sei bem o que isso significa, ou por que ele fez isso. Talvez porque haja uma estranha chorando em seu peito. Talvez ele não queira que eu o veja consolá-la.

— Calma, a Wendy vai ficar bem — Parker arrulha e ergue o queixo para o homem ao lado deles, que parece bastante desconfortável. Então coloca a mulher chorosa nos braços tatuados do homem, que a recebe e a conforta com seu abraço.

Ela solta um gemido, afasta a cabeça e pega o lenço que Michael lhe estende. Sempre um cavalheiro o noivo da Wendy.

— Quem é ela? — a loira pergunta, apontando para mim enquanto enxuga os olhos e o nariz. Nem um milímetro da sua maquiagem está borrado, o que me faz querer odiá-la por ser tão perfeita mesmo quando chora.

Antes que qualquer um de nós possa responder, Michael olha para mim e diz:

— É a namorada do Parker.

Ela arregala os olhos e um sorriso diabólico surge em seus lábios brilhantes.

— Bonita. Agora eu entendo por que você não aceitou a minha oferta — solta, se dirigindo a Parker enquanto me avalia.

Não aceitou sua oferta?

Que tipo de oferta ela fez?

Uma onda violenta de ciúme me domina. Estreito o olhar para ela e aperto os punhos nas laterais do corpo. Meu coração bate tão forte que mal posso respirar. Sinto enjoo e um nó no estômago. Estou prestes a fazer um escândalo neste hospital.

— Uau. Esses punhais que você está me lançando são mortais — ela diz, passando a mão no cabelo com uma indiferença nos movimentos que eu nunca consegui ter. — Não se preocupe, ele não aceitou. Bom, não completamente. — E dá uma piscadinha, o que pode muito bem ser visto como nada menos que um ponto marcado em um placar.

— Que merda significa isso, Parker? Quem é essa mulher? — digo, perdendo o controle e olhando feio para ele. — Tem alguma coisa que você precise me contar sobre a peituda aí?

Ele passa a mão na nuca.

— Esta é Alexis Stanton, e o irmão dela, Kidd. São os nossos clientes. O tiroteio aconteceu no escritório deles. Eles vieram ver a Wendy. E não, não tenho mais nada a dizer. Do resto, nós vamos falar *mais tarde*.

A ênfase nas palavras *mais tarde* não permite argumentos. Mesmo furiosa e sentindo gotas de suor se formarem no meu couro cabeludo, aperto o queixo e mantenho a boca fechada.

— Você me parece familiar. Muito parecida com aquela atriz, Skyler Paige — diz a loira.

Parker suspira alto.

— Isso porque ela *é* Skyler Paige — ele revela e olha para os pés, claramente constrangido com a situação.

— Uau! — Alexis pisca rapidamente, como se não pudesse acreditar em seus olhos.

Comemoro por dentro: *Engula essa, sua Barbie vadia!* Ponto para mim.

Michael vem até mim e pega minha mão.

— Obrigado por vir, Skyler. A Wendy vai ficar contente. Fale com ela, acho que ela consegue te ouvir. — Ele aperta os lábios, irritado, enquanto me leva até Wendy ali deitada, antes de olhar por cima do ombro e dizer: — E a todos vocês.

Vendo-a tão imóvel, enfaixada, a área ao redor dos olhos e das faces escura, sinto um nó no estômago. Eu me sento na cadeira ao lado da cama e pego sua mão.

— Wendy... sou eu, a Sky. Sua nova melhor amiga, lembra? — Engulo em seco. — Ei, você precisa acordar, garota. Você tem um casamento para planejar, e nós temos que escolher os vestidos das madrinhas, lembra? Nós íamos passar um fim de semana só de mulheres na cidade. — Apoio o queixo em seu braço e olho intensamente para seu rosto, desejando que ela abra os olhos. — Por favor, acorde. — Minha voz sai como se eu tivesse engolido lâminas de barbear, e minha garganta arde.

Mãos quentes pousam nos meus ombros. Parker.

— Eu não sabia que ela tinha convidado você para ser madrinha.

Meu nariz começa a escorrer. Fungo, sem me importar que a peituda me veja desmoronar. Nada me importa vendo minha amiga deitada em uma cama de hospital, lutando para acordar e voltar para as pessoas que a amam.

Limpo a garganta.

— Sim, quando você foi para San Francisco. Ela me ligou, e eu aceitei. — Olho fixamente para o rosto de Wendy. — Eu disse que ficaria muito feliz e honrada de ser madrinha de casamento dela. — Elevo a voz, na esperança de que Wendy possa ouvir meu compromisso na terra dos sonhos, ou onde quer que esteja flutuando sua mente.

O tempo passa ao meu redor, mas fico onde estou, segurando a mão de Wendy, desejando que minha amiga abra os olhos.

Só abra os olhos.

Repito a frase em um loop contínuo enquanto as horas passam.

Mas ela não se mexe nem acorda.

Um tempo depois, o calor de Parker se infiltra em meus ombros tensos, onde ele pousou as mãos de novo. Ele se inclina e beija minha cabeça, e por um momento desejo que possamos ficar neste lugar feliz e amoroso um pouco mais. O lugar onde estamos juntos e nos amamos e nos preocupamos um com o outro, sem mentiras e meias-verdades entre nós.

— É hora de voltar para o hotel. O horário de visita acabou. — Sua voz é um estrondo em meu couro cabeludo.

Pisco, como se de repente acordasse de um transe hipnótico. Diante de mim, Michael está sentado, segurando a outra mão de Wendy, olhando desesperadamente para suas feições de fada. Não lembro quando ele foi para o outro lado nem há quanto tempo estou sentada ali. Mas minhas costas doem e meus joelhos e quadris estão rígidos. Parker segura minha mão.

— Venha. — Ele me puxa da cadeira de plástico. Aperto a mão de Wendy uma última vez.

— Por favor, acorde — sussurro e dou meia-volta para ir embora.

Bo e Royce estão parados como sentinelas à porta. O nó no estômago volta ao ver os melhores amigos de Parker. As feições de Bo são duras, sua expressão sombria. Royce não está longe disso, mas não sei se é por mim ou pelo estado de Wendy.

— Oi, pessoal — digo e avanço, guiada por Parker.

Os dois observam nossas mãos entrelaçadas.

— Skyler. — Bo está impassível, sem sinal algum de felicidade ao me ver.

Royce não faz muito melhor. Acena com a cabeça e ruge:

— Menina.

Fecho os olhos e baixo a cabeça, seguindo os quadrados brancos de linóleo do piso do corredor, enquanto o frio que eles emanam me congela até os ossos. Eu me pergunto brevemente se vamos ficar bem de novo um dia.

Parker não diz uma palavra enquanto pegamos minha bagagem na recepção e voltamos a seu quarto no hotel.

Aturdida, coloco a mala no sofá e vasculho até encontrar um short e uma blusinha, além de meus artigos de higiene pessoal. Pegando meu pijama e meu nécessaire, vou até o banheiro. Quando fecho a porta, Parker está ao telefone pedindo comida pelo serviço de quarto. Ele sabe do que eu gosto, de modo que nem me preocupo em dizer o que quero. Não que eu vá conseguir comer, de qualquer maneira. Não tenho apetite, e ainda sinto o nó no estômago. É como se eu acabasse de sair de uma montanha-russa. Ondas de náusea e tontura dominam meus movimentos.

Entre o nervosismo por causa de Wendy e minhas próprias inseguranças em relação ao que aconteceu com Parker e Alexis, estou péssima. Sinto o coração pesado e o peito apertado. Deixo o pijama no balcão e me olho no espelho. Ondas loiras e rebeldes caem pelos meus ombros e costas. O pouco de maquiagem que passei já sumiu. Mesmo assim, lavo o rosto e passo hidratante. Preciso de um pouco de distância do homem do outro lado da porta.

Não sei o que dizer a ele, como fazê-lo acreditar que eu jamais o trairia. Ele diz que acredita em mim, mas por que não fala comigo? Por que está evitando conversar? E que merda aconteceu entre ele e a peituda?

Uma ideia se forma em minha mente. Não sei como vão ser as coisas com ele, mas me sinto como se estivesse na beira do terraço de um edifício. Embaixo, a rua movimentada, carros passando, pessoas cuidando da vida, e ali estou eu. No alto, na beira, balançando entre ser salva e me deixar cair.

Um flash dos olhos bondosos de minha mãe surge em minha cabeça. Uma lembrança gira ao meu redor e me leva de volta a um tempo remoto.

Eu tinha dezesseis anos, e o menino que filmava comigo, de quem eu gostava, havia me magoado. Eu estava na frente do espelho. Minha mãe, linda, estava atrás de mim, passando os dedos pelo meu cabelo comprido. Seus olhos cor de chocolate transmitiam amor e compaixão através da nossa ligação de mãe e filha.

— Você sabe o que fazer, minha linda menina. — Ela sorriu suavemente e encostou o queixo no meu ombro.

Sacudi a cabeça e meus olhos se encheram de lágrimas.

— Não, mamãe. Ele me magoou, e eu não sei se vamos conseguir ser mais que amigos.

— Ah, não foi à toa que eu ensinei a minha filha a perdoar.

Eu apertei os lábios e franzi a testa.

— Ele se desculpou?

— Sim, mas eu não sei se acredito nele. — Minha voz tremeu ao admitir isso.

— Bom, minha linda menina, acho que você vai ter que seguir o melhor conselho que a minha mãe me deu quando eu tinha a sua idade. Especialmente em relação a meninos.

— O que a vovó te disse? — perguntei, atenta a cada palavra.

Minha mãe era a mulher mais sábia e amorosa que eu conhecia. Eu queria ser como ela quando crescesse.

— Você só tem que seguir o seu coração. Ele sempre vai te mostrar o caminho.

Com as palavras da minha mãe na cabeça e o coração na garganta, vasculho minha bolsa de viagem e encontro um batom rosa-escuro. Tiro a tampa e a deixo no balcão enquanto fico na ponta dos pés e escrevo uma mensagem para Parker com a minha letra redonda. Algo para ele recordar e, espero, entender.

Confie no seu coração.
Eu te amo,
Seu pêssego

Quando termino, visto o pijama e abro a porta do banheiro. O cheiro de hambúrguer e batata frita assalta meu nariz. Minha boca se enche de água e meu estômago ronca.

Parker ri e aponta para a comida na mesa.

— Chegou rápido — digo.

— Meu pêssego, você demorou. Achei que estivesse tomando banho.

— Acho que perdi a noção do tempo — murmuro.

— É mesmo?

Faço que sim com a cabeça.

— Venha comer. — Ele puxa uma cadeira para eu sentar.

Deixo meus pés descalços me guiarem e sento. Ele ajuda a empurrar a cadeira em direção à mesa antes de ir para seu lugar. Quando se acomoda, solta um suspiro cansado, que posso sentir até a ponta dos pés. Eu daria tudo para aliviar sua tensão. Se bem que acho que eu sou parte da causa.

— A gente não vai conversar? — deixo escapar de repente, apertando os dedos no colo, sem tocar na comida.

Ele abaixa o hambúrguer, ainda sem morder.

— Sim, baby, vai. Depois do jantar, na cama, quando eu estiver com você nos meus braços. Daí a gente conversa.

— Promete?

— Eu já menti para você? — Sua pergunta parece ter duplo sentido, como se eu já tivesse mentido para ele. Mas eu não menti, e ele precisa saber e acreditar que eu nunca faria isso.

— Não. — Pelo menos eu espero que não. Mesmo com a questão de Alexis apertando meu coração, ainda temos que falar sobre o que aconteceu entre mim e Johan. Isso é prioridade, mas não posso evitar que o medo corroa minhas entranhas.

Ele inclina a cabeça.

— E não é agora que eu vou começar.

— Você transou com a Alexis? — pergunto, incapaz de esperar até terminarmos de comer.

Ele suspira e aperta as têmporas com o polegar e o indicador.

— Achei que íamos esperar até terminar de comer para conversar.

Minha garganta fica seca, mas eu digo, rouca:

— Eu preciso saber.

Ele sacode a cabeça.

— Não, eu não transei com ela. Agora coma o seu hambúrguer. Acho que a noite vai ser longa.

— Desde que eu saiba que, no fim, ainda vamos estar juntos, tudo bem. Você pode me prometer isso? — pergunto.

Uma lágrima desliza pelo meu rosto e meu coração bate forte. Sinto arrepios e vontade de já estar na cama, de que seus braços me embalem na segurança de seu aperto.

— Parker... — O nome sai como um grito abafado.

Ele ergue o rosto e fixa o olhar azul-bebê no meu.

— Eu não sei o que o futuro nos reserva, Sky, mas sei que quero você comigo.

AS AVENTURAS DE PARKER E SEUS SÓCIOS AO REDOR DO MUNDO CONTINUAM.

INTERNATIONAL GUY

Londres
Berlim
Washington

Parker vai a Londres para ajudar uma escritora de sucesso internacional sofrendo de bloqueio criativo. Com Wendy ainda no hospital, os rapazes contrariados e Skyler de volta, a vida dele está um caos. Talvez essa viagem seja exatamente o que ele precisa para reencontrar a paz. Ajudar Geneva James, uma bela morena no topo do mundo editorial, a reconhecer seu talento natural não deve ser muito difícil. Até Skyler também ser convidada pela escritora para ir à Inglaterra e Bo acabar entrando no caso — e se envolvendo com a linda Geneva.

Uma montadora alemã contrata os executivos para refazer suas campanhas de marketing, tornando-as mais estimulantes. Os três sócios vão contribuir com suas habilidades singulares para resolver o caso. Parker recorre a Michael Pritchard para ajudar a equipe, sem perceber que está pedindo ao homem que se exponha e arrisque tudo o que tem com Wendy. No meio do trabalho, alguém do passado de Parker reaparece e solta uma bomba que ele não esperava, forçando Bo e Royce a intervir e provar que a irmandade está mais forte do que nunca.

Por fim, a CEO de uma indústria farmacêutica contrata a agência para convencer senadoras a votar a favor de um projeto de lei na área da saúde. Parker convoca o Mago do Dinheiro e traz um novo membro para a equipe da International Guy, sem consultar seus sócios. Ele não sabe, mas é alguém do passado de Royce, que o guru das finanças gostaria de jamais tornar a ver. A tensão cresce entre eles enquanto Parker adentra territórios nos quais já fracassou antes, especialmente quando se trata de assuntos do coração.

Impresso no Brasil pelo Sistema Cameron da Divisão Gráfica da
DISTRIBUIDORA RECORD DE SERVIÇOS DE IMPRENSA S.A.